Os outros

Luis Gusmán (org.)

OS OUTROS
Narrativa argentina contemporânea

Tradução
Wilson Alves-Bezerra

ILUMINURAS

Copyright © 2010
Luis Gusmán

Copyright © desta edição e tradução
Editora Iluminuras Ltda.

Capa
Eder Cardoso / Iluminuras

Revisão
Ana Luiza Couto
Jane Pessoa

(Este livro segue as novas regras do Acordo Ortográfico da Língua Portuguesa.)

CIP-BRASIL. CATALOGAÇÃO NA FONTE
SINDICATO NACIONAL DOS EDITORES DE LIVROS, RJ

O97

    Os outros : narrativa argentina contemporânea / Luis Gusmán (org.) ;
tradução Wilson Alves-Bezerra. - São Paulo : Iluminuras, 2010.

    Tradução de: Los outros
    ISBN 978-85-7321-321-8

    1. Antologias (Conto argentino). I. Gusmán, Luis, 1944-.

10-1449.

                  CDD: 868.93008
                  CDU: 821.134.2(82)-3(082)

07.04.10   13.04.10   018424

2010
EDITORA ILUMINURAS LTDA.
Rua Inácio Pereira da Rocha, 389 - 05432-011 - São Paulo - SP - Brasil
Tel./Fax: 55 11 3031-6161
iluminuras@iluminuras.com.br
www.iluminuras.com.br

ÍNDICE

Luis Gusmán
Prefácio, 9

María Moreno
Tenha dó (Praça Miserere), 19

Sergio Chejfec
Donaldson Park, 29

Luis O. Tedesco
Afogo, 43
Ar, 44
Aparência, 45
Cerca, 47
Construção, 49
Jardim, 51
Praga, 52
Varal, 54
Janela, 55

C. E. Feiling
O escolhido, 57

Antonio Oviedo
Os dias que virão, 73

María Martoccia
Serra Pai, 81

Gustavo Ferreyra
Nos confins da cidade, 89

Jorge Consiglio
O bem, 101

Sergio Bizzio
Cinismo, 107

Flavia Costa
Persuasão, 129

Juan Becerra
Vida de uma bala, 137

Guillermo Piro
O emissário, 141

Pablo Katchadjian
O gatilho, 147

Ana Arzoumanian
A mulher deles, 151

Matías Serra Bradford
A abstinência da paisagem - Sábado, 157

Mariano Fiszman
Música aquática, 163

Daniel Guebel
O nariz de Stendhal, 169

Martín Kohan
O cerco, 175

Matilde Sánchez
Amor pela Armênia, 189

Luis Chitarroni
Peripécias do não, 201

Federico Jeanmaire
Pai, 207

Anna Kazumi Stahl
Exótica, 213

Marcelo Cohen
Aspectos da vida de Enzatti, 227

Alan Pauls
Interminável - um diário íntimo, 249

Ricardo Zelarrayán
A pele de cavalo, 259

Florencia Abbate
Uma pequena luz, 267

Roberto Raschella
Se tivéssemos vivido aqui, 273

Sobre os autores, 281

Luis Gusmán

PREFÁCIO

As antologias me remetem à lógica de dois romances de Agatha Christie. O primeiro deles, O caso dos dez negrinhos. *Desde o começo da intriga, vão se somando os possíveis suspeitos do crime e, depois, eles vão sendo descartados até que o mistério se revele e encontremos o culpado, neste caso, o antologista. O calibre literário dos textos aqui publicados me instigava a incluir-me como escritor com um conto, mas o pudor de ocupar a posição de antologista me levava a minha exclusão. Optei pela segunda alternativa.*

Creio que a maioria dos escritores compartilharia comigo a cegueira, o fato afortunado de acontecer conosco o que ocorreu com Borges em relação a Kafka: "Passei diante da revelação e não me dei conta". Quero dizer, a alegria que nos dá o surgimento desses escritores que introduzem no universo uma nova combinação de signos que o modifica.

Não acho que nenhum de nós terá esta sorte. Os milagres, inclusive na literatura, ocorrem bem raramente. Nós tivemos um milagre chamado Borges e qualquer um de nós tem que passar de uma maneira ou de outra — para usar a frase do escritor Rodolfo Fogwill — por essa aduana literária chamada Borges. Então alguns escritores creem que têm isenção de impostos, outros contrabandeiam, alguns apelam para o passaporte de diplomata, os mais ousados pretendem cruzar a fronteira comparando Borges com outros escritores; sabe-se, nas mãos da universidade, a vanguarda é tecnologia de ponta.

É claro que tanto o leitor argentino quanto o brasileiro conhecem escritores do porte de Juan José Saer, Manuel Puig, Julio Cortázar; mas como diz o ditado, e levado pela fatalidade da língua: as comparações são odiosas; e qualquer leitura que se preze deve ressaltar as diferenças.

Esta antologia ordenou-se por certa lógica que sua própria dispositio *foi lhe impondo. Algo assim como a ruptura de uma continuidade não apenas temporal como também espacial. Uma fratura geográfica que não responde unicamente às condições dos exílios políticos forçados, aos êxodos mais ou menos voluntários, ou às desrazões da vida de cada um que podem acabar nos levando de um lugar a outro.*

Na literatura argentina, teve fim o binarismo instalado a partir da leitura com a qual David Viñas iluminou nossa literatura, o eixo Paris-Buenos Aires, a viagem real ou imaginária. De Sarmiento a Cortázar.

Em nossa literatura atual, estabeleceu-se outra espacialidade e outra temporalidade, que é produto de uma escritura descentrada — o leitor deve se lembrar do que escreveu Borges em O escritor argentino e a tradição *(pensava na Avenida 9 de Julio e escrevia rue de Toulon para escapar à cor local) ou em Joyce, quando lhe perguntam "Por que você saiu de Dublin?" e ele responde "Para poder escrever sobre Dublin". E a resposta continua sendo para nós uma lição a qual não podemos nos fazer de surdos. Ao que caberia acrescentar o efeito retroativo da leitura em* Kafka e seus precursores.

Não há outro exílio senão o da própria língua, e a obra de Nabokov ou de Beckett estão aí para demonstrar que em um mesmo homem não se reúnem apenas dois lugares, mas também duas línguas. Ou, segundo o sonho do Finnegans Wake: *escrever em línguas. Esses exemplos escolhidos são mais que livros ou escritores, como diz Foucault, são nomes de autor.*

Volto então ao começo do prefácio: esta antologia foi se estabelecendo como uma intriga e como um mapa. Primeiro apareceu "Tenha dó (Praça Miserere)". Este conto tinha que estar no começo simplesmente porque, além de ser o nome de uma praça de Buenos Aires, é o nome de uma estação de trens. Um lugar de viagem, de deslocamento de pessoas. Um ponto de partida. Apesar de que, para outros, ela é um ponto de chegada.

Não vou descobri-la para mim, apesar de que eu gostaria de voltar a sentir a alegria de percorrer a escritura de María Moreno com os olhos do leitor brasileiro. E a análise se detém aqui antes de chegar ao elogio, porque esta será a tarefa de cada leitor.

O ponto de partida da leitura desta antologia pode ser "Praça Miserere" mas também, ao contrário (não estou dizendo Modelo para armar, *nem a leitura proposta por* Rayuela, *de Cortázar, estou dizendo leitura retroativa), pode ser o texto de Roberto Raschella, com o qual termina esta antologia, e que se intitula "Se tivéssemos vivido aqui". Aqui onde? Na Calábria? Na Buenos Aires calabresa?*

Topamos quase por acaso com o conto de Guillermo Piro, "O emissário", no qual Marcelo Mastroianni vem a Buenos Aires para rodar um filme e pedir a mão de uma dama em nome de um amigo que vive em Vecchiano, perto de

PREFÁCIO

Pisa. Ou seja, não é um viajante, mas um emissário em um tráfico de corpos e de objetos e de palavras trocadas não mais entre Buenos Aires e Paris, e sim entre Buenos Aires e Itália.

Cada qual vive na língua que o habita. O ponto de partida fica a cargo de cada leitor. Cada um pode se orientar ou se perder por onde quiser.

O que há de representativo nesta antologia é o seu caráter de diáspora. Dispersão que não é preciso atribuir nem à política, nem à globalização. Há uma forma de literatura que não necessariamente está acompanhada do corpo do escritor — apesar de o mercado e a exigência midiática tornarem cada vez mais indissociável a relação entre o livro como objeto e o corpo do escritor.

É por essa dispersão que Luis Chitarroni pode escrever um conto russo, porque viveu em Buenos Aires a experiência de ler Nabokov, como poucos fizeram em nosso país. Quero dizer, como um escritor lê. É claro que ele escreveu suas "Peripécias do não" seguindo a indicação do poeta T. S. Eliot: "Mistura adúltera de tudo". É esse não que se opõe ao "veneno da mensagem" que durante anos e sob as formas mais sutis e mascaradas dominou a literatura argentina. Um não que oferece uma resistência que nos diz que a literatura não é outra coisa além de uma terra devastada. Quero dizer que não se trata de uma Casa tomada, mas de uma casa a ser tomada. Porque é um estábulo que nos abriga a cada vez, mesmo que para nos desabrigar no livro seguinte; para além de nossas carreiras literárias de maior ou menor sucesso. E não se trata somente do demônio do mercado, mas do próprio demônio.

Não basta apenas "A abstinência da paisagem" para o familiar tornar-se estranho. O entorno que nos rodeia pode resistir a se tornar familiar, inclusive nas poéticas privilegiadas, como as de Antonio Oviedo ou Roberto Raschella, em um mundo onde a cidade pode se transformar simplesmente em uma rua sinistra e o homem deslocar-se cambaleante sobre a terra ou debaixo dela, como um animal vagabundo, da Calábria até a conurbação de Buenos Aires.

Não há mais viagem ao centro da Terra sem o romance de Verne. Há buraco negro. A viagem é outra. O ponto de partida não garante o ponto de chegada. Para além das intenções que levam cada escritor a se posicionar a respeito de sua própria literatura.

A antologia foi se construindo nesses tropismos de "línguas" e lugares e se desloca de um lugar para outro, mas também existe o perigo de que, como o cachorro, ela termine mordendo o próprio rabo.

É por esses tropismos que Martín Kohan — que havia acostumado seu leitor a histórias politicamente contemporâneas que colocam em relação fatos políticos de massa, como a Copa de 1978 e a repressão política na Argentina, com um acontecimento menor, e que apenas pela maleabilidade de sua escritura faz que esses dois acontecimentos não se transformem em uma alegoria moralizante — nos surpreende com "O cerco". Digo que é por essa fratura e por esse efeito retroativo que a história pode ser transportada temporalmente como o texto de Kohan — ou o conto de Juan Becerra, "Vida de uma bala" —, sem que nenhum dos dois incorra no tópico do romance histórico. Ao leitor, basta viajar no tempo e no espaço como na máquina inventada por H. G. Wells. Quero dizer, uma máquina literária.

O familiar se tornou estranho, mas também o estranho se tornou familiar. Temos o texto de Sergio Chejfec, no qual a miudeza do real *com que foi escrito faz o leitor perceber que o sonho americano pode ser um pesadelo.*

Às vezes, a contiguidade dos textos publicados nos dá a própria trama de um "relato" que vai além da experiência literária de cada um dos autores. Como se o texto de Pablo Katchadjian disparasse "O gatilho" que coloca em movimento o trajeto de "Vida de uma bala" de Pavia até Buenos Aires. O conto de Becerra, em seu percurso e em sua brevidade, encontra uma suspensão que alcança a perfeição, a qual só o acaso é capaz de produzir.

Desde "Nos confins da cidade", de Gustavo Ferreyra, até o deserto do Arizona, no belo e despojado conto de Anna Kazumi Stahl, a antologia se desloca autonomamente daqui para lá como se tivesse vida própria. O leitor pode deparar, de repente, com o povoado que María Martoccia relata com uma naturalidade que não exclui o artifício e nos devolve a possibilidade de um conto na escritura. Assim como nos outros textos, outros autores tampouco renunciam a contar uma história, nem sequer ousam interrompê-la, deslocá-la ou mascará-la, inclusive dissolvê-la. O conto de Flavia Costa, em qual um homem anda por uma rua de um povoado com um escudo no qual alguém gravou uma cabeça de boi com três olhos, funciona neste caso como metáfora do terceiro olho do leitor. Um leitor, como em um famoso quadro de Arcimboldo, pode ter cabeça de boi, mesmo que sua figura seja composta por um acúmulo de livros.

Cada escritor inventa uma estratégia para manipular o jogo. Até os mais experientes, como Joyce ou Beckett, acreditaram honestamente e de modo diverso que manipulavam as cartas, e não perceberam que eles eram parte do jogo. Joyce, até ganhar o jogo e realizar seu sonho (como está escrito em sua Correspondência*), que era ser lido e decifrado pelos universitários trezentos anos depois de sua morte. Sem dúvida, está conseguindo. É claro, o fato de* *serem jogadores inquebrantáveis os torna mais resistentes; mas houve outros escritores que, como forma de resistência (nessa palavra condenso oposição e modificação do campo literário de seu tempo), preferiram se entregar e se tornar ignorantes de sua época, e entregar sua obra a certo acaso. Talvez uma paixão tenha sido tão inútil quanto a outra. Porque, como diz Nabokov, "o veneno da mensagem" pretende transformar a literatura em um instrumento útil. Se a literatura enfrenta um obstáculo — não me refiro ao mal-entendido da demonização do mercado — é o de sua própria emboscada quando a língua literária está saturada e a trama contínua da linguagem e da escritura já não transmitem nada; é tempo então de embaralhar as cartas e distribuí-las novamente. E não me parece que essas digressões careçam de interesse para o leitor brasileiro, porque certamente nosso destino sul-americano nos leva às mesmas encruzilhadas e aos mesmos dilemas.*

Este cortar o baralho e dar de novo as cartas é a impressão que se tem quando se lê o texto de Ricardo Zelarrayán, "A pele de cavalo". Sim, de tempos em tempos a literatura precisa trocar de pele. Se o leitor quiser um símile da escritura desse autor, o mais parecido que encontrará em termo da língua seria Guimarães Rosa: em ambos os autores a linguagem é música, a linguagem é poesia, a linguagem é mito.

Outros dos escritores publicados escolhem o caminho inverso. Luis Tedesco propõe para seu projeto de escritura uma figura que arremeda a disposição do dicionário. Sua prosa excede qualquer significação conceitual e encontra em seu estilo, um dos mais singulares, o "obstáculo" para qualquer ideia de dicionário. O texto de Daniel Guebel, "O nariz de Stendhal", e a metonímia do título não nos ensinam que a totalidade sempre pode ser transpassada por um traço? Que a caricatura não só é exagero, deformação, como também ruptura do modelo? Sim, a literatura procura se descentrar o tempo todo. Mesmo que para isso seja necessário meter o nariz em uma paródia de dicionário. Ao menos essa literatura que se intitula Os outros.

Referir-me a cada texto publicado seria, além de inútil, reduzir a leitura ao método do catálogo; é por isso que o representativo não passa por um aspecto geracional. Há nesta antologia autores de todas as idades. Não só idade humana; não só idade de publicação; não só idade de leitura; mas idade de escritura. E isso, como se diz na brincadeira infantil, não tem idade.

Essa língua em movimento, essas transmutações lexicais, esses truques com os quais o estilo torna o coloquial outra coisa além de mera cor local (é o que ocorre com alguns contos, como o de Carlos Eduardo Feiling, e alguns outros, e aqui Outros *quer dizer diferença, não soma, se nos ativermos ao nome que dá título à antologia) nos dizem que a língua é um lugar onde o que se escreve está vivo.*

Um amigo, o pintor Carlos Gorriarena, que em 2006 expôs sua obra em São Paulo, dizia que o espaço na tela era um campo a ser conquistado, um campo de batalha. O apólogo prosseguia com a imagem de que se, no living *de sua casa, a pessoa tem um gato morto ao longo de quinze dias, chegaria um momento em que algo cheiraria mal, sem dúvida. A metáfora revelava que cada elemento do quadro era algo que deveria estar vivo. Com os livros da biblioteca deveria acontecer algo parecido: a cada vez que o leitor os abrisse, deveriam estar vivos e não cheirando mal. Esta antologia pretende transmitir este animal vivo, este guincho de fratura que é a literatura argentina.*

A escritura de Marcelo Cohen é esse grito que emite o personagem Enzatti, o grito apagado que sempre é mais estrondoso, a voz alta de uma vida que não é um insulto, que não é um gemido, não se mescla claramente no silêncio como o guincho de um camundongo, não dá espaço ao silêncio, nem forma, simplesmente o fratura.

Esse grito é a metáfora dessa quebra que está presente desde o começo nesta obra. Essa atualidade "Interminável" é "um diário íntimo", de Alan Pauls: "A cada frase que escrevo, a margem da frente se afasta um pouco mais". De que margem ele está falando? Quando a fronteira não é geográfica, mas de uma relação entre línguas: "O simples fato de que algo estivesse escrito em outra língua, uma língua que ele conhecia mas que não era sua língua materna, bastava para despertar nele a ideia, completamente automática, por outro lado, de que esse escrito estava em dívida, devia algo imenso, impossível de calcular e, portanto, naturalmente, de pagar, e que ele, Rímini, o tradutor, era quem tinha que se encarregar da dívida traduzindo". *A essa outra margem, a essa outra língua traduzida, não somente por esse ofício impossível do tradutor, mas a essa dívida impagável, a esse resto indecifrável, eu o chamo de literatura, a despeito de qualquer língua.*

A outra margem, que no texto de Matilde Sánchez tem nome: "Quando pensava em sua primeira pátria, devia transferi-la para outra terra da qual não sabia produzir mais que um conjunto de lugares e topônimos, conhecidos por tê-los ouvido de sua mãe antes de ir dormir. A isso era preciso somar as generalidades próprias dos programas escolares, floreados pelo romantismo dos exilados". Esse exílio era uma das armas que Joyce recomendava ao artista.

Prefácio

A escritura sempre tem que ver com essa outra margem que André Gide definiu em seu Diário *quando disse: "escrever era colocar algo a salvo da morte". A própria? A do outro? Como em um texto de Beckett, são as perguntas que Rímini se faz em seu* Diário *e que Federico Jeanmaire parece retomar de maneira bela e dramática quando fala da morte de um pai e nomeia essa tarefa à qual fazia menção a frase de André Gide. "É árdua porque nos remete à nossa própria morte ou ao efêmero de qualquer futuro. É extenuante porque irremediavelmente acaba misturando as coordenadas do tempo com as do espaço e nos submerge na humildade mais completa: no meramente animal que se esconde atrás do humano. Atrás do que pomposamente costumamos definir como humano. Por isso estou escrevendo."*

É possível que uma antologia só se justifique pelo fato de apresentar-se como um testemunho para "Os dias que virão" daqueles escritores que vão desaparecer e daqueles que persistirão. Essas considerações carecem de valor profético; esse destino é às vezes caprichoso e, na maioria das vezes, injusto. A história da literatura periodicamente se encarrega de "reparar um erro" inventando coleções chamadas Biblioteca de rescate. *Dessa sorte tão díspar sofreram grandes escritores como Roberto Walser ou Bruno Schulz, só para citar alguns. O tempo dirá...*

Relendo os textos aqui publicados, há duas questões que dominam esta antologia. A primeira se refere ao tabu do contato e à propriedade privada. Os escritores que figuram aqui cederam de maneira generosa a ambas as questões. Não tiveram o prurido de "se estiver tal escritor, eu saio", fazendo dessa autoexclusão seu lugar de escritor; a segunda é que declinaram de que "o assunto" se reduzisse à mera questão de "serem traduzidos" e, simplesmente confiando na linguagem, encontraram na singularidade de cada estilo aquilo que desse nome a isso que resta do "traduzido", que chamamos a literatura de um país.

Finalmente, lembro o segundo romance de Agatha Christie, Assassinato no Expresso do Oriente, *no qual, no final da história, o leitor percebe que não há um só criminoso, que todos são culpados. Nesse sentido, todos somos culpados. Por sorte, a antologia excedeu os dez nomes iniciais. Talvez porque ela se constituiu seguindo uma intriga literal. Ou seja, para além dos temas tratados, uma política do estilo é o mais representativo desta obra. O leitor brasileiro poderá perceber a fratura que estes textos produzem no cristal da língua, com sua dureza e sua fragilidade.*

O mestre, o amigo Gorriarena, já não está conosco, e a referência à amizade não é só privilégio do gênero póstumo, já que se mantém viva para além da

*morte nesse sentimento difuso porém preciso que nomeia a palavra "saudade";
esta antologia foi se constituindo um pouco seguindo o título de Henry James:*
Os amigos dos amigos. *Um amigo me dizia: você conhece tal escritor? Você
não acha que deveria incluir este outro? O livro se constituiu como um coro de
vozes. Por fim, o antologista sente-se responsável e orgulhoso de terem confiado
a ele não só o trabalho, como também o nome de uma escritura.*

*Retomando o título do conto de Antonio Oviedo, "Os dias que virão",
talvez o importante seja que nesses dias por vir esta antologia nos indique,
mesmo no extravio, alguma pista sobre a literatura argentina.*

OS OUTROS

OS OUTROS

María Moreno

TENHA DÓ
(PRAÇA MISERERE)

A Praça Miserere não fazia parte do itinerário que minha mãe organizava para fazer de mim uma pessoa saudável, e no qual o ar puro, juntamente com a vacinação obrigatória e a prevenção das doenças infecciosas, era um dos pilares. Toda a praça representava para ela um foco, se não de bactérias, certamente das forças sociais que o peronismo havia incentivado sob a forma de vistosa propaganda da felicidade. O Once era não só o lugar das reuniões, como também o do trânsito dos habitantes das periferias, que surgiam ou desapareciam na entrada da estação com força suficiente para tornar ilusória a plaquinha de *É proibido pisar na grama*. Realmente, essas pisadas, que faziam minha mãe se lembrar dos ataques indígenas, haviam deixado uma disforme superfície de terra, onde o verde só surgia em touceiras semiesmagadas e a única flor sobrevivente era o dente-de-leão.

Essa praça natural, na paróquia de Balvanera, não parecia muito apropriada para as crianças, apesar de ter brinquedos e areia. O fotógrafo desempenhava seu trabalho com os noivos interioranos, quase sempre empregadas domésticas e reservistas que costumavam demorar bastante nos bancos, até que abrissem o salão de festas da Recova. Não faltavam nem o vendedor de balões enchidos a sopro, nem o vendedor de beiju com sua roleta sobre o cilindro vermelho, nem o zelador com seu ancinho destinado a recolher folhas secas para limpar os caminhos de pedrinhas vermelhas. Mas essas figuras sempre davam a impressão de não ter nada para fazer ali porque aquela praça não podia ser associada ao descanso e às brincadeiras inocentes, e sim a uma urgência que não respeitava a fragilidade de seus canteiros. Não era, certamente, um resto de fazenda pertencente a alguma família tradicional cuja desapropriação amigável permitia arremedar um prazer outrora inacessível. A moça de Santiago que cuidava de mim costumava me levar lá, quase clandestinamente, para que eu a acompanhasse como guarda-costas em encontros sobre os quais eu tinha que guardar segredo. Já crescida, aluguei um apartamento na Avenida Rivadavia. Então costumava perambular pelas lojas da estação em busca de fitas cassetes de música latina enquanto meu filho pequeno brincava nos fliperamas.

O senhor Praça, que naquela época vivia em Buenos Aires, aceitou conhecer a praça porque esse destino já estava em seu sobrenome, como dizia, e porque ele gostava das minhas mitologias suburbanas, segundo as quais eu simulava me deslocar da classe média para a baixa só por ter nascido em um cortiço. Tiramos uma foto na qual o rosto dele expressa um desgosto disfarçado pela pose afetada de ler um livro. Sentar-me nessa grama, que uma ocasional gestão municipal conseguira preservar com uma cerca de arame, para além da qual o trânsito era impedido pelos vigilantes noturnos, era uma reivindicação tardia. Podia-se dizer que, com o passar dos anos, eu tinha recuperado o espaço público que me era de direito como moradora.

Mas isso foi antes de O Pantera, chefe dos garotos de rua, entocar as armas nos troncos das árvores; antes de amarrarem Emir numa árvore com um turbante de papel higiênico na cabeça e um cartaz pendurado no pescoço, escrito "Aqui está o Bin Laden"; e antes de as vendedoras russas começarem a oferecer meio copinho de café pela metade do preço. Quem sabe qual partícula infinitamente pequena, invisível, do chamado espaço verde, debaixo do concreto, das aroeiras ou das pedras vermelhas dos caminhos, ainda restava dos antigos matadouros, desse bairro escrito com sangue do gado com dono e dos trabalhadores federais. Na frente da estação, nos postos cobertos com plásticos coloridos, Orixá emergia das águas de gesso com a expressão perdida de Maria, pintada pelos meninos do orfanato, e a batalha multiplicada de São Jorge e o dragão — neve caindo sobre os santos debaixo de cúpulas de plástico transparente — formava uma série do maior ao menor como uma família de brinquedos didáticos. Centenas de óculos de sol conviviam com os bonés que Perón combinava com uma moto e um par de cachorrinhos de louça.

Eu me lembro de um dia qualquer. Passaram as damas do Exército da Salvação com seus uniformes sofridos e capinhas enfeitadas com fita de seda, as mesmas que usavam quando entravam nos bares girando suas sombrinhas para derrubar as garrafas enfileiradas diante dos espelhos bisotados atrás do balcão, do outro lado do mar, em outro tempo e outra língua. Louvado seja Deus, louvado seja. E passou um coreano com uma arara de vestidos de lamê e saias em forma de corolas como bomboneiras decô, e com isso ele tinha que se desviar das pernas estendidas dos taxistas encostados no capô do táxi aberto — música sobre música nos aparelhos de som a todo volume — esperando uma corrida. Um velho se levantou rapidamente porque a rodinha da arara tinha passado em cima do seu pé e logo desabou rancoroso na câmera lenta do bêbado, ameaçando-o.

— Irmãos, quem seria capaz de doar algo em troca de nada? — gritou o pastor Rangone. Algumas mãos tímidas ergueram uma nota de cem australs. Rangone repartia o dinheiro entre a multidão em partes iguais. Mas diziam que este Robin Hood fazia passes de mágica e que o ajudante louro que recolhia as notas tinha sido mago no hotel Marcone. Aos pés do pastor estavam duas iguanas mansas como bambis.

— As iguanas são de todos — socializou o pastor antes de derramar sobre a multidão um punhado de medalhinhas de lata.

Na outra ponta da praça, dois homens de túnica e longas barbas criaram suspense, plantando-se na frente do Latino Once (aparentemente, em direção a Meca).

— Cuidado, não pisem nas iguanas que elas mordem! — tentou competir Rangone. Pouco tempo depois, os de túnica contavam com sotaque de Corrientes a "verdadeira lenda do pacto do Arco-íris". Na confeitaria La Perla, entre os aparelhos de ar-condicionado e os copos enfeitados com uma cereja, já não havia tantos militantes de esquerda. Fazia tempo que no banheiro havia evaporado o fantasma de Tanguito quando improvisava a letra de "La balsa". Os encontros seguintes continuavam sendo clandestinos, mas eram apenas amorosos. A lambada estava no ar, as coisas não se mexiam, repetiam-se como em uma sessão contínua. Chegou a noite e revelou os personagens. Um homem magro e elegantão em seu terno cruzado confessou em uma mesa do Alex Bar: "à medida que envelheço, sinto que vou me transformando em uma palavra". Pela praça passaram os festeiros rumo ao Latino, de paletó branco, calça boca de sino e camisas com nomes de lugares distantes, imagens de barcos, mapas ou feras selvagens — eu me visto com o que eu nunca vou ver, e daí? —, elas com camisetas de decote baixo, jeans com helanca e echarpes de náilon. De braços dados, todos em direção aos homens-placa que ainda dizem:

"Compro ouro, compro ouro e joias". Todos. Aquele de Salto que vivia em Vila Devoto e trabalhava na Fanacoa, o de Santiago que tinha sido peão de uma metalúrgica mas que já tinha deixado de ser, o operário da construção que gostava de Jorge Véliz e Los Caimanes Santiagueños, mas ainda mais de Los Hechiceros. Eles não faziam caso do gesso imaginário que envolve a cintura dos portenhos e entravam no ritmo dos quartetos com a pélvis sincopada em rajadas que eram uma profecia de Rodrigo. Dançavam com a doméstica que trabalhava na esquina de Santa Fe com a Larrea, mas que ia embora no fim de semana para a casa da irmã em Florencio Varela; com a operária de alpargatas de quem o cunhado, sentado num canto da pista, sob a humilde luzinha giratória, estava com o bebê. Os quartetos? Então soavam como uma mistura de guaracha e chamamé. Era de se ver, entre as mesas e cadeiras com assento de madeira dura do Latino, a poeira levantada pelos pés ligeiros.

Sandra Opaco, vestida com um conjunto de André Courrèges que conservou quase durante trinta anos, deixou a praça em polvorosa. Seus saltos torcidos iam marcando o asfalto fresco do caminho central, aquele que vai dar no monumento a Rivadavia. Ansiosa porém discreta, olhou os homens que passavam com a expressão burocrática de uma bailarina de *burlesque*. Entretanto, ao longo da tarde, não tinha visto o milico que ficava por ali, o uniforme semiaberto no peito, disfarçando a vontade de abordá-la e olhando, como se a máquina de água vermelha onde nadavam as salsichas, ali na barraquinha, fosse o mar dos românticos. Sandra Opaco já não procurava sinais ocultos. Apenas via o que já conhecia: dois ou três comerciantes da estação, entediados de vegetar nas lojas vazias, e o coreano que não falava e cuja pele era tão delicada que, para tocá-la, "era preciso passar óleo nas mãos".

Eu queria arrancar o segredo de Sandra Opaco, captá-la nesse instante de fraqueza em que alguém se abre inevitavelmente como a anêmona do mar diante do veneno do peixe-palhaço. Mas eu não fazia Sandra Opaco rir, e lhe dava pena, apesar de que, dessa vez, recebi a dádiva de suas palavras:

— Senhorita, me permite?

— Putz, outra vagabunda.

— Venho da parte de Fernández.

— Quem não conhece um Fernández?

— O do bar. Ele não avisou que eu queria falar com a senhorita?

— Tempo é dinheiro.

— Justamente. Com quanto eu a ajudo?

— Me ajudar? E à senhora, quem lhe ajuda? Não está vendo o papelão que está fazendo?

Fiz cara de súplica, mas Sandra Opaco odiava as súplicas e fingia procurar na bolsa alguma coisa urgentíssima que não estava encontrando.

O acordo: que eu lhe desse o equivalente a um período. Sandra Opaco não se privava de humilhar.

— Pagar para falar! Como os degenerados!

Finalmente cedeu, depois de um copinho de pinga do tamanho de um potinho para banhos oculares. No Alex Bar, com mesa na calçada.

— Antes eu morava no hotel Cristal, mas quando não consegui mais pagar me botaram no olho da rua. Agora eu fico no, quer dizer, em todo caso, não vou lhe dizer onde. Quando tem baile no Latino eu vou para o hotel Luján e alugo um quarto. Porque agora, o que é que você quer, para tudo é preciso investimento. Pago sete mil austrais até às nove da manhã. Depois gasto mais três mil para entrar no baile. De lá eu venho com alguém, lá pelas cinco, seis da manhã. Se eu quiser, fico até às quatro da tarde. Parece mentira, mas é quando eu mais descanso. Recupero a metade porque nesse dia eu empresto o quarto para um sujeito que dorme na praça. Que desgraça! Antes eles dormiam no monumento, mas agora os radicais colocaram grades. Dando uma volta, entre os pés da estátua, encontrei uma gata com os filhotinhos. Peguei um e fiquei com ele no quarto, escondido. É preciso ter alguém para dividir as coisas: o que é dele é meu.

Antes que eu me apercebesse, ela ficou em pé enquanto abaixava a saia e ajeitava a tiara no topo da cabeça.

— Como, só isso?

— Bom, suponha que foi como com um desses caras que... você sabe (e baixava os cílios, cheia de pudores, como um cordeiro de presépio).

— Que o quê?

— Que em seguida fazem psss como quando você abre uma garrafa de água mineral.

Sandra Opaco aproximou-se das lojas da estação e suas ventas se incharam de cobiça: estava vendo uma flor vermelha, inumana, dentro de uma cúpula transparente como as que se colocam sobre as imagens dos santos, grande como uma alface. Esticou a mão, não desejava comprá-la, apenas acariciar a cúpula para certificar-se se ela tinha a frieza do vidro. O vendedor, que cochilava sob uma peça de náilon, retirou-lhe a mão. Logo se interpôs à flor com o corpo. Sandra Opaco sentiu como se a multidão que saía da estação lhe roçasse as costas até retirá-la do lugar. O vendedor voltou a se sentar mas permaneceu de olhos abertos. Eu a olhava com piedade, mas Sandra Opaco odiava a piedade e, movendo suas sobrancelhas pintadas e quase ralas, devolveu-me um olhar de ódio seguido de uma indiferença estudada que — ela acreditava — encontrava-se no coração da finura. Depois ensaiou a máscara da tragédia e, soltando uma carraspana de palavrões, sacudiu a cúpula como para quebrá-la e fazê-la perder a água. Depois, tornou a ajeitar a tiara e atravessou a Rivadavia como Delia Helena San Marcos naquele poema de Borges.

O Alex Bar ficava aberto toda a vida. Por isso era o preferido dos taxistas que se sentavam em frente às mesas da calçada, o táxi aberto, deixando misturarem-se as músicas dos toca-fitas. Golpeando o ar com seu trapo fedido, Emilio regulava a violência dos últimos passageiros da noite. Se livrava do bêbado briguento, defendia a bêbada assediada e interpunha um diplomático "o senhor me desculpe, mas está consertando" aos mendigos que pediam para usar o banheiro para um banho ou para trocar de roupa. O telhado de metal e os anúncios das portas de vidro há tempos eram tão tristes que, de dentro, parecia estar garoando.

— E agora chegou a Coca-Cola — dizia Emilio com desprezo.

O barman Manolete afirmava que o humorista Wimpi era um cavaleiro porque nunca gritava garçom!, e sim esperava que o olhar dos dois se cruzasse para fazer um ligeiro movimento com a cabeça. Esse não era o estilo do Alex Bar. Chamavam Emilio de *Mami!*. Como se ouvisse chover, ele permanecia recostado sobre o balcão, alheio à bagunça, e só saía do lugar ante a módica palavra *Emilio!*.

Lá pela sexta cerveja, armou-se no Alex um banquete platônico dos deixados pela mão de Deus, no qual não se falou em amor, porque eram argentinos e peronistas. O Gordo, o Jockey e Dom Pelegrino costumavam se alternar como médiuns para arremedar a voz do General nos discursos da clandestinidade. Mas à euforia do passado somava-se, já então, a humilhação, a derrota do presente. Nessa noite, ergueram um brinde a um garoto da outra mesa que, segundo eles, tinha cara de estudante.

— Eu me chamo Ramón, mas podem me chamar de Rocky — disse o magricelo, que devia pesar os quilos de Charles Atlas nos tempos em que era esquelético.

O barulho dos notívagos abafava a chegada de Ramoncito à mesa dos notáveis, que haviam confirmado, ser ele estudante, já que tinha "dois anos de eletromecânica". Logo se ouviu dele claramente:

— Há aqueles que dizem que é preciso amar o espírito, mas eu digo que é preciso amar a matéria, porque o espírito é imperecível, enquanto a matéria é perecível. Por isso, ser bom de verdade é amá-la (a matéria). Porque o espírito cuida de si mesmo.

— Você sim é que sabe, Ramoncito, dá para perceber que você é estudante (e o Gordo ficou com a cara do Pichuco levitando no Caño Catorce). Dom Pelegrino pareceu olhar para a Grécia Antiga no copo de moscatel no qual buscava inspiração.

— E o que é a matéria se não a Mulher?

Lembro-me de que houve uma pausa dramática. O Jockey me mandava beijinhos porque eu tentava ler.

— Ai, menina, você já tem uns quarenta anos. Quando você se formou, o que me diz? Ah, sim, e que outra mulher senão a mãe?

O Jockey era assim — morreu de cirrose no Ramos Mejía —, podia falar olhando para ambos os lados e, nas vírgulas, molhar o bigode de anchova na espuma da cerveja. Então, Dom Pelegrino fez um movimento com o corpo que é o que costuma fazer a alma quando se esforça para surgir em belas frases de eficácia retórica e todos o olhamos com o coração na boca.

— A mãe é uma mulher muito estranha.

Deviam ser quatro da manhã e o louco Juancho devia estar andando entre as mesas vendendo as flores que roubava da Virgem de Luján da estação. Os ônibus da companhia Rio da Prata, grandes e com grandes asas, com seus vidros polarizados, corcoveavam por La Rioja, tentando ir para o interior. Os patrulheiros deslizavam como sobre um carpete pela Rivadavia, a passo de homem.

— Ramoncito, como você sabe, dá para perceber que você é estudante — disse o Gordo, soltando umas lágrimas de crocodilo.

E Ramoncito, que queria estar à própria altura de Alcebíades dos Currais, começou a dizer: "a democracia... a democracia...". Não tinha jeito, a ideia não saía. Dava, um após outro, golpes na testa enquanto tentava se lembrar de alguma definição do livro de Instrução Cívica: "É o governo de... a democracia é o governo de...". O Gordo e Dom Pelegrino se apoiaram na mesa como se estivessem convocando uma reunião espírita.

Pela expressão dos rostos já começavam a cruzar a esquina da violência. E esse Ramoncito, quem é que conhecia ele? Era certo que não tinha estudado eletromecânica. Nego falastrão. Então, Ramoncito ficou em pé:

— Já me lembrei, a democracia é o governo do corpo.

Se queriam tango, era preciso atravessar a rua e procurar a Recova. No cartaz do Marcone estavam as fotografias do grupo Los Dandies e Costa Brava, das rainhas da beleza de cada noite com sua faixa de vencedora e seu cetro banhado a ouro. Quem quisesse ver a orquestra de perto tinha que fazer reserva, a maioria dançava até o hino. Dom Pelegrino disse:

— Vamos, professora.

Paguei meus uísques e fui com eles.

Diziam que no ambiente do Marcone havia muitas enfermeiras, que quando alguém passava mal vinham tantas para ajudar que terminavam tirando o ar do pobre. O Marcone tinha uma cenografia de arcadas de madeira e pano de fundo como no Argentina Sono Film. Tranquilizada pela aparente autoridade do *maître*, sentei-me na penumbra junto à luminária com franjas, plissada e cor-de-rosa como uma cortina de teatro. Da cabeça do vocalista saíam relâmpagos de gomalina enquanto ele segurava a voz para alardear seu dom natural. Deviam ser postiços, mas em seus dentes brancos parecia estar a morte, não a da figura medieval que ameaça com sua foice o leito dos agônicos, mas a dos que se estreitaram entre machos no abraço da primeira milonga; aquela que cochila nas mãos roubadas do general que — alguém disse — logo seriam vendidas em forma de matrizes mortuárias protegidas por cúpulas acrílicas como a flor que Sandra Opaco desejara, lá embaixo, na praça. O uísque subia mais porque estava bem servido.

Olhei sem nostalgia para os casais que se abraçavam na pista semicerrando os olhos para se perderem melhor no mapa do salão, todos voltados para o alto como se tentassem se libertar da carne, porque o tango é a assunção laica que vai do barro ao céu e nos purifica sem mediação — pensei no terceiro Old Smugler — enquanto os dançarinos extraem dele signos escondidos como os que as milongueiras, ao voltarem pela rua do pecado, faziam no chão com os sapatos de salto tão fino como uma agulha de costura.

"A dança que é mais triste sob o cone azul", disse o vocalista movendo as mãos delicadas que não escondiam seu desejo de ser mulher.

Saí de madrugada. Que ninguém pense que tudo estava quieto. As verdadeiras cidades são de neon, como Las Vegas ou Osaka. Mas, onde Buenos Aires saía para o oeste, a *forma* era o reflexo dos semáforos no vapor que a madrugada levantava sobre a Avenida, onde, de um trem, a caminho de Ramos Mejía, o poeta Fernando Noy viu os fantasmas de Tanguito e de Miguel Abuelo passarem de bicicleta rente aos trilhos.

Lá fora, a paixão fervia na violência dos que se meteram em confusão na saída do Fantástico e do Latino, e dos que trapaceavam enquanto jogavam baralho nas mesas de concreto da praça remodelada. O sangue dos ciumentos derramou-se pela calçada. Ali cada província, cada arrabalde, marcava uma lei que era defendida com o punhal ou o combate corpo a corpo. A polícia chegou tarde e à paisana, para arrecadar propina.

Exceto entre os brigões mimetizados nos cantos da praça ou que se dissimularam na calçada do Alex pedindo um cafezinho com a astúcia do camaleão caveira. Uma vez mais, Emilio disse que o banheiro estava "sendo consertado". Que o sangue não chegava ao lavabo nem ao sanitário apesar de que, a essa hora, o fechamento se anunciava para evitar as costumeiras golfadas de cerveja azeda, pizza e amendoins.

Enquanto o sol desmentia a hora do relógio da estação, começou o lento desfile dos caminhões de entrega. Então, do Alex Bar saiu uma empilhadeira enferrujada que devorou o pão e as *medialunas* quentes. Lembro-me de Sandra Opaco, sentada diante de uma mesinha na calçada, depois de limpar a cadeira com um lencinho. O rapaz que descarregava refrigerantes, com uma faixa de tecido indiano na cintura e o dorso nu, não era para ela. Por isso disse, olhando-o de cima a baixo:

— Saúde! Porque hoje eu vou brindar ao esquecimento —— e bebeu seu copo de leite quente.

Sergio Chejfec

DONALDSON PARK

Dedicado a Federico Monjeau

Na primeira vez que passei por Old Things For A New Age havia na calçada um divã turquesa de psiquiatra. O cartaz dizia aproximadamente a mesma coisa, divã psiquiátrico turquesa, e consistia em um bloco aparentemente maciço, alongado, com pequenos botões metálicos próximos do chão, que vinham a ser os pés nos quais o objeto se apoiava. Na cabeceira havia um travesseirinho estreito da mesma cor, pregado à superfície por meio de umas costuras dissimuladas sob típicas franjas. Segundo se acredita atualmente, o courino turquesa é sinônimo dos anos sessenta ou setenta. Visto a certa distância, por exemplo, da esquina, onde está o restaurante 7 Hills of Istanbul, ou do grande estacionamento em frente, que pertence ao supermercado Stop and Shop, o divã psiquiátrico podia parecer um curioso baú alongado cuja vibrante cor, graças ao meio sol da tarde fria, acrescentava extravagância ao objeto. Em seguida, dava para pensar que alguém se escondia dentro, se é que havia modo de entrar, ou atrás, sem se preocupar em ser descoberto. Poucos dias depois soube que o Highland Park tem uma grande quantidade de psiquiatras e psicólogos, bem acima da média habitual. Portanto, pude resolver de algum modo o mistério, e disse a mim mesmo que o divã turquesa teria pertencido a um especialista local.

Highland Park é um ponto inconsistente na espessa trama de subúrbios, estradas e rodovias que cobre o território do estado de New Jersey, nos Estados Unidos. Pode-se viajar para qualquer direção e encontrar uma sucessão interminável de *malls*, bairros residenciais, cidades, povoados e intersecções de estradas e rodovias. A rede viária de New Jersey é febril e enlouquecida; ali se sobrepõem o passado mercantilista, o industrialismo voraz, o otimismo automotor e a era das conexões rápidas. Ao andar um pouco por um lugar ou por outro, seja por uma estrada antiga, hoje transformada em secundária, por uma rodovia de alta velocidade ou uma rodovia troncal, de qualquer modo não passam trinta minutos sem que a pessoa se sinta invadida por um indefinido e mortal mal-estar. A reiteração de paisagens viárias, de sinais de trânsito, de nomes de comércios, de conjuntos residenciais, instala na mente a sensação de se estar em um mesmo lugar indiferenciado, pelo qual é possível mover-se mas de onde não é possível sair. A repetição constante contribui para uma economia de símbolos, até que rapidamente as coisas se reduzem a um reflexo, a um tique de percepção que passa por alto os detalhes e só enxerga o permanente. Os bairros e povoados obedecem também a essa lógica, ao apresentarem as mesmas construções, as mesmas casas, as mesmas cores, os mesmos jardins e as mesmas árvores. Apenas as cidades médias e grandes escapam a essa condenação, certamente para sofrer de outras. E entretanto é fácil extrair desse pesado universo um elemento de beleza, quase metafísico. É a beleza da desmesura, da obsessão e da falta de inspiração; do simulacro de felicidade, do conforto construído e ao mesmo tempo insatisfeito.

Passei horas absorto pensando na vida compartilhada e ao mesmo tempo isolada que se desenvolve nesses lugares, onde as relações são individuais e o intercâmbio social limita-se ao extremo. A promessa dessa vida hiper--regulada, desses condomínios e centros comerciais, é que o mundo vai deixar tranquilos seus habitantes por quanto tempo eles quiserem, quase sem nada a temer ou a esperar. Mas o custo que os habitantes pagam não é a alienação, se assim fosse seria um preço barato e, por outra parte, bastante disseminado. O preço tem a ver com a redundância. Como consequência da reiteração de elementos, um dos poucos meios de se diferenciar passa pela corriqueira transformação do que se destacar em ornamento, em coloração ou em pretenso respeito pelos modelos fingidamente naturais. Nisso reside o excesso, a condenação que termina abrandando as pessoas.

O excesso de uniformidade tem o efeito, às vezes paradoxal, de suscitar o vazio, ou de revelar os emblemas naturais, como uma língua auxiliar, útil somente para traduzir coisas soltas, os sinais que provêm da natureza domesticada. É bem conhecida a história do então futuro escultor Tony Smith. Certa noite ele estava dirigindo e, por acaso, acabou em uma rodovia recém-construída, ainda sem sinalização e deserta naquele momento. Desceu do carro e deu uns passos, comovido pela experiência do volume — segundo suas palavras aproximadas — em estado puro. Por causa da escuridão noturna, o pavimento era uma superfície invisível, mas também era a plataforma material que o resgatava do vazio enquanto contemplava as luzes longínquas de outras estradas e cidades. Neste caso não importa, suponho, a eventual lição estética do fato; menciono isso apenas como indício de que em 1967 a paisagem de New Jersey já induzia a contraditórias experiências da sensibilidade artística relacionadas ao movimento e às transformações geográficas (não me parece exagerado chamá-las assim, já que, como provavelmente mais adiante sugerirei, o construído se normaliza bem rápido graças aos empréstimos que toma, e que por outra parte todo o tempo reconhece, do assim chamado natural).

Como talvez em poucos lugares, nessas regiões repara-se no comportamento cínico da paisagem humana, como consumação do comportamento cínico do homem diante da paisagem. Esses espaços que descrevo bastante brevemente compõem uma maquinaria já independente do sentimento individual dos colonizadores; são lugares que propõem um idílio perpétuo com o entorno, entretanto construído sobre a fugacidade. Pode-se ver a magreza do construído como o domínio absoluto do pré-acontecimento; e assim como esse bairro, por exemplo, ergue-se no meio do que foi há pouco uma granja industrial, amanhã poderia ser desmontado antes do meio-dia para deixar a terra lisa e horizontal, o que as máquinas conseguiram fazer em jornadas de trabalho sob o sol, como foi tudo aquilo exatamente antes de ser urbanizado. A capacidade do homem para transformar a natureza nos Estados Unidos alcançou graus de brutalidade e decisão conhecidos. Isso surpreendeu a muitos escritores latino-americanos e europeus, era uma pujança que provocava admiração e desconfiança. Mas isso de alguma forma já está feito, ou já está orientado para uma direção aparentemente inevitável e, portanto, o que se vê hoje é a reposição da natureza de outro modo. São construções do campestre, do ar livre, da vida aquática ou do mundo do passado.

(Semelhante uniformidade, digamos, civilizatória produziu também uma eloquente reação irônica, aparentada de algum modo com a experiência de Tony Smith. É nessa mesma época que Robert Smithson descobre, ou define, lugares de frequentação estética em seu condado natal de Passaic, também em New Jersey. No ônibus de Nova York veio lendo o suplemento de arte de um jornal, em parte dedicado a uma gravura paisagística do século XIX, cuja estampa parece-lhe bastante imprecisa. Smithson chega a uma ponte sobre o rio Passaic. Às margens estão ampliando a estrada, mas é sábado, não há trabalho e os tratores parecem artefatos pré-históricos. Remontando o rio, encontra canos de esgotos, sistemas de bombeamento, pontões sendo construídos, tanques de detritos, cantões de pedra e areia. Classifica monumentos menores e maiores, fotografando os principais. A ponte é o mais importante: pelo efeito da luz sobre os tirantes e o assoalhado, enquanto a atravessa, acredita caminhar sobre uma enorme fotografia de aço e madeira; ou seja, a foto que tira é prova da própria experiência monumental. Em certo momento aparece sobre a água "uma forma retangular". Então a ponte começa a virar sobre seu eixo: uma cabeça para o norte e outra para o sul. Mas Smithson percebe esse transe mecânico em chave abstrata, inclusive astronômica: parece-lhe o movimento imperfeito, limitado, de um obsoleto mundo físico. A crônica de Smithson mostra o trabalho entrópico como o empreendimento humano característico. Ao mesmo tempo, para além do impacto que possa haver tido na arte em geral, ou nas ideias sobre a arte em movimento e no trabalho dos artistas, o relato é também um exercício ideológico sobre o próprio entorno. À medida que Smithson se detém em situações estáticas, sem atividade humana visível, seu olhar se dirige também a uma espécie de assimilação inevitável, por parte do território, da construção e da ruína. O tempo abolido como experiência do presente, apenas efetivo como evento de um mundo fora de moda, que predomina nessas imagens e no espírito da crônica, viria a ser o suplemento da disposição econômica habitual que em New Jersey sempre realiza grandes esforços por embelezar e dissimular os estragos.)

A premissa local de ocultação se traduz em uma curiosa disposição da paisagem, que se apresenta como momentâneo, variável e pertinaz ao mesmo tempo. A qualquer momento alguma coisa pode acontecer: uma decisão, um erro; então tudo retrocederá e adquirirá outra forma. Anda--se por esses caminhos que constantemente buscam parecer-se entre si, os mesmos ângulos, o mesmo verde dos pastos etc., como já expliquei, e acredita-se que a paisagem está afligida por ríctus: há algo na terra que emite sinais intrigantes e desorganizados.

O ríctus não consiste na deterioração, seria fácil descobri-lo ali. O ríctus forma-se na camuflagem, no esforço, na imposição e no simulacro. Para chegar de trem a Highland Park, é preciso descer em New Brunswick, a legendária cidade do comércio fluvial. É a linha de trem que passa por Washington, pela Filadélfia e por Nova York. A viagem para New Brunswick de Nova York leva mais ou menos uma hora. O percurso de trem é instrutivo por vários motivos. O mais importante e óbvio, segundo me parece, é que evidencia, de modo simples, como se estivesse à mão, que a regulação da paisagem tal como está construída aqui é prerrogativa do automóvel, uma emanação de sua excludente presença. Ao deixar em Nova York a estação subterrânea de trem, antes de entrar no túnel que passará por baixo do rio Hudson, o trem atravessa um pequeno lote descoberto, cercado de muros cinza, cabos de força e condutos de metal, algo que na escala daquelas enormes dimensões viria a ser tão somente um quintal. Às vezes me pergunto pelo sentido que adquire essa antessala (ou vestígio, quando se faz a viagem na direção contrária), como se fosse um simples lembrete.

Quando o trem retorna à superfície do outro lado do rio, já em New Jersey, o passageiro depara com um panorama de abandono e desolação. Há um emaranhado de pontes, caminhos elevados e de superfície, canais, eclusas e terrenos alagados, tudo sujo ou coberto por um capinzal pantanoso. Esse panorama estende-se à medida que o trem avança durante um longo trecho, e abarca uma superfície considerável, em alguns setores, até onde a vista alcança. É o espaço que circunda a estação de Secaucus, uma construção fria e moderna, de concreto e azulejos, cercada por uma degradação irrecuperável. Gustavo, um arquiteto de Córdoba que trabalha em uma companhia da região, me disse que em algumas ocasiões se desorienta e acaba perdido em algum caminho solitário, rodeado de edifícios industriais e artefatos em estado de abandono. Portanto, tem que voltar pelo caminho com o carro, tentando encontrar a saída em meio àquela imensidão ferruginosa e indistinta. O viajante a bordo do trem então se pergunta pelos motivos para a grande superfície esquecida. A resposta de Gustavo é que não há investimento capaz de recuperar o custo de sanear os terrenos e as profundezas, que aparentemente permanecerão putrefatas até o fim dos dias. Essa superfície vem a ser, naturalmente, o suporte de Nova York, parte modestíssima da natureza que teve de se degenerar para que a cidade pudesse se reproduzir.

Depois, o trem atravessa um novo setor de transição, a área urbana de Jersey City e Newark, e levará uns vinte minutos até que o viajante se encontre nos lotes do chamado subúrbio. Nesses trechos, às vezes é possível ver à direita a Rota 27, sempre paralela à linha do trem. A Rota 27 é uma estrada descontínua, que se perde e reaparece várias vezes, adquire diferentes nomes distritais e sobretudo modifica sua fisionomia em seu acidentado curso. É a rua onde vi o divã psiquiátrico, na calçada da Old Things For A New Age. A esta altura seu nome é Raritan Avenue. A Raritan e a Woodbridge Avenue são as duas artérias principais de Highland Park. A Woodbridge é outra velha estrada do estado; morre obliquamente todos os dias na 27, no coração desse povoado, a escassos cem metros da Old Things For A New Age e, sem dúvida, desde muito antes de existir esse comércio de antiguidades.

Highland Park tem uma invejável frente fluvial. O rio Raritan separa essa cidade de New Brunswick; de fato, a avenida Raritan adota, do outro lado do rio, o nome de Alban Street. Uma sólida e espaçosa ponte é a transição entre as duas cidades e entre os dois nomes, a esta altura, da mesma via. Como consequência do trem, faz já muito tempo que o rio Raritan perdeu a influência comercial que teve desde o século XVII. Quando seu curso foi regulado e associado ao também importante rio Delaware, formando um imponente sistema de intercâmbio, obviamente seu valor estratégico aumentou: no fim do século XVIII, New Brunswick era uma cidade de primeira grandeza. Daquela regulação fluvial hoje o mais visível é um curioso esquema de aumento e diminuição do nível de água, como se o rio estivesse submetido a um insondável regime de marés. Perto do meio-dia as águas parecem em seu ponto mais baixo, as margens se alargam e no meio do curso surgem pequenas porções de terreno arenoso; ao cair da tarde, porém, as águas sobem e o rio parece a ponto de transbordar, cobrindo as margens e banhando os galhos baixos das árvores próximas, algumas delas salgueiros chorões.

A margem do rio está rodeada de parques em quase sua totalidade, o que não ocorre em New Brunswick. Highland Park tem apenas uma fábrica (de chocolates) e apenas um edifício propriamente dito, o River Ridge Terrace (de oito andares, e que é chamado pelos locais de Building); o resto são casas de família, comércios ou escritórios. New Brunswick, por outro lado, é sede de corporações, de universidade e de importantes hospitais de medicina avançada. Em razão de seu desenvolvimento econômico, sempre teve população pobre. Marian, uma diretora de gestão social, dominicana, que trabalha no Robert Wood Johnson University Hospital, recorda como os terrenos hoje ocupados pelo imponente Hotel Hyatt, a sede da Johnson & Johnson e outras torres de escritórios, o próprio hospital onde é funcionária etc., estavam ocupados por bairros de gente humilde, que no curso de uns poucos anos, na década de 1980, foi literalmente expulsa para a demolição das casas. Com isso, New Brunswick entrou em decadência. Desde o fim do século XIX e em boa parte do XX, ali esteve estabelecida a principal comunidade húngara dos Estados Unidos, comunidade da qual hoje restam sinais esporádicos, como igrejas, escritórios bancários ou algum restaurante esquecido no porão de uma casa. Mas foram os mexicanos, segundo Marian, os que resgataram New Brunswick e evitaram que se tornasse uma cidade fantasma, só de serviços e escritórios.

A estação de trem de New Brunswick está sobre a Albany (ou seja, a 27), que praticamente ali muda outra vez de nome para se chamar French. French Street significa dizer a rua principal mexicana. A poucas quadras da estação, mas no sentido oposto da French, fica o rio, e atravessando-o está o Highland Park. Na primeira quadra depois da ponte, bastante longa, todos os sábados pela manhã ocorre um protesto antibélico. Os ativistas mostram cartazes e faixas, e pregam nos muros grandes panos pretos com os nomes dos mortos na invasão do Iraque. O grupo pacifista é pouco numeroso e muito persistente; em qualquer época do ano são quinze ou vinte, e levantam os cartazes para o trânsito que está entrando no Highland Park, para que os automóveis os vejam. Às vezes obtêm algumas buzinadas de apoio, cumprimento ao qual respondem erguendo as mãos. No sábado, dia 25 de junho, uma mulher portava uma faixa que dizia: "Matar 1 = assassinato. Matar 100.000 = política externa?".

A avenida Raritan é uma curiosa mistura de estrada local e avenida central. Lá ficam o correio, os restaurantes, os postos de gasolina, o supermercado e uma gama de pequenos comércios, curiosíssima por sua diversidade, que vai de adivinhos a costureiras, passando por barbearias, *diners* e oficinas mecânicas. Os comércios dedicados a artigos ornamentais ou rituais judeus destacam-se bastante. Highland Park é a cidade dos Estados Unidos que possui a maior média de população judaica, e a maioria é praticante. Boris, um cronista venezuelano, desenvolveu um conhecimento minucioso e estupefato das lojas da Raritan. Durante anos não lhe escapou nada do que ocorresse nelas. De fato, ele me contou nostálgico sua lembrança de uma loja que só vendia pedras.

Apesar de esta avenida chamar a atenção por sua própria normalidade e previsível diversidade, dentro das lojas dão-se circunstâncias curiosas, como se fossem os canais discretos, porque semipúblicos, por onde a turba coletiva decidiu se manifestar. Um ponto de atração para toda a cidade é o Rite Aid, a famosa rede de farmácias. O Rite Aid de Highland Park é mais nevrálgico que o correio, e desde manhã bem cedo até a meia-noite há uma circulação contínua de clientes. O motivo é que, ao contrário do que ocorre em quase toda a cadeia, eles têm uma oferta de bebidas alcoólicas que é de primeiro nível em vários sentidos. Para esta plácida cidadezinha de casas térreas com jardim, as prateleiras de vitaminas, de coisas necessárias e ao mesmo tempo inúteis, de enfeites de ocasião e de objetos de gosto duvidoso que são oferecidas no Rite Aid provavelmente significam o complemento de seu perene pertencimento a New Jersey. Boris era um velho fanático por esta loja, onde ia para descarregar sua esporádica ansiedade consumista comprando alguma quinquilharia, ou um bourbon de vinte anos quando tinha motivos para celebrar.

O 7 Hills of Istanbul é um restaurante previsivelmente turco. Tem um menu à primeira vista híbrido, que está entre o conhecido como árabe, o mediterrâneo e o caucasiano (fora isso, como qualquer outro restaurante de qualquer cozinha imaginável, também oferece salmão). Na primeira vez que estive ali, quis o acaso que me atendesse Juan Carlos, que é do bairro de Palermo, de Malabia, próximo de Santa Fe. Estávamos escutando sua explicação do menu quando ele fez um parêntese para esclarecer em castelhano que tal prato era "como as milanesas". Além também de Tomás e Gabriela, escritores, e de Silvia, treinadora cordovesa de natação, não descobri nenhum outro argentino em Highland Park. Todos os dias, ao cair da tarde, é possível ver a passagem dos mexicanos pelas calçadas da Raritan, que seguem em suas bicicletas, cansados e ensimesmados, sozinhos, em dois ou em três, seguramente de volta a suas casas em New Brunswick. Às vezes já me aconteceu de estar longe do Highland Park, pela 27 ou pela 514 (que vem a ser a Woodbridge, já mencionada), e dessa distância os ver pedalando penosamente pelas estreitas calçadas rumo a seus lares. O ciclista em New Jersey é um ser nulo, e em geral deve andar pelas calçadas se quiser ter esperanças de preservar sua vida. Os ciclistas recreativos vão pelas ruas arborizadas e desertas, que na prática não levam a parte alguma, ou carregam suas bicicletas no carro até seu parque preferido.

A oferta gastronômica de Highland Park é, como tantas outras coisas, um tanto previsível e segmentada. Comida chinesa, tailandesa, árabe, mexicana, carnes, *diner*, italiana, pizza, kosher. Se forem incluídos os distritos vizinhos, como New Brunswick ou Edison, o panorama se amplia. Nas últimas semanas, produziu-se uma mudança importante. Havia o tradicional Penny's Restaurant, na Raritan com a Terceira. Era um típico *diner* de cidade, com seu permanente menu de hambúrgueres, omeletes, sanduíches e café. Casualmente, deve ter sido em um de seus últimos dias como *diner* que estive nesse lugar com Tomás. Cometemos o erro de marcar um encontro lá para tomar um café e conversar, mas a cada momento nos traziam o menu e nos perguntavam se queríamos mais alguma coisa. Tomás acabou pedindo comida, que quase não comeu, e eu pedi, sucessivamente, chá, café e chá. Quem sabe talvez nossa conduta tenha acabado convencendo a dona italiana, ao mesmo tempo amável e severa, das vantagens de se desfazer do Penny's. Quem entrava via sempre seu marido sentado numa mesa do canto, junto com dois ou três invariáveis amigos. O Penny's é agora um restaurante de comida kosher, tem pratos típicos de Israel e suponho que alguma coisa do tipo americana, mas respeitando as normas religiosas. O novo Penny's representa, do meu ponto de vista, um acontecimento que excede a própria mudança. É diferente de ter sido criado um novo restaurante kosher, porque de alguma forma produziu-se uma subtração. Agora a oferta nesse segmento consiste no Bagatel Time, Jerusalem Pizza e Penny's. E a oferta de *diner* de cidade reduziu-se a um só restaurante, que é o Bagel Dish, que fica na frente do Rite Aid, a poucos metros da bicicletaria chamada Highland Park Cycles. (Na quadra seguinte ao Penny's, indo no sentido do rio, em frente ao posto Sunoco, que como todos os postos de Highland Park tem funcionários paquistaneses, fica o International Food, também conhecido por Amros. Tudo o que há ali é russo, inclusive a água mineral. É obviamente o único lugar da região onde é possível conseguir umas latinhas verdes de deliciosas balas coloridas, diminutas e redondas, com frutas exóticas — na perspectiva da Rússia — na tampa: kiwi, abacaxi e mamão. A marca das balas é "Tronucu", ou algo parecido em cirílico.)

O outro centro de gravidade da cidade é o Donalson Park; considero que é o núcleo ignorado, mas efetivo, da comarca. Fica às margens do rio, e já há alguns anos tem instalada para sempre, transformada em praga, uma cada vez mais numerosa colônia de gansos canadenses que no passado chegava a cada ano como parte de seu ciclo migratório. O Donaldson Park fica a umas oito ou dez quadras da Raritan. Há muitas formas de chegar a esse parque, mas talvez o mais ilustrativo seja dizer que na esquina anterior ao Old Things For A New Age, ou seja, no 7 Hills of Istanbul, para quem vai sentido New Brunswick, é só dobrar à esquerda e seguir em frente. É a 5ª Rua Sul. São quadras arborizadas de ligeira inclinação rumo às margens do rio. Passa-se em frente ao quartel dos bombeiros e, também, em frente à sede do governo da cidade. Obviamente, na última quadra o declive aumenta bastante. Esse parque tem uma particularidade, além de sua singular ou escondida beleza, a qual me referirei mais adiante, pois dificilmente pode ser alcançada com a vista do exterior, por sua ampla superfície. Porque a não ser que se chegue pelo rio, ou que se olhe da costa em frente, pertencente a New Brunswick (uma margem agreste e sem benfeitorias nem acessos), só será possível ter um panorama completo do lugar quando já se estiver dentro do parque. Um conjunto de árvores, uma fila de casas ou as diferentes alturas do terreno circundante podem ser os obstáculos que impedem de vê-lo de fora. Em linhas gerais, o Donaldson Park é um retângulo debruçado à beira do rio. Em ambos os lados, o parque está ladeado por maciços de vegetação silvestre. Olhando-se para o oeste, é possível ver a ponte da 27; olhando-se para o leste, vê-se como o rio se perde em uma curva bastante ampla; e mais além, adivinhando o esforçado desenho do percurso, vê-se a grande ponte da Rota 1, que assim o atravessa.

Faz umas poucas semanas, em um domingo quente, no dia 5 de junho, começaram no Highland Park as comemorações de seu Centenário. Ocorreu uma feira de atrações dedicada ao passado no Donaldson Park. Quando cheguei já estava terminando. As carruagens de época quase já não estavam mais percorrendo o parque, as barracas de jogos infantis estavam vazias em sua maioria, algumas famílias se afastavam com lentidão pelas ruas costa acima etc. A única coisa que ainda gravitava com força era a orquestra contratada para animar a festa, cuja música soava firme apesar da indiferença de todos, com exceção de duas pessoas que estavam em pé (eu era uma delas) e outra sentada em uma cadeira com sua bicicleta atrás. Estávamos a poucos metros do caminhão que servia de palco, em uma das maiores áreas do parque onde certamente caberiam alguns milhares de pessoas. A orquestra que tocava para o vazio se chamava The Banjo Rascals. Uma mulher e quatro homens interpretando dixieland jazz e coisas parecidas, vestidos com camisas listradas vermelhas e brancas. Para um recém-chegado, o contraste entre o profissionalismo do grupo e a indiferença do público era completamente desconcertante; tanto que não pude prestar atenção a nenhuma das três ou quatro músicas que escutei debaixo do sol.

A primeira imagem que tenho do Donaldson Park é invernal. Sua superfície estava coberta por uma boa quantidade de neve e o gelo branco fazia que mal se pudesse avistar o rio. Depois, em sucessivas ocasiões, esse parque foi se revelando e mostrou o chão partido, a terra descuidada, as instalações sóbrias e corroídas pelo tempo, a incrível quantidade de bosta de gansos canadenses que aparece esparramada por toda parte. Foi para mim um verdadeiro motivo de alegria encontrar algo descuidado no bom sentido da palavra, uma coisa que não havia sido conquistada pela renovação, pelo aspecto de novidade e pela falsa cópia do natural. Para que se possa ter uma ideia, percorrer o circuito amplo do parque (tomar as ruas mais próximas ao rio e voltar pelas mais distantes) pode levar cerca de quarenta e cinco minutos de tranquila caminhada. Portanto, não é muito grande. Por vezes, eu o percorri com Kathryn, uma especialista norte-americana em comunicação humana referente à aids. Com ela, tive sessões de *walk/talk*, nunca uma coisa sem a outra, e assim tive a oportunidade de comprovar o tempo médio que se leva para percorrê-lo caminhando. (Em uma de nossas caminhadas, comentei com Kathryn sobre a mudança ocorrida no Penny's, já que às vezes ela joga softbol no Donaldson Park com a filha da agora antiga dona. Kathryn me prometeu que averiguaria detalhes, mas depois não voltamos a tocar no assunto.) Como não poderia deixar de ser, os carros podem circular pelas ruas do parque e de fato há vários espaços de estacionamento em seu interior. Há também um setor para cães, outro para crianças, o de piquenique e churrasco ocupa boa parte da beira do rio; há também uma rampa fluvial e um pequeno embarcadouro com sua diminuta guarita de vigilância. Apenas uma única vez vi uma lancha, tripulada por um homem e uma criança; no mais das vezes, a única atividade humana sobre a superfície do rio com a qual deparei foi a de duas equipes de remo sincronizado que iam e voltavam a cada vinte minutos.

Quando o rio enche bastante pode ocorrer de a rampa fluvial ficar completamente submersa. Então uma parte da rua paralela à margem também se inundará, e o lago interior, em cujo centro uma fonte oculta lança a todo momento um jato de água vertical, se unirá ao rio através de arroios espontâneos por onde vão e vêm uns peixes pequenos e transparentes. O parque também tem algumas quadras de basquete, de tênis, de softbol; e uma de futebol, que é mais um campo de múltiplos usos. Por sua vez, o setor mais distante do rio, próximo às ruas de Highland Park, é de leve ou acentuado declive, de acordo com o ponto. Quando neva o suficiente, é possível ver as crianças escorregando pelas ladeiras em umas placas circulares de plástico. Os barulhos do Donaldson Park são basicamente dois: o grasnar dos gansos, cujas colônias ocupam diferentes partes do parque segundo a hora do dia, e o ruído permanente da Rota 18, que passa por trás da margem oposta do rio, separando-o de New Brunswick. A Rota 18 é, segundo os trechos, rodovia ou avenida. No sentido sul leva-se aproximadamente quarenta e cinco minutos para a cidade de Asbury Park, território arruinado e decadente que soube ser um populoso balneário, meca de roqueiros e motoqueiros. É difícil descrever a beleza melancólica dessas instalações desoladas e semidestruídas em frente ao mar. Esqueletos de edifícios, rampas de subida que vão dar no vazio, lojas abandonadas há tempos, entretanto com suas marquises em bom estado... Há uma gigantesca sala de espetáculos quase sobre a água (ali a praia se estreita ao extremo), cuja ornamentação aquática e monumentalidade, e sua definitiva decadência, recordam os solitários hotéis das costas europeias ou uruguaias. Da última vez em que estive lá, não faz muito tempo, apenas uma loja entre as que ficam sobre a bela passarela de madeira que leva à praia tinha suas janelas limpas e parecia funcionar, apesar de naquele momento estar fechada. Era o consultório de uma taróloga, Madame Marie, uma diminuta sala dividida por uma cortina de veludo bordô, com duas cadeiras de madeira para a espera. Aparentemente, a situação atual de Asbury Park deve-se à ruína do município, que nos anos oitenta empreendeu as poucas obras faraônicas que agora se veem reduzidas a ruínas e outras que não chegaram nem a começar, motivo pelo qual a cidade se endividou sem êxito nem remédio. Não obstante, anunciam agora uma nova era de iniciativas e modernização.

Os barulhos no Donaldson Park resumem de algum modo os barulhos elementares deste país. Sons de uma natureza muitas vezes desviada, torcida de propósito ou por omissão, e os ruídos das máquinas, como expressão excludente do trabalho humano. Às vezes me ponho a pensar e me dá calafrios imaginar que os barulhos do Highland Park sejam similares aos que se escutam em cada extremo e rincão deste infinito território, quase sem opções para as mudanças ou surpresas. No inverno, os vizinhos devem limpar a neve da calçada. Então, depois da nevasca, ou de manhã bem cedo, começa-se a escutar as estrondosas máquinas removedoras, que moem a neve e a atiram para os lados como se fosse areia branca. As máquinas são empurradas pelos vizinhos e, à sua passagem, deixam um caminho aberto de aproximadamente cinquenta centímetros de largura. Em geral, cada casa tem um repertório assombroso de máquinas para lidar com as estações. No outono, escutam-se os aspiradores de folhas, que sugam com voracidade qualquer coisa que encontram, para então depositar em uns sacos imensos de tecido grosso que carregam nas laterais; no verão, é a vez dos cortadores de grama, as serras, os ancinhos, as podadoras, os tratorzinhos etc. Esses diferentes barulhos têm também, de acordo com minha experiência, certa capacidade de proliferação autônoma. Certa vez, escutei alguma máquina a distância e percebi como, pouco a pouco, o concerto de artefatos ia se deslocando, como se cada uma delas despertasse ao perceber o barulho de alguma outra por perto. Inclusive onde eu estava, se um vizinho ligasse a sua, podia ter certeza de que, mal a desligaria, começaria a escutar a seguinte. Então me dava vertigem pensar que essa torrente de barulhos se expandia todos os dias com a mesma regularidade, da costa leste até as profundezas do continente e além, de acordo com o desenvolvimento das horas ou a propensão replicante das máquinas. E, pelo contrário, sentia uma indizível tranquilidade nas raríssimas vezes em que escutava o som do trabalho diretamente humano: a pá de neve raspando o chão, a vassoura varrendo, o martelo golpeando ou a tesoura de poda cortando. Em certa ocasião estávamos no Sete Colinas, como o chamamos entre nós, e pudemos verificar, de sete em sete rigorosos minutos, durante o lapso de uma hora e meia, a passagem de alguma sirene pela Raritan. Mas teria sido durante mais tempo, porque só quando pressentimos a regularidade começamos a medir a frequência. Após seis minutos desde a passagem da última ambulância, polícia ou bombeiro, já se ouvia distante a tortuosa aproximação da emergência seguinte. Isso me levou a pensar que também essa família de barulhos tinha seu próprio regime de reprodução.

Reservei para o final a única circunstância noturna que gostaria de destacar. Trata-se da passagem dos aviões pelo Donaldson Park. Quem vai lá de noite, se o tempo está aberto, poderá ver a estranha fila que se forma no céu (no lado leste do parque) em direção ao aeroporto de Newark, que fica a cerca de trinta e cinco quilômetros ao norte. Parece um concerto de luzes suspensas, de brilho inseguro, cada uma com variável grau de nitidez e de altitude, que mantêm em silêncio sua posição relativa. De quando em quando é possível ver aparecer também um novo avião, que se soma ao fim da fila, apesar de que nesse momento é indistinguível, enquanto o que estava na frente perde-se em direção ao aeroporto. É provável que a essa hora o ruído da 18 tenha baixado ao mínimo, e que os gansos apenas se manifestem por meio de ruídos involuntários e reprimidos, ou de uma respiração forçada. É então quando o Donaldson Park mostra uma natureza adicional, inadvertida na maioria das vezes. Parece um espaço de rumores, de sombras vigilantes e corpos na expectativa, de águas adormecidas, reunido tudo com o único objetivo de servir de cenário para essa versão mecânica das estrelas movediças e artificiais, pequenos núcleos de vida que renovam o sentido equívoco da imensidão.

Pode ter sido uma ideia louca, mas nesses momentos no Donaldson Park muitas vezes cheguei a pensar que o trabalho humano de produzir o mundo construído e de buscar separá-lo da natureza encontra sua refutação na própria percepção das pessoas. Os aviões ordenados no céu em sua fila de descida parecem as cabinas acesas de um gigantesco e quase imóvel sistema funicular. Sabemos que cada um é uma máquina devoradora, mas recortado sobre a esfera noturna, e de algum modo solitário em meio a essa quantidade numerosa de estrelas, resistente à gravidade, parece uma cápsula de vida que age insegura e exposta como se fosse a última. Não sei por que esses aviões me pareciam mais naturais que os pequenos vaga-lumes voando rente ao chão nas primeiras noites quentes da última primavera. Como tenho dito, o barulho da 18 estava quase ausente, e era ouvido como um resto, talvez o resíduo grudado às coisas depois de tanta atividade. Pensei também que os maciços de escuridão formados pelas árvores eram outro tipo de objeto, quero dizer, possuíam um significado adicional, além do mero sinal de si mesmos, nos limites do parque e à margem de algumas ruas internas. Mas é claro que eu não tinha a resposta. Quando lembro, tudo isso me parece ainda um eterno trabalho sem resultado fidedigno, como o de toda vida controlada.

Luis O. Tedesco

AFOGO

Tarde ou cedo, Lucrecio, a natureza das coisas se achega ao afazer dos homens; tarde ou cedo a água daqui, a água das chuvas, a água retida pelos canais, a água parda da lagoa, a água dos tecidos, a água dos encanamentos, a água para o consumo familiar, a água benta, a água servida dos processos industriais, a água não potável, não pura, não cristalina, a água não reunida para o reflexo suavezinho das árvores; tarde ou cedo, Lucrecio, a água daqui, adormecida nos leitos subterrâneos, sobe, fustiga, desmorona-se em correntezas oleosas, em vernáculas erupções que estouram o chão das casas, entre as costuras do barro melhorado; são, a princípio, borbulhas, refluxos de espuma ensaboada, auréolas algo engorduradas; é metástase, Lucrecio, regurgitação submersa, é a pobreza angustiosa dos homens, brotos malformados da terra interior; a água crispada transborda os bulbos, penetra nas raízes dentadas, desdenha o melancólico enfeixamento dos tubérculos esparramados para a gravidez alimentícia; é a natureza das coisas que se achega ao terror competitivo dos homens, e vem de baixo, do dorso da terra; a água daqui arrasta fleuma, fervor infernal, ácido corrosivo; é o real, Lucrecio, a maré do real nas cavernas intestinas, a maré do real supurando seus dejetos construtivos; tudo pressiona, tudo se condensa, mais poderoso cada vez, mais úmido seu levitar nos torrões tumefatos, tudo é líquido insistente, líquido inflamável; a água daqui, Lucrecio, vem por nós, nos toma, nos desfigura, nos afoga como o arquejo afoga o fluir do sentido nas palavras.

AR

Entre as coisas e mim, o ar. Posso aspirá-lo, posso encher meus pulmões e suportar seu volume, a elevação sensitiva, a overdose de realidade. Posso fazer isso, é claro, e resistir um instante, apenas um instante, a vertigem nos domínios do que apenas é, do que em si mesmo se basta em qualquer lugar invisível, tão convencida prepara seu desterro minha ativa corpulência! Mas não é a minha, não sou o sonho de um deus, sou líquido e tecidos, não quero outra expansão além do necessário suceder que me limita. Entre as coisas e mim, a vontade aferrada ao pensamento que afirma o possível. Não quero deuses aqui, entre seu corpo e o meu, quero o percurso natural do abraço, quero apenas isso, o ar de sua voz em minha voz, tormenta e repouso e nosso riso que brinca.

APARÊNCIA

Digo isso para o seu bem e pelo bem dos seus, nem pense, patrício, em se meter com esta patranha da casa ideal. Uma casa é como é, é isso que se pôde fazer e aquilo que, *falhando e falhando*, ficou incompleto no terreno que lhe foi dado. As reformas, se você está em condições de enfrentá-las, vêm da necessidade ou as gesta o opróbrio, mas estão aí, pertinho e à vista. Dê-se por satisfeito com a forma que vê, não sofra pela falta que o convívio filosófico celebra como desassossego permanente. Desfrute e atenda o entranhável do limite privado: seu refúgio, o abrigo familiar, as noites plebeias no corpo da sua rainha. Você quer mais, é verdade, sempre quis mais, os projetos cuidadosamente guardados na gavetinha da mesa mostram isso, mas não se abandone, não deixe as formas invisíveis invadirem a sua casa, não a torture com o desestabilizar do paradigma. Digo isso para o seu bem, uma casa é isso mesmo que aparece, é isso que está aí, não o que poderia ou deveria ter sido, mas se você quiser mais, escute, patrício, o que vou lhe dizer, se você quiser mais, então, meta-lhe o frenesi da matéria, abandone--se no lombo das cavalgadas do acaso, desafivele seus ligamentos atados. A aparência não requer o cerimonial adusto da transcendência, é intensa, colorida, traz em si a ferida, a rachadura que pensa e dá batalha. Ah, as essências, pura patranha religiosa, gargarejo miserável dos padrecos. Digo isso para o seu bem: entre a sua casa, a visível, a imperfeita, a inacabada, e a outra, a tomada pelo soro tentacular da melancolia, habitam os deuses. Veja-os convivendo, são praga, peste cerebral, alucinações do Impossível Lacerado. Você vê essa luz má que às vezes lhe aparece como migração do infortúnio celestial? Bom, são os culhões de algum deus. Ignore-os. Vêm por sua causa, ignore-os. Os deuses, patrício, com seu cheiro de morto, seu cheiro de pano de prato viciado pelas bactérias sepulcrais, vêm sobre nós, caem sobre nós como abutres do pesadume abstrato, querem nossa aparência, querem nossas casas, querem submeter-nos com a radicação fantasmal de nossa falta. Ignore-os, fique por aí, no *ar daqui*; olhe a sua nega, ela trouxe flores do campo e vidrinhos desiguais. Ela o espera, ela está confortável na casa simples. Meta frenesi na matéria, e se o biscoito o acompanhar, se ainda não estiver muito vesga, convide-a, leve a ela o melhor de sua doçura, a plenitude não cede ao réptil das essências.

CERCA

A posse real de um terreno, seu traçado e o cimentado que o contém, exige de você uma firme cisão entre vida própria e vida circundante. Não se olha o terreno próprio como se olha o dos outros. Há intranquilidade, receio, e uma alegria nervosa que diante da menor contrariedade se transforma em angustiosa introspecção. Não se preocupe, com todos nós acontece algo parecido. Nos dias calmos e felizes, quando a veleidade amorosa se firma no leito da Libido, a superfície adquirida irá em sua direção, projetará sobre seus olhos a imagem cativa necessária para projetar muros carinhosos de robusta certeza. Você não terá mais paz: se antes de ser o proprietário você não tinha onde cair morto, agora, em sua pequena propriedade bonaerense, conhecerá o vazio oculto no gramadinho neurológico. Seja cuidadoso, seu terreno o antecede, vem de longe, traz o murmúrio dele e é, como o murmúrio, vontade intraduzível; foi recinto de animais fabulosos, o temporal o agita, é enigma guerreiro o seu capim. Tomar posse, ser voz de comando, ativar em você a presença do demônio patronal é hoje seu ativo prometeico. Há várias opções, nenhuma desdenhável. A cerca tradicional: três arames comuns sustentados por postes erguidos metro e meio sobre a demarcação. Há quem prefira o arame farpado: neste caso, costumam diminuir a distância entre os postes, elevando-os de acordo com a prostração da vertigem prisioneira. Tem também o ligustro, a cerca de tílias, e toda a variedade vegetal que sugere o encanto progressista para proteger as pulsações do confinamento. A solução mais efetiva, entretanto, é a funesta: quatro paredes altas, algo assim como um caixão de mortos com vidros amurados sobre o perímetro silente da subjetividade. Deste modo, qualquer intromissão de vida circundante, antes de posar em seus domínios, deixará sinais, marcas indeléveis, o descuido memorioso de outro corpo. Não se assuste se nos dias de chuva o sangue lavado deslizar sobre o reboque dos muros, se uma mão cair e outra persegui-la, se a estrutura do acontecer irritá-lo com seus cistos desolados. Você é o dono e a cerca o protege, tão alta quanto possível, tão compacta como seu medo, tão astuta como seu desejo de ser alguém.

CONSTRUÇÃO

O dilema da construção de Lomas del Mirador vem de outrora, talvez da sucessão acumulada de projetos caseiros que antecipavam o final da obra de nossas casas nunca terminadas. Os recursos escassos, a ausência de um arquiteto que mantivesse incólume a ideia original, esse não sei quê que ficava sem realizar, como um balbucio do espaço prometido à ilusão afetiva, tudo isso crispado pelo temporal alucinado de rachaduras prematuras assolando os cimentos da origem, e tudo isso por sua vez imerso no discurso ameaçador da execução hipotecária, produziram, sem que fossem nossos partícipes conscientes de sua gestação e posterior ideário, o fantasma. Toda casa em construção — e em Lomas del Mirador todas as casas são casas em construção — tem seu fantasma. No começo, a família, qualquer família, reunida ao redor do único cômodo de pé, debatia pormenores e alternativas: revestimentos, resistência de materiais, pisos, lajes, coberturas, terraços e sacadas eram propostos e consolidados em cuidadosíssimos desenhos que fatalmente remetiam a magnitudes guerreiras como a segurança e a defesa. Mas a obra, lenta, desmesurada, dolorosa até a extenuação e o aniquilamento, até o martírio de toda sensação, alentava a diversidade teleológica, o crescimento do fantasma. Corroídas pela umidade, as paredes resistiam ao reboque fino e à demão de cal, compondo dos seus ângulos mais distantes estranhas cenas, manchas aterrorizadas pelo desvanecimento da permanência. Uma desoladora descoincidência entre os muros iniciais e os tapumes conexos das futuras ampliações, entre a laje simétrica e as cornijas vencidas pela permeabilidade de seu descuido tolerante, o fechamento das janelas e outras aberturas ante a invasão do gafanhoto no verão ou o vento pampiano de julho, e aquele tenebroso ranger das vigas cedendo à erosão das colunas, o óxido interior, o ulular das cunhas penitentes, o fantasma, lá, o ranger de dentes do Impossível Dilacerado, o projeto final evocando a projeção vazia da origem... Farto do dilema da construção, meu pai, já sem forças para a obediência doutrinária e a astúcia do acontecer, decidiu uma torção qualitativa nas prioridades do sentido: já não haveria método, somente a consumação permanente da necessidade; a paixão dolorosa da espera devia ceder à celebração do instante efetivamente gozado; e o primordial deixava de estar sujeito às hierarquias teóricas. Várias famílias aderiram à revolta. O depósito de materiais, nosso provedor jactancioso, faliu por falta de demanda. Barro, capim, tiras de couro, materiais resgatados de alguma demolição, sobrepostos e enlaçados como entidades naturais do novo laço afetivo, nos protegeram do fantasma. Apenas a fachada, sua roupagem lendária, restou da casa original, branca, horizontal, estável, última leveza do preciso, e as laranjeiras crescidas em linhas aleatórias de fulgor e consistência. Apenas então, pela primeira vez, veio a mim aquilo mesmo que eu via.

JARDIM

Se mal não me recordo, se o sem-fim ondulante do passado, ou sua pedra de moer, o frio dos corpos que já fui, me aproximassem do bom quintal, a complicada simplicidade de sua imagem, ali disporia minhas coisas, o papel, os livros, o tabaco, a chama em meu lampião, e dali veria, cega ainda, trepando no muro lateral da escada, a falsa vinha, a nunca saciada, seus brotos últimos estendidos à espera, e esmerando o sentido, já depositada minha sombra sob a parreira, veria os copos-de-leite, o limoeiro intenso, o tomate misturado com a rosa, o garbo nupcial dos gerânios, e aquele dente-de-leão, as margaridas se agitando com a brisa, o caramanchão, a erva-leiteira, o raro azul da lavanda, perto de mim todo o distante, tudo mamãe a cor das janelas.

PRAGA

Num ano foi a mosca, a mosca azul da carne, e suas variedades noturnas, o mosquito, a mariposa negra, o *yururú* de língua viperina; noutro ano foi o rato cor de terra, o temível rato de esgoto; a terceira praga memorável foi o gafanhoto, o inseto unânime, a densidade verde movediça arranhando as janelas. Cobriram tudo, a porcaria cobriu tudo. Azul, cada vez mais azul, cada vez mais gordo ao azul zumbidor sobre as imediações naturais, sobre as estrias do alimento, sobre a merda, sobre cada cavidade que cheirasse à condição humana do animal humano, à medida que crescia, à medida que o mais belo azul cernia seus fulgores de céu tão baixo, a mosca, sua cabecinha, suas asas cerebrais, delirante de saciedade, buscava o lugar-comum, o átrio genético da primeira coincidência. Quando a mosca partiu, quando sua delgada carne se fartou da carne nossa, veio a ratazana, furiosa de fome; a ratazana fugia dos pastos queimados detrás das colinas, uma mais outra, uma igual às demais, eram legiões ordenadas para o ataque segundo o estrito ardil dos exércitos romanos, um centro compacto, numeroso, e alas laterais dispostas em semicírculos. Eram mais que nós, copulavam incessantemente, e esse desdém procriador conferia-lhes dignidade de espécie jamais submetida. Oh, tempos, nada foi igual desde então, a ratazana enfraqueceu nossas defesas, escalou paredes, entupiu os canos de esgoto, a rede fluvial, e cada fenda, cada breve fraqueza do concreto e as amálgamas da construção foram transformadas em ferida, em entrada aberta a seu roer, a sua avidez insaciável, a seus guinchos concentrados no material de construção do mundo conhecido. Tudo, de repente, amanheceu perfurado, todos, um dia, nos sentimos manuseados pela cor acinzentada de sua imagem, pelo cheiro de morte de seu corpo aderido à terra trabalhada. Passaram os anos, vieram pragas de pardais, invasão de mariposas, e secas. A aranha tornou-se familiar em nossas casas. Nada, entretanto, pode se comparar ao mal-estar, à apoteose de deformação capitalista que causou o gafanhoto, essa propensão do individual ao unânime, essa vontade de cada inseto em roer para se constituir como dominador de cada folha, de cada flor, de cada broto, até extenuá-lo, até transformá-lo em pura pasta de seiva sangrante. Aconteceu então de os mais belos torsos vegetativos serem desfigurados pelo afã exterminador, pela cobiça extenuante, porque, entenda-se bem, o gafanhoto não procura a saciedade, não se encarinha pelo alimento, o gafanhoto exprime, salta, afasta-se, cospe o bolo, volta e investe contra as bordas macias, e fica apenas com o sabor primevo do bocado, o alento quase invisível do belo, e tudo para quê, para preservar-se, para permanecer idêntico a si mesmo, magro e famélico, para contemplar as ruínas do temor intenso de sua emoção destrutiva.

VARAL

Entre o paredão do fundo e a galeria, perpendicular a uma coisa e outra, o varal, minhas calças de ontem e o pulôver de Juanca, a blusa de mamãe, as meias manchadas de meu pai e, no rigoroso retângulo, aquele lençol, imensidão branca da luz, úmidos seus contornos colossais, majestade inicial da pobreza, roçando-se, abraçando-se, quase nuvem sua forma de ser voo.

JANELA

Para nossa vida privada, para a ardência desconfiada que a toma, a retira, a esconde, para comer, para dormir, para a repreensão, para a bofetada, para contar o dinheiro, para guardá-lo, para a pose nua, para o abandono, para a máscara espectral da careta civil, para relaxarmos, para nos reencontrarmos, para voltar a tentar, para abrir a geladeira, para arremeter-se, para mastigar, para fazer algo, para enganar o estômago, para escutar música, para nos aconchegarmos, para deixar que o mundo seja o que o mundo quiser ser, para ler, para caminhar no escuro, para acender a luz, para ir e vir, para ver as notícias, para ver o jogo, para nos estabelecermos, de uma vez por todas, na poltrona familiar, na espécie, na decantação orgânica do nômade, do caçador, do estrategista, para deixar de ser o que seremos ao longo do dia que logo será, para nos beijarmos, para escolhermos alguém, para indagar alguém, para adquirir sua matéria, a ternura sem fim do impreciso, para estar, se isso fosse possível, no lugar desejado, para deixar de ser o mesmo que se é, para deixar de ser outro de um si mesmo que não chega, para pensar, se isso fosse possível, entre a muita névoa do murmúrio cerebral, para fumar e fumar, para flutuar na fumaça azul condensada nas alturas, para nos grudarmos nas paredes, para sermos intangíveis, mesmo que somente por alguns segundos, seres sem edificação permanente, sem órgãos premonitórios de enfermidade, para recair, para olhar no espelho nosso vulto andrajoso, enfastiado, para não nos vermos, para não sermos vistos, para fugir dos estranhos, para beber e beber, para prevenir-se de qualquer pertencimento, para nossa vida privada, para sua ardência vigilante, para suspeitar, para denegrir, para ver o céu do quintal dos fundos, para nos acocorarmos no quartinho dos fundos, no galpão, para nos escondermos de tudo servem as janelas, pequenas, escassas, apenas regulamentares, as janelas de Lomas del Mirador, armações pequeninas de ferro e vidro opaco, grades incrustadas nos vãos superior e inferior, no buraco seminascente da respiração, nossas janelas, breves, cada vez mais breves à medida que o arrabalde avança ao poente majestoso, nossas janelas, parceiro, veja-as vindo, veja-as se inocentando, esqueletos de alguma intimidade, parecem isso, ossinhos alinhados em formação aérea, prontos para o combate, para a contenção, nisso tudo eu pensei, meu amigo, entre mate e mate, entre bituca e bituca, aqui, dentro de casa, o lugar onde minha corpulência ataca.

C. E. Feiling

O ESCOLHIDO

Rubén estava contente. Já ao atravessar a Azcuénaga tinha se desfeito da sacolinha de plástico azul na qual tinham lhe entregado o livro e, desde então, sem diminuir o passo, não parava de examinar sua compra, folhear o livro, registrar um a um os detalhes da chamativa porém confusa capa, verdadeiro testemunho fóssil de uma época de patchuli, roupa espalhafatosa e música progressiva. (A sacolinha azul, jogada na rua com pouca civilidade e movida pelo vento que corria pela rua Marcelo T. de Alvear, estava nesse mesmo instante pleiteando seu ingresso nas Ciências Sociais, lutando para se juntar ao amontoado de bitucas, panfletos políticos e papéis que decoravam a porta da Faculdade.) Eram quase sete de uma noite particularmente cinzenta e desagradável, mas Rubén achava que as veteranas cores daquela capa e o selo do unicórnio com a legenda *Original Adult Fantasy* brilhavam com luz própria. Em uma banca do Parque Rivadavia, no ano passado, tinha conseguido outros dois livros dessa coleção, lidos e relidos com maravilha comparável à provocada por Tolkien ou LeGuin: *The Water of the Wondrous Isles*, de William Morris, e *The Lost Continent*, de C. J. Cuttliffe Hyne. Aquele que agora queimava suas mãos, *Red Moon and Black Mountain*, de Joy Chant, comprado pela bagatela de três pesos, quase o havia feito esquecer seu propósito de gastar os cinquenta que levava no bolso, presente da avó Dominga por seu décimo sexto aniversário.

Apesar de ter passado meses vendo o cartaz que anunciava livros de segunda mão — vendo-o toda manhã da janela do 152 no qual ia ao colégio —, até essa sexta-feira não tinha ainda decidido dar uma volta pela esquina da Marcelo T. Alvear com Azcuénaga, talvez porque a vitrine mais visível da loja fosse obviamente a de uma papelaria, e não mostrava ao vulgo os duvidosos tesouros amontoados no fundo, para além das máquinas copiadoras. No mapa dos sebos de Buenos Aires que Rubén ia traçando na cabeça, a tal Dunken — assim se chamava o lugar — já tinha obtido sua qualificação, certeira e desapaixonada, apesar do achado de Joy Chant: "Muito lixo, mas bons preços, passar de quando em quando para ver se renovaram o estoque".

Quando finalmente guardou o livro na mochila, Rubén percebeu que tinha atravessado a Riobamba, não guardava lembrança das quadras anteriores e já ia passar na frente do Carlos Pellegrini. Um grupo de alunos de primeiro e segundo ano, mais novos que ele de toda forma, e que estavam fumando com a devota seriedade dos que aspiram adquirir o vício, apesar da fumaça fazer os olhos arderem vinte, cem vezes, lançou olhares de surdo desprezo para seu blazer verde do Belgrano Day School. Mudou de calçada para evitar problemas, mas isso o fez reviver a humilhação do dia, fruto de seus pais terem ido buscá-lo na quarta — seu aniversário — na saída do colégio. Bonadeo não só tinha imitado muito bem a sua mãe, mas também escolhido o momento exato de fazer isso, um desses espessos apesar de brevíssimos silêncios de vestiário em que todos traziam ainda frescas suas definições mais recentes como esportista e jogador de rugby. O "Aqui, *Ruben*, aqui. Papai e Mamãe, *Ruben*, viemos lhe buscar", tinha provocado risos imediatos, e durante a viagem de retorno do campo de esportes encheções do tipo "*Elruben* Cortellone, muito prazer", "O que vochê diche, *Ruben*?", "Pô, Ruben, vochê não quer um shanduiche de queggio e mortadella?" — seu nome tornado palavra grave, emblema de inferioridade social — tinham circulado de uma ponta à outra do ônibus. Excetuando Bonadeo, seu inimigo da alma, não odiava aos demais por estas bobagens. Desde a quinta série tinha uma bolsa no colégio e as melhores médias, e tinha se acostumado a ir às festas de seus companheiros ou participar de saídas em grupo apenas quando a roupa da moda permitisse. (O gesto de se vestir excentricamente e fazer disso uma virtude ou um desafio jamais havia passado pela cabeça de Rubén Arturo Cortellone, que sonhava com a diplomacia — previa um Mestrado em Economia de alguma universidade americana — apesar de suas aptidões o destinarem a um ph.D. em História, Filosofia ou Literatura, em algum *campus* americano, mas para levar uma vida acadêmica.)

Quem ele realmente odiava eram seus professores de Educação Física, o que era um modo de odiar a si mesmo tão penoso quanto considerar um dado objetivo a inferioridade social de seus pais. Era de esperar que o senhor Puchuri ou o senhor Roblas castigassem seu escasso gosto por perseguir bolas e adotar poses antinaturais; a decisão de odiá-los para sempre, por outro lado, tinha a ver com uma tendência em Rubén a não questionar convenções como a dos benefícios do esporte e da ginástica, e sim de sentir culpa a cada vez que não conseguia cumpri-las superlativamente. Uma quadra e meia depois do Carlos Pellegrini ainda estava planejando terríveis vinganças contra os professores, que durante todo o trajeto entre Engenheiro Maschwitz e Belgrano nada tinham feito para impedir as provocações dos estudantes.

Foram as duas meninas com quem ele deu de frente, ou, melhor dizendo, de trás e pelo lado esquerdo, que o detiveram. Conscientes do próprio erro, de que atravessar na diagonal em uma esquina, sem olhar e falando o tempo todo não as autorizava a reclamar muito da distração alheia, apelaram para a velha tática de se fazerem de ofendidas. Também estavam de uniforme — do Mallinckrodt, que Rubén não reconheceu, posto que, do contrário, teria inferido que as argolas de prata que enfeitavam o nariz delas eram estritamente para depois das aulas —, e tinham todo o jeito de estar, como ele, aproveitando o começo do fim de semana.

— Mas que moleque babaca!

— Por que não olha por onde anda... seu babaca?

A segunda a insultá-lo, que tinha vacilado em imitar o xingamento da amiga, deixou Rubén quase sem fala. Não estava acostumado a pensar nas garotas de sua idade em termos realmente sexuais — exceto pelas que apareciam em certas revistas que contribuíam para o balanço positivo de muitos sebos de Buenos Aires —, mas pensou que por aquela teria valido a pena vencer a timidez, comportar-se como um vulgar Bonadeo. Notou que encolhia o ombro com uma careta de dor talvez excessiva para a moderada violência do choque, e adivinhou então que a encantadora e breve pressão que tinha sentido na altura da axila devia ter sido causada por um de seus seios.

— Sorry, mas foram vocês que esbarraram em mim, eu vinha caminhando o mais tranquilo possível.

— Vai à merda, imbecil. "Sorry, ai, sorry, sorry..." Punheteiro.

Dessa vez a bonitinha não acrescentou nenhuma palavra ao que disse a amiga, que voltou a andar de imediato, mas antes de segui-la — uma mão ainda segurando o ombro — mediu Rubén com o olhar. Ele teria adorado saber que o contraste entre seus traços de bebê e os precoces fios grisalhos no cabelo negro tornavam tolerável sua feiura; como de costume, entretanto, interpretou o atrevimento daquele olhar no sentido oposto, e por isso ficou vermelho de mortificação e não conseguiu nem sequer responder aos novos insultos com uma frase agressiva. Quando saiu do transe, as garotas já estavam chegando na esquina da Montevideo. Uma delas tinha deixado sobre a calçada, solitário vestígio do encontro, seu cachecol escocês. "Tartan", pensou Rubén enquanto se abaixava para recolhê-lo, localizando na outra língua o substantivo para este quadriculado verde, azul, vermelho, amarelo e celeste.

— Ei, você...!

Não o escutaram gritar. Entre a raiva pelo modo como tinha sido tratado, a vergonha de chamar a atenção na rua e a suavidade da lã ao toque das mãos, que o fez levar o cachecol ao nariz para cheirá-lo — o perfume era denso e à base de sândalo, mais apropriado a uma mulher que se dirige a um encontro com o amante que a uma garota do segundo grau —, passou o momento de repetir os gritos. Mecanicamente, olhou para a peça como se fosse lógico esperar que tivesse os dados da dona bordados em alguma parte. A única coisa que encontrou foi uma etiqueta de tecido onde havia três palavras: acima *BURTON*, seguida de um anelzinho com um erre de marca registrada, e abaixo, com letra menor, *OF SCOTLAND*. Ao mesmo tempo que se perguntava se a marca não deveria constar como *BURTON'S* e o anelzinho conter um te e um eme — se, definitivamente, a etiqueta toda não era uma grosseira estratégia de marketing da indústria nacional —, Rubén saiu correndo atrás das meninas, certo de que um gesto magnânimo de devolver a elas o cachecol serviria para reivindicar sua honra, e provocaria nelas um bom ataque de culpa. Na esquina teve que parar para esperar o semáforo, mas apesar de o tráfego permitir ver a quadra seguinte apenas em flashs, identificou com precisão o prédio onde haviam entrado.

Quando chegou, não soube o que fazer. O prédio era velho, de dois andares; o térreo estava ocupado por uma padaria em cujo interior não se viam outras moças além das funcionárias, ao passo que a porta independente que levava ao andar de cima não parecia pertencer nem a uma casa de família nem a nenhum tipo muito identificável de comércio. A placa, particularmente, era bastante estranha: não pela forma — o típico oval deitado — nem pelo 1540 em tinta negra sobre o fundo branco, e sim porque debaixo do número, destacada sobre um retângulo negro, lia-se a enigmática palavra *LIVING*. A possibilidade de que fosse uma espécie de salão de beleza fino assustou Rubén, tirou-lhe toda a vontade de se vingar e as secretíssimas esperanças de conseguir o telefone de seu amor à primeira vista. Depois de alguns segundos de dúvida, quando imaginou quão estúpido podia ser ele explicar suas intenções pelo interfone, jogou o cachecol no pescoço e voltou na direção da Montevideo. Os cinquenta pesos que havia ganho da avó já estavam queimando no bolso, e o propósito inicial de gastar parte deles em um joguinho ocupou-lhe a mente outra vez. Não sabia a que horas fechava o fliperama da Montevideo com a Paraguay, mas supôs que o tempo empregado mexendo nos livros não lhe deixava muita margem de manobra. O aroma de sândalo em que ia envolto, além do mais, impelia-o a voltar para casa o quanto antes, para sonhar um desfecho diferente para o encontro que havia tido na rua.

— Foda-se a sua mãe, aquela puta!

Sebastián cuspiu a frase, como se ensaiasse para o grito que daria imediatamente depois. Durante os últimos cinco minutos, e sem o menor sucesso, tentara se concentrar em seu exercício com os pesos. Normalmente o exercício físico conseguia obliterar tudo o que não fosse arrebatamento narcisista diante dos movimentos de seus próprios músculos, mas o comum e a normalidade — ou o que no caso de Sebastián Costas passava por normalidade — tinham cessado várias semanas antes, já não se lembrava quantas.

— FODA-SE A VACA DA SUA MÃE, AQUELA PIRANHA, SEU FILHO DA PUTA! CHEGA!

As duas televisões do loft estavam sintonizadas no *MuchMusic*. Como não havia mais ninguém ali e Sebastián estava na frente dos dois aparelhos, o arrebatamento de fúria parecia estar dirigido para o cantor que dançava em ambas as telas. (Nasty, o gatinho siamês, estava já havia um bom tempo no banheiro se escondendo do dono, cuja pontaria com um par de pilhas usadas já havia lhe quebrado uma costela.) Talvez pelo grito, mas provavelmente não, A Voz que ele ouvia o tempo todo — que apenas ele ouvia o tempo todo — deu um sossego a Sebastián, um sossego bem rápido e que foi suficiente apenas para depositar os pesos sobre o tapete e abrir a porta que levava à sacada. Dali a vista era ampla, convencionalmente agradável: à direita as torres novas, o edifício do *La Nación* e o rio; em frente a praça Roma e o monumento a Mazzini; à esquerda as árvores e o trânsito da avenida Alem. Sebastián viu pouco e nada disso tudo, quase não escutou a súbita competição entre o videoclipe da televisão e a zoeira de Buenos Aires e nem percebeu totalmente — apesar do peito descoberto, suado pelo exercício — que tinha começado a tiritar. A temperatura era baixa para fins de setembro.

— *Não não não. Ainda não. Primeiro a outra coisa.*

O pé descalço que Sebastián tinha levantado para se desviar do gradil da sacada voou para trás e se chocou contra o vidro da porta. Um pedaço de seis centímetros de comprimento ficou cravado em seu tornozelo durante frações de segundo, e depois caiu no chão como os restos do que tinham sido parte da entrada.

— *Tá doendo, não tá? Tá doendo muito?*

A Voz soava de novo carinhosa. O fato de não vir de nenhum lugar identificável a tornava aterradora, e o de ter dificuldade para articular certos sons, mais aterradora ainda, mais espantosamente real. Sebastián, que tinha os olhos cheios de lágrimas e estava tentando disciplinar a dor com o inútil e homeopático método de morder o lábio inferior, moveu a cabeça em sinal de assentimento. Sabia que o gesto era supérfluo, assim como havia intuído inclusive desde antes de gritar que aquele poder registrava até o último de seus desejos, e seria capaz de infligir a ele todo tipo de tormentos para impedir que se machucasse de modo permanente. Em torno de seu pé, os estilhaços e cacos de vidro iam pouco a pouco se cobrindo de sangue.

— *Você quer que eu te cure?*

Quase não houve intervalo entre a pergunta e o sinistro milagre: de repente estava doendo e logo já não estava mais; de repente tinham desaparecido não só os cortes, como também o sangue derramado, e os vidros partidos mas de novo limpos eram a única evidência do ocorrido. Um sarcástico "Claro! Claro que sim!" morreu na boca de Sebastián, que ao mesmo tempo sentiu-se melhor do que nunca e sexualmente excitado como nunca, com uma ereção avassaladora súbita transformando todo seu corpo em mero e prescindível suporte do pênis. Não é que as imagens que então o invadiram — o cinema daquele que sonha acordado, tão vívido como impossível de ver quadro a quadro — diferissem muito de suas fantasias anteriores ao advento d'A Voz, e sim que dessa vez o assustaram porque adivinhou que iam se realizar, que deviam se realizar. Faziam parte do plano.

— *Seria bom você tomar um banho. Em um instante você sai de casa, e em umash horash vai eshtar comigo para shempre.*

O impulso de se masturbar ali mesmo enfraqueceu. Quando as imagens começaram a perder coerência — e seu pênis a rigidez —, Sebastián desviou-se dos vidros partidos e voltou a entrar, maravilhado porque o pé não doía e pelo estranho, malévolo bem-estar que o envolvia. Era como a exaltação que percorre um grupo de garotos quando estão esperando o fracote da classe para provocá-lo. Já não o incomodava o persistente fantasma da ressaca, fruto de dormir noite após noite à base de diazepan e vodca quando antes seus maiores vícios tinham sido os anabolizantes e sucos de fruta. Talvez obedecer A Voz não fosse tão má ideia, pensou; uma entidade que operava milagres e pedia a ele o curioso sacrifício de colocar em práticas suas fantasias bem podia impedir que a lei o castigasse por isso. Talvez até pudesse impedir que seu pai o forçasse a retomar o curso de Administração de Empresas na UCA. O problema era o "ainda não" com que havia impedido sua tentativa de aproveitar a distância entre o oitavo andar e o asfalto da Lavalle, o que por sua vez lançava dúvidas sobre o significado de "você vai ficar comigo para sempre".

— *Vochê não vai morrer, quer dishê, shó vai morrer para eshe mundo.*

— Mas que absurdo então, porque isso é o que as pessoas entendem por morrer. Me faz um favor? ME MOSTRA SE VOCÊ É TÃO... TÃO...!

Sebastián teve que deixar incompleta a frase. Acabava de reparar em outra característica intranquilizadora d'A Voz: seu timbre não era masculino nem feminino.

— *Vochê não conshegue me ver. Nem vai poder me ver quando eshtiver comigo.*

Os temores das últimas semanas voltaram. E se estivesse tão louco que não só estivesse alucinando A Voz, como também coisas como o sangue e os vidros partidos? No *MuchMusic* tinham começado a passar um clipe dos Babasónicos. Sebastián odiava o rock argentino, e ficou quase feliz ao ver que a tela tinha ficado de repente preta, a não ser porque o próprio estouro seguido pela mesma coluna de fumaça cinzenta se repetia no outro extremo do loft, deixando sem Babasónicos nem música a região do bar e a mesa de sinuca. (O arquiteto culpado pelas reformas sofridas por aquele velho apartamento não tinha projetado uma casa, e sim um anúncio de shampoo ou água mineral.)

— *Lá não. Olha aqui, que vochê fica mais cômodo.*

A força que lhe virou o pescoço para dirigir de novo o olhar para a televisão mais próxima não era irresistível; era apenas a necessária para sugerir que resistir teria sido um péssimo negócio. Por uns instantes não aconteceu nada; depois a tela ficou escura, leitosa, e finalmente mostrou de cima o que parecia ser o fim de um bosque de coníferas e a ladeira de uma montanha. As duas luas e a multidão de estrelas do estranho céu — um céu tão cheio que era pouco familiar até para Sebastián, inclusive sem o detalhe das duas luas — e centenas de fogueiras abaixo, entre o bosque e a montanha, combatiam com bastante eficácia a escuridão da noite. Apesar da silhueta humana, as criaturas que se apinhavam em pequenos grupos ao redor das fogueiras não lhe causavam desejos de ver seus traços de perto. A julgar pela atitude delas, estavam esperando um acontecimento que ia se produzir nas ruínas de uma edificação que havia ocupado a base da ladeira. Quando a imagem mudou para mostrar as ruínas de uma altura normal e de frente, Sebastián compreendeu que aquilo tinha sido um túnel de pedra que unia a boca de uma caverna na montanha com uma porta que dava para o bosque, da qual apenas restava em pé parte do imenso alicerce. Os blocos que haviam conformado seu umbral e agora obstruíam a entrada o fizeram lembrar, pelo tamanho, as ilustrações dos velhos manuais de história, aquelas que pretendiam causar interesse nos alunos pelas façanhas arquitetônicas dos povos primitivos. A ponto de recobrar no olho de sua mente alguma página da *História antiga e medieval* de Cosmelli Ibáñez, distraiu-o um clamor que provinha das criaturas reunidas em torno das fogueiras. Uma delas, que tinha causado a confusão ao se erguer com assustadora rapidez e facilidade por sobre os restos da porta, começou a discursar para seus congêneres em uma língua de muitas sibilantes. A criatura era decididamente do sexo masculino; de fato — apesar de sua branquíssima pele carecer por completo de pelos, sobrancelhas e cílios —, o que era repugnante nela era o fato de ser uma criatura excessivamente masculina: carecia também de mamilos, e seus agressivos gestos não necessitavam afirmar os valores de uma vida guerreira acima de outros tipos de existência, já que não contemplavam outro tipo de existência. À sua direita brandia uma espécie de cimitarra, cuja bainha de couro trazia a tiracolo junto com um escudo também de couro. Vestia uma saia curta, desbotada mas ainda preta, sandálias rústicas e meias de lã crua. Seus olhos eram amarelos, com um terceiro cílio como o dos gatos. Quando alguns de seus partidários avançaram para formar uma barreira de proteção a seus pés — logo se tornou evidente que havia três facções, a do que falava, menor que a dos seus inimigos, e ambas muitíssimo menores que a dos indecisos —, Sebastián ficou maravilhado com a homogeneidade daqueles seres, que praticamente se diferenciavam apenas pela vestimenta e pela quantidade de adornos, e entre aqueles que só depois de um longo tempo observando-os era possível distinguir as diferenças de idade ou altura. Um motivo que se reiterava nos braceletes, colares, anéis e no peito de vários dos que vestiam túnica era o menos harmonioso dos triângulos, o escaleno de lados desiguais.

O discurso, interrompido pelos gritos de apoio como pelos de repúdio, prolongou-se durante uns minutos e logo degringolou: acabados seus argumentos, a criatura começou a proferir a sequência de sons *tiarasi drl'oshi* no meio da frase, consignação que seus partidários retomavam, erguendo as armas e os horríveis gritos aos céus. Sebastián supôs que aqueles sons deviam estar vinculados ao símbolo do triângulo, já que aquele que estava discursando às vezes os acompanhava, maldizendo a confusão e exibindo o que traziam no pescoço, como quem mostra o crucifixo ou a medalhinha da Virgem para provar a própria fé católica. De esguelha, com certo esforço, Sebastián conseguiu espiar que a outra televisão não estava transmitindo o mesmo programa, apesar de ter sido impossível decidir se isso era mais ou menos estranho do que teria sido encontrá-la também sintonizada no canal A Voz. Antes de ter tempo de chegar a alguma conclusão a respeito, no entanto, uma figura saiu da caverna e começou a caminhar a passos firmes rumo à assembleia de monstros. Quando estes a viram houve uma algazarra generalizada, seguida de um silêncio profundo e igualmente geral. Aquele que discursava desceu então de sua plataforma, revelando por sua atitude e nervosos movimentos que não esperara por aquilo e que não estava nada satisfeito. Seus acólitos mostravam-se confusos.

Os escombros impediram rapidamente Sebastián de acompanhar o avanço da figura, mas enquanto esteve visível ao longe ele tentou sem sucesso entender por que ela lhe parecia tão familiar. Apesar de o ser não ter levado muito mais de um minuto e meio para chegar a seu destino, passando de lado e na ponta dos pés entre dois blocos de pedra, como quem se encolhe para passar entre a parede e a cadeira de um comensal distraído, sua expectativa multiplicou aquele tempo várias vezes. Nesse ínterim, Sebastián percebeu que as imagens que a televisão lhe mostrava tinham uma profundidade e uma nitidez incomuns; concentrando-se na tela, quem a visse se transportava para lá, via as coisas do mesmo tamanho e à mesma distância como se estivesse em meio às pesadelares criaturas mas, ao mesmo tempo — não, ao mesmo tempo não, sucessivamente, como ocorria com o desenho do pato/coelho ou o da taça e os dois perfis, a reacomodação da percepção necessária para distinguir uma forma apagava a outra, e vice-versa — podia ver o aparelho de televisão, sua casa, os móveis, os objetos que o rodeavam.

A criatura que emergiu dos blocos de pedra estava nua. Apesar de ser parecida com as demais nos olhos e na ausência de pelos, seus mamilos eram os de um macho da espécie humana. Antes de identificar o rosto, ou enquanto ainda se negava a reconhecê-lo, Sebastián constatou que a virilha esquerda daquele híbrido ostentava uma cicatriz como a que lhe havia ficado depois da operação de varicela. Depois de avançar uns passos, seu duplo ficou a poucos metros do orador, que o interrogou em um tom no qual se misturavam o medo, a fúria e o assombro: "*Hosáh? Da drl' os, da vl'tos, hosáh?*". Sebastián sentiu o impulso de pronunciar seu nome, mas o que finalmente saiu de seus lábios foi uma deformação dele, bem semelhante à lacônica resposta de seu outro eu na tela: "*Sebestiar*".

Lançando um grito para dar forças e incentivar seus soldados — "*DA DR'LOS, DA SEBESTIAR!*" —, o orador atacou. Não tinha percorrido nem um quarto da distância que o separava de seu objetivo quando algo invisível agarrou-o pelo pescoço e o ergueu a quatro palmos do chão. Suas pernas se agitaram no ar durante uns instantes; depois o corpo todo formou uma letra v e caiu, partida a coluna vertebral mas ainda firmemente agarrada em sua mão direita a cimitarra, que não havia embainhado em momento algum desde o discurso. O duplo de Sebastián baixou os braços, que movia de longe como quem controla uma marionete. Um dos partidários do morto pôs uma flecha em seu arco e apontou na direção dele. Apesar da velocidade com que retirou o arco do ombro, extraiu a flecha da aljava e tensionou a corda ter sido assustadora, até bonita em sua bélica precisão, o assassino de seu chefe foi mais rápido: deixou cair a mandíbula, abriu a boca ao máximo e cuspiu — foi algo voluntário, não um espasmo: cuspiu como um colegial seguro de melhorar uma marca prévia — um vômito espesso. Depois de descrever uma parábola perfeita, o líquido ensopou o inimigo. Os gemidos de dor tardaram uns segundos a começar, mas aquele ácido logo derreteu o arco e transformou aquele que tão habilmente o havia manipulado em um farrapo fumacento. Pequenos círculos de grama em chamas marcavam os lugares onde algumas gotas haviam se separado do jato de vômito para precipitar-se na terra. A segunda morte pareceu convencer as criaturas de que estavam diante de um ser digno de veneração, e enquanto a tela ia se tornando novamente leitosa Sebastián escutou que juntavam os gritos dando vivas a seu outro eu, dando vivas a ele: *SE-BES-TIAR, SE-BES-TIAR, SE-BES-TIAR, SE-BES...*

A Voz esperou terminarem as imagens, permitindo a seu escolhido desfrutar do triunfo.

— *Tem acordo?*

Sebastián sorriu, uma careta extática. Já não se importava com o estado das televisões, que não voltariam a transmitir videoclipes, ou a história de sua vida até então. A Voz o havia feito ver seu destino. Ia tomar banho, terminar com Nasty — um sacrifício de lambuja, pensou — e usar a caminhonete para sair de casa pela última vez, mas também pela única vez verdadeira. Sua resposta foi quase inaudível.

— *Se tem acordo? O-que-vo-cê-a-cha, maluco?*

A tatuagem recente de Clara estava ardendo. Ter perdido o cachecol não a preocupava, mas ao trombar com o garoto do casaco verde tinha batido justo o ombro direito, onde fazia umas horas tinha feito o desenho de uma rosa. Se infeccionasse ou algo parecido, o engenheiro Olhagaray e sua esposa descobririam bem rápido, e não no verão e na praia, que ela tinha desobedecido as instruções expressas de não se tatuar. Estava irritada com Milita, e bastante irritada também consigo mesma; apesar de sua amiga tê-la levado à loja da galeria Bond Street e conseguido que o dono desconsiderasse a advertência de sua própria vitrine: — *Tatuamos menores de 18 anos acompanhados dos pais e com documento de identidade* —, o modo como tinham agredido o garoto, que além de tudo era um santo por não ter lhes respondido nenhuma barbaridade, a tinha deixado envergonhada. Não podia deixar de pensar, por superstição, que aquela agressão intempestiva e gratuita daria azar com a tatuagem. E, para piorar, ia voltar muito tarde, ou ao menos tarde o suficiente para quem não avisou nada. Milita havia lhe prometido que passariam apenas um pouquinho na danceteria, onde seu namorado trabalhava de barman, e depois a acompanharia até em casa para reforçar diante dos pais a história de terem ido juntas à Biblioteca do Congresso — "Como? Têm certeza que eu não avisei?" —, mas já eram quase dez. A fauna do Living, aquela que jantava ali mesmo ou tomava umas doses tranquilas como preparação para o baile, estava começando a chegar. As duas garotas tinham mudado o uniforme no banheiro, enquanto dividiam um baseado, mas Clara notava desaprovação no ambiente. Sabia por visitas anteriores à danceteria que a média de idade dos frequentadores beirava os trinta anos: as garotas não gostavam de concorrência desleal, e os caras — que não teriam tido problema algum em tirá-las para dançar com o lugar cheio e na penumbra — olhavam agora com certo fastio os chamegos de Milita em seu namorado, como que escandalizados com o estupro do barman.

— Vamos, meu. Vamos.

O namorado de Milita, um espanhol que se chamava Roque e que era chamado de Rocky, sentiu-se incomodado pela nova interrupção — era a quarta ou quinta — de Clara, que na verdade estava lhe fazendo um favor. Rocky vivia na feliz ignorância de que sobram corpos jovens e bronzeados como o seu dispostos a trabalhar em danceterias e pizzarias da moda até que as passarelas os chamassem. Fez um esforço para olhar feio para Clara, mas como seus rancores não duravam muito mais que o restante das suas operações mentais, quando Milita tinha terminado de responder já estava sorrindo novamente. Era uma pessoa encantadora.

— Cinco minutos. Ok, Clá, aguenta cinco minutos, que daqui a pouco o Rocky não vai mais poder dar nem bola pra gente. Você não viu que a galera tá começando a chegar?

Clara bufou. Não reconhecia a música que estavam tocando, e o fato de as inúmeras televisões transmitirem várias vezes o mesmo filme da demolição de um prédio, que a princípio tinha lhe parecido simpático, diferente, começava a cansá-la.

— Meus velhos vão me matar.

— Ah, Clara. Você me deve uma. E o Rocky te faz um gim-tônica também, ok?

O sorriso de Rocky dizia sim para tudo. Clara ficou tentada: da sua Corona, com a qual não tinha conseguido tirar da boca a secura da maconha, só restava um restinho morno, e apesar de ter dúvidas sobre se ia gostar do gim a garrafa azul vista de relance enquanto o barman preparava o drinque para Milita a havia fascinado esteticamente.

— Ok, cinco minutos, mas que o gim-tônica seja como o seu, de Bomba...

Milita tomava qualquer coisa que tivesse bastante álcool disfarçado com bolhinhas, de modo que foi incapaz de ajudá-la com a marca. Com o namorado, a conversa era outra.

— Melhor para você, menina. Uma conhecedora. Salta um gim-tônica de Bombay Sapphire.

Vinte minutos e mais de um gim-tônica e meio mais tarde, Clara sentia-se horrível. Uma tal de Mônica, de trinta e poucos anos não muito joviais, paquerava displicentemente o Rocky: saltava à vista que ela fazia isso quase por prática, que não estava empenhada de verdade em irritar Milita, mas também era evidente que já tinha rolado algo entre ela e o espanhol. Piadas em código, linguagem corporal de extrema confiança — o cumprimento, a carinhosa e suave maneira com que tinha pegado a mão dele entre as suas ao beijá-lo, esticando-se sobre o balcão — e o cúmulo de perguntar se ele já tinha posto cortinas no apartamento não eram o tipo de atitude para com um rapaz que contribuíssem para a tranquilidade de ânimo de sua garota. Clara, cujos silêncios atiçavam a explosiva situação, logo descobriu que tinha que ir ao banheiro, mesmo que só para verificar se ali também o mundo girava enlouquecido. Não escutou quando Milita prometeu a ela pela enésima vez que já estavam indo, que iam de táxi e que ela pagaria.

A caminho pelo longo corredor que circundava a pista de dança, lotada nesse momento pelas mesas dos que se dispunham a jantar, Clara foi interceptada por alguém de quem só viu um cinto com pager, uma barriga volumosa e uma camisa de flanela. A pergunta "Sozinha, linda?" pareceu-lhe quase inverossímil apesar da evidente carga de ironia — tão antediluviana, inclusive para uma piada, como a camisa de flanela —, mas, por sorte, o engraçadinho não a seguiu até o banheiro.

No espelho, achou-se muito pálida. Apesar de a tatuagem não estar ardendo menos que antes, esse incômodo havia passado para o segundo plano. Ao inclinar-se sobre a pia sentiu as primeiras náuseas, que a água fria sobre o rosto aliviou só um pouco. Estava transpirando, e o leve cheiro de maconha que ainda persistia no ambiente piorava seu mal-estar. Decidiu que o melhor a fazer era ir embora sem avisar, aproveitando que a saída não era visível do balcão. Não queria nem discutir com Milita nem receber ajuda nem vomitar para o adorável público. O que precisava era de ar fresco, apesar de isso significar voltar para casa a pé — não tinha nem um centavo, o que havia contribuído para sua tolerância com as demoras da amiga — e expor-se a uma reprimenda paterna.

Esteve a ponto de vomitar na escada, e realmente só conseguiu se afastar uns metros da porta da danceteria antes de seu estômago expulsar o gim-tônica e a cerveja no meio-fio. Uma caminhonete que estava passando pela rua freou violentamente, mas Clara não percebeu que o ocupante dela descia e caminhava em sua direção até parar a seu lado.

— Você está bem?

Clara tinha vomitado no tênis, numa manga do pulôver e na mochila em que levava o uniforme e os livros do colégio. O homem ofereceu um lenço, sem esperar a resposta para sua pergunta.

— Toma. Para você se limpar um pouco.

— Obrigada.

Enquanto obedecia, Clara pegou-se rogando que o penetrante perfume do Narcise que havia roubado da mãe disfarçasse o vômito. O cara devia ter uns vinte e cinco anos — tipão, muito melhor que o Rocky: cabelo louro-escuro, olhos verdes, corpo de atleta — e a caminhonete dele era uma Mitsubishi 4x4, igual à do irmão da Milita, só que preta. Quando ela terminou de limpar as manchas o melhor que pôde, estendeu automaticamente para o dono o já imprestável lenço.

— Deixa. Joga fora. Como você está se sentindo?

— E...

— Ainda tremendo? Sua pressão deve ter baixado.

Clara supôs que, para não passar por uma completa idiota, o melhor era dizer a verdade, ou essa metade da verdade que não incluía a maconha.

— É que tomei gim, e não estou acostumada com o álcool.

O cara mostrou a ela uns dentes perfeitos. Olhando bem dava para ver que eram um pouco gastos, mas no fim das contas não era um ator de Hollywood.

— Quer que eu te leve para casa?

— Não... obrigada. Eu tenho que encontrar um bar para me trocar, na mochila eu tenho roupa. Se eu chegar assim, meus pais vão morrer de susto.

— Onde você mora?

— Aqui perto... bom, perto não. Na frente da praça San Martín.

— Olha só, se você quiser, podemos passar pelo meu apartamento... eu moro na Lavalle com a Alem, e depois de lá eu levo você para sua casa, que é pertinho.

Normalmente Clara teria desconfiado da oferta, mas ainda se sentia enjoada, e adorava a ideia de ter uma história para contar à sua amiga. (Pensou que podia transformar o engraçadinho da camisa de flanela no príncipe com quem estava falando, para justificar sua fuga repentina da danceteria de um modo romântico e sem fazer referência ao vômito. Também achou que um cara que parava o carro e descia para ajudar porque via uma garota vomitando não representava grandes perigos.)

— Mas é muito incômodo, com certeza você estava indo para algum lugar e eu...

— Não é nada. Saí para dar uma volta porque estava podre de estudar, tenho prova da faculdade na segunda-feira. Eu me chamo Sebastián Costas, e você?

Quando Clara entrou no loft do oitavo andar, a primeira coisa que chamou a atenção foi que em cima da cama estava um cachecol idêntico ao que ela tinha perdido. A segunda coisa que chamou a atenção foi o corpo nu, de barriga para baixo no meio de uma poça de sangue, e a terceira coisa o gato morto em cima da mesa de sinuca.

Antonio Oviedo

OS DIAS QUE VIRÃO

(Fragmento de romance)

XI

Durante os dez ou doze primeiros meses, Slater alugou um apartamento do último andar, o décimo, do Building. Por meio desse esclarecimento, Slater talvez procurasse obter de mim uma benevolente aprovação da modesta casinha térrea para a qual ele acabou se mudando não fazia muito tempo.

A rue des Cormorans, próxima de um dos faróis da cidade e dos vestígios da fortaleza, exatamente no limite a partir do qual se estende mais de uma dezena de praias liberadas para os banhistas, abarcava apenas uma quadra. No meio dessa quadra, ao lado de uma casa muito mais espaçosa, com jardim e uma varanda semioculta pelos galhos das árvores altas e frondosas, encontrei o novo domicílio de Slater. Precedido também por um jardim com dois ou três canteiros de arbustos baixos, suas paredes, portas e duas janelas estavam pintadas de um branco mais apagado que o da casa principal.

Estivera, coisa que já sabia, uma vez com Mônica em La Baule e a poucos dias de ter seu primeiro telefone ligou para ela para passá-lo, e fez o mesmo com o de sua nova casa. Tinha também sabido da morte de nosso pai; com ele, Slater tinha mantido uma longa amizade que, de um dia para o outro, começou a minguar pouco a pouco e, de repente, extinguiu-se de uma maneira bastante drástica, por razões que nenhum dos dois comentou com ninguém. E ninguém, exceto a própria Mônica — valendo-se das conjecturas que a induziam a seguir por um caminho de autoconvencimento segundo o qual elas iam adquirindo uma dinâmica diferente e um peso de acordo com essa dinâmica — pudera estabelecer não apenas um porquê da mais que evidente discórdia entre os dois amigos. Também que a discórdia tivera lugar em algum ponto bastante preciso do tempo. De acordo com o que minha irmã manifestava, o ponto de maior atrito foi alcançado após a ocorrência de certos acontecimentos políticos no país. Os acontecimentos realmente decisivos correspondiam aos que com tanta virulência estouraram na década de cinquenta. Curiosamente, Mônica, em sua tentativa de entender o distanciamento, não destacava de modo taxativo nem o peronismo, nem a revolução de 1955 e menos ainda a ruptura do governo com a Igreja, a lei de divórcio etc. Inclinava--se a empregar uma espécie de eufemismo, "a década de cinquenta", como se esse período considerado em sua totalidade houvesse traçado a cesura para uma desavença que nos anos de vida restantes de nosso pai não desapareceu. Também não chegou a ver diminuída uma profundidade que, pelo contrário, consolidou-se e afastou qualquer possibilidade de reconciliação.

Para não deixar incompletas essas apreciações, conviria advertir que minha irmã, sem chegar a se desanimar diante dos gestos de incredulidade de ocasionais interlocutores, a começar por mim mesmo, gostava de expressar suas suposições com uma ênfase que, mesmo reforçada por pontos de vista originais e por raciocínios lógicos talvez demasiadamente ousados, obtinham entretanto efeitos que às vezes não eram os esperados por ela. A razão disso estava no fato de ela costumar se esmerar em elaborar todo tipo de detalhes alusivos que, no final das contas, demonstravam sua futilidade. Quando ela me perguntou o que eu achava e qual era o enfoque que eu dava ao problema, o primeiro a se surpreender pela grande síntese da explicação que fiz não foi ela, mas eu mesmo. Mônica, entretanto, insistiu em sua própria versão.

— O rompimento da amizade não teve grandes motivações. Elas cresceram depois, conforme os anos iam passando, e foram se somando a uma ou várias discussões circunstanciais que já tinham acontecido. Para piorar, nenhum dos dois voltou a tocar no assunto nem tentou discutir de novo o que havia gerado o mal-entendido, e foi apenas isso que enredou tudo definitivamente.

Por outro lado, se nosso pai tinha, como popularmente se diz, levado seu ódio para o túmulo, Slater não parecia disposto a esclarecer os pormenores do seu próprio, enquanto estivesse vivo. Não uma, mas várias conversas com Slater se aproximaram do limiar dessa época da qual ele havia sido mais um protagonista.

Essas velhas histórias se dissiparam de repente quando, ao entrar no *living* da casa de Slater, senti que as solas de meus sapatos amassavam finíssimos grãos de areia esparramados pelo chão. Junto aos sapatos que raspavam, o cric-crac fazia num instante lançar ao esquecimento tantos fatos do passado, e evitava assim ser absorvido por eles. Minha presunção era de que certamente os grãozinhos tivessem sido trazidos pelos ventos das praias. Era fato a possibilidade de que Slater não os varresse? A cada dia, então, escoavam pelas frestas das janelas ou por baixo da porta e iam se acumulando. Falar de dias é uma coisa, mas se são meses os que alguém como Slater deixa passar sem limpar o chão, isso se transformava em uma questão de higiene. Provavelmente eu estava me adiantando e no fim de um instante, emergindo da conversa, zás, Slater provocava, o que ele pensava fazer em momentos assim? Admitir que de quando em quando os varria mas que não tinha o costume. "Um copo pode ser lavado agora ou mais tarde, isso não altera ordem alguma." A solução, vedar todas as portas e janelas, podia esperar. Assim, mediante tais justificativas ditas *en passant*, os grãozinhos de areia encontrariam de maneira casual e sem efusividade alguma o receptáculo para se alojarem por quem perguntasse a respeito desses ínfimos elementos que rangiam de modo desagradável quando pisados.

Os pesados aparadores rústicos, a mesa, as poltronas com almofadas estampadas, um baú de tampa ligeiramente convexa trancado com cadeado, uma cristaleira com velhas taças de cristal e de estanho, estavam ali para evidenciar que Slater alugara esse lugar com todos os móveis e a maleta. Completavam a decoração uns quadros que representavam paisagens alpinas, barcos que navegavam ao longe por um mar tranquilo, casas com chaminés fumegantes sob um céu radiante e mulheres atarefadas junto a crianças que brincavam entre si ou com vários cães. Em cima da cristaleira destacava-se a única foto de um Slater pelo menos vinte e cinco anos mais jovem, quando, no início da década de setenta, a moda ditava o uso de paletós justos e lapelas bastante largas.

Todos os cantos da sala encontravam-se, entretanto, impregnados do inconfundível cheiro amargo das cobrinhas inseticidas.

— Nos últimos dias — disse Slater entreabrindo uma das persianas, o que de imediato bastou para iluminar melhor o ângulo da sala em que estávamos — houve uma invasão de mosquitos. E, se não bastasse, ainda estou com os brônquios em petição de miséria.

O próprio Slater queixoso de sempre falava sem modificar uma só palavra em frases bastante parecidas com as que eu havia escutado antes, só que agora a milhares de quilômetros de distância de onde o havia encontrado da última vez, quando as usou para me contar seu projeto de partir. Enquanto isso, já sentado, estirando mecanicamente as pernas em direção a uma das pernas da mesa, voltei a escutar que o som do roçar dos sapatos com a areia produzia-se agora com uma intensidade tal que Slater não podia ignorar. Mas Slater não fez nenhuma alusão, e da minha parte também não tentei dizer nada sobre o assunto. Com os grãozinhos acontecia o mesmo que com as coisas demasiado evidentes. Para os que convivem dia a dia com elas, são invisíveis e desconsideradas, são ignoradas em nome de outras não tão diferentes.

Eu queria permanecer — inclusive sem erguer os olhos, dirigidos a quem sabe onde, às ranhuras do chão que davam espaço aos grãozinhos de areia — alheio a tudo o que não fosse o relato de seus pesares. Durante os dez meses que passou morando no Building não conseguiu se adaptar.

— O Building? — perguntei a ele.

Respondeu com um monossílabo e em seguida, adotando um tom condescendente que me parecia pouco habitual nele, disse:

— Ficou com esse nome porque foi o primeiro e, por bastante tempo, único prédio de apartamentos feito na etapa de reconstrução da cidade, logo após o fim da guerra.

Apesar de ser verdade que não havia sentido repulsa alguma por Saint-Nazaire, a vida no Building parecia-lhe ao mesmo tempo cômoda e incômoda. Com os motivos que ele foi me dando, não fazia senão reafirmar aqueles que, previamente, dera a si mesmo. Isso eu percebi quando, sem afetação alguma, ele disse:

— Exceto quando está nublado, chovendo ou obviamente quando é de noite, a essa altura, eu me refiro ao décimo segundo andar, a luz tem uma força tal que é difícil de suportar. Em si mesma, e pelos reflexos emitidos do mar. Além disso, não tem persianas e as cortinas, mesmo sendo escuras e de grande espessura, mal conseguem diminuir uma claridade que às vezes as atravessa. Tem outra coisa que acabou me convencendo de que o Building não era para mim. A distração de olhar a passagem dos barcos pelo estuário é uma experiência extraordinária, mas é tão cativante que chega um momento a partir do qual não se deseja fazer outra coisa. É um verdadeiro ímã. Tanto que às vezes volto a me perguntar como foi que consegui renunciar a algo tão grandioso e como ainda não voltei a ceder à sua atração.

"Além do mais", continuou dizendo Slater, "há uma terceira razão que eu não queria deixar escapar. A tubulação da calefação do apartamento. Rangia de um jeito inesperado a qualquer hora nas noites de inverno. Transformou-se em um tormento ser acordado de madrugada ou à meia-noite com um barulho exatamente igual ao de uma porta que alguém, um intruso decidido a roubar, com grande sigilo e destreza, está tentando abrir com suas ferramentas em meio ao silêncio que contribui para potencializar o menor ruído."

Uma ou duas vezes, esses rangidos, disse Slater empregando então deliberadamente um tom mais grave, haviam invadido pura e simplesmente as imagens dos seus sonhos. Haviam lhe impedido depois de se lembrar do sonho, apesar de que, enquanto ele se desenvolvia, Slater tinha plena consciência de que os barulhos tinham uma origem conhecida.

Por último, "um grande susto ou sobressalto, como você quiser chamar, escolha", desencadeava-se a cada vez que, seguindo um hábito cotidiano, ao meio-dia, Slater almoçava na mesa da cozinha. Olhando dali através da porta da cozinha e logo pela grande vidraça da sacada, produzia-se um efeito ótico instantâneo em virtude do qual o mar conseguia se erguer até o nível do piso do apartamento, e então todo o prédio parecia estar cercado de água. Isso não era tudo. Pois uma manhã, no mundo dos fatos, percebeu que a água finalmente invadira o apartamento. Logo depois de haver comprado comida, percebeu que, tendo esquecido o pão, deveria descer outra vez. Deixou dentro da pia da cozinha umas maçãs e ameixas para comer de sobremesa ou a qualquer hora do dia. Ao voltar, saindo do elevador, viu o líquido que, escorrendo sob a porta do apartamento, já cobria integralmente a área comum. Dentro, a água tinha chegado à sacada. Ali, estava momentaneamente represada por um muro baixo que formava a base onde estavam fixadas as grades da sacada. Sem conseguir se recuperar totalmente da surpresa, percorreu o resto do apartamento antes de descobrir a torneira aberta, a pia da cozinha repleta de água e as maças e ameixas esparramadas pelo chão.

As mãos de Slater, que até então haviam se mantido fortemente fechadas, abriram-se para começar a esfregar com suavidade a borda da mesa. Também houve menos precipitação no tom da voz:

— Às vezes, nem sempre, sentia como que um alívio a cada vez que a névoa, de uma hora para outra, sem que eu houvesse me apercebido de sua chegada, cobria integralmente uma longuíssima ponte que liga esta cidade com a de Saint-Brevin. Estava olhando para onde desemboca o rio e, de repente, a ponte não estava mais ali. Sentia-me por um instante menos sozinho.

Já não transmitia aflição alguma a voz que ia contando o que são infortúnios e tropeços comuns na vida de qualquer pessoa mas que, no ânimo de Slater, cindido pelas rajadas frágeis e fortes de sua sensibilidade, pareciam ter uma magnitude diferente. A pergunta que lhe fiz misturou-se durante algumas frações de segundo com o aroma cada vez mais persistente de uma espiral talvez acesa na cozinha ou no quarto de Slater:

— Saudades das coisas de lá?

— Todas as histórias dos que partem são iguais, não sei quem me disse isso. Mudam, quando voltam.

Mas Slater, enquanto caía a tarde, queria continuar naqueles meses passados no Building. Justo nesse momento meus olhos viram pela primeira vez uma jarra com água e dois copos que estavam em cima da mesa. Já estavam ali quando cheguei e havia demorado para vê-los. Coincidindo com minha descoberta, Slater colocou a água nos dois copos e aproximou um deles quase até a beirada da mesa, mas demorou-se ainda um pouco antes de aproximá-lo da boca e beber.

"Não estará muito distante o dia", continuou dizendo, "em que eu deixarei de lado as preocupações inevitáveis surgidas da mudança à qual me lancei e me dedicarei completamente às minhas coisas pessoais. O que verdadeiramente me interessa, por exemplo, são os estudos sobre o mar." Levantou-se sem me dar tempo de reagir ao que terminara de dizer, e de uma das prateleiras superiores da estante tirou dois livros de biologia marinha. Abriu um deles ao acaso e foi passando as páginas. As fotos coloridas do — para mim — ignorado mundo submerso sucediam-se uma à outra. Slater deslizava o dedo indicador pelas folhas acetinadas. O zumbido de uma furadeira ou de um cortador de grama começou logo a atravessar o espaço e chegou por fim a nossos ouvidos. "Tem uma carpintaria perto daqui", disse Slater com um murmúrio e sem levantar os olhos do livro. Da minha parte, escutando de quando em quando as pouco loquazes observações de Slater, apreciava uma paisagem e uma vegetação comparáveis às pradarias que crescem e existem sobre a superfície da terra, só que aqui elas se encontravam no fundo do mar. Montanhas de rochas, profundos vales visto do topo dessas mesmas montanhas, arbustos desconhecidos cujas folhas a água mantém rígidas, samambaias de uma cor púrpura assustadora, corais, ilhas formadas das mais diversas algas e plantas arrastadas por correntezas marinhas que as levam e trazem pelo grande abismo dos oceanos.

— Sua irmã e eu falamos bastante sobre tudo isso. O trabalho de um desenhista não pode se limitar aos temas tradicionais. Ela mesma falou isso com essas palavras. Seria uma omissão imperdoável para quem começou nada menos que desenhando os interstícios mais desconhecidos do corpo humano. O olho do desenhista, uso *ex professo* e singular, possui uma velocidade similar à da luz quando está em jogo apreender o que, para sua função, é inconfundível. Inconfundível do ponto de vista de que a ação da luz não tergiversa a existência das coisas.

Mônica, pensava Slater, não devia ficar "encapsulada" nas visões que já haviam se esgotado. Que ela mesma havia esgotado e que a esgotavam. Carecia então de todo sentido forçar o que, na história individual do artista, já foi extraído do que se pode inventar. Chegar ao mais profundo do oceano era para um desenhista algo supremo e, como tal, superava o uso da imaginação. Lá embaixo, disse Slater cutucando com a unha um dente, nada pode ser obtido através da imaginação. A imaginação está ausente como a luz solar. Como substituí-la? "Não me compete responder uma coisa dessas." Representaria um grande salto artístico MÔNICA CO-MEÇAR A DESENHAR OS DETRITOS.

— Os anos não seriam suficientes para quem se aventurasse a fazer este tipo de desenho.

— É necessário ter experiência, ou seja, descer e fazer esboços, olhar essa massa indistinta de coágulos soldados suavemente graças à água que ao mesmo tempo os desprende e os faz flutuar até que a boca insaciável de um peixe os engula?

Já era quase de noite quando disse a Slater que eu ia dormir no hotel. Pensei que faria uma longa caminhada, mas ao sair à rua lembrei-me, com certa surpresa ao vê-lo estacionado, que viera de carro.

— Amanhã continuamos, não? — murmurou Slater quando me apertava a mão.

Rua após rua fui seguindo a uma velocidade bastante lenta em direção à zona portuária. A umidade era sufocante e, apesar da proximidade do mar, o ar pegajoso fatigava rapidamente todos os músculos. Inclusive sentia que as pálpebras iam adquirindo uma espessura diferente. Consequentemente, não conseguia mexê-las com o ritmo habitual. De tempos em tempos, luzes de vários refletores cortavam o céu escuro em todas as direções. Ao projetá-las em direção ao mar, ora subindo, ora descendo, perdiam a intensidade e a gigantesca massa líquida ia atraindo-as gradualmente. Em determinado momento, mais esporádicas, o piscar luminoso de um dos faróis começou a incidir sem nenhuma força sobre os para-brisas do carro. Voltei também a sentir nesse instante o inconfundível cheiro das algas apodrecidas e do sal. Entrava pela janela e à medida que o carro avançava, seu interior ia ficando cada vez mais impregnado. Quando, ao chegar ao hotel, desci, não foi difícil notar que o ar morno da noite tinha o mesmo aroma, apesar de que uma ligeira brisa o movimentava e o trazia de volta de qualquer ponto da escuridão. Deitei-me vestido e de imediato senti que o sono vinha vindo escoltado por impalpáveis ondulações que um momento antes, seguindo uma dedução previsível, não teria podido acreditar que existissem. Às cinco e quinze da manhã, entraram pelas frestas da janela os indícios ainda difusos do amanhecer. Atraído por essas primeiras partículas de luz, levantei-me e entreabri a janela. Lá embaixo, a rua encontrava-se dividida por canteiros de arbustos e flores. Logo contemplei durante uns minutos uma parte longitudinal da cidade solitária. Fechei a janela e voltei para a cama. Não queria dormir sem antes resolver quais seriam meus próximos passos. Passar por La Baule, devolver em alguma filial da locadora o carro e fazer o que faltava do trajeto por trem. Ou ficar umas horas mais no porto. Cumprir a promessa de ir conversar outra vez com Slater.

María Martoccia

SERRA PAI

(Fragmento de romance)

VII

Quando Hernán retorna, depois de suas rondas noturnas, o living é um lugar cálido e aconchegante. É recebido por esta mistura de cheiros que já aprendeu a distinguir: a fragrância da roupa sempre passada na tinturaria, o forte cheiro das bitucas de cigarro que Ana María fumou, esmagadas com fúria nos cinzeiros de vidro, um suave perfume de bombons de licor que não sabe de onde vem, o cheiro das cortinas com seus caminhos abertos pelas traças. Muitas vezes, em cima da mesa fica um baralho porque Ana María e a filha dela ficaram jogando *chinchón* até bem tarde. A esta hora ele acha a casa parecida com uma caixa, um recipiente que o mantém intacto e protegido. Ele, em geral, chega de madrugada, toma uma ducha e se livra do cansaço. É como se pelo ralo, junto com a água, fossem embora as horas que passou com algum desconhecido, ocasionalmente uma mulher. Entre as camisas guarda o dinheiro, bem poucas vezes o conta.

Hoje está nublado e Hernán fechou com força as cortinas de bombazina. Acaba de ler um artigo policial sobre um canibal na Alemanha que comeu várias pessoas; também marcou com um lápis os preços das motos de alta cilindrada. Olha a hora em um relógio dourado que em cima do círculo tem talhado um pavão com a cauda aberta; já é quase meia-noite e meia.Ontem confirmou que é muito melhor roubar as pessoas quando elas estão contentes. Agora diferencia os funcionários de escritório e os que estão passeando, e quase sempre escolhe estes últimos. Está com uma nota de cinquenta pesos para gastar, tirou-a de uma mulher que saía de uma loja com várias sacolas e que estava radiante. Toma o último mate e volta para colocar no lugar a mesinha com as caixas de madrepérola. No quarto de Silvina dá para escutar movimento, parece que está arrastando cadeiras. A porta de Ana María está entreaberta e Hernán se aproxima na ponta dos pés.

— Pode entrar!

Hernán vacila.

— Senhora Ana María, eu me perguntava se a senhora não está precisando de nada...

— Entre! Entre! Não se assuste com a desordem, sim?

Hernán abre um pouco mais a porta e coloca a cabeça. O quarto está na penumbra, só dá para ver a cama.

— Escutei um barulho no quarto de Silvina e pensei que...

— Entre, homem! Não tem nada esquisito aqui... Só uma velha alquebrada que não consegue se levantar...

Hernán dá uns passos tímidos. O lugar cheira a naftalina e folhas de eucalipto.

— De tempos em tempos eu fico assim, filho — diz Ana María com a voz grave, uma voz que sai de uma caverna coberta de estalactites. — Fico na cama e não consigo sair. Passam dias, às vezes semanas. Venha, venha. Traga esta cadeira para cá... não se assuste... Eu podia ser sua mãe, não é? Quase sua avó. Ai!

Os olhos de Hernán se acostumavam rápido à falta de luz. Pôde ver a cama com uma cabeceira de palha e o quarto apinhado de móveis: uma luminária de pé, uma penteadeira, várias cadeiras, um espelho, uma biblioteca com jarros e figuras orientais, as cabeças de dois unicórnios que servem de apoio para os livros.

— Quer que eu chame o médico ou...? — pergunta timidamente o jovem.

— Não, Hernán. Isto não é caso para médico... isto é outra coisa. Faz anos que sofro dessas depressões... e não há o que fazer. Já tentei de tudo. Florais de Bach, homeopatia. Inclusive fui ver um padre numa vila, não sei mais onde...

Hernán está em pé junto a uma luminária. O cabelo preto, brilhante, que chega quase até os ombros, parece iluminado pela luz da lua.

— Traga esta cadeira para mais perto, que eu quero te dizer uma coisa.

Ana María se ajeita. Aperta os cordões da camisola no decote. Na cabeça está com uma touca tão apertada que o crânio tomou a forma de uma berinjela; a sombra do nariz ganchudo projeta-se enorme na parede.

Em cima do criado-mudo, entre pacotes de lenços de papel e conta-gotas, está a peruca com suas ondas encaracoladas.

De trás da janela, com as pesadas cortinas, se escuta o piar dos pássaros. Hernán aproxima uma das cadeiras da cama da mulher.

Ana María olha para ele, estica a mão para a frente, e exclama:

— Ai, seja bom. Antes de se sentar, me faça um favor...

Hernán olha desorientado ao seu redor. Em cima de uma das cadeiras há um casaco de pele, sabe-se lá de que animal, e na penteadeira inumeráveis potes, remédios e cremes, e um jogo de espelho e escova de cabelos de cerdas macias.

— Todas as manhãs eu jogo algumas migalhas para os passarinhos... — diz Ana María. — Pobres desgraçados. Eles também precisam de alguém para cuidar deles... Ali, na penteadeira, olhe, sobrou uma empanada... Dê para os pardais... Coloque no parapeito da janela. Esfarele e deixe lá. Eles percebem na hora...

Hernán abre a cortina e um bando de passarinhos atira-se à janela desesperadamente. Esfarela a empanada que já está há vários dias no pratinho de porcelana.

— Pardais, não é? De vez em quando algum cardeal. Muito de vez em quando... — diz saudosa Ana María.

Antes de fechar a janela, Hernán olha para o céu, cinza-chumbo, sem nenhum outro traço, e se senta novamente na cadeira, ao lado da cama.

— Minha avó — continua Ana María — odiava os pardais. Dizia que, antes de Sarmiento trazer os pardais de Paris, em Buenos Aires havia centenas de pássaros diferentes. Que era só olhar para o céu para ver bandos coloridos. E que nos parques havia ninhos de todos os formatos...

Hernán baixa os olhos, concentra-se no tapete desbotado, sujo, como o céu que os pardais atravessavam.

— Não sei o que eu posso fazer pela senhora — diz em voz baixa, quase num sussurro.

Ana María estica os lençóis, apoia as mãos cuidadas, soberanas; parece não escutá-lo.

— Acontece isso comigo — explica —, fico pensando e pensando no passado. Fico dias, às vezes semanas jogada aqui. E me lembro de tudo... Das férias com meus pais no campo de Entre Ríos, dos caprichos da minha avó, de tudo. Me vem tudo à memória. E com quantos detalhes, veja você.

— Não é ruim ter memória — diz Hernán apenas por dizer algo, e levanta a vista do tapete desbotado, percorre as prateleiras em que se amontoam as porcelanas e os jarros. O rapaz tem as mãos longas, os dedos finos e pontiagudos, as unhas duras como os frutos do olho-de-boi.

Os passarinhos pararam de piar. Em uma das prateleiras há uma figura de porcelana, um velho com barba pontiaguda segurando um lampião, com um macaco sentado nos ombros. "Difícil andar assim", pensa Hernán.

Ana María suspira. Passam uns minutos. No quarto contíguo, Silvina continua arrastando as cadeiras.

De repente, a mulher se estica para a frente, enlaça as mãos, e pergunta:

— Você, Hernán, acredita em coincidência? Pensa que as coisas podem acontecer assim, porque sim, sem o menor sentido?

Hernán mexe a cabeça, a pergunta o desorienta.

— Às vezes, sim. Outras não... O que é que posso dizer...

— Pois olhe que eu não. Já não acredito mais em nenhuma coincidência. Tudo se encadeia, tudo tem uma ordem, uma estrutura que talvez não conheçamos, mas uma ordem enfim... Não existe coincidência...

O jovem entreabre os lábios; é um gesto mínimo, como o de uma ostra que quisesse respirar.

— Eu lhe digo isso — afirma a mulher — porque não acho que foi por acaso que você veio até aqui... que esteja, me desculpe o que eu vou lhe dizer, de algum modo compartilhando a vida comigo e minha filha, e que saiba de coisas nossas...

Hernán fica em pé, caminha até a janela, já não se escutam os pardais.

— É. Pode ser como a senhora diz. Vai saber... É capaz que haja um destino escrito. Mas onde é que vai estar escrito o destino?

Ana María fica uns segundos muda, olha a peruca no criado-mudo e as porcelanas que faz anos ocupam os mesmos lugares na prateleira. No quarto ressoa a entonação interiorana da pergunta de Hernán, como se nessa cantilena estivesse toda a resignação do mundo.

A mulher enlaça as mãos sobre os lençóis impecáveis e continua explicando. O ligeiro rubor nas bochechas desaparece à medida que fala.

— Eu sei reconhecer muito bem as pessoas. Parece que não, mas é assim mesmo. Eu percebo muito bem quem é quem. E com você eu não me engano. Vejo a forma com que você trata Silvina. Você não pode ser uma pessoa má.

Hernán dá meia-volta. Seu cabelo que chega até a altura dos ombros se move como as ondas.

— O que a senhora quer me dizer?

— Nada e tudo. O que estou lhe dizendo. Eu confio em você. Apesar de conhecê-lo há tão pouco tempo, apesar de não saber quase nada da sua vida. Outro dia veio meu irmão. Você viu. Discutimos. Dinheiro, minha cunhada, coisas que não vêm ao caso... E eu disse a ele, apesar de fazer só um dia que você estava aqui, disse a ele que se eu tivesse que confiar minha filha a alguém, seria a você...

— Disse isso para ele? Mas, Ana María, que coisa para se dizer... Depois o homem fica com raiva de mim. E como é que não ia ficar?

Hernán se adianta alguns passos, chega quase ao pé da cama.

— Homem, não se assuste. Não se trata disso. Além do mais, eu disse aquilo num momento de raiva. Às vezes, a cabeça vai tão longe. Penso no futuro de Silvina. Penso como ela vai fazer para viver sozinha. Minha cunhada, se acontecesse alguma coisa comigo, colocaria Silvina num sanatório, num hospício, nem sei do que ela seria capaz...

— Não pense nisso agora. A senhora é jovem, tem saúde boa...

— É verdade. É preciso espantar os maus pensamentos. De toda forma, agora é outra coisa. Quero pedir a você que nestes dias em que estou de cama, você venha um pouco, quando puder, eu sei que você tem suas coisas para fazer... Não estou lhe pedindo para deixar nada. Mas, se puder, que tome alguns minutos para ficar com Silvina. Ela fica tão mal quando está sozinha. Mas eu já não consigo, sinceramente não consigo. O melhor é eu ficar aqui na cama pensando, para mim é como uma letargia, sim. Caio em uma letargia e depois sou outra. Mas Silvina fica mal, fica arisca...

Hernán sorri, os olhos grandes, separados, mansos.

— Claro que sim, Ana María. Até posso sair para passear com Silvina. Para mim, tudo é novo na cidade.

— Viu? Viu como eu não me engano? Você é um bom rapaz. Uma boa pessoa. Não é nenhuma coincidência você estar aqui...

Pelas cortinas fechadas passa um raio de luz que cai sobre a penteadeira, desaparece debaixo de uma cadeira e volta a surgir na peruca que está em cima do criado-mudo, e a ilumina como muitas vezes o sol ilumina algum ninho numa árvore.

— E se quiser alguma coisa, basta pedir — diz o rapaz. — Não ponha reparo em me pedir o que quer que seja... Hoje vou ficar em casa. Posso ir comprar alguma coisa para você, fazer algum trabalho. Só saio à noite, tarde... — faz uma pausa e solícito acrescenta: — Vou ver o que Silvina está fazendo. Faz um minuto que estou escutando ela arrastar cadeiras... É capaz de precisar que eu pegue para ela alguma coisa de cima do guarda-roupa...

A mulher o observa se movendo pelo quarto, com o andar tranquilo, o sigilo de um animal noturno. Apoia-se no travesseiro e fecha os olhos. Passam uns segundos e se ergue violentamente.

— Hernán! Hernán! — exclama ansiosa — Quero lhe dizer uma última coisa. Aproxime-se, por favor.

Hernán vira a cabeça em direção à cama, a mão ainda na maçaneta.

— Pode falar, senhora — diz com uma leve inflexão de carinho.

— Venha, venha mais perto. Não quero que Silvina ande escutando a gente... Às vezes ela faz dessas coisas... Pobre filha...

Hernán se aproxima. A pele de Ana María é uma argila seca e cinza que poderia se soltar a qualquer momento.

— Você está vendo este chinês com um macaco — pergunta a mulher em voz baixa —, essa figura de porcelana que está ali, ao lado do jarro?

Hernán assente. A mulher olha para os cílios longos do rapaz que quase alcançam as sobrancelhas, pensa na cerda macia das escovas da penteadeira, nas figuras dos budas que tantas vezes viu nas casas de leilões e diz, quase num sussurro:

— Bom, aí atrás dessa porcelana tem um cofre. Está com a fechadura quebrada... Mas para que arrumá-la? O chinês a esconde perfeitamente, por isso eu o coloquei aí. No cofre, tem alguns pesos... caso me aconteça alguma coisa, Hernán. Caso me aconteça alguma coisa e você estiver aqui. Não deixe meu irmão levá-los.

VIII

O corcunda entra na mata para buscar o cavalo que era de Dom Chacho. O Orión, é como ele é chamado agora, apesar de que quando foi vendido tinha outro nome, era chamado de Renegado, por ter dado trabalho demais para ser domado. Elvira avisou que a senhora Diana queria que se encarregasse do animal. Finalmente numa hora feliz, dona Diana se lembra de que ele serve para alguma coisa. O corcunda segue por um caminho de arbustos baixos. De um lado, em um poço, tem uma pilha de ferro enferrujado. Aproxima-se e vê uns olhos-de-boi sem a casca; a madeira clara, exposta, parece a pele de uma ferida. "Será que o Orión se meteu por aqui, se não tem outra coisa para comer?", pensa enquanto se abaixa diante dos ferros para ver se encontra alguma chapa que sirva para tapar o buraco do cômodo. Faz dias que Toto está deitado. Diz que sente dor nas costas, que está com reumatismo, e se enrola na cama feito uma lagarta. Só história. De noite, levanta escondido e toma uns tragos da moringa que está enrolada num trapo. O corcunda tira uma chapa com cuidado: os escorpiões gostam de fazer ninho no escuro. Nada. Tudo estragado, carcomido pela ferrugem. O buraco no quarto vai ter que esperar. O calor se sente. Continua caminhando com passos curtos e leves, como se roçasse o colchão de folhas e espinhos em vez de pisar nele. Olha um monte de bosta. Fresca, apenas algumas horas. E aperta o freio que tem na mão. Onde estará o condenado? É capaz de ter saltado alguma cerca em busca de uma égua no cio. Ou companhia. Há cavalos que buscam companhia, feito os humanos. Chega a uma clareira. Aqui começa a chácara da família Durán. Em algum tempo, essa terra era uma das melhores da região. Tinha pêssegos com o miolo vermelho que nem sangue e melões doces. Até os marmelos eram o dobro do que em qualquer outro lugar. Ele costumava vir com Hernán e Marcelino e, às vezes, com os filhos de dona Luisa. Esperavam escurecer e da cerca tiravam a fruta com um pau, ou Hernán subia na árvore. E como subia! Parecia uma jiboia argentina. E depois deitavam, debaixo das árvores ou dentro do canal, para deixar a água correr pelo corpo, cheios de fruta. E Marcelino falava, falava sem parar. Hernán não. Olhava e aprendia. Bastava tirar uma vez só o mel das vespas que na próxima ele fazia sozinho sem que nenhuma abelha o picasse. Era assim com tudo. Laçava e conseguia ferrar um animal olhando as patas dele, sem nem precisar levantá-las. De teimosia não quis ir mais à escola. Quando abandonou, a professora foi buscá-lo para ele continuar indo. O corcunda agita a cabeça. Ele tinha isso de roubar que deixava o Dom Toto louco. Mas não era cobiça, pois as coisas importavam pouco para ele. Era algo mais. Como se ao roubar estivesse a ponto de conseguir uma coisa diferente. O que seria? Moleque condenado. Era capaz de levar as coisas de alguém debaixo do nariz da pessoa. Movia os dedos como se estivesse fiando. O corcunda passa a mão por um tronco coberto de resina. Sente o cheiro e todo o rosto se franze, parece um figo seco. Também ele não consegue deixar de pensar em Hernán. Antes não. Mas desde que vê Toto assim, é a mesma coisa. Não consegue tirar a imagem de Hernán da cabeça. Tinha tudo, era lindo! Nossa, como era lindo! Até os doze anos parecia uma menina, depois não. Cresceu em um verão, como crescem os cabritos.

O corcunda se senta à sombra de uma baraúna branca e enrola um cigarro. Corre uma brisa quente, as cancorosas de três pontas estão em flor. Uma flor pequenina, da mesma cor das folhas mas com um perfume doce, enjoativo. Essas árvores dão dor de cabeça, por isso ninguém quer ter uma perto de casa. Ontem à noite, Toto finalmente comeu. Ele jogou na panela uns ossos com milho e Toto experimentou uns bocados. No começo, estava largado na cama, queria comer assim mesmo. E ele disse a Toto para se levantar, para deixar de tanto capricho. E depois de comer um pouco, quando já se sentia melhor, resolveu falar: "Eu, alguma vez, tive outra vida", disse a ele, "não como você que foi sempre um desgraçado. Tive mulher, filhos, o rancho não estava nessa miséria, tinha tudo plantado. É diferente quando você se dá mal. Levantar é pior. Qualquer um inveja o coitado, a quem quer que tenha se acostumado desde o começo a ser um desgraçado." Devia haver algo de certo nas palavras do Toto. Ele, às vezes, vivia momentos sem se lembrar da corcunda. Mas sempre a maldisse. Apesar de haver coisas que conquistou na vida por ter a corcunda. Tinha que reconhecer isso. Sua relação com a dona Clara. Ela fala com ele porque ele é um coitado. E vale a pena. Se não, não saberia que depois deste mundo vem outro. De cristal de quartzo, com rios de água limpa, não contaminada. Que caralho importa do que é feito o outro mundo e se a água é limpa ou traz lixo. Ele não vai ter a corcunda na outra vida e é capaz de poder correr com as costas direitas como um junco... Será que a gente encontra na outra vida com as mesmas pessoas? Será que é fácil de reconhecê-las? Como será isso? Porque se ele voltar para consertar os erros, ia ter que se encontrar com os mesmos...

Gustavo Ferreyra

NOS CONFINS DA CIDADE

O carro branco, novo, avançava vagarosamente por uma rua do subúrbio. Sua toada preguiçosa por uma rua larga, bem asfaltada, carente em absoluto de trânsito, teria chamado a atenção se fosse o caso de algum transeunte ter se arriscado a caminhar sob um sol ardente e que, apesar de não estar a pino, parecia castigar a pele. Ao longo de várias quadras, o carro deslizou como se não quisesse chegar a lugar algum, até parar na frente de um portão que impedia a passagem na abertura de um longo muro de tijolos aparentes. O motorista permaneceu ainda alguns minutos dentro do carro, olhando o portão com uma expressão ausente e vacilante. Deixou uma das mãos como que pendurada na parte superior do volante. Finalmente, desceu do carro com pesada resignação e dirigiu-se a uma das colunas que ladeavam o portão. Tocou o interfone, e ao ser atendido resmungou seu nome tão baixo que teve que repeti-lo uma e outra vez, elevando a voz, se bem que não muito, a cada tentativa. Em um instante, lhe deram passagem e, subindo no carro, entrou com ele na propriedade atrás do muro.

O doutor Guillermo Berdiñas, advogado, estacionou o carro na frente de um prédio branco de dimensões generosas e construção recente, rodeado por um bem cuidado jardins de árvores jovens que reluziam ao sol. Desta vez, o doutor Berdiñas se apressou em vencer a distância que o separava do prédio. Já dentro, foi ao balcão em que registravam as visitas, sentindo em seu interior o amargor de estar em um lugar que o assustava. Ali, encontrou uma novidade que o desestabilizou em alguma medida. Sua mulher estivera particularmente irritadiça e haviam injetado nela certos medicamentos que a impediam de sair ao jardim — lugar no qual ele a encontrava todos os domingos —, motivo pelo qual teria que vê-la no quarto.

Apesar de fazer oito meses que sua esposa estava internada ali, ainda desconhecia grande parte do regulamento da instituição e ignorava se o que estavam fazendo com ele era uma exceção. Mas, se fosse assim, em atenção a quê? A pergunta flutuou em seu pensamento sem se assentar, como que para impeli-lo a procurar uma resposta. Sorriu de modo vago para a funcionária e, depois de assinar no local que lhe fora indicado, foi até o charmoso balcão que impedia a passagem para os quartos. A mulher do balcão olhou para ele por um instante com olhos incisivos, negros e maciços — dava até para dizer que de má vontade —, apesar de que nem por isso o doutor Berdiñas julgou que a mulher saísse muito dos gestos que lhe eram rotineiros. Uma enfermeira que também trabalhava no setor se dispôs a acompanhá-lo. Enquanto caminhava em direção ao quarto da esposa, a aflição o ia dominando e, em parte, vinculou a atitude da mulher do balcão àquilo que iria encontrar no quarto para o qual se dirigia. Começava a temer pelo estado da esposa, mas não por ela, e sim por ele próprio. Considerou que talvez não tivesse entendido corretamente o assunto da medicação, se é que lhe haviam explicado alguma coisa, e temia que o aguardasse um espetáculo tenebroso em algum sentido. Por um momento, pôs-se a procurar uma desculpa, que exporia à enfermeira que o acompanhava, para sair imediatamente, mas toda ideia que tinha era ridícula, e até sua pretensão de fugir, no fundo, parecia-lhe imoral. E se perguntasse para a enfermeira em que estado estava a mulher, para saber do que se tratava e, se fosse o caso, não olhar? Havia chegado e a enfermeira, sem demoras, demonstrando que para ela era uma ação sem importância, abriu a porta e correu para lhe dar passagem. Berdiñas vacilou por um segundo, não tanto porque ainda conservara alguma esperança de escapar da responsabilidade que sem mais remédio assumia, e sim porque teve a intenção de dirigir à enfermeira uma espécie de engenhosa amabilidade; não para ficar bem com ela, coisa que não lhe importava, sua intenção era sim distrair a mente e levar para os lábios um sorriso no momento de entrar, como se a careta que alojava no rosto fosse uma súplica.

Ao entrar, evitou olhar sua mulher, que estava estendida na cama; assim que escutou a enfermeira fechar a porta atrás de si (Berdiñas teve o cuidado de se assegurar de que a enfermeira não a fechara à chave), lançou sobre a esposa um rápido olhar, para se certificar de que ela não estava a ponto de saltar em cima dele, e ficou parado, sem saber onde meter o corpo nem a mente. A mulher, de costas para ele e coberta com um lençol, parecia dormir. O quarto tinha um cheiro adocicado, sob o qual se sentia outro mais rançoso, próprio dos hospitais, mas que desta vez mal se podia notar. O silêncio, talvez ocasionado pela localização do quarto, era profundo, ao menos não se percebia nenhum barulho que tivesse origem nas atividades que aconteciam na clínica; do jardim — deserto nesta região — chegava bem suave através da janela fechada o trilar de um grilo ou bicho parecido, cujo distante chilrear não fazia senão chamar a atenção sobre o silêncio reinante. Berdiñas foi tomado finalmente pela curiosidade de ver o rosto da esposa e, apesar da dificuldade em sair da imobilidade quase defensiva que adquirira, deu a volta na cama. Temia deparar com uma expressão bestialmente deformada, com algo absolutamente diferente do que ela tinha sido havia não muito tempo.

A loucura de sua mulher fora, ao menos no que lhe concernia, repentina e serena; numa manhã, ela começou a variar e a encerrar-se em profundos silêncios, e não retornou mais desse estado. Em certas ocasiões, ele desacreditava que houvesse sido assim e se inclinava a pensar que provavelmente havia estado cego aos sintomas ou sinais que por força teriam existido anteriormente, mas por mais que exercitasse a memória procurando-os encontrava apenas alguns traços, peculiaridades, que situava, sem mais remédio, dentro do padrão inquestionável da sanidade. Os próprios médicos haviam dito a ele, quanto ao caráter abrupto do caso, que não era impossível, apesar de ele desconfiar da medicina. A internação foi imediata, segundo prescrito pelos psiquiatras, motivo pelo qual sua vida, apesar de ter agora uma esposa demente, era por completo alheia à loucura, e a ideia da loucura — imbuída que estava sua imaginação nos fantasmas que vagam nas conversas à toa — produzia nele um espanto visceral. As visitas aos domingos não haviam lhe revelado nenhum dos mistérios que se encerravam na mente de sua mulher e, para sua dor, haviam se transformado, ao menos parcialmente, em um pesado trâmite semanal que não podia evitar e cujo sentido lhe era inalcançável. Sentavam-se num banco à sombra ou junto a uma mesa do jardim, e as horas passavam, quase sempre em silêncio. Ele olhava as árvores, as cercas vivas, eventualmente olhava para ela que, sentada um pouco tesa, com as mãos no regaço, sua pequena figura em uma atitude de espera, parecia uma menina aguardando uma notícia que não tem dúvida de que lhe será dada e da qual anseia somente a confirmação. Além disso, essa atitude nunca variava muito e sua própria persistência comovedora era, para Berdiñas, quase insuportável de ver. Às vezes, ele se pegava contando a ela algum detalhe, que só ocasionalmente provocava nela alguma reação: uma ponta de sorriso, uma careta incerta, gestos que geralmente não correspondiam ao tom do que lhe contava e que só podia tomar por casuais, nascidos dos abismos de um pensamento que era impossível de conhecer, nem sequer de imaginar, e cujo aparente vazio — ou deslocamento — o desesperava. Muito de vez em quando ela falava, em geral uma frase montada com fragmentos de lembranças, citando pessoas ou fatos sem importância do passado, e que dita com a voz que amava — intacta até na inflexão — causavam nele um mortificante assombro, e até uma louca e instantânea esperança que logo se diluía na evidência de que o fato não constituía avanço algum. Houve certas ocasiões em que, ao falar, as feições dela adquiriram uma vida inteligente e pareceram inundadas pela razão, retornando por segundos ao que haviam sido no passado; entretanto, assim que percebeu que esses efêmeros lampejos de presença eram como fortuitas pulsações elétricas, penalizava-se ao vê-los e acabou por desejar que não acontecessem mais.

Parou em um canto da cama e, por baixo de um braço que a mulher estendia para a cabeceira, conseguiu ver seu rosto. A boca estava um pouco aberta, mas não havia nada que lhe parecesse repulsivo, pelo contrário; entregues a uma desmaiada serenidade, as feições se mostravam menores e mais bonitas. Afastou-se até a janela, ainda que um pouco a contragosto por privar-se do suposto prazer que deveria sentir ao vê-la em um estado que quase permitia fantasiar que nada tivesse acontecido. Ameaçou virar a cabeça um par de vezes, mas se arrependeu e continuou olhando o jardim. O jardim era, de longe, o que havia de mais bem cuidado na clínica. As cercas vivas estavam podadas com precisão; abundavam as flores, combinadas em grupos de acordo com as cores; a disposição das árvores estava longe de ser aleatória: à medida que se distanciavam do prédio iam se tornando mais densas e numerosas, até terminarem duzentos metros adiante, próximo do muro em que acabava o terreno, em um modesto bosque.

Berdiñas se deteve olhando o gradeado negro e gracioso da janela, no qual as barras de ferro formavam losangos. Faziam-no lembrar das grades na casa de uma tia sua; através de uma delas, quando menino, tinha passado a cabeça e logo, para sua perplexidade, não conseguia retirá-la; até que, não sem um arranhão pelo desespero que o havia tomado, deu um jeito de tirá-la.

Uma gata peluda verde caminhava pelo gradeado. Berdiñas a via avançar enquanto aumentava nele o medo de que, a suas costas, sua mulher se levantasse e no paroxismo de sua loucura se atirasse sobre ele, como uma fera ensandecida cuja toca tivesse sido invadida, inclusive buscando com os dentes sua garganta, a jugular. Apesar de o temor crescente impeli-lo a virar a cabeça para se certificar de que a esposa estava dormindo, resistia a fazer isso e preferia testemunhar como o medo crescia em seu interior. E quando apurava o ouvido para escutar às costas e não ouvia barulho algum, imaginava que a mulher de modo bastante sigiloso estava se levantando, disposta a dar o bote; tinha quase certeza de que o ataque ia ocorrer em instantes, e chegou mesmo a se perguntar por que demorava tanto. De repente, já ferido pelo pavor, virou a cabeça e pode ver que ela estava dormindo e que nem tinha mudado de posição. Ou estaria fingindo? Será que não haveria na loucura, ao menos na de sua esposa, uma recôndita astúcia maligna? Aproximou-se da cama acreditando que, por mais que a quisesse esconder, encontraria a verdade na expressão do rosto, no ríctus da boca. E observou-a, inclinando-se um pouco sobre ela. Procurava um detalhe revelador que não encontrou; pelo contrário, as feições mantinham a tênue beleza que antes havia percebido. Ficou contemplando-a, esquecendo pouco a pouco sua intenção primeira, pouco menos que enternecido, não muito afastado de uma espécie de fascinação amorosa. O corpo pequeno, curvilíneo, moldava o lençol. Até que não suportou mais olhar o que havia perdido e desviou a vista, procurando com ela uma cadeira, com a pretensão, ainda que vaga, de ficar sentado até o momento de partir, afastando seu ânimo da situação o máximo possível. No entanto, apesar de haver achado as cadeiras no quarto, abandonou a ideia. Caminhou vacilante ao redor da cama, impregnado das desconfianças nele plantadas pela observação da mulher. Deu logo uma olhada na porta, pensando que bateriam antes de entrar e, com uma leve satisfação, deitou-se junto da esposa.

Pôs uma mão debaixo da nuca e ficou de barriga para cima, inicialmente atento à porta, já que seria difícil para ele explicar o que tentava fazer ali na cama com sua esposa louca. Em certo momento, escutou passos se aproximando pelo corredor e se levantou rapidamente, disfarçando, como se estivesse indo em direção a uma das cadeiras. Mas os passos se afastaram, e então retornou à cama. Apesar do susto, havia ganho confiança e se estirou sobre o lençol com maior soltura. Inclusive, não tardou a retirar os sapatos. O quarto permanecia fresco e o colchão era tremendamente cômodo. Relaxou e até chegou a sentir algo não muito distante do bem-estar. Deixou um braço bem próximo ao corpo de sua mulher.

Instantes depois, viu-se olhando as formas da esposa esculpidas no lençol. Tinha que reconhecer que nestes meses, desde que a esposa havia enlouquecido, ele a desejava mais do nunca; imaginava-a, mesmo louca como estava, nua ou com uma lingerie provocante, em poses em que se oferecia aberta e desinibida e que o excitavam até a quase exasperação. Claro que este desejo só surgia quando ele estava sozinho em casa e, em geral, terminava com uma masturbação, à qual se entregava com o mesmo fervor de quando era adolescente. Acabava incitado pela viva lembrança de alguma parte do corpo da esposa (a visão dos seios, bonitos, que se agitavam não longe de sua boca era, por exemplo, uma das mais frequentes), envolto na ideia de que ela gozava tanto quanto antes e mesmo que a loucura a tornara ainda mais desinibida, quase selvagem em seu desejo sexual. Depois de terminar, apoderava-se dele, e ele sentia no corpo, no ventre e sobretudo nos braços a crença de que fodendo a mulher ele a curaria, como se as cordas do prazer que ele tocava pudessem despertar sua consciência, dando início com o ardor dessa lembrança ao fim de todos os esquecimentos incríveis nos quais a mente se desfiava. Em sua imaginação, ele a via entregue a um orgasmo no qual a animalidade absorta de sua demência abria caminho — como se ocorresse um milagre, de um instante para o outro — para a Mônica de antes.

E agora estava ali, junto de sua mulher e, mesmo que incipientes, fugazes, começavam a lhe rondar as fantasias às quais, em casa, rendia-se sem reticências. — Que corpo! — murmurou de si para si enquanto a mão avançava rumo às ancas da mulher, mas antes de tocá-las se deteve e, dando uma olhada para a porta, retrocedeu. Uma certa vergonha apoderou-se dele por causa do que tinha tentado, talvez porque ter contatos amorosos com uma louca fosse algo repugnante, apesar de ele não estar bem certo disso e, por algumas vezes, ter se perguntado como reagiria alguém, por exemplo um amigo seu, se ele dissesse ter trepado com Mônica. Acharia normal, pois afinal de contas continuava sendo sua esposa, ou a ideia lhe daria até um pouco de nojo, pela mesma razão que nos produz a violação de um cadáver? E, ele mesmo, para além das fantasias, não sentiria repulsa por fazer amor com uma maluca totalmente ausente como sua esposa? Em geral, quando não era dominado pelo desejo e pensava tranquilamente no assunto, achava que sim, e por momentos estava convencido disso; mas noutras vezes tinha dúvidas, dizia a si mesmo que, se não lhe visse o rosto... Não sabia.

Ficou, por longo tempo, olhando a parede da frente e um pouco mais. Na periferia de uma lânguida atenção permanecia o corpo da esposa, a possibilidade de, ao menos, tocá-la, acariciá-la. Nada lhe ocupava a cabeça o tempo suficiente para que em seu pensamento alguma questão adquirisse um perfil bem definido, capaz de despertar nele um verdadeiro interesse. Pensava numa frase que um amigo pronunciara em razão das desavenças com a esposa, na formação de seu time de futebol, em certos gastos que o aguardavam até o fim do mês, em como havia chutado mal a bola quando quis devolvê-la a uns garotos, em... Os assuntos, as imagens, certas indagações breves, entrecortadas, sucediam-se umas às outras, retornavam, partiam para sempre. Berdiñas não parecia disposto a tirar proveito da tarde, nem mostrava qualquer disposição a se dedicar a algum assunto sobre o qual fosse necessário refletir. Por momentos, detinha-se a escutar a respiração da esposa — que permanecia na mesma posição, de costas para ele — para se certificar de que continuava dormindo e, por algumas vezes, invadiu-o de novo o medo, agora, de que ela virasse para ele de surpresa e com uma desfigurada cara de louca o olhasse com essa ausência vidrada dos olhos que o amedrontava; mas o temor não tardava a desaparecer, a se ocultar na penumbra, e o ânimo dele voltava a se acomodar à paz que reinava no quarto, e que se acentuava com o passar da tarde.

Percebeu, de repente, que estava ficando tarde. Nervoso, olhou a hora. Fazia mais de vinte minutos que o horário de visita havia terminado. Achou muito estranho que ninguém o tivesse chamado. Esteve a ponto de se levantar, atingido pela presunção de que não tardaria muito para que o fizessem e, no entanto, letárgico, prisioneiro de uma cega inércia, voltou a dizer a si mesmo que bateriam na porta, e permaneceu deitado. Será que o estariam esperando, dando a ele um instante mais para que se apercebesse da hora, antes de irem buscá-lo, em razão de parecerem amáveis? Estariam irritados com ele? Colocava-se a possibilidade de se levantar e ir embora por conta própria, mas como algo remoto, quase irreal, até chegou a se perguntar se atravessar sozinho os corredores não constituiria uma transgressão grave aos regulamentos, mas esta mesma ideia não saiu do âmbito de uma pura retórica que apenas roçava a situação em que se encontrava.

Pouco a pouco, a luminosidade da tarde foi cedendo. O quarto ia ficando na penumbra. Os cantos mais afastados da janela iam escurecendo; as figuras de um quadrinho — que outrora haviam atraído o olhar de Berdiñas — perdiam definição e confundiam-se com o contorno verde--azulado, também este já indecifrável, borrado. A presença da mulher a seu lado, imóvel no sono, que havia chegado a passar-lhe quase desapercebida conforme a lembrança de suas fantasias havia se diluído, voltava a inquietá--lo, mas agora por seu aspecto sinistro. O peso do inerte corpo no colchão, que percebia na inclinação deste sob suas costas, o desanimava. Os lençóis não tomavam mais formas femininas, mas um volume suspeito. Como podiam ter se esquecido dele? Como não tinham ido buscá-lo? Estariam, por algum motivo, aguardando que ele decidisse partir, indignados por sua atitude mas ainda assim resistindo a ir buscá-lo? Caberiam penalidades ou coisa parecida? Concluía, em geral, que tinham se esquecido dele, apesar de que isso não era impedimento para que, em um instante, se entregasse de novo às vacilações.

Quando a escuridão invadiu completamente o quarto, estar deitado junto à esposa — a quem na escuridão ele tomava por um ser ainda mais perigoso — tornou-se intolerável para ele. Levantou-se e, cuidando para não tropeçar, como se caminhasse em torno de uma fera, rodeou a cama para se assegurar de que ela continuava dormindo. Aproximou seu rosto ao dela e deparou com dois olhos vazios, pálidos e celestes, olhando para ele. Quase gritou por causa do susto e se afastou. Por um segundo acreditou que, ato seguido, ela se levantaria. E no entanto a mulher manteve-se imóvel. Após um lapso, tomou coragem e aproximou-se de novo para se assegurar do que tinha visto. Esticou a pescoço com precaução. Desta vez, ela estava com os olhos fechados; ouviu inclusive que a esposa respirava profundamente. Tinha tido antes visões? Ou as estava tendo agora? Aproximou-se ainda mais, até quase um palmo das narinas, e não restaram mais dúvidas do que via e ouvia. Mas e se ela estivesse fingindo dormir? Por um triz não acendeu o abajur mas, sabendo que a luz seria vista por baixo da porta, não o fez. Foi até o pequeno banheiro, cuja porta ficava perto da cama, e lá sim, depois de se trancar sigilosamente, acendeu a luz. Um pouco iluminado, sentou-se no vaso. Não havia no banheiro mais que um vaso, um bidê, uma pia, tudo muito apertado e, em um canto, pouco menos que em cima do bidê, uma ducha debaixo da qual havia uma base inacabada próxima ao vaso. Não havia espelho ou armário.

Perguntou-se qual seria a reação de sua esposa ao entrar no banheiro e encontrá-lo lá. Não atinou com uma resposta precisa, já que considerou que ela tanto poderia tomar aquilo como a coisa mais natural do mundo, agindo tal como se ele não existisse, como transformar-se em um basilisco, apesar de que era preciso reconhecer que esta última pretensão não tinha outro fundamento além de seu receio. De qualquer forma, avaliou que o melhor era bloquear a porta com algo, mas não viu nada que servisse. Então, inclinou-se para trás e apoiou as costas na parede; esteve a ponto de erguer as pernas para ficar mais cômodo, mas isso já lhe pareceu exagero. Escutaria as batidas na porta do quarto quando fossem procurá-lo? Pensou que, no silêncio reinante, sem dúvida ouviria. Imaginou a surpresa que teriam se abrissem a porta do quarto e não o vissem; certamente, demorariam um tempo até perceber a réstia de luz sob a porta do banheiro. Pensou que bem poderia apagar a lâmpada assim que os escutasse entrando. Entretanto, não era justamente o contrário? Não estava esperando que fossem buscá-lo? E voltou a pensar sobre o assunto: não era uma anormalidade maiúscula que ainda não o houvessem ido buscar? Olhou o relógio. Fazia cerca de duas horas e meia que havia terminado o horário de visitas. Veio-lhe à cabeça outra pergunta: não deveriam ter passado ao menos para ver sua mulher? Era razoável que, após os problemas que ela havia tido, não viessem vê--la? Ainda assim, tudo o que conseguiu especular quanto às disposições e à direção de uma clínica psiquiátrica era tão vago que deixou de lado a questão.

Percebia no ar um leve perfume que atribuiu ao uso de um desses desodorantes em aerossol usados para tirar o mau cheiro do banheiro. Por curiosidade, passou a procurar o frasco atrás do vaso sanitário, mas foi em vão. Estava se sentando no vaso outra vez quando foi assaltado por uma intuição. Levantou a tampa e, com a satisfação de um detetive ao solucionar um caso, comprovou que havia uma pastilha desodorizadora pendurada na borda interna do vaso. E, já sem ter o que fazer, sentou-se para esperar.

Lembrava-se dos últimos tempos de sanidade da esposa. Fazia isso com frequência porque resistia a acreditar que não houvesse neles o indício que lhe permitisse compreender o que havia no ânimo de Mônica, ou ao menos suspeitar do conflito que havia nela e que não se manifestara a não ser através dessa demência que lhe era impenetrável, inadmissível. O que havia resgatado em todos esses meses não era muito, e inclusive era variável e até contraditório. Assim, a irritabilidade que ela mostrara com respeito à falta de limpeza na casa ocupava agora um lugar central — e conjecturava a respeito do que poderia simbolizar a higiene, ou mais precisamente a erradicação da sujeira, e a partir daí abria-se a intermináveis indagações; na mais dolorosa delas, e na qual ele mais se detinha, ele se descobre vítima de infidelidade — ora não lhe dava importância alguma e quase a desmentia, e chegava a se inclinar a pensar se não deveria tentar explicar a si mesmo o porquê do muito que havia dormido um dia, provável sinal de uma depressão, uma ou duas semanas antes de brotar nela a loucura; entretanto, isso não era impedimento para que suspeitasse de que a falta de sono — que também contava como uma de suas provas cabais — deveria denotar a crescente inquietude que havia se apoderado dela, e na qual talvez sua esposa pressagiasse o desenlace. Ainda que, para isso, fizesse um longo retocesso. Dos últimos dias não havia se esquecido de certas circunstâncias sem importância nas quais se agarrava não porque acreditasse que poderiam guiá-lo para a explicação desejada, e sim em razão de que o vazio, o esquecimento sobre esses dias, o desesperava e quase maldizia o ter se deixado surpreender por um acontecimento assim, sem que houvesse tomado a previsão de encher a cabeça de lembranças, por exemplo, alguns fragmentos de um diálogo que haviam tido sobre a pintura do apartamento, o que tinham comido na noite anterior ao dia do descalabro, a insistência dela para que trocasse uma lâmpada queimada e, na verdade, só alguns detalhes mais; o resto, todo o resto — pese que nem bem ela ficou louca, praticamente no dia seguinte, ele passou a procurar na memória — havia submergido em um esquecimento do qual, por mais que fuçasse e roesse, para sua perplexidade, não conseguia resgatar nada.

Repentinamente, deu-se conta de que sua esposa podia ter acordado e talvez pudesse estar aterrorizada com a luz que via debaixo da porta. Imaginou-a aproximando-se silenciosamente da porta para escutar; ele, por sua vez, fez o mesmo, aguçando o ouvido para descobrir uns passos, uma respiração. Mas, de imediato, inclinou-se para trás, impressionado pelo pressentimento de que ela em instantes irromperia no banheiro. Aguardou que isso acontecesse por uns momentos, disposto a se defender, a aplacá--la. Mas não aconteceu nada, e voltou a se sentar no vaso. Ainda pensava que ela poderia estar passeando pelo quarto ferinamente preocupada.

Depois olhou a hora. Surpreendeu-se ao ver que passavam das duas da manhã. Estava pouco menos do que seguro de não ter dormido, e entretanto não conseguia explicar como o tempo transcorrera tão rapidamente. Ou, na verdade, tinha caído nesse sono tênue no qual dormiu para continuar o que estava fazendo antes, motivo pelo qual a existência desse sono, que em ocasiões dura uma hora ou mais, às vezes não é nem percebida? Ou teria acreditado estar deitado, mas sentado como estava era difícil aceitar isso. Como também não conseguia acreditar que o que lembrava ter acontecido ocupasse tanto tempo, suspeitou que a causa do cansaço deveria ser alguma lacuna, uma mínima amnésia.

E conforme as horas passavam sem novidade, a indignação de Berdinãs contra a instituição ia aumentando: como poderiam ter se esquecido dele? Por que não o estavam procurando? Será que era porque ainda perseveravam estupidamente em sua negativa?

Faltavam minutos para as sete da manhã. Apesar da porta fechada do banheiro, chegava até Berdiñas o belicoso cantar matinal dos pássaros no jardim. Suas costas doíam ostensivamente e a cabeça pesava tanto que não faltava muito para que desconfiasse se ela era realmente sua. Julgava que sua mulher já estaria levantada e, em silêncio, se dedicasse a alguma atividade (talvez olhar pela janela). Estava exausto e sem dormir e, com isso, as preocupações que antes o haviam assolado resvalavam agora na epiderme de uma indiferença cada vez mais impenetrável. E apesar de não fazer muito tempo que tinha dito a si mesmo que na troca de plantão — que supunha ser às sete — decidiriam, não queria se permitir mais qualquer esperança de que fossem buscá-lo.

Jorge Consiglio

O BEM

(Fragmentos de romance)

1

Amanheceu fresco. O céu estava coberto de nuvens. Mantinha quase inalterada uma cor de aço que iria pesando cada vez mais sobre os ânimos à medida que passavam as horas.

Nesse dia de luz pobre, arrancado do sono pelo som agudo do relógio, Mejía começava a se entender com a realidade em uma casa térrea da rua Carlos Calvo.

Abriu os olhos ao primeiro apito, como se tudo fosse um artifício montado para verificar sua reação. Coberto até a metade da orelha com uma colcha, ficou uns instantes com o olhar perdido.

A primeira coisa que viu foi uma foto em preto e branco que estava no criado-mudo. Era uma família posando em um quintal cheio de vasos de samambaias e plantas de folhas longas.

Havia na foto duas mulheres maduras dando os primeiros passos em direção à obesidade; um homem de cabelo empastado com gomalina, de bigode, vestido com o uniforme do exército, e dois garotos, um deles percorrido pela mão sinuosa da adolescência e o outro, mais alto, penteado com água e com os olhos nublados. Este último era Mejía, aos dez ou doze anos.

A porta deixava entrar a claridade por baixo de uma de suas folhas; isso o ajudou a parar e o deixou animado.

Disse duas ou três palavras incompreensíveis enquanto atravessava o quintal em direção ao banheiro. Estava com uma cueca estampada e levava na mão direita outra parecida para trocar. Sentiu um pouco de frio e apertou o passo.

De imediato, entreabriu-se a porta do quarto vizinho àquele de onde saíra Mejía. Surgiu a cabeça de uma mulher. Com o olhar, varreu sumariamente a superfície do quintal. Impossível precisar o que estava procurando. O certo é que esteve uns instantes passeando com seus olhos esbugalhados.

De pronto, escutou-se o barulho da água caindo contra a louça da banheira. Este fato, aparentemente, foi o que animou a mulher a sair do quarto.

Caminhava com dificuldade. Tinha um papo branco com uns pelos duros espalhados e uma camada crespa de pelos acinzentados. Em uma das faces, próximo da têmpora, tinha uma pinta saliente.

Era uma das duas mulheres que apareciam na foto do criado-mudo. Chamava-se Celia. Era a mãe de Mejía. Nos últimos vinte anos, a mulher havia engordado a tal ponto que sua saúde se via afetada. Os médicos a submetiam a dietas que ela prometia cumprir, mas que transgredia em sessões secretas que deixavam suas marcas nas fronhas de travesseiro ou nos lençóis.

Celia entrou na cozinha. Aproximou um fósforo aceso ao queimador, pegou em uma prateleira um jarro de louça celeste e encheu-o de mate. Parecia cansada. Sentou-se em um banco de madeira. De repente, se lembrou de algo. Foi até a porta do banheiro e chamou a atenção de Mejía. Disse a ele para não se esquecer de que no domingo, antes do meio-dia, tinha que passar para buscar a geladeira no Olázar.

Mejía não falou. A mulher ficou por um momento com o ouvido aberto a qualquer resposta. Quando compreendeu que a espera seria em vão, voltou para a cozinha e preparou o primeiro mate.

A água da chaleira estava pela metade e um pouco fria quando Mejía se sentou ao lado da mãe. Hoje era um desses dias em que as obrigações o chamavam logo cedo.

Mejía era dono de uma mandíbula que tomava a frente do restante do rosto. Esse prognatismo era a causa do cicio que acompanhava sua fala. Seus companheiros de trabalho, sempre dispostos à maldade, não davam trégua à sua esperteza: passavam a vida inventando comentários que, de alguma forma, aludissem à sua dificuldade de dicção. Por esse motivo, Mejía guardava na boca do estômago uma forma inquieta, como uma faísca, que de tempos em tempos se fazia presente.

A mãe e o filho não falaram muito naquela manhã. Trocaram monossílabos. Celia estava acostumada ao rigor e, inclusive, à mais crua das indiferenças.

Mejía, com a boca entupida de bolacha e manteiga, só tinha olhos para um artigo do caderno de esportes. Sabia que não tinha tempo sobrando; entretanto, gastou quase quinze minutos mais do que devia. De modo que, quando terminou de ler, teve que sair de casa quase correndo.

Saiu para o quintal e colocou no ombro uma bolsa que tinha deixado entre dois vasos. Deu um beijo no cabelo da mãe e disse:

— Qualquer coisa, é só ligar.

E percorreu a passos rápidos o estreito corredor que terminava na rua.

5

O vestiário ficava na parte posterior do prédio. Uma fila de bancos dividia o lugar em dois.

Em um dos lados, como se algum mau hábito os houvesse amontoado, ficavam os armários. Metálicos, enferrujados. Cada um oferecia um cadeado diferente. O chão era de cimento queimado.

O vestiário era um espaço amplo, difícil de aquecer. Uma estufa a querosene enfrentava, mais do que qualquer outra coisa com sua pureza simbólica, o rigor do inverno.

Em um extremo, havia um homem alto com o peito nu fazendo girar um bastão de desodorante sobre a axila. Chamava-se Valverde. De repente, interrompeu sua atividade e virou a cabeça convocado pelo barulho seco da porta se abrindo. Mejía acabara de entrar. Estava com o cabelo curto e endurecido pela gomalina. Seus olhos eram pretos, imóveis e atentos. Com os lábios apertava o filtro de um cigarro que não acenderia antes do meio-dia.

Quando encontrou um lugar adequado, deixou no chão a bolsa que trazia no ombro. Depois, com certo desdém, cumprimentou o homem do desodorante. Perguntou a ele como estava.

O outro encolheu os ombros e disse:

— É para dizer que tudo bem... ou não, Sauro?

Mejía tinha sido apelidado de Sauro, como um conhecido jóquei, porque acreditava que a fortuna ia lhe chegar pelas patas de um cavalo. Não havia aposta perdida, por maior que fosse, que conseguisse fazê-lo desistir da ideia de que seu destino estava ligado às corridas.

O jóquei Sauro havia nascido em um anoitecer nublado de outubro em um campo chamado O Regozijo. Antes de completar quatro anos, a paralisia infantil lhe havia subido pela perna direita, deixando sequelas para toda a vida. Não obstante, esse homem, a quem todos chamavam carinhosamente de Manquinho ou O Agulha, desenvolveu uma paixão desmedida pelos cavalos. Sendo ainda um menino, havia trepado num malhado de passos longos e assustado os peões em uma tarde de corridas.

Com poucos anos, muito menos que qualquer um, Sauro chegou a se tornar o jóquei mais hábil de seu tempo. Podia prescindir de uma boa montaria para ganhar porque sua habilidade transformava o pior dos pangarés em um raio de luz, como aconteceu com o Pellegrini de 1956.

Esse garoto havia conseguido ser tão alto como os anjos e tão querido como os deuses. Havia sido um sujeito sensível que se desesperava pelos boleros. Havia passado noite após noite ocupando uma mesa em um bar da rua Esmeralda, com os dedos presos a uma toalha de cetim, escutando o modo como o cantor do turno prolongava as vogais. Inclusive ele mesmo havia repetido, solitariamente, as canções de cadência lenta que terminavam sempre por quebrá-lo.

El día que me quieras era sua música preferida e era só se lembrar da letra que seus olhos se enchiam de lágrimas. Havia sido tão frágil como seu próprio corpo e os triunfos nas corridas não haviam modificado em nada sua imensa nobreza. Entretanto, sua vida foi curta. Numa manhã, ao bocejar, pôde sentir como a escuridão crescia-lhe no peito. Mais tarde, a radiografia do tórax mostrou uma mancha definitiva nos pulmões.

Entretanto, a pura verdade é que, para Mejía, a única coisa que não podia ser familiar em relação ao Manquinho era a alcunha, Sauro, porque era o apelido com que os companheiros o chamavam. E ele não gostava disso. Achava vulgar, quase um xingamento.

Por isso, quando alguém, no fundo do vestiário, seminu ou se barbeando, gritava para ele *Sauro, como vão as coisas?*, Mejía sacudia a cabeça e fingia não ter escutado. Mas, diante da insistência, sorria e elaborava complicadas injúrias que terminava dizendo de si para si, em voz muito baixa.

Nesta ocasião, frente a Valverde, Mejía optou por fazer um gesto afirmativo com a cabeça.

Começou a tirar a roupa. Coberto apenas pela cueca estampada, pegou o cigarro que tinha deixado em um canto do banco e levou-o aos lábios. Tragou profundamente. Conformou-se sentindo o gosto do tabaco na boca.

Nessa manhã, Mejía demorou mais que o de costume para fazer o nó da gravata. Parou em frente a um espelho redondo. Nem bem teve a efêmera vitória entre os dedos, viu refletido seu rosto iluminado pela satisfação. Viu também, lateralmente, o homem do desodorante vindo em sua direção e se lamentou.

O homem fez um comentário sobre o mau tempo. Falava apertando os lábios até a metade da boca. Sua voz era um som trabalhado pela noite. O tom era próprio das confissões. Mejía assentia enquanto acomodava na cintura o coldre negro da arma e os dois carregadores.

Estavam frente a frente sob um teto permeável ao barulho da chuva.

A conversa foi derivando em direção ao desejo. Ambos reviveram histórias de mulheres, não totalmente verdadeiras, mas tocadas pelo ímpeto da conversa. Mejía não conseguia deixar de subestimar Valverde.

Com ouvidos apenas para a própria voz, Valverde não interpretou o silêncio que Mejía escolhera como epílogo para o encontro. Continuou o relato de suas façanhas.

Disse que gostava de comer em um bar a caminho do centro de Avellaneda. Nesse lugar, há duas semanas tinha conhecido uma mulher de quarenta e dois anos. Tinha o cabelo até a cintura e usava uma tiara que lhe destacava o rosto. O rosto dela era amplo, saudável. Quase não falava.

Valverde contou que ao vê-la sentada, meio curvada e com o nariz metido na xícara de café com leite, soube que poderia fazer com ela o que lhe passasse pela cabeça.

Foi grosseiro em um hotel da rua Chilavert. Agarrou a mulher pelo pescoço e arrancou a roupa dela aos puxões. Ela, assim que conseguiu, aproveitou a escuridão e correu para se enrolar em um cobertor. Não escapava à entrega, movida pela vergonha, mas o homem, cego por uma vertigem, não era capaz de ver nem suas próprias unhas.

Sem preâmbulos, abriu as pernas dela e ficou se mexendo no meio delas até o cansaço tombá-lo na cama. Só então se ocupou de despi-la, de completar sua nudez. Ela não ofereceu resistência. Dedicou um sorriso resignado ao estupor do amante.

O homem observou o peito direito coroado pelo mamilo e a cicatriz reta que se alongava sobre o lado esquerdo. Ela se sentiu obrigada a falar:

Um tumor maligno... Me disseram que ele foi descoberto a tempo, mas nunca se sabe...

Depois, Valverde não voltou a pronunciar palavra. Procurou apoio na parede e esperou a reação de Mejía.

6

Mal entrou no escritório, Mejía se livrou de Valverde. Não inventou desculpa, simplesmente se afastou como se ele não existisse.

Caminhou para o balcão e cumprimentou uma mulher que o olhava com insistência. Ela aproveitou a atenção dele e perguntou sobre o processo das denúncias.

Depois foi até a cafeteira. Encheu uma jarra de louça até a metade.

Atrás dele, um homem uniformizado escrevia em uma Remington preta. Usava dois dedos, um de cada mão. Alternava o olhar entre o teclado e o manuscrito que estava copiando. Era jovem. No queixo insinuava-se a sombra da barba.

A luz no escritório era artificial. Vinha de várias séries de lâmpadas que se dividiam pelo teto. Às vezes, ouvia-se um barulho monótono e persistente que fazia a modorra, como uma espuma, subir à cabeça dos homens.

Mejía caminhou uns seis passos com a xícara na mão. Quando parou, bebeu com confiança. E então se encolheu por causa do café fumegante. Esteve a ponto de gritar.

O líquido desceu pela garganta até se entender com o labirinto das entranhas. Mejía, ereto como um junco, era pura dor.

Foram duas coisas que, inexplicavelmente, o consolaram: um par de óculos em cima de uma mesa e a imagem de um almanaque. Era uma mulher com o olhar fixo em um mar azul. Uma mulher com o cabelo solto, sentada na areia, vestida com algo parecido com a sua própria pele.

Sergio Bizzio

CINISMO

Muhabid Jasan é um tipo "interessante". Sua esposa Erika é uma mulher "com inquietações". Eles têm um filho, Alvaro (dezesseis anos, gordo e alto), que representa uma categoria especial, da qual, por sorte, não existem muitos exemplares: o sensível espontâneo. As pessoas com inquietações e as pessoas interessantes podem ser misturadas e confundidas; o sensível espontâneo é algo único, recortado. Tem alguns traços do tipo com inquietações, mas nunca é interessante. Uma característica sua é causar repulsa. Em um extremo está o gênio, aquele tipo capaz de se tornar uma indústria de produzir história pessoal e, em alguns casos, *obra*. O sensível espontâneo está no extremo oposto.

Alvaro era capaz de fazer você cair do alto de uma ponte por erguer um braço na direção do pôr do sol. Mente sempre disposta, curiosidade indiscriminada, solidariedade e choro fácil, essas são algumas das características positivas do sensível espontâneo. As negativas são ainda piores: lerdeza, espírito poético, personalidade mercurial, superadaptável, e um ou outro repente de impostação maldita. O sensível espontâneo está sempre cheio de boas intenções.

Erika, a mãe de Alvaro, era economista, mas se interessava também por política, botânica, literatura, sumiê, decoração de interiores, grafologia, viagens espaciais, folclore andino, música, energia, moda, lugares exóticos, zen budismo, ovnis, tingimento de tecidos, antropologia, psicologia, alimentação saudável e — talvez para se sentir mais próxima de seu filho — informática. O pai de Alvaro era músico de cinema. Havia composto as trilhas sonoras de muitos filmes argentinos e europeus e nos últimos tempos estava ganhando muito dinheiro. Um estúdio de Los Angeles acabava de contratá-lo para trabalhar a partir de março na trilha sonora de um filme saborosamente perverso, saborosamente comercial, de modo que, antes de ir para cima, foi para a direita, para a casa de veraneio de uns amigos em

Punta del Este. Os amigos eram Suli e Néstor Kraken. Suli era homeopata e Néstor Kraken, sociólogo. Os dois pertenciam à categoria "interessante". Eram cultos e eruditos. Por momentos, inclusive inteligentes. Tinham uma filha chamada Rocío, de doze anos, com um defeito físico geral, bastante perturbador para quem está drogado quando olha para ela: era linda por partes e horrível no conjunto. Pode-se dizer que ela dá a impressão de ter sido embaralhada mais do que concebida. Observá-la é se meter em cheio em uma vertigem aritmética, de dolorosas combinações. Seus olhos, por exemplo. Um milhão de mulheres (e de homens) gostariam de ter olhos como os de Rocío, mas ninguém os aceitaria acompanhados do nariz, que por sua vez é perfeito (sozinho). E assim em todas as direções até o final.

O perturbador do aspecto de Rocío tinha, entretanto, uma atenuante, que era quase uma bênção: não combinava com sua personalidade. "Se fosse igual por dentro como é por fora, seria esquizofrênica", comentou Muhabid com Erika durante a viagem em Ferry, em um momento em que ambos acreditaram que Alvaro estava dormindo. Muhabib estava preocupado porque iam passar duas semanas na casa dos Kraken, e Alvaro se aborreceria como uma ostra na companhia de Rocío. Erika não disse nada; sabia que, na realidade, a preocupação de Muhabid passava por outro lado... Muhabid suspeitava que Alvaro fosse gay. E Rocío não lhe permitia ter nenhuma ilusão de sexo com seu filho. Nem lhe passava pela cabeça que Alvaro pudesse se sentir atraído por ela. Era uma pena, uma oportunidade perdida.

Mas Muhabid tinha razão; Rocío era uma garota totalmente normal (ainda virgem e caprichosa), mesmo que com uma particularidade: era a garota mais cínica que havia conhecido. Até seus próprios pais haviam aceitado certa vez que Rocío fosse "um pouco ácida".

Durante essa semana, Muhabid, Suli e Néstor beberam duas garrafas de uísque por dia e mantiveram longas conversas bastante interessantes que alcançavam o arco completo das principais atividades humanas. Saltavam da política para arte com uma facilidade de ginastas, disparando aqui e ali nomes como Hitler, Warhol, Buda, Welles, nos momentos amáveis — quando o álcool ou a maconha baixavam suas defesas e podiam se permitir citações e referências simples —, e desafiando de quando em quando sua erudição com algum Altieri ou algum Morovsky, nos momentos em que todos sentiam que duas semanas na mesma casa ia ser demais. Erika só tomava água mineral.

O primeiro encontro a sós entre Alvaro e Rocío foi na praia, ao entardecer do segundo dia. Até esse momento Alvaro tinha se limitado a olhá-la com temor, e Rocío com desconfiança. Ela se incomodava com a atitude de Alvaro, que acompanhava a conversa dos pais com a testa franzida, prestando muitíssima atenção, como se o tempo todo estivesse aprendendo coisas novas. Era ridículo. De quando em quando, inclusive, atrevia-se a dizer algo, mas Rocío percebia que não eram opiniões, e sim meras "contribuições" para a conversa, e ria baixinho com um gesto de desprezo. Naquela tarde, quando se encontraram pela primeira vez a sós, a primeira coisa que Rocío fez foi perguntar se ele tinha acabado de bater uma punheta.

— Por...? — disse Alvaro.

Nunca lhe haviam feito uma pergunta assim. É verdade que Alvaro vivia batendo punheta, e que em seguida se sentiu descoberto, mas o acaso de uma coincidência entre os acontecimentos reais e uma pergunta qualquer fez que se sentisse um pouco menos que violado. Assim, não lhe restou mais remédio do que ser sincero:

— Como você sabe?

— Dá para perceber pela sua cara — respondeu Rocío e olhou para ele de cima abaixo, como que dizendo que também dava para perceber pelo corpo.

Fez-se uma pausa.

Depois Rocío deu meia-volta sobre o calcanhar, deu-lhe as costas e voltou a olhar para o mar.

Fazia muito calor, e ao mesmo tempo ventava gelado. As reações elementares do corpo andavam à deriva, oscilando entre o encolhimento e a expansão. Tudo, como na frase anterior, era desculpável: era horrível e ao mesmo tempo inevitável. O céu estava nublado, mas ainda assim sobrava luz. O horizonte estava pouco nítido, as ondas se sucediam baixas e lentas, como que adormecidas. Um garoto dourado, um otário católico de San Isidro, aguardava, sentado em sua prancha de surfe (com a mente em branco, cheia de espuma), uma ondulação da qual se poderia dizer "Uau, que onda!". Mas isso era algo que no momento não estava acontecendo.

A contrariedade do otário dourado era tão evidente que até Alvaro a sentiu. Alvaro estava formatado para levar por sua vida a marca de seu berço (vários meses antes de nascer, haviam mandado fazer um berço com madeiras "escolhidas com o coração" depois de um longo "processo de observação sensível" e trabalhadas "artesanalmente com amor" por um farsante carpinteiro que fazia seu trabalho na parte luminosa do mundo, com ferramentas e materiais que não deveríamos nunca emprestar a ninguém), de modo que sentiu um calafrio, e na mesma hora discordou de Rocío. Foi incrível, porque nenhum dos dois tinha falado nada ainda.

Rocío tinha captado a contrariedade do surfista inclusive antes do próprio surfista. É preciso esclarecer que Rocío a teria captado de qualquer modo — ou seja, mesmo que não tivesse havido nenhuma contrariedade — e que teria *dito*, talvez em voz baixa (como se acabasse de descobrir, não de inventar), e exatamente por isso a contrariedade teria se apoderado do otário no mar. O cinismo de Rocío fazia mágicas. Alvaro tinha parado ao vê-la; agora retomava a caminhada.

Assim, em um abrir e fechar de olhos, estavam já instalados no campo da grosseria.

— E você? Bate punheta também ou...?

— Eu bato punheta todos os dias. Quer saber por quê?

— Conta.

— Porque eu gosto.

Nesse momento veio uma onda, mas o surfista estava distraído e a perdeu.

— Que estranho... — disse Alvaro depois de pensar um longo instante no que acabava de acontecer. — Sabe que eu *nunca* tinha vindo a Punta del Este?

O sensível espontâneo ativa mecanismos de escape assombrosos: recorre ao glamour quando é humilhado.

Rocío se voltou e olhou para ele:

— Escuta aqui: você é babaca ou tem coceira no cu?

— Por...? — perguntou Alvaro.

— Estamos falando de punheta e você me vem com Punta del Este? Onde é que você foi no verão passado?

— Cancún.

— E nunca bateu punheta lá?

— Uh, um milhão de vezes.

— Então que merda te importa se você tinha vindo ou não para Punta del Este?

Alvaro baixou os olhos envergonhado e enganchou com o dedão do pé direito a pinça de um caranguejo morto, fazendo-a subir e descer várias vezes com o dedo, como se o conhecesse e o estivesse cumprimentando. Ainda com a vista no caranguejo, perguntou a ela sua idade. Rocío disse que tinha doze e que estava cansada de dizer: esse ano já tinham perguntado mais de vinte vezes. Sentou.

— Senta — disse a ele.

Alvaro deixou-se cair de joelhos ao lado dela.

"Se eu fosse poeta", pensou Rocío ao vê-lo caindo, "diria que acabo de tocar o coração de um idiota." Mas disse:

— Ajeita bem o rabo que eu quero te falar uma coisa importante.

Alvaro obedeceu. Deu trabalho, mas obedeceu. Quando finalmente sentou como ela queria, ouviu-a dizer:

— Nunca fui para a cama com ninguém. Você iria?

— Com quem?

— Comigo.

— Com você?

— Puf! — fez Rocío, mas não desanimou. — Agora eu te digo "É, comigo", e você me pergunta: "Se eu iria para a cama com você?"... e eu te digo: "É, se você iria para a cama comigo" e você me diz: "Como assim se eu iria para a cama com você?"... e eu te digo: "Alvaro...", e me dá uma má impressão dizer o seu nome... porque não conheço você e mesmo assim eu pergunto se você iria para a cama comigo...

— Você quer que eu vá para a cama com você?

— Viu o que eu estava falando? Você é um — pestanejou — punheteiro.

Levantou-se, enfastiada.

— Você não perdeu nada. Eu perdi uma oportunidade. Tchau — disse e foi embora.

Alvaro ficou ali parado um longo tempo pensando com o lado paterno que Rocío tinha algo "interessante" no fim das contas. Era honesta, sincera e valente, e era preciso reconhecer que dominava como um peixe na água a economia das palavras: com apenas um punhado de frases tinha chegado ao extremo de convidá-lo para trepar, além de fazê-lo dizer que era um punheteiro.

Nessa noite, e durante todo o dia seguinte, evitou-a voluntariamente.

Dos quatro adultos, Erika era a única que não bebia. Apesar desse defeito, participava das conversas alcoólicas dos outros, ia de bom humor para a praia com eles, ajudava na cozinha, mas o certo é que passava muito mais tempo sozinha, isolada. Tinha levado uma pasta com grandes folhas de desenho e umas aquarelas e costumava se sentar à sombra de uma árvore para pintar e fumar. Fumava maconha de manhã até a noite. Estava em outro mundo, de fato infinitamente melhor e mais saudável — segundo ela — que o mundo do álcool em que estavam metidos os demais. Muhabid, por exemplo, era um homem duro e insensível que levava adiante sua carreira de artista na base da técnica e da aplicação. Não tinha talento algum, mas teria se dado bem em qualquer coisa. Era a gota destilada da eficácia, a própria essência da maturidade. E apesar disso, numa tarde, na metade da garrafa, sentiu-se repentinamente esgotado, farto de tanta conversa; saiu da casa dizendo que ia tomar um pouco de ar, meteu-se no bosque e ouviu de pronto, amplificado, o barulho de seus passos sobre as folhas secas: estava atordoado.

Ficou imóvel.

Então sentiu cócegas no pescoço. Era um bichinho redondo, de olhos amarelos com contorno preto, um bichinho obeso, inofensivo, atônito, que fazia pensar no inútil, em algo alheio ao ecossistema ou de fora dele. Muhabid notou que a natureza havia dotado o inseto com uma dura carapaça vermelha para que tivesse ao menos uma chance de manter intacta sua inutilidade. Por que era tão ignorante a natureza? Muhabid pôs o inseto com cuidado no tronco de uma árvore e, para não manchar as mãos de sangue, tirou a sandália e o esmagou. Depois, enquanto saía correndo do bosque, esbarrou com Erika. Muhabid disse algo ridículo, algo assim como "Ôopa", tropeçou e antes de cair de costas deu várias passadas para trás tentando recuperar o equilíbrio. Erika soltou uma gargalhada, mas em seguida ficou triste: a imagem do marido tropeçando era mais uma entre as cem imagens que no último ano lhe diziam que já não estava apaixonada por aquele homem. Ajudou-o a se levantar, trocaram um par de palavras e partiram, cada qual para o seu lado. Erika se embrenhou no bosque para pintar.

Tinha rasgado uma das folhas e já começava o segundo fracasso quando ouviu algo que lhe chamou a atenção. Levantou-se, ziguezagueou um pouco por entre as árvores e flagrou Alvaro masturbando-se em pé, com a calça pelos joelhos e um dedo enfiado no cu. Foi aquele dedo que a fez chamar:

— Alvaro!

Arrependeu-se no ato.

O pobre Alvaro nem olhou para ela. Nem sequer se moveu. Talvez tenha mudado milimetricamente a posição do corpo, mas o certo é que se ajeitou para adotar um ar inocente e meio distraído como quem urina, e disse com a voz tranquila:

— Já vou...

Milagrosamente, conseguiu sustentar a ficção com um jato de xixi.

A única coisa estranha era o dedo no cu.

Erika não conseguiu suportar aquilo. Deu meia-volta e partiu. Entrou em casa com palpitações. Ninguém percebeu e ela não disse nada. Naquela noite, durante o jantar, teve que se esforçar para não olhar para o filho; de repente, não queria fazer outra coisa além de olhar para ele. É preciso reconhecer que não é a mesma coisa para uma mãe, por mais culta e sensível que seja, ver o filho se masturbando que vê-lo humilhado com um dedo no cu enquanto sobem e descem sem pousarem nunca os véus do simulacro. Alvaro, por sua vez, intrometeu-se mais do que nunca na conversa dos mais velhos, lembrando-os onde estavam a cada vez que perdiam o fio, e inclusive se atrevendo a censurá-los quando eram cínicos ou maliciosos. Estava certo de não ter se saído bem do episódio com a mãe, mas tinha a esperança de apagar o impacto da cena com uma boa dose de naturalidade.

Rocío o observava e ele parecia mais estúpido do que nunca. No dia seguinte na praia disse isso a ele. Os adultos estavam comendo milho; Alvaro estava na margem fazendo macaquices para um estranho, um bebê de menos de um ano de idade que o olhava imóvel, sentado na margem como um boneco de borracha à beira do choro. Rocío havia passado boa parte da manhã chicoteando o ar com uma vara de vime que tinha trazido de casa: adorava o barulho. Com essa vara, tocou o ombro dele.

— Alvaro — disse — você é sempre *assim*?

Alvaro fez um movimento brusco, com a intenção de agarrar o bebê, que estava caindo de lado, mas um homem vermelho de calça branca e boné azul, como a bandeira da França, agarrou-o pela mão. Depois disse:

— Assim como?

— Como hoje na mesa. Você ficou o tempo todo dizendo bobagens. Você pensou no que eu te disse? Você quer ir para a cama comigo ou não?

— Não.

— Por quê?

— Porque você é muito menina.

— E o que é que tem?

— Eu tenho dezesseis anos... Além disso, você não me aguenta.

— Isso é verdade. Por isso é que eu quero fazer com você. Porque eu quero perder a virgindade mas não quero me envolver — e riu.

— Você não está bem da cabeça...

— Não. Eu estou rindo, mas juro para você que é verdade. Eu jamais ia me envolver com alguém como você.

— Nem eu com você.

Rocío negou em silêncio com a cabeça, de repente triste.

— "Nem eu com você" — resmungou. — Como é que você me fala uma coisa dessas?

— Você também disse.

— Dizer não tem problema, mas repetir... — seu tom era de decepção — Você me diz que não quer transar comigo porque você é muito mais velho que eu e depois repete o que eu digo...

— Sabe o que eu acho? — disse Alvaro. Agora estava indignado. — Eu acho que tem gente que está neste mundo só para o mundo ser a cada dia um pouquinho pior do que já é, e que você é desse tipo de gente.

Suspirou.

Rocío não. Rocío olhou para ele e seus lábios se entreabriram lentamente, como se acabasse de receber um soco na alma.

Alvaro, cuja sensibilidade crescia a cada momento, como um câncer, sentiu que tinha sido injusto, duro demais com ela. Levantou uma mão para começar a pedir desculpas, mas nesse momento, Rocío disse:

— Não consigo acreditar na estupidez que você falou. Eu juro pela minha mãe que eu nunca escutei uma coisa dessas. É o cúmulo, Alvaro. Se alguém te perguntar onde você está, diga que está no cúmulo. Não importa no cúmulo do quê. Você diz que está no cúmulo e vai ver como todo mundo entende.

Alvaro deixou a mão cair.

— Insuportável... — disse.

Enquanto Rocío saía, passou pela cabeça de Alvaro um monte de superstições próprias do sensível espontâneo: que a pessoa inteligente é progressista na política, que qualquer pessoa merece ser ouvida, que em todos os lugares há poesia, que na essência o ser humano é bom e que os chineses são os melhores acrobatas do mundo, entre outras coisas. Foi como se, para não cair, repassasse ou tateasse os cimentos sobre os quais acreditava sustentar-se. E fez isso tão direito que teve uma ereção.

Era demais. Aproveitando o impulso, saiu à procura de Rocío.

Estava tão furioso que abriu sem fazer barulho a porta do quarto dela. Rocío chorava deitada de barriga para baixo na cama. Estava com o rosto enfiado no travesseiro e empurrava a cabeça para baixo com as mãos cruzadas sobre a nuca, como se quisesse enfiar-se um pouco mais no travesseiro.

Alvaro, que tinha vindo voando, freou seco e seus pés pousaram lentamente no chão. Não era o que esperava encontrar; não era o momento de devolver a bofetada, mas também não tinha vontade de consolá-la. De modo que começou a dar meia-volta, decidido a ir embora. Então Rocío disse:

— Fique aí!

Era uma ordem.

Rocío chorou um momento mais. Alvaro, enquanto isso, permaneceu ali em pé, mudo como um poste, olhando para ela. Chamou-lhe a atenção o choro de Rocío, que era de dar dó mesmo sem recorrer ao espetáculo. Talvez o choro tivesse chamado sua atenção não por ser genuíno, e sim pelo fato de que Rocío era como o Frankestein de um esteta perverso, um monstrinho multifacetado, um... Hum, disse a si mesmo. A bunda não era de se jogar fora... Quem limitasse o campo de observação à marca avermelhada da cadeira na qual ela estivera sentada um momento antes e que cortava suas pernas pela metade, quem olhasse até ali, sem passar nenhum centímetro, concordaria que era realmente uma bela bunda. Gostava também da batata da perna e da planta dos pés, suaves e brancas, mas o efeito do conjunto bunda-pernas arruinava a bunda ou as pernas, e Alvaro escolheu a bunda. Inclusive estendeu sua mão até ela. Rocío disse com voz de adivinha:

— Você vai me tocar?

Não era uma pergunta: era um pedido, quase uma súplica.

Alvaro se solidarizou com ela sem se comover. Deu um passo adiante, suspirou — como se se tratasse de um trabalho que alguém tinha que fazer depois de tudo — e deitou-se ao lado dela.

Então aconteceu algo extraordinário.

Rocío ficou de joelhos, meteu a ponta dos dedos entre a cama e as costas de Alvaro e com uma leve pressão para cima deu a entender que o queria de barriga para baixo. Alvaro estava imediatamente tão excitado que não conseguiu fazer outra coisa além de obedecer. Virou-se... fechou os olhos... Rocío esticou um braço por cima das costas de Alvaro, pressionou o botão *play* do aparelho de som e no ato começou uma canção de Enrique Iglesias.

— Quem é? — perguntou Alvaro com um fio de voz.

— Shhh... — disse Rocío.

E começou a abaixar a calça dele. Bem devagar, brincando. A calça enganchou no meio das nádegas e Alvaro arqueou-se para que Rocío terminasse de abaixá-la, até a bunda ficar completamente no ar. A cueca, como uma rede de pesca, havia capturado uma pica, duas bolas e um rego, e resistia a soltá-los, mas para Rocío bastou um suave puxão para libertar essas presas deliciosas. Alvaro deixou escapar um gemido óbvio, de prazer. Rocío, de joelhos entre as pernas abertas de Alvaro, começou a acariciar o rego com um dedo, movendo-o suavemente para cima e para baixo.

— A porta... — pediu Alvaro em um murmúrio agônico. — Fecha a porta...

— Não, deixa, assim escutamos se vier alguém... — disse Rocío sem parar de acariciá-lo.

Alvaro estava no céu. A boca entreaberta... os olhos cheios de estrelas... Tinha dúvidas se deveria virar e penetrá-la de uma vez por todas ou seguir o impulso de ficar assim. Ficar como estava era um impulso, sem dúvida, porque tinha decidido que devia virar e penetrá-la e não conseguia, não tinha forças para mudar de posição. Chegou a pensar: "Esta menina sabe o que está fazendo", e se entregou.

Os dois eram virgens. E percebiam isso. Cada um, do seu jeito, percebia a própria virgindade, como *experts* sem experiência, pela facilidade de tudo: não era preciso fazer nada além de se deixar levar.

Mas Alvaro tinha se excedido. Em pouco menos de cinco minutos de carícias já estava de quatro agitando o rabo para o alto como se fosse uma bandeira. Qualquer outra mulher, inclusive outra garota da idade de Rocío, teria se sentido decepcionada. Rocío não. Rocío literalmente lambeu os beiços, afastou com um dedo a calcinha do seu biquíni (deixando descoberto um pintinho inescrupulosamente rosa, de um rosa esbranquiçado) e avançou de joelhos em cima da cama em direção ao cu do idiota.

O que sentiu Alvaro com o primeiro contato foi quase tão intenso como o que sentiu quando ouviu a voz de Kraken — o sensível espontâneo se excita muito menos do que se assusta:

— Crianças!

Eles, é claro, deram um pulo, e por um momento (antes de correr desordenadamente à procura de algo com que se cobrir) apontaram para ele com suas lanças. É preciso dizer que Rocío, ágil como era, apontou um pouco mais, porque Alvaro demorou para reagir e durante uns quantos segundos ficou sozinho em cima da cama com a bunda para cima, uma imagem de si mesmo que o perseguiria até o túmulo.

Enquanto isso (é incrível a quantidade de coisas que podem ser registradas nos momentos mais triviais da vida de um homem), Kraken cambaleava. Se nesse momento houvesse um cardiologista presente... Eu sei que isso de cardiologista no quarto é um tanto disparatado, mas fantasio que o cardiologista teria dito que o problema de Kraken era um infarto. E ao mesmo tempo nada mais errado! Porque Kraken levou uma mão à garganta e ficou branco, sim, mas bastou retroceder um passo para abandonar o quarto.

Para os meninos não, para eles levou o dia inteiro. Eles sim é que passaram mal.

Um minuto depois de tê-los descoberto, Kraken servia um uísque para Erika.

— Gelo?

— Kraken! — disse Erika, divertida. — Eu não bebo!

— Você está sentindo alguma coisa, Kraken? — perguntou a ele, do sofá, sua esposa Suli.

Ele disse que não e perguntou o por quê.

— Hoje na hora do almoço você me ofereceu um baseado. Você não sabe que eu não fumo?

Muhabid, que continuava com a cena da porta enquanto tirava a areia dos pés, percebeu que as mulheres tinham começado a competir. Mentalmente, se benzeu. Podiam chegar a ser extremamente ridículas e ferinas. Por sua vez, Kraken, ao ouvir o gritinho de Erika dizendo *Eu não bebo!*, e enquanto olhava como o obsessivo Muhabid dava muitíssimas palmadas mais do que o necessário nos pés, reconheceu que o mal-estar que sentia estava relacionado com Muhabid e Erika e não tanto com o que acabava de ver no quarto. Tinha chegado a hora de ser covarde: jamais contaria a Suli, nem a ninguém, o que tinha visto. Sempre soubera que aquilo acabaria acontecendo, estava preparado e podia se ajeitar sozinho. Depois de tudo, o que é que tinha de inquietante que sua filha hermafrodita e menor de idade comesse o cu do filho do convidado? Pensando neles, sentiu-se melhor. Realmente não os suportava mais.

As coisas aconteciam numa velocidade assombrosa. O pudor de Erika, que fugia do olhar de Alvaro desde a cena no bosque, tinha envelhecido alucinatoriamente à luz do último episódio. O interesse pelo outro se reduziu primeiro à cortesia e depois à mera conversa (com permanentes relâmpagos de ódio explícito aqui e ali). A única coisa que estava em harmonia era o fato de que tudo era mútuo.

De um momento a outro, Muhabid e Erika iriam embora. Eram pessoas civilizadas, perspicazes, cheias de boas desculpas, mas estavam ainda um pouco perturbados pela surpresa: Suli e Kraken sempre tinham parecido pessoas bem interessantes. Por que agora não os suportavam?

Rocío sabia que essa era uma pergunta simples e que os pais de Alvaro a responderiam logo e partiriam rapidamente dali, mas ela vivia alheia a tudo. O que lhe importava aquilo? Que fossem embora!

Estava envolvida.

Alvaro, por outro lado, perseguia a garota com uma tenacidade que dava vontade de matá-lo. Olhava para ela, escutava o que ela dizia, falava com ela, procurava-a, sorria para ela, esperava-a, compreendia a garota. Rocío não sabia como fazer para tirá-lo de cima. Em geral, virava-lhe a cara e sacudia uma mão, como se Alvaro fosse uma mosca. O mais amável que fazia era olhá-lo fixamente e negar lentamente em silêncio e com a cabeça.

Alvaro andava enlouquecido. Nunca tinha estado tão excitado.

— O que é que você tem, por que você me rejeita assim? — perguntou a ela numa tarde, depois de ter corrido atrás dela e a encurralado em um pinheiro.

Rocío cruzou os braços e olhou para ele por um momento, como se o estudasse.

— A única coisa que você quer é transar, né? — disse a ele.

Todo seu cinismo tinha sido varrido de um só golpe. Sim, por amor.

— Claro que não — disse Alvaro, ainda agitado pela corrida. — Por que você acha isso?

— Não sei, mas eu acho... — disse ela.

— E depois de tudo o que... você não? — perguntou Alvaro.

— Eu não o quê?

— Você não quer?

— Quero sim — disse Rocío. — Mas não vou.

— E por que não? Se você quer.

— Porque você só quer isso.

— Não! — disse Alvaro, e olhou para a direita e para a esquerda, mais para ter tempo de pensar do que por achar que alguém pudesse vê-los. — Aconteceu uma coisa comigo quando estava com você...

(No momento, foi a única coisa que lhe veio à cabeça).

— Eu não acredito em você — disse Rocío.

— Não, é sério, acredite em mim. E digo mais: antes eu não te aguentava, você era insuportável. Pronto, era isso o que eu queria dizer. Mas agora...

— Me deixa... — disse Rocío.

— Espera, não vá embora...

— Me solta.

Alvaro estava segurando o braço dela.

— O que foi que aconteceu? Estava tão bom! Me escuta, Rocío... Me dá um beijo... Ok, ok, me escuta... Juro por Deus e pela minha mãe que é verdade que aconteceu alguma coisa comigo... Não sei, nunca tinha me acontecido nada assim...

— Chega – disse Rocío.

Desvencilhou-se de Alvaro e correu para casa. Alvaro fez menção de segui-la, mas desistiu ao ver que a poucos metros dali, no jardim, seus pais estavam discutindo. Falavam sussurrando mas faziam grandes gestos, dando a impressão de que discutiam sem som. E assim mudou o passo.

No meio do caminho mudou também de direção; Kraken estava vindo. Fingiu ter visto alguma coisa no chão, foi até o local, inclinou-se, mexeu com um graveto, ergueu-o com a mão, levantou-se, voltou-se sobre seus passos e jogou a coisa com força para o bosque. Na volta, a discussão de seus pais continuava, mas agora Kraken tinha se juntado a eles. Os três mexiam os braços como asteriscos, emitindo um som de fagulha elétrica que não se interrompeu nem quando ele passou por ali, apesar de sua mãe e Kraken terem virado a cabeça para segui-lo com a vista.

Procurou Rocío por toda a casa, até nos banheiros. Precisamente de dentro do segundo banheiro chegou-lhe a voz aflautada de Suli dizendo a ele que Rocío acabara de sair. Alvaro foi para a praia e caminhou para cima e para baixo procurando a garota, mas só a viu de novo à noite, durante o jantar. Rocío tinha passado o resto do dia com o filho de um vizinho que acabava de chegar a Punta del Este e o havia trazido para o jantar. Chamava-se Rosendo, tinha quatorze anos e uma cara de imbecil de trincar o espelho. Era óbvio que recebera a educação exata para o sucesso: mantinha-se em um silêncio depreciativo, nem profundo nem ausente, e precedia suas frases com um gesto que dizia tudo, de maneira tal que suas palavras soavam redundantes, tranquilizadoras. Sabia à perfeição que o que importava era o timbre, o tom, a cadência e a atitude, jamais o conceito. E fazia tudo muito bem. Alvaro estava convencido de duas coisas: uma, que em algum momento de sua vida Rosendo dominaria uma parte do mundo; outra, que Rocío o havia convidado para jantar para enciumá-lo. Sorriu. Se Rocío queria enciumá-lo, era porque ele era importante para ela. O que não entendia era porque Rosendo o olhava daquele jeito.

Mas descobriu na mesma noite, depois do jantar. Rosendo aproximou-se de repente e disse a ele:

— Se você contar para alguém o segredo de Rocío, eu mando matar você.

— Que segredo? —— perguntou Alvaro a Rocío um par de horas depois. Seu coração ainda estava acelerado. — Você fez amor com ele?

Eram onze da noite. Rocío estava deitada. Alvaro havia entrado no quarto dela na ponta dos pés e se sentou na beira da cama. Estava só com uma cueca boxer branca.

— Me responde, você fez amor com ele? — repetiu Alvaro. — Você vai para a cama com ele e comigo você não quer?

A cueca branca era a única coisa que se via de Alvaro na escuridão do quarto, mas ainda assim ele assumiu um ar casual enquanto sua mão avançava para o meio das pernas de Rocío. A mão deslizava-se lentamente no ar, a centímetros do cobertor, sem tocá-lo, modificando inclusive a altura de acordo com os desníveis do terreno. O plano de voo incluía uma brusca descida mais adiante.

— Não te interessa.

— Você me disse que era virgem...

— Eu menti.

— E então? Pior ainda! Se você não é virgem, qual é o problema, dorme comigo também e pronto... — disse Alvaro com a mão já sobre o objetivo.

Mas então Rocío exclamou:

— Estúpido, estúpido — virou-se de barriga para baixo e começou a chorar.

— O que foi que aconteceu?

— Vai embora...

— O que foi que eu te disse?

Silêncio. Choro abafado.

— Rocío... não sei... me perdoa... o que foi que te deixou desse jeito?

— Você quer fazer amor comigo? — perguntou Rocío virando-se de novo na cama. Não estava mais chorando.

— Aqui? — disse.

Já tinham se acostumado à escuridão e começavam a ver os gestos de dúvida e assentimento um do outro. Rocío disse que sim com a cabeça. Alvaro franziu a testa e levou apenas a cabeça para trás. Deus meu, era o que mais desejava na vida e justo agora que lhe ofereciam isso, o lugar parecia-lhe impróprio. Seus pais (os pais de Alvaro) dormiam no quarto da esquerda e os de Rocío no quarto da direita. Sentiu-se cercado.

— Tira — disse Rocío.

— O quê.

— Tira — repetiu Rocío.

Alvaro entendeu que dizer duas vezes "tira" quer dizer "aquilo".

Na dúvida, olhou-se.

— Vai — insistiu Rocío.

Alvaro pensou que Rocío ia chupá-lo. A ideia não o entusiasmava muito, mas não podia dizer que fosse um mau começo.

E, apesar dos pigarros e assovios e tosses dos pais, tirou.

— Vai.

— Vai o quê?

— Bate.

— Bater?

— A punheta, neném. O que poderia ser?

— Você quer que eu bata uma punheta?

Por um momento a cueca de Alvaro combinou com o branco dos olhos de Rocío.

— É a única coisa que dá para fazer aqui.

— Mas Rô...

— Não me chame de Rô. Vai, não seja tonto, se você está morrendo de vontade...

— Nunca me pediram isso...

— Nunca quiseram ver. Eu quero ver.

— Fecha os olhos...

— E que graça tem?

— Me deixe tocar em você... — implorou Alvaro.

— Não, pode entrar alguém.

(Silêncio).

— Vai!

— E se você bater uma para mim?

— Vai, Alvaro. Já estou ficando cansada disso.

— Bom, tá bom, tá bom — disse Alvaro. Agarrou a pica com a mão direita, fez uma pausa, pensou se o que ia fazer estava certo ou errado e, ato seguido, masturbou-se com a velocidade de um raio. Depois disse:

— Agora você.

Rocío não conseguia acreditar.

— É *assim* que você bate punheta? – perguntou.

— É, não sei, sei lá, vai — disse Alvaro apressado —, agora é sua vez.

— Nem louca.

— Não faça assim. Nós tínhamos combinado.

— Não é verdade.

— Não dissemos que eu batia uma punheta primeiro e que depois era sua vez?

— Não.

— Bom, tanto faz. É sua vez.

— Não, não é minha vez de nada.

— Quer que eu bata para você?

— Nem morta!

— Por?

— Porque não quero, olha que simples.

— É injusto...

— O que é que tem a ver a justiça com isso?

— Então eu bato outra, mas é você quem bate uma para mim — disse Alvaro com a sintaxe à flor da pele.

— Você não percebe como você está sendo *grosseiro* estes dias? — perguntou Rocío.

— E qual o problema? Deixa eu te ver?

— Chega.

— Deixa eu te ver um pouquinho, só um pouquinho. Um minuto.

Rocío bocejou.

Cinismo

— Estou com sono... — disse.

— Estou na secura! Mais seco que graveto no deserto!

— É sério, Alvaro, quero dormir, está tarde.

— O que é que acontece com você? Por que é que você me trata assim? Você diz que quer fazer amor comigo e quando eu quero você não quer...

— Histeria.

— Caralho. Me dá alguma coisa, mesmo que seja... não sei...

— Você está tão excitado que dá pena. Você não percebe que estou me envolvendo com você? Eu disse que queria transar com você porque tinha certeza de que nunca ia gostar de alguém assim, mas eu me enganei. Eu estou sofrendo. E sei que se eu fizer o seu desejo, eu vou me envolver ainda mais e sofrer ainda mais, e eu não quero isso.

— Você tem medo.

— Do quê?

— Do amor, do que mais ia ser.

— É.

— Não precisa ter medo...

— Não, eu não tenho medo do amor. Tenho medo de sofrer, de sofrer mais do que agora. Eu não sou uma garota normal...

— Não fala isso.

— Mas é verdade. Você sabe. Vai dormir, por favor, me deixa sozinha.

— Rocío...

— Olha — disse Rocío levantando de repente da cama e cravando os olhos injetados de sangue nele —, ou você vai embora agora mesmo ou eu juro por Deus que grito.

— Opa! — disse Alvaro assustado.

Não disse nada mais.

Levantou-se, foi para o quarto, deitou na cama, meditou uns segundos sobre o que tinha acontecido e fechou os olhos. Quando voltou a abri-los, fazia sol e ele tinha uma casquinha pendurada no queixo. Estava angustiado. Não se levantou em seguida; ficou pensando. Enquanto tirava a porra com os dedos (a casquinha), repassou o que tinha feito no quarto de Rocío na noite anterior e, retrocedendo um pouco mais no tempo, a ameaça de Rosendo, o jantar, a discussão dos seus pais no jardim... Um momento. O jantar. Ali havia algo. O que havia no jantar?

Presunto com melão.

123

Frango frito, molho de *blueberry*.

Chicória e beterraba.

Vinho branco, vinho tinto, peras, sorvetes, muito vinho.

Nunca, desde a chegada à casa, tinham comido tão bem nem tinham sido tão bem tratados. A conversa, inclusive, saltou como uma engrenagem e girou no vazio — histórias, histórias dramáticas, risonhas: pela primeira vez, em onze ou doze dias de convivência, todos eram sinceros. Como estavam aproveitando.

Como estavam aproveitando.

— No outro verão fomos a uma ilhota no Brasil. Muhabid, Alvaro e eu, e um amigo de Alvaro que, bom, tem um probleminha mental...

— Oito anos de idade mental, no máximo — acrescentou Muhabid —, mas Alvaro adora ele.

Todos olharam para Alvaro e sorriram complacentes (enquanto Rosendo olhava para ele fixamente e Rocío ria baixinho).

— O amiguinho de Alvaro... você se lembra, Alvaro? — continuou Erika —, teve uma recaída. Vejam vocês: tem a mentalidade de oito anos e ainda por cima sofre uma recaída. E estávamos em uma ilha! Vocês não sabem o que era aquela ilha...

— Cheia de viados — acrescentou Muhabid.

— E como se divertiam! — exclamou Erika.

— Por que será que os viados se divertem assim? — perguntou-se Suli. Eu sou amiga de uns tantos viados bem inteligentes que deveriam estar angustiados, e no entanto...

— Quem sabe — disse Muhabid.

— De modo que com esse amiguinho de Alvaro em cima da gente... hum... não estava fácil, digamos, "aproveitar a vida", como dizem os garotos — seguiu Erika. Os garotos se olharam: nunca tinham dito uma coisa dessas. — A gente via a vida passar. O tempo todo, só vendo a vida passar. A gente morria de vontade de cair na farra, e mesmo assim a gente só podia ver a vida passar. Faço minha a sua pergunta, Suli. Realmente: por que será que os viados se divertem tanto? Não é verdade, Muhabid, que a gente sempre se pergunta isso?

Muhabid estava com uma taça de vinho na boca, mas concordou assim mesmo.

— Vi casais com dois e até três crianças de colo olhando a festa de lado e juro que me senti como eles, ou pior...

— Você estava morrendo de vontade, hein? — disse Kraken a ela com um sorriso duvidoso.

—Acho que sim — disse Erika. — E eu não era a única... — acrescentou olhando de esguelha a Muhabid, que não se sentiu aludido, apesar de lá na ilha ter feito vários papelões. — Música o dia todo, maconha, sexo, álcool, falar pouco, olhar muito. Estava tudo no simples nível da curtição.

— Simples? — disse Muhabid. — Aquilo era o total desbunde!

— Que chato acontecer uma coisa dessas contigo — comentou Suli. — A pessoa cheia de filhos, ou com um convidado mongoloide, como aconteceu no seu caso, e *eles* dançando alheios a tudo. Não, não é justo, o que é que eu posso dizer?

— Passei a semana pensando em qual seria o castigo ideal para os viados e juro que não encontrei. São invulneráveis!

— Eu proibiria o aparelho de som — disse Kraken. E todos, incluindo Rocío e Rosendo, morreram de rir.

Por que de uma hora para outra aproveitavam tanto? — perguntou-se Alvaro, ainda na cama. Teriam ido ao Cassino, teriam ganhado? O que tinham nas mãos? *Tinham*, além de taças e facas, além de louça, algo nas mãos? Sim.

Sim.

Alvaro repetiu "sim" umas três ou quatro vezes e percebeu que nunca (no tempo em que estavam ali) tinha ouvido ninguém usar essa inocente palavrinha capaz de cortar o rumo da argumentação mais sólida e articulada do mundo. "Sim". Curioso, disse de si para si. Agora que entendia tudo, "sim" era de repente um monossílabo triste.

Seus pais e os pais de Rocío estavam aproveitando tanto essa noite pela simples razão de que estavam se despedindo. Não se suportavam mais. Tinham baixado a guarda. Era hora de partir. Partir até quem sabe quando, talvez para sempre. A ideia de partir sem ter consumado... a ideia de partir sem ter resolvido o seu... Não conseguiu continuar. Tinha certeza de que, se continuasse, ia acabar chegando em sua sexualidade, e ele era apressado — e se angustiava — por outra coisa: transar ou não transar.

Pulou da cama (a ereção da noite anterior só então se dissipou) e foi correndo até o living. Tinha acertado. Sua mãe estava colocando uma mala ao lado da outra enquanto seu pai, alheio ao esforço da esposa, ensaiava em voz baixa um agradecimento impossível. Percebia-se pela tensão do corpo dele que não ia conseguir dizer direito. Estava com o rosto contraído e dava um soco após o outro a cada palavra, incapaz de dizer "obrigado" sem luta.

— O quê? Já vão? — disse Alvaro.

— Se "nós" já vamos? Por que, você quer ficar? — perguntou Erika com ironia. Tinha arrastado a mala de um obsessivo e estava esgotada, mas ainda assim mantinha a ironia intacta.

— O que houve?

— Eu te conto no barco — disse-lhe o pai.

— Mas como? Nós não íamos ficar até o dia sete? — perguntou o inconsciente de Alvaro.

— Não. Vamos, vá se vestir e vamos logo que sua mãe está tentando acordar você já faz tempo. O barco sai às dez e meia. Se eu perder este, Alvaro... Eu juro que se eu perder este barco por sua culpa, eu...

Sim, melhor não dizer.

Às oito e meia estavam indo os cinco no carro de Kraken. Era cedo ainda, mas a estrada já estava cheia de miragens.

Muhabid e Erika estavam na frente. Néstor, Suli e Alvaro, atrás. Rocío estava no meio: o traseiro no banco de trás e a cabeça no da frente. Ninguém dizia nada. Até o rádio estava desligado.

Durante a viagem, Alvaro fantasiou em mais de cem oportunidades que tirava uma pistola, assassinava os pais dele e os pais de Rocío, agarrava o volante, parava o carro e estuprava a garota com a boca, com a mão e com o cu, mas então os olhos se enchiam de lágrimas... e além do mais, não sabia dirigir.

Reprimiu-se tanto durante a viagem que, quando finalmente chegaram ao porto, custou-lhe para sair do carro. Erika tirou as malas, Muhabid e Kraken contaram piadas curtas, Suli mostrou para Rocío uma horrível cesta de vime no posto turístico depois de tê-la salvo de pisar numa poça de vômito dez metros atrás, e Alvaro ainda continuava ali sentado. Não conseguia acreditar que estivesse indo embora. "Quebrou minha cabeça", "não sei como vou sair dessa", "a puta que nos pariu" eram as frases que mais tinham se grudado nele. Sentia, inclusive, que era *outro*, e não exatamente *melhor*.

— Alvaro, vamos! O que você está fazendo? — gritou o pai entre uma piada e outra.

Só então Alvaro desceu do carro.

Em uma banca de flores, numa lateral da Aduana, enquanto os pais se davam abraços e beijos falsos, alcançou Rocío, que estava voltando do banheiro assoviando como um homem. A florista viu o que aconteceu.

— Rocío — disse Alvaro agarrando-a pelo braço. Estava agitado, não porque tivesse corrido, e sim porque tinha pouco tempo. — O que houve?

— Já te disse: o amor. Me envolvi.

— E como então você está tão tranquila? Não vê que eu vou embora? Por que você não quis fazer...?

Rocío interrompeu:

— É uma injustiça que eu tenha me apaixonado e você não. Uma injustiça *com você*. Você perdeu. Você não sabe como é forte — disse a ele.

— Alvaro! — chamou a mãe de longe.

Alvaro olhou para a mãe e novamente para Rocío com a velocidade de um raio.

— Por favor... me mostra... — disse a ela. — Antes de eu ir embora... me deixa ver...

Rocío sorriu. A ideia pareceu divertida, apesar de que na verdade a destruía. Deu uma rápida olhada em volta. Depois retrocedeu um passo para a esquina do prédio para ficar fora da vista de seus pais, e mostrou a ele. Levantou a saia com uma mão... baixou a calcinha com o polegar... Foi um segundo.

— Deus... — Alvaro ainda conseguiu dizer.

Rocío soltou a calcinha. A saia caiu de novo sobre as coxas.

Muhabid apareceu de repente (irritado, irritadíssimo) e o agarrou pelos cabelos.

— Já falei para você que se eu perder o barco...! — disse e o levou arrastado.

Isso foi tudo.

Rocío ouviu a voz de sua mãe, ao longe, chamando-a (“*Rocío, eles estão indo!*”), mas não se moveu dali até um par de minutos depois. Saiu de seu esconderijo apenas quando teve certeza de que Alvaro já havia partido.

Então correu, alcançou os pais e ficou entre eles. Estava com os olhos cheios de lágrimas.

— Onde você estava? — perguntou Suli.

Rocío não disse nada.

Enquanto os três caminhavam de volta ao carro, agarrou o braço esquerdo do pai e o colocou sobre seus ombros.

Flavia Costa

PERSUASÃO

Quem pode acreditar que o ferro é persuasivo? Um homem da minha cidadezinha sim. Andava pelas ruas agitando seu escudo, no qual alguém gravara uma espantosa cabeça de boi com três olhos, e relatava à viva voz as desventuras de um cavaleiro ao qual supostamente todos nós do povoado devíamos venerar e agradecer. O cavaleiro que ele gostaria de ter sido, ou que em alguma época teria sido. De fato ele me disse certa vez, olhando-me fixamente um pouco acima dos olhos: será que todos nós não desejamos continuar sendo aquilo de melhor que um dia fomos?

Para além do seu estranho comportamento, na cidadezinha nós o respeitávamos muito, porque estávamos certos de que aquele homem era um sábio. Costumavam contar, anos atrás, quando muitos de nós não tinham nem nascido, que este homem tinha sido uma das mentes mais brilhantes, e que vinha gente dos lugares mais remotos para consultá-lo, e perguntavam a ele sobre o estado dos pássaros, as mansardas da luz.

Houve uma época em que os pássaros eram elementos centrais na vida das cidades. Surgia uma águia no céu e abria passagem entre as nuvens numa manhã, e todos saíam correndo para celebrar o prenúncio: seis anos de noites fechadas e belos sonhos. Era a águia, a primogênita do augúrio, sinal seguro de bem-aventurança. Ah, essas velhas lendas que diziam tudo em três palavras.

Voltando ao homem da minha cidadezinha: este homem dormia, como Alejando Bicorne, com uma espada e um livro debaixo do travesseiro, um livro que era também parte de uma batalha cosmogônica: a biografia de Wolfgang Maria Selene, um iluminado que adorava as pedras e que dedicou a vida a fustigá-las com o pensamento e com o fascínio. Enquanto o velho dormia, o escudo ficava ao lado da cama protegendo-o, testemunho das aparições que poderiam tê-lo perturbado se o escudo, com seu boi três vezes vigilante, não estivesse ali.

129

"Quando o adolescente precoce que era Selene decidiu partir com a mãe — contava ele —, quando em fuga com sua mãe amante, abandonou o pai sifilítico e cego, paralítico e louco, encerrado na velha casa da cidade de Fiel, horas antes do bombardeio, liberou uma epigonia de sombras, com as quais não conseguiria deixar de lutar ao longo da vida. Essas sombras eram o fantasma do pai, que se cerniam sobre sua alma e nunca a deixaram em paz."

O homem de minha terra conhecia coisas extraordinárias. Conhecia, por exemplo, a existência. Ele dizia que nada existe, que aquilo que é se manifesta de um modo muito mais delicado. Existência é presunção e defeito, costumava dizer, e com isso dizia o contrário à fugacidade e à luz.

O segredo da sabedoria, o primeiro de todos, é mastigar a contradição até assimilá-la no fígado, contou uma vez: "Quando os molineiros resolveram dizer que não é possível que algo seja e não seja ao mesmo tempo, retrocedemos cinco *kalpas* na trama dos ciclos". "Você acredita na doutrina dos ciclos?", perguntei a ele. "Claro que não, mas eu acreditar não é o fundamental."

Dizia que tudo é enganoso: os ossos fatigados, a comida, os quartos de espuma, o cálice da flor, o cheiro de madeira de tília das almas. Imaginação, dizia, e queria dizer também ilusões vãs, pura excrescência sensorial. Ensinava que Suma, a deusa dos pesadelos, provê a substância maior do que é, e que para além disso não há praticamente nada. Um detalhe interessante, segundo ele, era que toda essa lixaiada de fantasias é entretanto necessária. O quase nada essencial gosta de proliferar de vez em quando, e então Suma provê a ele os suportes, que, apesar de não serem imprescindíveis, ajudam. Dizia que as imagens, as fantasias, estiveram ali desde sempre, porque desde sempre aquilo que é insiste em se perpetuar. Mas esse corifeu da natureza começa em algum momento a ser para si mesmo um lastro, um saco de pedras às costas, um motivo de cansaço cada vez maior, então o mecanismo retrocede em busca de um alívio. Esse refluxo é a ocasião para os humanos saírem do jogo, um jogo divertido por algum tempo, porém essencialmente cruel. Então, mais uma vez, as ilusões colaboram: focalizadas uma a uma e com certa disciplina — pode--se escolher por exemplo a chama de uma vela, ou um buraco na parede, ou a fotografia de alguém bastante bonito, ou um cinzeiro de bronze com o rosto de Pã, ou um cartão-postal com os dizeres: "A vida sem você é como uma praia sem mar", ou o toucado de uma imperatriz do século XI —, são a nave que conduz os homens da imundície do tempo às águas tranquilas. Claro que, uma vez ali, Suma faz soar seu olifante e tudo recomeça. Isso nos ensinava o sábio e, às vezes, sua voz transmitia algo de tristeza.

A pedido de alguém, ele nos treinava nas potências do corpo. Treinávamos nus, de costas uns para os outros, olhando para a parede. Olhando é um modo de dizer, porque ficávamos de olhos fechados. Ele dizia que o fundamental era o ritmo e o silêncio: o ritmo da prática, o silêncio ofegante da inflamação. "O importante é captar a cadência compassada dos demais, acoplar-se à intensidade", repetia enquanto trabalhávamos. Era difícil, porque éramos novatos e porque o impessoal e o múltiplo nem sempre combinam, mas ele nos ajudava de tempos em tempos, quando algum de nós divagava e parecia se perder. Esfregava um pouco aqui, um pouco acolá, e mantinha a orquestra, sebosa mas nem por isso desafinada, em funcionamento.

Brincava comigo quando me via saindo com a sacola de compras: "A senhorita é tão inútil — dizia-me num castelhano de recém-chegado — que lhe mandam fazer os servicinhos para se verem livres de você". "Agradeça por eu ser tão inútil, assim você tem alguém para escutar suas bobajadas", protestei um dia, quando criei coragem. Riu com uma risada de titã: "Sua ignorante, se você não me escutasse agora, iria ter que me escutar na outra vida. Mas lá seremos um escorpião e uma cotovia, então é melhor começar a pensar em um jeito de me escutar". Ele acreditava, por vezes, na transmigração das almas.

Certa vez, um dos meus perguntou: "Você acredita que as grandes cidades são a razão do mal, o ubi e a faísca que acende a chama de nossa decadência?". Sua gargalhada longa e displicente antecedeu uma resposta pontilhosa. Para o homem sábio da minha cidadezinha, todas as perguntas eram a mesma pergunta. Ele costumava nos esclarecer isso antes de começar um discurso. E a pergunta de meu amigo era a velha pergunta sobre o iconismo. Foi o que ele disse, iconismo. Eu não sabia o que era iconismo, e quando cochichei a ele respondeu-me: "E que interesse pode ter, se você nunca entende o que lhe é dito, mesmo que já o saiba?". Mas depois teve pena, e nos disse que essas perguntas, a da grande cidade e a do iconismo, eram a mesma pergunta, mesmo que de perspectivas diferentes. Explicou-nos que há aqueles que creem que tudo o que existe se organiza a partir de graus de semelhança. As coisas todas são semelhantes entre si, em maior ou menor medida, e a criação, que inclui todas as possibilidades imagináveis, é uma curva, um gradiente, um deslizar-se do não parecer-se em praticamente nada até a identidade mais evidente e radical. "Essa teoria — acrescentou — é uma derivação da tese de Mileto." Os milésios acreditavam que todas as coisas eram a mesma coisa, separadas umas das outras por pequenas variações, cada uma das quais trazia infinitesimais perdas de fidelidade em relação ao original. Emanações, como eram chamadas, segundo contou-nos o velho: as diferentes coisas que compõem o mundo são, em essência, emanações do mesmo, e por isso voltarão a se dissolver em uma só, algum dia. Mas nos disse também que outros acreditavam que as coisas não são uma, mas duas. As coisas emanavam de uma ou outra dessas duas formas básicas, e então as relações são mais emaranhadas, porque não só há um ou não um, mas há um e há dois. Entre um e dois não somente há combinatória, há também alteração e enfrentamento: "E isso o que tem a ver com as cidades?", perguntou meu amigo, mas teve que esperar.

Às vezes o louco da minha cidadezinha era assaltado por pensamentos obscuros, como rajadas de desassossego. Nem sempre admitia isso diante de nós: preferia responsabilizar a temperatura ou a presença de margens brancas demais na mente, como se os trocadilhos do vazio o perturbassem. O certo é que de um momento para o outro ele ficava pálido e começava a transpirar. Uma vez, confessou-me que, em momentos assim, escutava o chamado de vozes horrissonantes, e que ele tinha que persuadi-las a lhe darem mais tempo, que havia muito a fazer ainda em nossa cidadezinha. Mas o que nós víamos simplesmente é que ele se sentava no meio-fio, pegava um saco com pedrinhas ou sais bem brancos e os queimava em um cachimbo de madeira. Dava duas ou três pitadas, aspirava profundamente; algo dentro de si devia se acomodar, porque sorria e ao exalar nos envolvia em uma fumaça almiscarada, a forma vaporosa do alívio. Enquanto fazia isso, nós olhávamos para ele calados, respeitando sua viagem incorpórea e seu retorno à vida consciente.

No dia do iconismo ele teve um desses desvanecimentos. Estávamos um pouco inquietos porque, apesar de não ser a primeira vez que aquilo acontecia, nos lembrávamos de sua lição de que a repetição é a ilusão mais mentirosa. Mas ele era especialista em desenganos: acordou e continuou falando como se não tivesse acontecido nada. "Da mesma forma — retomou — hoje predomina outra ideia: aquela que sustenta que as coisas sofrem mutação. Em um dado momento, ao passar de um grau ao seguinte, tudo explode: o que até então era um, transforma-se e já não é nem um nem dois, e nem um grau mais ou menos que um, e sim que o vinho é vinagre, o leite é ricota, a luminária é cinza de celofane chamuscado." A ideia, seguiu dizendo, é que quando as emanações chegam a determinado gradiente de variação tornam-se outra coisa. Como as cidades: em algum momento foram um pequeno povoado, depois um povoado cada vez maior, e logo, de repente, tornam-se gigantes e passam a ser uma metrópole, um esmeril gigante, um aparelho estranhíssimo. É a teoria do acontecimento, disse, o salto evolutivo. "Isso é Oriente?" perguntei, e todos riram.

"Em que lugar preciso da mente você sente o desejo?", perguntou-me em uma tarde em que me interceptou quando eu estava indo buscar arroz. Era o dia anterior ao meu bissexto, e havia comentado com ele o quanto eu desejava ganhar um certo presente. Respondi a ele que não sentia o desejo na mente, e sim no corpo. Pediu-me detalhes: "Nas pernas", respondi, porque desejava uma bola, dessas de borracha com linhas brancas. E também em algum lugar do tronco, às vezes em cima do estômago, no que alguns chamam a boca do estômago e outros, o plexo solar. Às vezes sentia um pouco mais acima, na altura do esterno. O desejo também se sente às vezes na boca, e às vezes nos dedos, no ventre, na camada mais externa da pele, mas isso eu só identifiquei depois. Naquela tarde, o que eu disse foi, sinteticamente, coxas, boca do estômago, esterno. "A senhorita come legumes demais", diagnosticou, e receitou-me uma dieta de chá preto, um chá amarguíssimo que não devia ser adoçado nem com mel nem com açúcar e muito menos com sacarina. "O melhor é fazer um jejum de chá preto por várias semanas", aconselhou, e assim o fiz. Durante um tempo, a cura foi completa: eu sentia tudo na cabeça, tudo era mental. Não tinha sensações, e via umas manchas vermelhas que me confirmavam que eu estava no bom caminho, porque via essas manchas até mesmo de olhos fechados (e isso, eu achava, significava que estava sentindo-as na mente). Numa manhã, depois de vinte e um dias de chá, comecei a sentir tremores; não perdia a consciência mas sentia dores cada vez mais frequentes. Obrigaram-me a interromper o tratamento. O velho, quando soube, se ressentiu: "A senhorita é tão fraca que eu não deveria nem sequer lhe dirigir a palavra", me disse. E apesar de não voltar a mencionar isso, foi preciso passarem muitos dias até ele finalmente decidir falar comigo outra vez.

A primeira coisa que me disse foi: estou entediado, vamos caçar. Ele gostava dos animais dóceis: cachorros recém-nascidos, canários que ainda não tinham aprendido a voar, coelhos ou frangos de olhos fechados e pele brilhante. Caçar esses bichos era uma incitação à fantasia, porque é preciso roubá-los, e porque ele preferia caçar à noite. Levava-os para casa, criava-os escondido e os embalsamava. Antes arrancava os olhos — que substituía por bolas de vidro ou de plástico — e as entranhas. Os olhos ele os comia crus, em uma espécie de salada com caracóis de jardim; e as entranhas ele enterrava nos fundos.

"Vem cuidar de mim hoje, que eu não estou bem", pediu-me numa madrugada. Foi uma das últimas vezes que o vi. Era bem cedo, e minha mãe tinha me mandado procurar meu irmão mais velho, que naquela época passava noites inteiras sabe-se lá onde. Para chegar ao bar, tinha que passar em frente à casa de nosso mestre. Encontrei-o acocorado na porta. Murmurava uma espécie de canção, mas o que se ouvia era um ulular como de um fantasma desafinado. "Aconteceu um acidente espantoso", conseguiu me dizer: "o pé da minha poltrona quebrou". Nenhum móvel parecia importar ao homem da minha cidadezinha, exceto sua poltrona cor de amianto. Ele estava sujo e alquebrado, os olhos agitavam-se maliciosos, mas bastava ele sentar na sua poltrona para se transformar em um beato. Parecia um centauro, ele e sua poltrona, e eu sabia disso havia muito, desde uma vez em que me animei a espiar pelas frestas da persiana e os vi agarrados um ao outro, dois que talvez fossem um, como parte de um autômato de outra época. Foi então que, inclusive em minha ignorância, entendi que algo verdadeiramente mal havia acontecido. A poltrona estava moribunda no quintal, as almofadas esparramadas pelo chão, repletas de manchas. O velho me contou que tinha trazido essa poltrona de outra cidade, "como uma ave", disse, "que leva no bico uma minhoca para dar de comer aos filhotes": nenhuma lei poderia impedir que ele a trouxesse, nenhuma desgraça poderia arrebatá-lo. É curioso o modo pelo qual as pessoas se agarram a objetos como a erros que cometem e dos quais não conseguem se desvencilhar, até que terminam aceitando-os como traços de identidade, coisas que lhes foram confiadas por alguma ordem e às quais devem um cuidado amoroso. Comentei isso naquela madrugada, enquanto o convencia a chamar o Simón. "Que facilidade para tirar conclusões", repreendeu-me. O homem sábio cuidava de três filhotes: seu portentoso escudo, a biografia de seu herói, seu traseiro magro e murcho que — segundo dizia — só conseguia descansar em cima daquele resto de poltrona. Foi assim que descobri que ele muitas vezes dormia sentado.

Dom Simón era um sujeito grandalhão e gordo que cheirava a fécula e álcool de pau-santo. Ganhava a vida como quiroprático. Com uma garrafa engordurada colocava no lugar pulsos e tornozelos deslocados, ombros alquebrados, joelhos doentes. Era famoso também por sua habilidade para a carpintaria. Talhava pés de luminárias, arrumava portais, frisos, gavetas, banquetas. "Nunca vou deixar minhas costas nas mãos daquele gorducho!", me disse aos gritos meu mestre assim que viu Simón chegando, secando as mãos com um avental branco de açougueiro. Empurrou-me, berrando raivoso, mas resisti até que Simón e eu conseguimos sentá-lo junto a uma árvore da rua, e inclusive conseguimos fazê-lo parar de gritar depois de sacudi-lo um pouquinho. Prometemos a ele que Simón só daria uma olhada na poltrona para fazer uma avaliação. Com dificuldade, aceitou. Não pareceu sofrer muito quando Simón anunciou que, de acordo com o que tinha podido observar, a poltrona estava desenganada.

No meio da manhã, levei para ele umas bolachinhas e preparei café bem quente para que se recompusesse. Da minha parte, não tinha pressa: falávamos e falávamos bobagens, brincávamos de ler nossos pensamentos, assoviávamos imitando bichos, por assim dizer, corujas de Sarandí. Eu costumava aceitar nele, nesse bom homem que o sábio havia aprendido a ser, a voz dos que pensam sem curiosidade. "Será a última vez que nos veremos", disse-me depois do meio-dia, enquanto esperávamos outro carpinteiro. Achei que estava mentindo para me comover, para conseguir dinheiro ou para não revelar seus segredos, mas o abracei com força, e o beijei no pescoço. Acariciei-lhe o cabelo até adormecermos.

Perfeitos seriam os sonhos se durassem. Quando acordei, ele tinha saído. Poucos dias depois, partimos da cidadezinha. Meu irmão tinha repetido de ano e eu tinha me apaixonado feito louca por um garoto cinco anos mais velho, que, segundo minha mãe, era certamente um depravado. Quando me viram vários dias jogada sem fazer nada na casa nova, provocaram: "Pobrezinha, outra vez chorando pelo amor perdido". Não chorava pelo amor. Chorava porque não sabia o que fazer.

Para quem me pergunta como era minha vida, o que é que eu fazia numa cidadezinha como aquela, eu conto a história do velho, o sábio do escudo. Digo que eu era sua aprendiz. E se alguém continuar me perguntando, conto o seguinte: ele acordou certa manhã transformado em uma rã pequenina e adoentada, morta de sede a julgar por sua pele descamada e seus olhos secos. Nós, seus discípulos, a acompanhamos até o rio, para ajudar a despertar nela o gosto pelas moscas e moléculas de carvão. Nós a vimos brincar com os insetos voadores, e a deixamos partir com a sensação do dever cumprido. De volta para casa, procurei uma rã no jardim. Não a encontrei logo, mas depois chegou, coachando como todas as rãs, apesar de seu coachar ser cavernoso. Era uma rã rechonchuda, esperta. Não era parecida com o meu louco sábio mas quem sabe? Os segredos de cada um são tão obscuros quanto os dos outros. Alguém me respondeu uma vez que era impossível que o mestre tivesse se transformado em sapo. "Em rã", respondi. "Mas você não tinha se mudado?", retrucou-me. Esse povo da cidade é impaciente.

Juan Becerra

VIDA DE UMA BALA

No outono de 1836, o exército italiano encomendou a uma ferraria de Pavia uma remessa de dez mil balas para espingardas de fogo Tercerola. Foram empacotadas, sem contar, nove mil e seiscentas em dois caixotes reforçados com tiras de aço, e enviadas para um acampamento militar em Gênova. Foram recebidas, seu conteúdo averiguado, e anotado o peso e o número de carregamento em um registro oficial. Foram trasladadas para o porto e embarcadas em um navio de guerra rumo a Buenos Aires.

O carregamento sobreviveu à umidade do depósito e sofreu reacomodações em Cabo Verde e Recife, em razão de operações equivocadas de carga e descarga. Uma vez no porto de destino, ficaram sob custódia em um paiol nos confins da cidade. Dois anos depois foram misturadas com outras de fabricação local, contadas e embaladas em grandes caixotes, após terem sido expostas ao sol no interior de redes suspensas. Voltaram ao depósito. Ao menos uma das cargas foi enviada no dia seguinte para o Norte, segundo o que indicava a direção da luz diurna ao penetrar no caixote encomendado, através de uma rachadura na madeira lateral.

O carregamento movia-se ao ritmo sacolejante dos eixos de uma carreta sem engraxar, apoiado no baú que transportava doze espingardas curtas e um mapa no qual constavam, abaixo ou ao lado de cruzes feitas com tinta vermelha, as palavras "feno" e "água". A uma temperatura estival ou de forno, o caixote de balas foi aberto e teve início assim uma operação de traslado manual. As esferas foram introduzidas em bolsas de couro às dezenas, e nelas prosseguiram a viagem para o Norte, batendo nos flancos dos cavalos de carga. À altura geográfica das cruzes marcadas no mapa, eram atiradas sobre a terra seca. Ali, esparramavam-se para as laterais, dando uma forma diferente aos sacos, até que tornavam a formar figuras de pera ou de lágrima uma vez devolvidas a seu lugar, apesar de que dentro tudo tinha mudado.

Durante as tardes, o calor aumentava o volume das bolas, e o frio o diminuía durante as madrugadas, o que indicava que o carregamento continuava sua marcha para o Norte. Mas, no fim das semanas, o feixe de luz que incidia sobre o caixote vazio mostrava o pó acumulado nos cantos, e às vezes — que não foram mais de duas ou três — a única bala que havia restado dentro, saltitando ou rolando segundo o estado do caminho, ficava estática, experimentando o mesmo movimento da Terra ao redor do sol: impossível de detectar ponto a ponto.

O pó parecia navegar — sempre o mesmo — por esse pequeno canal imaginário. A bala, que acompanhava as cabeçadas dos cavalos após as freadas, ia e vinha, cada vez com menos força. Voltavam a cair os sacos. Várias mãos retiravam as balas aos punhados. Uma delas foi atirada à terra, num buraco ao qual o salto de uma bota tentava dar forma. A pequena esfera atingiu a bota, a bota foi até a mão agora apoiada no chão e pisou nela.

Pouco depois, voltaram a jogar várias outras no buraco terminado. Quando uma bolinha batia na outra, a mão lançadora tomava como próprias a sua e a alheia. Todas as mãos, com suas bolinhas mornas, tentavam realizar o mesmo jogo, mas somente uma conseguia: a que tinha sido pisada — uma mão negra.

Um bom número de mãos vazias — à medida que se esvaziavam — ia realizar outras atividades. Algumas empunhavam, alternadamente, o cabo de uma pá de campanha, e distribuíam brasas sob o ventre das aves silvestres cravadas em lanças. Outras tiravam pedaços assados dessas aves da ponta dos facões que os ofereciam, umas folhas de aço poroso com cabo de madeira. Enquanto isso, a mão negra continuava sua série contínua de impactos. Fazia-o de várias maneiras. Lançava as bolinhas com o polegar e o indicador; com a unha do polegar, apoiando a esfera no indicador fechado sobre si; ou com a unha do dedo médio, pressionando a bolinha atrás de qualquer dedo restante.

De repente, as mãos que trasladavam as presas, os facões e a pá ficaram paralisadas. Outras duas, firmes, acomodaram as solapas de um uniforme marcial de alta patente, avançaram, de canto, como facas gêmeas e atingiram a mão negra. As bolinhas caíram no chão. A mão agressora pegou algumas, tentou atingir outras e colocá-las, de longe, no buraco. Fracassou, uma e outra vez. A mão negra, com um leve tremor, tentou novamente e realizou o jogo sem erros. Quando quis recolher do chão o fruto da sucessão de golpes certeiros, uma das que a tinham atingido empunhou uma adaga, cortou-a na altura do pulso e limpou a folha de metal no capim.

As esferas foram devolvidas para o saco, mas não a mão ao corpo. Uma das bolinhas italianas — de um cinza mais claro que as de fabricação local — ficou no chão e foi erguida pela mão assassina que a depositou num bolso do uniforme. A marcha foi retomada e logo se deteve à beira de um canal de cidade. Diante de um portão de ipê, as mãos assassinas repetiram um mesmo movimento: receberam algumas espingardas, carregaram as armas com as balas dos sacos e engatilharam várias vezes, algumas em falso quando a carga era de fabricação local. As mãos assassinas remexeram o bolso e carregaram a arma novamente. A bolinha rodopiou, mas voltou a ser capturada depois de ser tateada às escuras pelas mãos no chão. Disparou sem apontar. O percutor picotou a bala, aplanou-a de um lado e expulsou-a pelo interior do cano. Levava calor à passagem de sua fricção desigual. Saiu, atravessou o ipê e, do outro lado, o tecido da farda militar na altura do bolso e do esterno, a uma velocidade final de duzentos metros por segundo.

O corpo caiu sobre os tijolos do saguão, a bala caiu com ele, e no instante em que se produziu o golpe da carne no chão ladrilhado deslocou--se uns milímetros entre os vasos sanguíneos do pescoço. Deformada pela percussão e pelo impacto na madeira, diminuía seu calor conforme diminuía o calor do corpo no qual penetrou, envolvendo-se com sangue.

Próximo à ferida via-se uma chaga, restos de pó de quinino com o qual deve ter sido tratada; e um sangue menos vermelho, talvez produto de derrames anteriores. Durante as últimas exalações do corpo, o projétil foi submetido a uma limpeza involuntária; os tecidos pareciam desalojar seus líquidos no momento em que eram pressionados para expulsar a bala do corpo moribundo. Pelo pequeno túnel que a bala esculpira caiu água--de-colônia, o que contraiu ainda mais os músculos do corpo e asseou a superfície da bala durante um ou dois segundos.

O corpo ficou estirado no saguão por algumas horas, enquanto os líquidos que envolviam o projétil tornavam-se mais viscosos e escuros, até que outros corpos, estes vivos, levaram-no a um quarto e depois o amarraram de barriga para cima no lombo de um burro. No dia seguinte, envolto em couros, eles o depositaram numa clareira na mata. Uma faca com cabo de nácar e iniciais indecifráveis começou a retirar-lhe as vísceras, dominada por uma mão competente. À medida que se enfronhava, os órgãos dilacerados modificavam sua distribuição; alguns se desfaziam, enquanto outros simplesmente deixavam escorrer seus humores rançosos para fora do corpo.

Livre das vísceras, o cadáver passou a noite produzindo emanações menores. Agora a bala se reacomodava com os saltos do burro na montanha, ampliando o buraco que atrás de sua passagem havia se fechado. Por momentos, o buraco recebia oxigênio do exterior, e então tudo parecia mudar de propriedade: a cor dos fluxos reunidos em torno da bala, a bala, o buraco. O roçar entre o lombo do burro e o cadáver produzia chagas neste e lubrificavam aquele. Pouco a pouco o corpo ia se esfolando com os sacolejos do transporte; a única matéria que permaneceu alheia às mudanças era a que formava o projétil, apesar de na verdade modificar-se lentamente.

Em um novo descanso o cadáver ficou sobre um leito de folhas secas. A bala foi extraída. A cabeça do morto foi cortada e os ossos descarnados, não mais com uma faca, mas com várias. As pontas de aço metiam-se na matéria movente e morna, onde fervilhavam ovos, germes e vermes. A bala caiu na terra, e sobre ela um jato de grapa adulterada desprendeu-se das aderências mais espessas. Foi seca e introduzida em um porta-joias de alpaca, junto a duas medalhas e uma cruz sem Cristo.

Empreendeu seu longo caminho de volta, e alcançou a altura de três mil metros sobre o nível do mar ao atravessar a Puna. Chegou a Buenos Aires e ali foi inspecionada por especialistas, que a submeteram a reações químicas. Parecia opaca e sob o predomínio do óxido, mais do que sob o dos elementos que possibilitaram sua fusão. Certa tarde, foi exibida em uma caixa de cristal, bem próxima do monumento ao homem que havia matado, e do portão de ipê que teve que atravessar para atingi-lo. Depois foi trasladada ao museu nacional.

Guillermo Piro

O EMISSÁRIO

— Para falar a verdade, acho que o eletricista chefe sabe de histórias demais. Acho que, se ele quisesse, podia fazer até os passarinhos escutarem ele — disse Arturo enquanto olhava, ao começar a frase, meus olhos e depois, ao terminá-la, um casal de pássaros que tinha voado de uma árvore próxima.

— Sim, sim, já sei, mas eu me pergunto: será que todas são verdadeiras?

Levou as duas mãos à cabeça, como se de repente houvesse se lembrado de que ela estava doendo muitíssimo, e logo voltou a deixá-las caírem ao lado do corpo, e disse:

— Claro que são verdadeiras, absolutamente verdadeiras! — irritado. — Com tudo o que lá viu e ouviu ao longo de todos estes anos! — mais irritado ainda. — Além disso, ele já sofreu demais na vida para ser mentiroso — súbita e completamente calmo. — Você não percebeu que, via de regra, os mentirosos são aqueles que conseguiram driblar o sofrimento? — já quase feliz. — Sem ir muito longe, e como que para provar, basta recorrer à prova do torturado, que à força de sofrimento acaba contando a verdade.

Dito isso, o primeiro cameraman Bernárdez tomou distância dando alguns passos atrás, para logo girar sobre os calcanhares (Oh! Quão artisticamente!) e desaparecer como uma ilusão dentro da folhagem distante, descendo a escada que levava diretamente do balcão do hotel para a rua. Eu voltei para o terraço, onde era aguardado. O eletricista chefe González estava nesta ocasião explicando a dois atentos aprendizes como conectar os cabos para evitar que um puxão os desplugasse.

— Estas são coisas que só se aprendem em um set de filmagem, garotos... e de graça. Puxem! — e ofereceu a um deles uma ponta das duas finas cobras, uma branca e outra preta. Puxem! Essas conexões não vão se separar nem se derem de frente com uma legião de atores fugindo de um incêndio. Ou, melhor, de um terremoto.

Disse que sim para si mesmo e, ato seguido, tirou um cigarro do bolso e, Deus me perdoe, poderia jurar que já estava aceso.

— Claro que há outros jeitos, cada qual tem o seu, mas é uma questão de personalidade: no "meu" set não tolero outra maneira de unir conexões que não seja "esta", fui claro?

Havia sido claro. Ele também girou sobre os calcanhares — seria uma moda que até então havia me passado despercebida? Tentaria ensaiar mais tarde — e, cigarro na boca, soltou a fumaça em direção ao bosque que se estendia a seus pés, apoiando as grandes mãos na parede do terraço, enfeitado com sinuosas silhuetas femininas e igualmente femininos e sinuosos espaços vazios preenchidos pelo vento. Efetivamente: do mar soprava o vento. Soprava: na verdade não era possível dizer que "soprava", já que o mar estava tranquilo demais e o ar que se deslizava por cima dele também. Melhor dizendo, era uma brisa fresca, perceptível sobretudo no vai e vem dos pelos do antebraço.

— Ideal para navegar — observou o eletricista chefe González com um gesto importante, grandiloquente, feito com a mão direita (enquanto a esquerda mantinha o cigarro próximo à boca) — ou para beber uns daiquiris.

Eu havia me sentado em uma das grandes poltronas brancas de madeira, originalmente projetadas para serem compartilhadas por três pessoas, mas que eu, sempre que possível, aproveitava só para mim. Mônica se aproximou com passo sinuoso, e então abandonei o projeto original e dei a ela espaço para se sentar, coisa que ela fez, apesar de ter outras poltronas para escolher! Ia dizer algo a ela, mas o eletricista chefe González voltara a tomar a palavra:

— Vocês lembram quando, pouco antes de morrer, Gian María Volonté veio ao país? Lembram? — todos assentiram, apesar de que ninguém parecia estar de acordo a respeito do ano em que aquilo tinha acontecido, mas o que importava? — Bem, com a trupe vinha seu médico pessoal, porque já então seu estado de saúde era delicado, e no contrato constava justamente isso, que era obrigatório ele viajar com seu médico. Não exatamente "seu" médico, mas um médico designado e contratado pelo produtor... enfim. O médico em questão chamava-se Furio, Furio Lippi. A função do senhor Lippi consistia em ficar dormindo durante as filmagens à espera de que fosse necessária sua intervenção, para o que era estritamente necessário que Gian María se sentisse mal ou mostrasse algum sintoma de indisposição, coisa que não ocorreu nos dois meses que duraram as filmagens... Morreu pouco depois, e com isso fica demonstrado que a presença de Lippi não tinha sido equivocada, mas a verdade é que o pobre Lippi não fez absolutamente nada, rigorosamente "nada", naqueles dois meses. A princípio mostrava-se friamente disposto, atento e expectante, disposto inclusive a ajudar em qualquer outro tipo de tarefa... Eu mesmo tive que dizer a ele mais de uma vez que me deixasse em paz e que fosse fritar churros ou ver se estava chovendo. Mas ele falava italiano e eu não, e é provável que ele não tenha entendido uma só palavra do que eu disse. Ou talvez sim, porque nunca mais voltou a me chatear. Depois dessa etapa, vieram outras: o cansaço, que manifestava passando horas e horas sentado em uma cadeira olhando para o nada, com um copo de água na mão, ou simplesmente dormindo, e nos fazendo ouvir seu ronco maléfico no momento menos propício... Logo houve outra etapa violenta, na qual se dedicou a beber, até ser expulso do set pelo barulho que fazia. Depois, a que poderia ser chamada "a etapa do *fai da te*", na qual se ocupou consertando uma mesa de pebolim quebrada que havia décadas dormia em um galpão. E finalmente, a mais frutífera, aquela em que conseguiu entrar num acordo com um par de assistentes que lhe juraram e perjuraram que ele poderia sair por aí para fazer o que quisesse, que bastaria deixar avisado sempre seu paradeiro para que eles pudessem localizá-lo em caso de urgência, paradeiro que, nem é preciso dizer, não podia nunca ser muito longe do set.

O eletricista chefe aproximou-se de uma pequena mesinha pintada de branco e apanhou uma taça de conhaque, que bebeu depois de ter voltado a virar-se para observar se o bosque às suas costas continuava ali. E, para além dele, o espelho verde do mar. Prosseguiu:

— Não conheço os detalhes, mas na verdade eles não importam. O caso é que ele se envolveu com uma mulher mais velha... não tão mais velha, uma mulher da idade dele, que andava pela casa dos cinquenta e cinco, talvez sessenta, não sei. Não era uma mulher especialmente atraente, mas era dessas que não precisam de mais de quinze minutos de vantagem sobre a mais bela para levar para casa qualquer macho disponível ou bem disposto — aqui Mônica me olhou com mau humor, que a princípio relacionei à possibilidade de ela ter me surpreendido olhando o conteúdo de seu corpete, com o corpo inclinado para frente, acompanhando a história. Estendi a ela o copo que tinha na mão, mas ela o recusou erguendo seus dedos de longas unhas vermelhas e acrescentando, como se fosse necessário: "Obrigado, não bebo". — Uma senhora bem elegante, mãe de uma garota de uns vinte anos, bem mais bonita que a mãe. Era viúva, e a filha não só aceitou de imediato sua relação com Lippi como também a incentivou com juvenil frenesi. Mas a filmagem chegou um dia ao fim e Lippi teve que ir embora, não sem antes convidar sua dama a ir para a Itália com ele, a Pisa, não exatamente a Pisa, e sim a um pequeno povoado próximo, Vecchiano, onde Lippi possuía uma propriedade interessante. Ele a chamava de "mansão", mas não sei... provavelmente era simplesmente uma casa grande. O certo é que Lippi estava muito bem acomodado e queria levar consigo sua dama. E a dama não queria ir.

Dito isso, fez um gesto dificilmente traduzível, com o qual bem parecia estar caçoando tanto do doutor quanto da dama. O gesto com o qual costumava acompanhar frases de estilo: "o amor é como uma ponte: sustenta uma travessia, mas não a construção de uma casa". Coisas assim, sempre tão tristes.

— A dama não queria ir. Ele enviava cartas e cartas prometendo amor eterno (é de se imaginar: um homem de sessenta anos que jura e perjura ter encontrado finalmente o amor de sua vida, que assegura que não vai deixá-lo escapar assim, como aconteceu numa vez que o encontrou et cetera. Ele tinha se casado, tinha tido um filho, morto em um acidente de carro). A dama não queria ir.

Alma e eu, de lugares diferentes, emitimos quase em uníssono um tedioso "pss..." que ninguém escutou. Gustavo tomou outro gole de um líquido amarelo que de tempos em tempos levava aos lábios e Marilyn ajeitou a saia para se recostar mais comodamente em outra poltrona, que era inteirinha dela (juro que teria gostado de arrancá-la dali e levá-la comigo à piscina, para me enfiar com ela na parte funda). O sol se punha de forma perceptível e ao longe os barcos de vela branca deslizavam sobre o mar rugoso, de prata e verde. A brisa despenteou González, e deve tê-lo enchido de cheiros; deu uns passos em círculo, parou, acendeu outro cigarro. Estava tudo quieto, o dia era uma boca muda que em silêncio comunicava-nos seu segredo. Mas todos lhe demos as costas. González voltou a falar:

— Alguns meses depois de tanta insistência e tanta negativa e tanto adiamento, recebeu uma carta de Lippi na qual ele dizia que um amigo seu ia viajar para Buenos Aires e que ele lhe havia pedido que a encontrasse para entregar uns presentes para ela e a filha, e mais uma carta. Na verdade, acrescenta Lippi, o amigo dele tinha a incumbência especial de fazê-la ser razoável e colocá-la a par de suas intenções, das quais a dama não deveria desconfiar nem por um momento. Mas a dama desconfiava, e como desconfiava, e se esqueceu o assunto, e poucos dias depois tocou o telefone. Atendeu, ouviu a voz de um senhor que disse chamar-se "Marcelo", que, com algo a mais ou a menos, repetiu para ela qual era sua função no assunto: trazer presentes para ela e a filha, e o pedido especial de seu grande amigo Lippi de fazê-la ser razoável e garantir as boas intenções do "*dottore*". O tal Marcelo disse estar hospedado no Hotel Plaza e pediu que a dama o encontrasse no lugar e na hora que ela determinasse. A dama escolheu o Hotel Plaza, para não incomodá-lo muito, e estipularam uma hora no dia seguinte. A dama chegou ao hotel e, ao chegar, percebeu que não conhecia o sobrenome do Marcelo em questão; mas ao mesmo tempo descobriu que não era preciso saber, porque bastou chegar ao bar do hotel para compreender tudo: o tal Marcelo não era outro senão Marcelo Mastroianni, de passagem por Buenos Aires para rodar um filme.

Mônica estendeu a mão na minha direção. "O que você quer?", "O conhaque". Olha só o que consegue uma boa história.

— Mastroianni recebe a dama tomando-a por um braço e a leva até sua mesa. Está vestido com uma calça branca, sapatos brancos, meias brancas, camisa preta e uma fina fita branca como gravata. Está com calor, mas mantém a aparência, isto é, até o último botão de sua camisa está fechado. Puxa a cadeira para a dama e depois se senta em frente a ela. Com um gesto com o qual parece chamar o garçom, faz que o funcionário do hotel ponha em funcionamento o aparelho de som do qual começa a brotar um Intermezzo de Brahms (um dado que parece aleatório, mas que não é, porque nas mãos de Glenn Gould Brahms soava muito, mas muito sexy). E sem demora Mastroianni, antes que a dama pudesse dizer que está verdadeiramente surpresa, ou melhor, atônita, ataca dizendo que está ali para representar uma das pessoas mais íntegras e um dos amigos mais fiéis que qualquer homem pode desejar ter. Confessa conhecer Furio desde a mais tenra infância, diz ter estudado com ele no colégio, et cetera, et cetera, e oferece todas as garantias necessárias (e inclusive acessórias) sobre as melhores intenções do "amigo" Furio, "*in confronto con lei, mia cara signora*", *et cetera, et cetera*. A dama não só está encantada, está maravilhada. Basta imaginá-la: sem haver nem sequer pressentido, sem haver sido capaz de imaginar nada nem remotamente parecido, está sentada em uma mesa na companhia de Marcelo Mastroianni. A conversa tende continuamente a se deslocar para assuntos triviais (distrações, lembranças de antigos filmes, intrigas, fofocas; ela se esquece da empreitada, do porquê de sua presença naquele lugar, e tende a levar à conversa temas mais frívolos), mas Mastroianni evita isso com golpes de mestre, levantando a palma da mão e fazendo-a lembrar que o motivo pelo qual ele está ali é outro: "*un altro motivo*". Faz que ela se lembre de que Furio nunca foi um santo, mas que agora tem urgência de sê-lo. Que conhece todos os vícios, mas que já não é adepto de nenhum. Que gosta dela, que está enamorado dela, sincera, simplesmente enamorado, e que a espera na humilde mansão que até há pouco dividia com sua mãe em Vecchiano, perto de Pisa. Que a perda de seu filho criou um vazio... que ao alcançar a maturidade, sendo um reconhecido especialista que fez sua carreira com honradez..., que cansado de uma vida desperdiçada matizada com a dor..., que em seu coração cabem todas as desgraças e todas as alegrias de que um homem é capaz de...

O eletricista chefe González acendeu outro cigarro. Fez um movimento com a mão indicando a taça vazia, mas quando um de seus assistentes se levantou à procura de outra garrafa todos entendemos que o que ele havia feito fora soprar a brasa do cigarro. Para quê? Suponho que fosse seu modo de antecipar o *the end*.

— A dama terminou jantando com Mastroianni no restaurante do Hotel. Ao terminar, ele a acompanhou até a casa dela de táxi e lhe deu boa-noite beijando-lhe a mão. No dia seguinte, ela se levantou cedo e correu para comprar a passagem de avião. Isso foi há doze anos. A filha dela diz que eles são felizes.

Mônica parecia ser a única completamente satisfeita com o desenlace da história, ou talvez simplesmente estivesse chorando porque a história tinha terminado.

Pablo Katchadjian

O GATILHO

"Será que estou com medo?", perguntou-se Daniel W. quando percebeu que não conseguia de jeito nenhum levantar a cabeça e atirar contra o inimigo. Ouvia o grito do sargento exigindo que ele atirasse; e realmente via seus companheiros atirando; e inclusive estava ali, ao seu lado, Roberto J., o companheiro do primário com quem tinha se reencontrado por acaso três dias atrás, atirando com fúria e entusiasmo; mas ele não conseguia evitar de pensar que se levantasse a cabeça só um pouco acima da trincheira uma bala perfuraria seu capacete e o deixaria paralítico.

Viu o sargento Simón R. aproximando-se dele furioso, arrastando--se pelo barro, e pensou que se começasse a atirar, mesmo mal, quase sem levantar a cabeça, o sargento não poderia lhe dizer nada. Mas o que aconteceu foi outra coisa: Daniel, ao tentar disparar, ficou tão nervoso que tirou não só a cabeça mas o todo o tronco; o sargento saltou para abaixá-lo, mas justamente neste momento uma bala que tinha sido disparada contra Daniel acertou o sargento na cabeça, e outra bala provavelmente disparada contra o sargento acertou Daniel na orelha. Mas isso não foi tudo: os dezesseis soldados restantes ficaram bastante nervosos também e, contra qualquer recomendação militar, correram ao mesmo tempo para ver o que tinha acontecido, tão ao mesmo tempo que, de repente, ninguém mais estava atirando. Hugo M., um soldado amigo de Daniel, decidiu remediar a situação atirando sozinho como se ele fosse muitos, ou seja, com muito brio e com duas armas ao mesmo tempo, mas isso fez com que o matassem seis segundos depois de ter começado. Essa segunda morte — consideravam morto Simón R., o sargento — deixou a todos ainda mais nervosos, e Clara F., a única mulher do grupo, começou a gritar "vamos todos morrer". E, efetivamente, de um modo trágico e estúpido, um a um os soldados foram saindo da trincheira para se oferecer — apesar de não ser essa a expressão exata — às balas do inimigo. "Se oferecer" não é a expressão porque todos saíam gritando e enfurecidos, com duas armas, disparando para todos os lados, mas realmente era claro que saíam da trincheira para seguir a sorte do anterior. Isso acontecia enquanto Daniel, ferido e sangrando muito, mas consciente apesar de fraco, olhava e gritava: "Parem com isso!". O último a sair foi Roberto J., e também o último a morrer. Na trincheira restaram, além de Daniel, o corpo de Simón R., o sargento, o corpo de Hugo M., com o capacete furado na cabeça, a metade superior do corpo de Sergio T. balançando dentro do buraco, outro soldado, e Clara F., que, cada vez com menos voz, continuava gritando "vamos todos morrer".

Daniel não conseguia entender o que tinha acontecido, mas estava claro que se o inimigo não ouvisse disparos nos próximos cinco minutos decidiria se aproximar da trincheira. E se ao chegar os visse ali, sem dúvida, os fuzilaria. Tinha perdido muito sangue pela orelha, que já não tinha, mas a hemorragia parecia ter parado quase por completo e já não sentia tontura. Estava para contar seus planos para Clara, que continuava gritando, quando viu que Simón R., o sargento, não estava completamente morto. "Não estou morto...", disse com voz moribunda, "mas quase". Daniel abaixou--se e apoiou a cabeça do sargento em suas pernas, mas de tal modo que o sargento exclamou "aaaahhh" e, depois de dirigir a Daniel um olhar de raiva e reprovação, morreu. Por algum motivo, a reação de Daniel foi de rechaço para com aquela cabeça morta. Deu um grito, desvencilhou-se do corpo de Simón R. e foi, engatinhando, procurar Clara F., que continuava gritando, já quase sem voz, "vamos todos morrer". "Só sobramos nós dois, Clara", disse a ela. "Se não sairmos daqui, vão nos fuzilar." Clara parou de gritar, olhou-o com fúria e disse: "Vamos lutar até o fim!".

Daniel levou quase dois minutos para convencer Clara de que deveriam escapar. Decidiram sair em paralelo ao inimigo, ou seja, afastar-se da trincheira para a esquerda, já que à direita havia uma escarpa e não sabiam realmente qual era a situação das tropas mais atrás. Estavam fazendo o caminho planejado, um junto do outro, rastejando, quando ouviram ao longe o grito de Roberto J., que não estava morto e sim muito ferido, e que evidentemente acabara de acordar do desmaio. Clara olhou para Daniel e sussurrou: "Não podemos deixar ele aí". Daniel pensava que na verdade sim, mas não tinha coragem de dizer, de modo que apenas respondeu: "É perigoso ir buscá-lo". Clara não concordava; ou sim, concordava que fosse perigoso, mas achava que era preciso correr tal perigo e que não era *permitido nunca* abandonar um companheiro ferido. Daniel na verdade concordava com Clara, mas não queria ir buscá-lo porque sabia que era muito perigoso; dizia: "Em vez de um, vamos ser três mortos". Não conseguiam entrar em um acordo. Clara chegou a sugerir que iria buscá-lo sozinha, mas disse isso com um olhar de desprezo tal que foi evidente para Daniel que era uma estratégia de argumentação; por isso, respondeu a ela: "Vai, eu te espero aqui". E, para a surpresa de Daniel, Clara deu meia-volta e começou a rastejar decidida a resgatar Roberto J. Daniel reagiu rápido e agarrou-a pelo pé e, quando Clara tentava se safar, ouviram um barulho e perceberam que da trincheira inimiga saía um grupo de cinco soldados em direção a eles, ou não exatamente em direção a eles, mas à trincheira que acabavam de abandonar; não pareciam tê-los visto. O ferido Roberto J. estava no meio do caminho que pareciam seguir e sem dúvida o encontrariam e acabariam de matá-lo. Daniel e Clara, sem dizer nada, seguiram o rumo anteriormente tomado até chegar a umas árvores; daí puderam ver como mataram Roberto J., mas não apenas ele: na dúvida, arremataram todos, e um dos supostos mortos, ao ser arrematado, lançou um "ah". "Aquele era o Eduardo G.", disse Clara. Daniel achava que não, que era na verdade Orlando M., e ficaram uns minutos discutindo isso, cada qual dando detalhes da localização de cada morto e argumentando, até que perceberam que o grupo de soldados se dirigia para onde eles estavam. Começaram a correr de tal modo que os soldados os viram, e três deles começaram a segui-los.

Daniel e Clara notaram isso e começaram a correr mais rápido. Haviam entrado num bosque, e os galhos secos, por algum motivo, estavam todos à altura do rosto de Clara, que media cerca de dez centímetros menos que Daniel, de modo que, quando, depois de terem corrido uma hora sem parar e terem aparentemente escapado de seus perseguidores, pararam para descansar, Daniel pode perceber que Clara estava com o rosto todo arranhado e o colarinho da camisa branca tingido de vermelho. Daniel comentou isso e Clara, só então, percebeu que tinha se machucado muito, mesmo que superficialmente. Clara, talvez porque já tivesse gritado demais na trincheira e reagido excessivamente a outras coisas, apenas riu e disse: "Você sem sua orelha... Eu com a cara feito um monstro... Somos um desastre!". Daniel sorriu, mas talvez porque o comentário de Clara lhe parecesse falso, respondeu: "Seus ferimentos são superficiais, eu realmente perdi uma orelha. Mas agora não é o momento para isso. Nós temos realmente que escapar". Disse isso e se sentiu pior, porque seu comentário afetadamente sério era mais falso que o de Clara, o qual agora lhe parecia natural e espontâneo. Clara olhou para ele pensando provavelmente a mesma coisa, adiantou-se e disse: "Por aqui". Daniel sentiu-se mal, e ia dizer a ela, quando viu que um dos soldados que os seguia estava procurando por eles a apenas quatro metros dali. "Como pode não ter nos escutado?", perguntou-se. Daniel chegou à conclusão de que ele devia ser surdo. Chamou Clara imitando o som de um pássaro, apesar de não haver pássaros naquele bosque e com aquele frio. Clara olhou-o e ele indicou a ela o soldado; ela, assustada, jogou-se no chão, e Daniel disse a si mesmo que tinha a possibilidade de fazer algo que fosse realmente único e, ao mesmo tempo, demonstrar a Clara que não era um covarde, gritou: "Ei, soldado", e o soldado não se voltou. Efetivamente, era surdo. Mas o que aconteceu depois foi mais surpreendente; Daniel pensou que o soldado não poderia tê-los visto, e assim concluiu que ele deveria ser cego. Decidiu comprovar da mesma forma: foi e parou na frente dele, a três metros, e o soldado não o viu. Daniel e Clara entreolharam-se entendendo a situação, como que dizendo: "Como podem ter mandado um soldado assim para lutar? Esse país é realmente horrível". Mas o problema foi que Daniel, já seguro, começou a se aproximar do soldado se fazendo de palhaço, e as risadas de Clara o faziam exagerar cada vez mais os gestos e os movimentos; assim, de alguma forma, quando Daniel já estava saltando a um metro do soldado cego, este, provavelmente alertado pelo olfato ou por algum outro sentido, sacou uma espécie de facão e movimentou-o com tal rapidez que arrancou o dedo indicador da mão direita de Daniel, e só não foi pior porque Clara atirou rapidamente nele e o matou.

Daniel sangrava muito, e Clara, rápida, procurou o dedo no chão, chupou-o e inclusive meteu-o inteiro na boca para limpá-lo da terra e, enquanto Daniel gritava e cambaleava, recolocou-o no lugar e enfaixou a sua mão. Clara disse: "Se tivermos sorte, em três dias ele cola de novo".

* * *

Foram ver se o dedo tinha colado ou não. Juntos foram tirando a atadura, com cuidado, dissolvendo com água o sangue endurecido que grudava as voltas do tecido umas às outras, até que apareceu o dedo colado. Estava realmente firme, mas quando Daniel, com dificuldade e temor, conseguiu movê-lo, perceberam que estava colado ao contrário, quer dizer, que se dobrava para as costas da mão.

Ana Arzoumanian

A MULHER DELES

Aqui, entre as minhas pernas, antecipa-se a parede, dispara. antecipa-se e se encolhe, se estreita. Antecipa-se e se encurta. Arranco as maçanetas das portas, mas eles são hábeis, inventam ganchos para abrir passagens. Reconhece essa voz, esse frio ruído metálico balbuciando ali atrás. *Então surge seu corpo, antecipa-se e me oculta. Sua sombra estrangula a tarde de verão, o silêncio quente das veredas de janeiro. Imagino brilhos de aço margeando a vala seca, mas o silêncio tem um cheiro de placas como leite coalhado, de meias de algodão. E este cheiro arranha. O silêncio é um cheiro, uma mancha cinzenta esbranquiçada, abre vesículas, reincidência de fungos nos meus gânglios. Então digo que o silêncio não é a morte porque arde. Adere-se às mucosas como uma chaga, e arde.*

Eles chegam com um prato repleto de figos. "Quem é que cuida da loja, neném? Quem te dá de comer?". Eles chegam. Negras aves corvídeas, negras aves de reflexos de ferro e cauda arredondada. Chegam para amarrá-la e dar-lhe de comer: cavoucam com seus bicos a assadura de suas carnes. *E eu não consigo engolir. Inclinação febril do tórax sobre o abdome, cística inclinação de garras em minhas pernas. Eu não consigo engolir.* "Você acha que as palavras valem mais do que as coisas, neném, esse é o seu problema. Come, come, quero um pouco mais de carne na sua bundinha." Pequenas sementes no coração fibroso, pequenas sementes como larvas que duram trinta, trezentos anos. E ela, amarrada, condenada por roubar. *E queima as minhas mãos essa coisa que eu roubei e que não toco.*

Me dá urticária essa coisa que roubei e queima, que queima e que não posso tocar.

É o sétimo dia do pó do sopro da terra. O dia em que foram nomeados os animais e as aves do céu e em que se abriu e se fechou a carne. Antes dos espinhos e dos cardos. Antes de vestir túnicas de peles. Varoa porque do varão foi tomada. Nua e sem vergonha. O dia do nascimento antes de nascer. Antes de ver o fruto da árvore do pomar. Antes de se acender a espada que guarda o caminho. *Antes do medo de nos escondermos. Sorrio.* Com um coração de pedra verde que pulsa como rio que irriga o pomar. Sorrio. Antes da cobiça do fruto da árvore da serpente. Sorri porque ainda não há dor e o desejo não se apodera. Ainda não se multiplicam as prenhezes, não se maldiz a terra. Sorri. *Olho-o e sorrio para ele, sobre a cor de sabão barato em lençóis puídos.* No cheiro de um banheiro em camadas de gordura. *Sorrio para ele.*

Volta a cabeça para o lado, e ninguém. Nada. Tem um resíduo pastoso na beira das pálpebras de tanto dormir. Coça com um dedo e a sujeira sai. O olho se desfaz, a pupila se desenrola. E nada. O olho sem pupila, no branco, vazio. Apenas a lembrança do sorriso na boca e o olho vazio. *Alguém enfia algo meu no buraco de uma agulha.* Alguém. Algo. Nada. *Pinto todas as portas e janelas de preto. Fecho as aberturas.* Nada. Tinjo de cinza as passagens, retiro as cortinas. Nada. *Esvazio as tinas. Faço desaparecerem os homens, as mulheres, as crianças. Encerro as viúvas no levirato.* E nada. *Detesto as meninas, separo-as.* Nada. *Visto as nuremburguesas com roupas de baile, amarro toucas em seus queixos. Mais forte, mais apertado. Elas caminham meio encurvadas olhando para o chão até saldar a cólera com Deus. Há um trono nos lábios de um turbante, um gesto de satisfação. Mas nada, ninguém.* O pescoço se inclinará em vão. O cenho baterá no vazio.

Abaixa-se e aperta o punção para nada. A broca não perfura o solo líquido, a parede gelatinosa. Nada se nega, tudo está aberto no vazio. Nada. *Pinto de branco as portas, as janelas. Está tudo aberto. Dentro é fora, e não há nada. Não é um poço, um buraco. É tudo. Não há nuvens no céu, nem sol, nem estrelas. Nada.* Não é um céu. *É um cartão branco sobre a maquete de minha cidade onde há janelas planas e portas abertas. Ninguém entra, ninguém sai. Fora é dentro. Nada. Quererão colocar em vão escadas nos sótãos. Dentro não há pisos. Um pequeno salto para cima, para baixo. Nada. E eu fecho os olhos e sorrio recordando.* Um sorriso expectorante. Expele gás radioativo, fumaça invisível de dentes brancos. Não é um gesto galante. A boneca está inteira e sorri na gaveta. Diante de nada, ninguém. O brinquedo abandonado. É essa despedida, essa expulsão. Seu sorriso é reivindicante. É o desquite porque ele amanhece em outra cama, outra boca. *E se ele não está aqui, meu sorriso anuncia que eu tampouco estou.* Que ela não está e é nada. *Fora é dentro. Nada.*

Escapa. Como sonâmbula caminha pela rua onde dormem os gatos. A rua dos cambalachos. Experimenta um penteado de noiva, um tule curto com coroa de pescadores, luvas longas de seda branca até o cotovelo e um vestido cor de corais. Apoiada em um cavalete de churrasqueira, em cima da toalha plastificada há uma foto antiga, de não sei que matrona, que dona de casa. Há um violão e um chapéu de veludo azul. Há vasilhas, bules de louça lascada, coadores de lata. Palitos chineses em leques de papel e bolas de natal, e um só pé de uma meia de lã marrom. *Estou perdida, como se estivesse longe.* Uma máscara de sisal, uma bolsa de estopa. É a rua do que resta. "O que está lascado se joga fora, neném, não serve para nada. Quero tudo inteirinho na minha casa." *A mulher no retrato me olha.* E a cara que olha para ela é mais antiga que a foto. "Um homem, neném. Um homem do lado, o que mais você quer?". *Então me olha e me pergunta por que está aqui, por que aqui, com esse cabelo repartido, com esse camafeu e esse colar de pérolas no pescoço em três quartos de perfil.* "Você vai ser sempre uma perdedora. Isso acontece com você por não obedecer, neném."

Tenho que escapar, tenho que continuar escapando.

Vou pegar um trem, um avião, um barco. Iremos para a Grécia. Um povoado marinho onde as pessoas sejam plantas, escombros, colunas. Lá, eles nunca vão encontrá-la. Um povoado de melancias e melões. Uma igreja bizantina e uma taverna. E costa abaixo, praias arenosas e colinas arenosas, vestígios de um santuário de Zeus. *Atravessaremos um pórtico no pequeno porto do apóstolo, porto festonado de mosaicos de máscaras de sátiros, de imagens pagãs. Procurarei por ele e o levarei a Grécia. Nos hospedaremos na cidade velha. Duraremos na nervura do céu, nas casas recortadas como nuvens abruptas. E ele estará a meu lado na manhã seguinte. Refogará em azeite os cavalos-marinhos e me dará de comer. E estará a meu lado na manhã e na tarde e na noite seguintes.* Lá eles não a encontrarão nunca. E talvez já não seja nem dia nem noite. Talvez já seja a morte, essa duração que promete o castigo. Então eles não saberão que o que perdurar será santo, o perpétuo calor de seu alento que vai acariciá-la para sempre.

Iremos para a Grécia. Apesar de eu achar que já estive lá. Eu já vi este lugar. Alguém apagou com amoníaco o carimbo de cera que denunciava o ano do beijo interminável. *Bato meus ombros nas galerias, no átrio maior. Então me apoio nas traves e é a cama, outra vez minha cama, este quarto.* Paredes de areia e lajes de um sol que fere. O sol da Grécia é uma mancha branca, um brilho de neblina. O cordeiro, os bezerros, o mar e os olhos. Grécia repleta de olhos, de chifres, olhos de suco de acácias como alicates apertando mamilos. Uma sereia calva com focinho de seios níveos. E não

153

consegue escapar. "Você não é confiável, neném. Você está sempre mudando de opinião." E ela não muda de opinião, muda de corpo. *Turquia, Grécia, Armênia, Argentina. Eu não mudo de opinião, mudo de corpo.*

Tem apenas um ano, elas a acalantam para dormir. Amarrada em ângulo, está coberta com mantinhas bordadas, envolta do pescoço aos pés. Elas a acalantam enquanto secam folhas de menta em um trapo no chão. E no balanço cai sobre tetos com roupas estendidas, entre pirâmides rochosas, grutas de erupções vulcânicas. Cai sobre uma montanha com sandálias rosa, em um lago sem vida, sobre o Mar Negro. Cai sobre o mármore fumegante, sobre um camelo que ataca vinte e quatro cúpulas abaixo. Como o trilho vai rasgando o marfim, descolore o azul de pássaros em azulejos. Desfia todas as almofadas nos restos de um bazar faminto. *Caio. Tenho um acesso de febre e uma menina no ventre.* "Agora você vai ter um filho e uma menina. Que piada, uma menina de outra menina." Eles não se glorificarão. "O varão é dos meus. A neném é sua, toda sua." Uma passageira, aquela que o alivia, agora será mãe de uma menina.

Eles a examinam, inspecionam, conferem. Mas o pensamento não tem hematomas. E está doendo. Não há forma de aliviá-lo. *Porque se eu sentar ou deitar ou parar ou caminhar.* Sempre a mesma ideia, a mesma imagem que dói por todos os lados e não tem hematomas. *Move-se como odalisca e baila, tira véus coloridos cosidos com moedinhas, sobe. Gruda em mim feito gavinha, me enreda. Tem a marca de Adriano e mãos de camponesa. Sobe feito trepadeira, ela tem o dedo mínimo unido ao médio, e versátil, move-o para trás. Abelharucos de asas azuis e verdes, sensação que se eleva, que se monta, Ah Deus, me devora.*

É um ar que a traga, um funil de pressão de ar. Abre a última porta, despressuriza a cabine, a chupa. *Vou fazer desenhos na parede com essa imagem. Vou talhar a parede para não sair, para não vir da África, da Ásia. Vou dizer que foi concebida em treze meses. Não deixarei que o ar infle as cortinas. O dedo indicador não será manchado de sangue. Aspira. Exala.* É sua respiração. *Estou sob os holofotes e este ar está dentro de mim.* Regular e rítmico, ferrugem na estação de trem. Está. Milhares de peças dentárias partidas, milhares de dentes arrancados, presas entre moscas na praça de Argel. Está. É a promiscuidade da regra, a repetição do que se deve cumprir. Regular e rítmico. Está. Uma toalha na cabeça, um lenço. Uma medida adentro. *Um dedo, uma medida.* Uma procissão de homens rindo, uma procissão de mulheres calçadas sem salto. Está. Espasmódico, convulsivo, arqueando o corpo. Ar quente de pão assado na pedra. Ar de nicho. *Está e queima.* Ácido que corrói o papel. Haverá uma mancha no rosto, nos olhos. E a mancha já está na foto, anunciada no ácido do papel. Está e vem. Logo virá.

Desce as escadas furtivamente. Para ao lado de suas camas enquanto dormem, olha para eles. *Sinto fisgadas nas mãos, fisgadas nos dedos.* Espia seus pés sujos. E esse cheiro descarnado enquanto dormem e a cama que se alarga. Dormem com tesouras nos lábios, envolvidos por vibrações negras de machados, de martelos. Eles têm sonhos maquinais. E tubos como gargantas que roncam. E beijos babados. Ficam de barriga para baixo e cavam uma vala. *E me tocam com essa saliva que lhes escorre da boca. Fico em guarda. Um animal me atiça.* E apesar de se sentirem em um tribunal de júri, e tentarem evitá-la, ela se disfarça, cavalga até a fronteira, cruza fogos e sereias. Não será inocente.

Está ao lado de suas camas olhando para eles. Arregaça as mangas. *Fico de lado para não espirrar em mim. Prendo o ar, não os respiro.* Uma lâmina com fio de um lado só, uma lâmina inserida no cabo em forma de cruz. *E agora. E agora pelos escombros do vertedouro gritando em outra língua. Agora por mim e pelos meninos apinhados de trás dos tapumes.* As meias estão justas. *Por mim. Pela marejada de mães asfixiadas no próprio choro. Por mim. Agora por mim, sêmen de espuma que se evapora e não chega e não me alcança e não vem. Por mim.* Cruza as pernas, se cobre com o vestido negro. Segura a bolsa de Holofernes.

Está olhando para eles ao lado de suas camas, crava-lhes a vista.

E eles dormem.

Eu espero o charco.

Matías Serra Bradford

A ABSTINÊNCIA DA PAISAGEM

SÁBADO

A manhã começa com os dentes e a boca, um desjejum renascentista (efeito vitral na geleia iluminada pelos primeiros raios). Prossegue com os pés e as mãos sobre uma superfície rápida. Tênis. Desacostumados, é como se treinássemos no espaço. Localizar bolinhas perdidas no bosque concilia corpo e espírito, em inimizade por uma inconsciência intervencionista demais. Escrever exige uma concentração sobrenatural, raquete agradecida ao lápis.

Uma libélula agoniza debaixo do arbusto. Ela pergunta o que pode ferir uma libélula e ela mesma responde que a libélula se faz de morta quando pressente que um pássaro se aproxima saltando. Ou estará se coçando? Ela faz de conta que os ignora e seguimos nosso caminho, a pé, para a Cartuxa de Villeneuve.

O dia abre suas portas com o jornal e dois meninos com cartucheiras de caubóis, um terceiro escondido na quitanda. A rua sob a luz do sábado, uma sala de aula vazia, o tempo detido na madeira, escrita, por filhos, pais, filhos de filhos e pais de pais, testemunhos ausentes das partículas de giz contra a luz. Com prodígios mais discretos, a Cartuxa domina do alto o que aqui se chama o Vale da Bendição. Restaurada há décadas, depois de séculos de abandono e saques, a Cartuxa admite bolsistas em seus claustros monásticos para trabalharem em seus pálidos projetos, sempre e quando se harmonizarem com os aerólitos cinzentos, quebrados, que os monges usavam para jogar bocha, cheirarem as violetas e aromas para aprender os "exercícios noturnos" e assim evitarem a "ruína solitária". Os irmãos da ordem liam noite adentro livros de botânica e criaram passagens subterrâneas. (Não consigo ver Nieves como monge, não acreditava em figuras ou mamíferos que falassem mas algo insinuava, não gaguejava sílabas, e sim palavras inteiras). No diminuto cemitério da Cartuxa, terra morna sob os sapatos. Caminhos curtos que conduzem a portas mínimas, com telhados rente ao chão por onde viemos caminhando. Um caderno à venda me distrai, imaculado, todos os acasos estendidos. Ela decide ir para a torre de Felipe, o Belo, no outro extremo do povoado. Talvez o caderno porque, como dizem, não trouxe nada para ler. A oração de um magro tratado espiritual: para que algo seja verdade primeiro é preciso escrever, depois colocar em prática. De acordo com Nieves, o jardim se corrige mais de uma vez, cego a uma data, procura o escrito sob o escrito, orações que sejam olhar uma árvore de baixo. (Escrever algo para escrever outra coisa. Escrever para que ocorram coisas fora do perímetro da folha. Escrever não, copiar de um caderno a outro.) Nieves fazia as coisas com tão pouco esforço que parecia que outro agia através dele. A mesma energia que transmitem os animais quando os vemos trabalhando. Ao mostrar algo a alguém, um trabalho terminado, confere-se a ele um poder; assim era, ao vê-lo vindo de bicicleta, desenhando no ar uma letra líquida, confidencial. Nieves escondia as antenas quando alguém se aproximava, e a partir de certo momento permanecer junto dele se tornava incômodo, ficar além dos segundos exatos com alguém a quem se admira em alguma atividade não importa quão secreta, qualquer esclarecimento inexato, a frase magistral chega depois, os músculos distendidos na viagem de volta do encontro, como se ficar além da conta equivalesse à imperdoável suspensão dos ziguezagueios de uma tensão excepcional. Quanto mais falo mais longe de mim estou.

No momento em que decido alcançá-la, a primeira coisa que surge no cruzamento é um coelho inglês de orelhas caídas; em seguida, um husky siberiano, uma advertência discreta, receosa, lava os meus olhos ao passar; por último, uma lontra seca que se acomoda desde cedo no módulo mental de uma conterrânea, preparando-se com imagens para o encontro. A torre trancada e ela em lugar algum. Refaço o caminho pela aldeia de colinas, memorizada quase metro a metro, novo golpe de um martelo incompleto. Maçãs e sesta e um salmão que salta as águas do sonho. É o de menos, com um não posso fazer nada. Um sonho de tarde visita L'Isle-sur-la-Sorgue e Fontaine de Vaucluse. Canais complacentes, equânimes sombras e galhos unem suas preces para surgir o desejo de aprender o idioma do país. As plantas aquáticas se movem como se nadassem, se exercitam em uma bicicleta ergométrica, pés para cima numa rede. Talvez por isso, em seguida, a imagem de um amolador, a figura e o som do amolador, em cima de uma bicicleta ergométrica e no entanto frenético em um trabalho que não tem como parar, o eco do assovio dentro de um sonho vizinho. Casas e bananeiras doam suas imagens ao verde dos canais. Eclusas e represas de maquetista. Uma temporada, um inverno aqui, mesmo que não fosse mais para correspondências. Engenhosos moinhos fabricam papel. Musgo, ar fresco, ar de água. Um homem para o carro para fazer uma ligação com o telefone celular e não percebe quando parte que, ao longo da conversa, caíram três aranhas camufladas de flores sobre o para-brisa. Uma pedra salta e bate no nosso, superprotetor do real, agora estilhaçado, descongelado, a pedra na água lava a caravana de imagens para poder recomeçar rumo a Gordes e Rousillon, amarelo e vermelho, mel e pó de tijolo, enquanto cai a temperatura e o céu estende o tapete de uma tempestade de fotos. Gordes ascendente, um Lego de rochas, colina cor de giz de cara para o sol enquanto um cenógrafo maníaco sopra nuvens escuras em todas as direções ao mesmo tempo. Como Gordes, Rousillon cresce em espiral mas esconde sua continuidade para a terra ou para o céu, apenas sublinha o vento e as paredes de rochas avermelhadas partidas em forma de vértebras, mais de deuses gregos que de dinossauros pré-históricos. O vento esvazia o pequeno centro de Rousillon para permitir a montagem solitária de uma breve e inofensiva comédia de namorados. Casal em viagem, a matriz dos ritos aplicada e ratificada em outro campo. Paródia de vida cotidiana, chantagem de uma estada de uma semana pautada por ordens cândidas e reiterados "tome uma água". E é um raio de sol, não um raio às secas, que consegue rasgar o filme do sonho e nos encontra em duas poltronas de cinema dentro de um carro, rumo ao povoado de Fontvieille, conhecida pelo moinho e pelas cartas de Alphonse Daudet. Entre nós e a paisagem, as brincadeiras que neste momento nos estende e que custa igualar. Ali, o tempo e o espaço reais, todos, homens e mulheres das idades mais inverossímeis numa competição de bocha à margem dos caminhos, e todos os demais vivem da lenda do moinho, ou dois, e das missivas ali escritas. (Esteja onde estiver, me faz acreditar em seguida que estou no estrangeiro.)

E depois para Les Baux, assentamento de montanha, só pedra, pedra só, quatro famílias e o vento. O resto o habita ao longo do dia para aproveitar as visitas, sempre as mesmas, já que uma só visita, ou cinco, são sempre insuficientes para não interpretá-lo. Finalmente e tudo no tempo justo, sem pressa, semelhante às provas que se superam numa fábula, exames secretos, desconhecidos para o concorrente, a pequena e sombreada St. Rémy-de-Provence. A ruína antiga circundada por uma rua de bananeiras, rodamos em círculos ao seu redor, essa ideia, dar uma e outra volta em um plebeu galinho cego. St. Rémy é para ser vista sob uma luz de tarde encantada, curioso que o sol tenha no cansaço o seu melhor momento, consciente do turno vindouro na outra metade do mundo. A uns metros, uma menina autômata, de tranças não manipuladas pela mãe. Logo adiante, outra, um pouco maior, com o cabelo longo e solto, branca, não pálida, sozinha, séria. Depois de passar ao nosso lado, quando a comparo em minha cabeça à anterior, volto-me para ela e ela já saiu correndo. Uma velha volta da pedicure pelo meio da rua, fuça na carteira para verificar o troco. Um pai pede uma faca para descascar uma maçã para a filha. Ela detecta um intruso num quintal. Distraído, corto-me com o fio das folhas. Distraído com o quê? A quais nós da realidade é imperioso atender? Utensílios, é o de menos, para ter com que se distrair. Será o que se ouvirá ao passar, "nasceu com um ano de diferença...", enquanto silenciosamente alguém aguarda um súbito sequestro, doce, amável, um lenço alcoolizado por alguém do outro sexo, no batente de uma porta não marcada pelo vizinho conspícuo de St. Rémy, Nostradamus. E se caminhássemos em vez de dirigir, largamos o carro, visitamos o hospício de Van Gogh e nos contagia alguma benéfica demência motora e terminamos a viagem de volta toda a pé? Voltar de viagem e encontrar a janela aberta e a trepadeira do prédio pelas cadeiras, lâmpadas e potes, que aconteça e não signifique nada.

De um povoado a outro por caminhos de montanha nos quais não falta um só acento; e um pouco a sorte, outro pouco os ventos, atravessamos pela terceira vez no dia o caminho da torre. Ouvimos quase ao chegar, com as orelhas caídas, um pai dizendo para a filha para descer do carro, "Tome cuidado, você vai sair voando".

A passagem de ar do quarto reproduz o som das ondas, ou um rádio ligado no fundo do mar do qual não é possível tirar os olhos ou o ouvido. Sob a água não se escuta o movimento da madeira. Isso é tinta invisível, reescrevo na escuridão a noite de teatro que presenciamos em Avignon antes de jantar. Tantas peças improvisadas na rua que ali, no teatro, manteve-se o hábito de buscar a peça fora do cenário.

A mulher na primeira fila que teme que uma moeda a mate ou uma gota de saliva a envenene. O que se sentou querendo ir ao banheiro. O homem que dorme quando vai a peças em outra língua e a mulher olha para ele a toda hora para ver se ele está entendendo ou se já começou a roncar. O torpor imediato pelo tom de alguns atores, o efeito de adultos assistindo a uma peça infantil, ou o contrário. O deslize que põe a perder a verdade da voz de um personagem, recuperável somente para um distraído que conseguir se esquecer e voltar ao zero na ação. A luz que ilumina o ator principal e duas cabecinhas brancas que não recebem tanta luz desde o dia do casamento. A espectadora que toma água em uma pequena garrafa de plástico quando a cenografia simula ser uma margem. O galo que se ouve cantar, uma gravação, durante uma luz indecisa que não permite saber que horas são na peça. O que passou com uma bengala em direção ao teatro, uma bengala que não correspondia à sua idade. A que pensa que todo verdadeiro ator aparenta uma idade falsa. O que presenteou com um guarda-chuva quebrado um amigo. O que chega tarde e sozinho, e deveria ter vindo acompanhado. A respiração de quem se senta ainda mais tarde, muito agitada, quase deliberadamente excessiva, que somada ao perfil de seu nariz, branco na penumbra do público, parece denunciá-lo como parte do elenco, alguém que entrará em cena de surpresa de uma hora para outra. Os pés nus no palco que rebaixam uns e elevam outros. O casal que se reconcilia à medida que avançam os atos. O que leu o programa e que se arrepende agora de saber demais. O que veio caminhando aceleradamente e pela primeira vez é consciente da temperatura do corpo e de como ela se estabiliza de maneira gradual. A jovem que apoia os joelhos na poltrona da frente sem pensar. A que deixa escapar uma exclamação e se distrai até o final pensando se fez bem ou mal. A que chora e o que ri da que chora. O lanterninha que espia e monta a peça em diversas sessões até se convencer de que tem de convidar a esposa. O lanterninha que já viu a peça e guarda as críticas para si mesmo. O homem e a mulher que se sentam firmes no balcão apesar de suas poltronas serem das poucas que não são rígidas. Os de outro balcão que se apoiam como se estivessem na sacada de casa. A que se distrai porque um ator parece ter se distraído com ela. O que se assusta quando acendem um fósforo no palco. O que se lembra que da última vez que veio ao teatro um desconhecido o seguiu por umas quadras. Os que se beijam nos momentos dramáticos. A mulher que larga a mão do marido porque ele pisou sem querer na ponta do seu sapato. O iluminador que se engana por bem poucos milímetros e sorri sabendo que será o único a perceber. As poltronas vazias, em uma latitude e uma longitude perfeitas, reservadas para políticos. O que brinca de confundir duas meias-entradas com um par de meias, e ri ao sair, a peça se desfazendo pouco a pouco em seu crânio. O que se despede do outro prometendo-lhe os últimos desenhos que fizer na vida. A revisão (penúltimo ensaio): a mulher na primeira fila, o que se sentou, o homem que está dormindo, o sonolento, o deslize, a luz, a que bebe água, o galo, o que passou de bengala, o que deu o guarda-chuva, os pés descalços, o que leu o programa e se arrependeu, o lanterninha que espia, o homem e a mulher que se sentam firmes no balcão, o iluminador que se engana, o que se assusta quando acendem um fósforo. E depois do final, o crítico desempregado que ao sair procura um centro que não seja uma alma nem nada parecido, e sim um lugar para poder animar, uma pedra branca, uma luz acesa que quando vista lateralmente, com a suficiente escuridão atrás, e semicerrando os olhos, permita-lhe sonhar que debaixo da luz está nevando.

Mariano Fiszman

MÚSICA AQUÁTICA

O primeiro morto que viu foi um afogado à deriva, e quem o descobriu foi ele mesmo. Musgoso e marrom, feito o rio, o corpo chegou flutuando à costa do balneário de Vicente López num domingo depois do almoço.

Naquele verão, ele tinha sido iniciado pela turma na mistura de sol com cerveja, e Vidal passava a tarde à sombra das cabanas, encostado num poste, pestanejando. Através da vibração das tábuas, podia sentir a atividade das mulheres mutantes no escuro. Com seu ouvido bem preciso chegava a isolar o que ocorria dentro da cabana do barulho que a rodeava: jogadores, latidos, buzinas, violões e maritacas pelos galhos. Ouvia-as cantando baixinho enquanto tiravam a roupa, ouvia seus suspiros, os golpes dos saltos nas tábuas do assoalho e, mais atentamente, o roçar dos tecidos, os elásticos. Elas ficavam em um instante completamente peladas, aí, a um metro. Depois a porta rangia e ele as via saindo em disparada para a água, arrumando o cabelo, os penduricalhos, um dedo entre o elástico preto e a virilha branca. Logo chegava outra, balançando a bolsinha. Em uma quietude muda, escrava do sol, assistia a esse filme sensual. Ao redor tudo era carne, água, areia e espinhas. Tudo consistente, os cheiros de eucalipto e fumaça de lenha no ar, o timbre das risadas, os sabiás, a luz, a sombra escura dos salgueiros e o vento que castiga as toalhas de mesa. Atrás dele, na rua, a caravana de caminhões quentes, o sol explora cada adesivo. O boné de cerveja o aperta. O corpo amolecido na areia, mas o pau duro, olhando-as se respingar, fazer cena e mergulhar abraçadas ou de mãos dadas, rodeadas por um círculo de nadadores de onde surgia o cotovelo branco erguido como a barbatana de um predador, Vidal descobriu o corpo do afogado que deslizava em direção à margem.

A óbvia falta de reconhecimento de Vidal e seu indicador erguido, afinal o que ele estava esperando? Depois fez o mesmo que todos, gritar, apontar para ele, ver como os quatro intrépidos se encolhem rumo ao horizonte e voltam a aumentar arrastando sua presa. Saíram ainda com forças para erguer o corpo e depositá-lo na areia. Não havia nada a fazer. As mulheres abriram a boca e a taparam com as duas mãos. As mulheres soluçavam, os homens sacudiam a cabeça. Vidal entre enjoos, descalço, calça e camisa brancos com botões âncora de nácar, cópia da moda náutica vista por sua mãe nas páginas sociais, evolução daquele terno azul de marinheirinho com quepe, foto carimbada Estúdio Caputo que ela guardava na gaveta do criado-mudo, deixou a barra das calças ser condecorada pela água. Seus olhos se encontraram com os do morto, pretos. Parecia um índio daqui, como seu Pereira ou os outros peões do galpão de Gurruchaga que assustavam as crianças com o forcado. Este sem boina nem bigodes astutos, sem feixes de alfafa, nada além de uma calça Grafa e algas. Estava cheio feito uma bexiga. A cara, os pés e a barriga inchados, a pele marrom grossa sem pelos, pele de porco carcomida pelos peixes.

O mau cheiro despetalou a flor de curiosos. Náusea: Vidal correndo e de cócoras atrás da pirâmide de garrafões vazios com as primeiras sirenes. Através dos buracos verdes viu chegarem policiais e a emergência. No chão algo parecido com seu almoço descia pelo declive. Dormiu em cima de uma cama de folhas.

Acordou vendo sorveteiros côncavos. Soava lento um tanguinho, uma rodada de baralho, famílias tomando mate esticavam o último restinho da tarde. Enquanto a areia continuasse morna fariam o domingo durar, essa linha já quase imperceptível de horizonte entre o brilho no rio e a escuridão do casatrabalhocasa.

Na rua faltavam ônibus: vou voltar a pé. Encontrou suas alpargatas pé com pé ao lado de uma cabana. Enquanto sacudia a areia entre os dedos, lembrou-se do morto e pensou nele como uma pessoa, e não um cadáver. Pensou na vida do morto, no que teria perdido, no que teria ficado para trás. Chorou. Anoiteceu. Tyrone Powell o agarrou pelo braço, também todo de branco, mas impecável. O caminhão tinha parado antes da General Paz e Estherzinha tinha sugerido que eles voltassem para buscá-lo. Assim você me deixa com ciúmes, disse a ela Tyrone Powell, brincando. Estherzinha e ele se escondiam de tarde de trás dos bambus altos. Correram para o caminhão. Típicos os assovios da turma, as provocações e Leone na cabine xingando bilíngue através do palito de dentes saltador que não podia faltar, seu canino mutante.

Muitos anos depois reaparece Leone dirigindo um rabecão preto pelos caminhos de La Chacarita, em vez de camiseta regata terno com gravata borboleta, quepe e luvas pretas, e o palito de dentes transformado em chiclete.

A mãe de Vidal já tinha morrido, ele começava a se afastar e o chamaram para avisar que ela seria desenterrada. Um erro administrativo. Mais tarde, ele teve vontade de voltar ao cemitério, saudades de algo. Começou a visitá--la todas as quartas depois do trabalho. Não sabia o porquê, e a rima de seus movimentos: sempre os mesmos antúrios dignos esperando por ele ao sair do metrô, debaixo das mesmas duas colunas clássicas da entrada principal abotoando o paletó com uma só mão, cinco e cinco, cinco e dez, passadas as abóbadas o adjetivo senhoriais, Gardel e outros artistas, mafiosos do partido oficial, ia lendo os nomes de bronze para ver se encontrava parentes de colegas do escritório ou vizinhos, e de repente a planície de pedriscos abria-se diante dele, nó: em um desses cem mil túmulos de terra seca a mãe estava dormindo.

A lápide dela era um retângulo de granito cinza. Talos velhos flutuavam no jarro. Para quem Vidal estava falando do clima, enquanto olhava para o leste e o oeste, iluminado pelo último sol? Resumia em voz alta outra semana idêntica à anterior sem saber onde colocar as mãos, no final enfiava uma no bolso do dinheiro e o zelador que finge varrer, de relance, se aproxima. Como se despedir? Se fosse para a saída da Jorge Newbery sem voltar a passar pelo Leone nem por ninguém conhecido, a essa hora apenas algumas silhuetas isoladas que escondem o rosto, o vento que faz oscilar os ciprestes e revoar papéis ao redor de cruzes pobres de madeira, terceira e última olhada ao relógio no pórtico de pedra cinza, reto e sem ornamentos. Do Norte em direção ao Sul, das abóbadas da entrada para esses nichos, passando pela terra, a Chacarita ia perdendo todos seus adornos.

Na calçada, uma ou outra vagabunda. Em frente dos galpões da Direção de Limpeza, a praça vazia exceto por dois ou três vira-latas magrelos que logo iam vê-lo fuçar no barro e se decepcionar e procurar putas friorentas. Dava para notar que ficava por aí, na praça, ao redor do carrossel coberto ou do mastro ou debaixo da seringueira. Friorenta, pensou pelo colarinho de pele do casaco carregado por uma mão de unhas vermelhas, a mesma cor do lábios, e a outra mão no bolso, pelos passos nervosos e a echarpe de alento. Morena, magra, longos cílios pretos, sempre saltos, sozinha.

Vidal olhava para ela disfarçadamente da calçada em frente até que ela começou a segui-lo com a cabeça em direção à casa, e levá-lo para dentro, no escritório, e refletida nos vidro de El Dandi. No entanto, ele não tinha como pagar. Era o eterno desmancha-prazeres quando o pessoal tramava visitar a casa da velha de Canning, ou mesmo em Vicente López, essa tapera de tábuas desbotadas no meio do pasto, agourada de fumaça que queima. Tyronne Powell e ele nunca iam. Tyronne Powell não precisava, mas ele, por que é mesmo que ele dava para trás? Não sabia ao certo, sempre tinha aceitado essa proibição sem se rebelar, da mesma forma que agora começava a aceitar o desejo, às quartas-feiras menos minutos em frente ao túmulo da mãe e mais voltas na praça intuindo que algo estava por acontecer, sem saber o que nem como.

Em uma terça-feira a tempestade de Santa Rosa veio, eriçada pelo granizo. Nessa noite, o bairro se afundou até a cintura na água negra da inundação, e no outro dia o ar era pegajoso e morno, e a casa dos mortos encontrava-se renovada, com flores frescas, árvores cheias de brotos, as placas de bronze dos nichos brilhavam no paredão e Vidal encontrou a saída cruzando a Jorge Newbery na diagonal, e olhando de perto o sorriso dela. Tinha uma boca linda, de lábios finos, com um belo formato, um bico carmim que guardava bem o tesouro da língua dela. Surpreso pela falta de distância, meio mudo de repente ou se engasgando em um copo de saliva, não disse: o que você não viu no seu corpo para se vender desse jeito?, nenhuma linha de diálogo mastigada em semanas de ensaio, a não ser tá frio, né?, com um fiapo de voz, ela costumava franzir os lábios sorridentes, chamá-los de papito, dizer a eles que sim para qualquer coisa.

Antes de desmenti-la como friorenta, descobriu o que é que o tinha atraído e o que o tinha animado a cruzar por ali: vê-la sozinha. Em sua solidão ela era alguém próxima, mas também inferior, disponível. A mão que apesar do calor se apertava contra o colarinho abriu o casaco: na blusa transparente se oferecia. O peito branco enluarado, os mamilos hipnóticos através do tecido.

Que ela estava em suas mãos, sentiu, essa frase.

Tirou o documento com foto, aquele de dar medo. Ela segurou a cabeça. Ele a viu nublar-se, baixar os olhos, estava perdida. Quando levantou o rosto, voltou a sentir que ela estava em suas mãos e um pouco de pena. Os lábios vermelhos dela tremiam bem próximos de sua boca. Não era velha nem jovem, como convinha a ele. Você vem comigo, disse com autoridade, fechando o casaco dela, a braguilha firme contra o bolso que guardava a outra mão.

De trás do carrossel saiu uma sombra e veio balançando na direção dos dois, à contraluz, na metade do caminho cuspiu sua brasa. Está acontecendo alguma coisa, Lili? Era um cafetão feio como um macaco, sem chapéu, com terno preto de solapas estreitas, bombachas e sapatos pretos, o cabelo preto duro de gomalina sobre as orelhas. Chamava a atenção uma pirâmide branca de ataduras em cima do nariz. Tinha falado com doçura, para ela, como quem fala com uma menina, e Vidal sem querer disse nada, nada. O outro sorriu para ele, manteve-o dócil por cima do cotovelo apertando bastante. Vidal olhava para a esquina de Limpeza para o caso de passar algum conhecido, mas já era tarde. Soltou-o enquanto dava nele com a direita. Caído, chutou-o bastante no barro. Antes de ir embora, limpou os sapatos pretos no forro do casaco de Vidal, acendeu um Imparciales e jogou o fósforo na cara dele.

Entre as patas dos cachorros viu que ele a levava pelo braço como antes o levara, como levam os policiais.

Mudaram de ponto porque Vidal continuou indo às quartas ao cemitério mas saía pela entrada principal e tomava o ônibus na Corrientes. Ao longo do muro pichado, nem na praça ele a via.

Daniel Guebel

O NARIZ DE STENDHAL

Há um episódio tão pouco mencionado por seus biógrafos quanto decisivo para a formação literária, filosófica, política e pessoal de Henri-Marie Beyle, que logo se chamaria Stendhal. Trata-se de sua estada em Riga, Letônia.

Poucos dias depois da celebração mundial pelo início do novo século, o jovem Beyle, que tinha sido designado pelo exército para desempenhar a função de ajudante do general Michaud, cujas tropas estavam acampadas na Itália, desapareceu a caminho de Roma. O motivo pode ser atribuído menos à covardia que a um acesso de frivolidade: ele tinha decidido se submeter a uma operação para corrigir o nariz, o qual ele considerava que excedia as proporções convenientes. Naquela época, em toda a Europa Central ecoavam as proezas do cirurgião Vilnius Daugavpils, herdeiro dos centenários segredos cirúrgicos de Oleg "o mago" Vandeberg, que em 1581 utilizou uma liga de ouro e prata para reconstruir o apêndice nasal do astrônomo Tycho Brahe, menos lembrado por seus cálculos que por sua frase final: "Que não pareça que vivi em vão" (*Ne frustra vixisse videar*).

De personalidade altissonante e epicúrea, Daugavpils tinha um multicolorido zoológico de pacientes na lista de espera e não se afligia em atendê-los; em geral, se limitava a desfrutar do *dolce far niente* — passeios de veleiro pelo curso do Dougawa, campings e observação de baleias no golfo, "laboratórios de aperfeiçoamento docente" (álcool e putas) nas datchas do lago Burtnieku; e, em suma, uma vez por mês dava uma aula magna no salão de vidro do Pavilhão de Ciências Médicas da Universidade local. Em resumo: como o número de operações realizadas estava longe de atingir o número de candidatos a novas operações, no caso dos últimos inscritos, a possibilidade matemática de serem atendidos antes que o prazo normal da existência humana houvesse suprimido

Daugavpils equivalia a zero. Restava a alternativa de cortar caminho recorrendo aos subornos, à influência de algum discípulo... Mas, ao chegar ao lugar e conhecer as circunstâncias, Stendhal se absteve de se enlamear em acordos espúrios e, pouco versado em cálculos, preferiu esperar pacientemente por sua vez.

E, enquanto isso, dedicou-se a estudar os encantos de sua condição de turista na cidade letã. Passeios pela avenida costeira. Inclinações de cabeça à passagem das damas, sem resultado apreciável. Interrogações ao futuro: tornar-se monarquista, liberal ou republicano? Com as mulheres: amar ou se deixar amar? Daquele período de introspecção e ócio resta como testemunho um punhado de textos prematuros e pueris, suas "frases célebres", culpadas pela equívoca fama póstuma que ainda hoje mancha sua glória de autor sério (*Amor*: "o amor é como a febre: nasce e se extingue sem que a vontade tome nisso a menor parte". *Ciúmes*: "o namorado ciumento suporta melhor a doença da sua amante que a liberdade dela". *Infidelidade*: "a diferença da infidelidade nos sexos é tão real que uma mulher apaixonada pode perdoar uma infidelidade, coisa impossível para um homem". *Beleza*: "as mulheres muito belas surpreendem menos no segundo dia". *Lágrimas*: "Muito frequentemente as lágrimas são o último sorriso do amor". *Mais amor*: "o amor é uma belíssima flor, mas é preciso ter coragem de colhê-la à beira de um precipício").

Apesar do alívio que lhe proporcionavam tais distrações, o tempo ia se tornando longo. Onde ir? Começou a frequentar bares de má reputação, onde se brigava a socos por qualquer bobagem. Desses momentos de desespero furioso nasceu sua melhor frase — "sou um nada que passeia".[1] A pequena cidade funcionava para ele como um corpete psíquico. Nela experimentou como que um padecimento, os avanços do que logo verificaria ser um núcleo temático de sua obra: o combate entre uma alma que aspira aos grandes cumes e a cinzenta realidade.

Um dia... em um prematuro amanhecer da primavera letã. Luz. Luz que atravessa a abóbada de vidro. Público amontoado nos camarotes altos, de pé na galeria. O galinheiro, cheio. Um teatro? Não. É o Pavilhão de Ciências Médicas. Contrariando seu costume de rico aristocrata, naquele

---

[1] Tempos depois, após ter atravessado um período de intensa crise pessoal, o decadentista J.K. Huysmans arruinaria essa precisão epigramática ao parafraseá-la melosamente: "De coche e de bengala, sou um nada que passeia à espera da redenção".

dia primeiro de abril de 1800 Vilnius Daugvapils esbanjará seu talento oferecendo uma aula magna de cirurgia anatômica, lição para a qual conta com a colaboração involuntária de Neris Hirumaa, uma mendiga louca e meio morta generosamente cedida pelo hospício municipal. O sol começa a fritar o juízo dos assistentes. O cheiro dos perfumes caros invade a atmosfera. Um lençol ensebado oculta o corpo drogado, nu, amarrado e arreganhado na mesa de operações. Preliminares da ação: o brilho áureo do instrumental cirúrgico, um brilho uniforme e ofuscante cujo sentido antecipa o momento dramático em que a pureza se contaminará com o horror essencial de toda ação. Uma porta lateral se abre para a saída do touro bicorne do saber e da prática, mas ainda não: são os ajudantes e os alunos, que pisam a arena vestidos com uniformes que exibem as cores pátrias: bordô sanguíneo e branco nuvem. O anfiteatro não tem o diâmetro suficiente para que a orquestra sinfônica se acomode completa e execute o hino, mas fica claro para todos que se trata de um acontecimento de relevância nacional.

Stendhal, que para conseguir um bom lugar preferiu sair para se divertir e não dormir, foi um dos primeiros a entrar. A bebedeira foi assombrosa; como alguns místicos primitivos, no perigeu de sua intoxicação, enxergava triplicado. O nível de álcool baixou um pouco após seu ingresso no edifício, quando encontrou um canto sombrio e reservado e nele — num gesto de crítica à subordinação da alta cultura ao poder — se aliviou sobre a boca larga de um jarro Luís XVI. Agora, cambaleante porém lúcido, ocupa um assento privilegiado: primeira fila. Consegue ver como, metros abaixo, o lençol se agita e muge ou zurra ou grunhe. À beira de uma mesinha de suporte cirúrgico, um pequeno retângulo de metal (uma bacia de barbeiro?) reflete uma coxa negra, suja e pustulenta, um pedaço de carne tremente. Nosso romancista, que não é Deus e que nunca assistiu a uma lição de anatomia, dá por descontado que o cirurgião — Ah! Que a tempo aparece — trinchará didaticamente um rinoceronte adulto, um elefante bebê.

Fortes aplausos gerais, que Vilnius Daugvapils agradece erguendo os braços, oferecendo suas palmas brancas. O pé esquerdo se oculta atrás do direito, o joelho direito flexiona-se, uma inclinação. Daugvapils agora pede silêncio, o que lhe é concedido. Diz:

— "E Deus criou o homem à sua imagem, a imagem de Deus o criou." Gênesis. Pergunta-chave: o que significa termos sido criados à sua imagem?

Ou para formular de outro modo: se eu perder a mão no escalpo, estarei assassinando uma imagem de Deus?

Stendhal sente que ao seu redor sopra um vento celestial e um pouco atordoado: o hálito da concorrência, que comunga em voz baixa em um "Oh!" de admiração.

— O temor supersticioso que durante séculos acompanhou nossa atividade a ponto de ela ter sido proibida ou considerada exercício satânico não equivale a uma imputação do deicídio? — continua Daugnavilps. — Somos, em nós mesmos, uma encarnação dos riscos do politeísmo, que com sua aparição o próprio Jeová teria vindo conjurar? Depois de alguns segundos de silêncio, que utiliza para estudar severamente as expressões de seus discípulos e colegas, para espiar em cheio o público nos lugares mais altos, retira o lençol.

Outro "Oh!".

— O que é a anatomia? Uma arte. De onde nasce a anatomia? Da pintura. Do desejo de alguns pintores de passarem à escultura, de acrescentar ao plano uma terceira dimensão. Em suas origens, a anatomia, que nasce dessa vocação frustrada, foi o gênero por excelência da pintura fantástica, porque cartografava um território desconhecido: o interior do corpo humano. A quem pode ter causado estranhamento que durante o Renascimento os melhores anatomistas tenham sido os melhores artistas? Sem ir mais longe, pensem no divino Leonardo, esse "uomo universale"; pensem em suas lâminas, suas anotações, seus esquemas e desenhos... Rasoura, por gentileza. Obrigado. Lembrem-se de Vesálio, Eustáquio, Falópio, Silvio, Luzzi, Vigevano... Para preservar a vida, para se preservar da imputação de ter se arrogado as potestades divinas, Galeno de Pérgamo (século II) teve que escrever seus tratados anatômicos derivando todas suas observações das dissecações realizadas em macacos. Anatomia comparada: que disparate! E os mestres anatomistas da Escola de Salerno! Porcos! Em que se parece um porco com um ser humano é um mistério teológico que apenas os rabinos podem solucionar, eles que nos proíbem de comê--los... Um pano seco, por favor! Se ela sangrar, eu não tenho por que me manchar.

— Kdjalñdjeoejv ldjalñdjhg dhglajhdrapele — murmurou Neris Hirumaa.

— Silêncio, querida; o fato de ser o pretexto desta dissertação não lhe dá o direito de intervir nela. Sobretudo, quando não se tem nada a dizer.

A estrutura mental escolástica prejudicou grandemente o desenvolvimento de nosso ramo da medicina; o objeto de conhecimento se tornou livresco. Sabem como eram as primeiras dissecações públicas? O magíster sentava-se em uma cátedra bastante elevada e lia lentamente em voz alta o texto de, digamos, Avicena. Enquanto isso, na altura dos assentos mais baixos da classe, um dos ajudantes dissecava um corpo que estava na mesa. Se o magíster e o dissecador estavam bem coordenados, quer dizer, se existisse alguma relação entre o tempo de leitura de um e as aptidões manuais do outro, os estudantes poderiam ver a dissecação das partes descritas no texto. Mas é óbvio que em geral isso não acontecia assim, e que, enquanto um descrevia a ablação de um rim, o outro estava cortando um esôfago, ao passo que os estudantes viam e entendiam pouco ou nada do que estava ocorrendo.

Neris Hirumaa queixou-se. Daugnavpils reclinou a cabeça sobre os lábios da paciente.

— Jgflajdjlreuoeu fdlkdlañ djfdleiehglgoa — repetiu. — Está invocando a... ou será uma iluminada? Tanto faz. Tenazes, cautérios... Nem é preciso dizer que, nessas circunstâncias, a única pessoa que aprendia algo era o dissecador. É famosa a história de um magíster que encontrou uma discrepância entre o escrito de seu autor e a dissecação, e preferiu pôr a culpa no corpo. Bem. Agora, concluída a parte introdutória, vamos dar início à primeira parte desta aula magna que, como os senhores sabem, se intitula "Percurso histórico arrazoado da vivisseção. Desde os egípcios até os nossos dias". Onde diabos colocaram o escalpelo?

A cena que se sucedeu impressionou de tal maneira Stendhal que, além de dissuadi-lo para sempre da necessidade de tornar mais decente seu apêndice nasal, modificou seu primeiro impulso literário, que era o de se tornar o "escritor das cenas de guerra". Seu famoso capítulo sobre a Batalha de Waterloo, que pode ser consultado nas páginas da *Cartuxa de Parma*, é, ao mesmo tempo, tanto um brusco e "moderno" exercício de narração sobre a impossibilidade de um indivíduo (neste caso Fabricio del Donto) de perceber sensível e intelectivamente a totalidade dos fatos de massa coletivos, como uma sutil renúncia ao aprofundamento nos processos de destruição, concomitantes a qualquer acontecimento bélico, efeitos ambos que, no nível estilístico, refletem a reação de espanto que invadiu o romancista francês diante da progressiva devastação daquela pobre besta humana que, em meio a charcos de linfa e sangue e vapor e excrementos, entregou pele e gordura e músculos e órgãos nas mãos de Vilnius Daugnavpils.

Neris Hirumaa
Skrunda, 8/3/1743 – Riga, 1/4/1801

No dia seguinte, com todo o seu nariz, Stendhal abandonou a cidade.

Martín Kohan

O CERCO

Nossa travessia leva um pouco mais de três jornadas sem que se apresente novidade alguma digna de menção. A planície é parelha e monótona, carece de acidentes; o que encontramos, isso sim, foram alguns rios medianamente torrenciais que serviram para refrescar tanto a tropa como os cavalos, mas que não nos ofereceram, para atravessá-los, nenhum obstáculo que não pudéssemos superar.

Ninguém cruza o nosso caminho. É como já disse o comandante Centurión, antes mesmo de partirmos, com o senso de antecipação pelo qual com toda a justiça ele é reconhecido: chegaremos — disse — às muralhas da cidade de Santa Bárbara sem que avistemos seu exército durante a viagem. Os dias passam e não acontece nem uma escaramuça sequer, uma refrega encarniçada porém breve, com alguma missão de exploração enviada pelos inimigos. Batalha, portanto, nem pensar: até chegar à cidade de Santa Bárbara, não será necessário combater.

O comandante Centurión sabe de tudo, e antecipa tudo; tenho o privilégio, por ser confidente dele, de conhecer de antemão o que acontecerá a seguir e o que deixará de acontecer. Não haverá batalha — diz, por exemplo, o comandante Centurión — nem escaramuça: e não há nada. Amanhã, depois do meio-dia — diz, e é outro exemplo, o comandante Centurión —, teremos que atravessar um rio estreito e profundo cujas águas avermelhadas destoam da paisagem; o rio se apresenta na hora prevista; é estreito e profundo, e suas águas, por serem avermelhadas, destoam da paisagem.

Com o amanhecer do quarto dia, depois de termos acampado para descansar enquanto estava escuro, retomamos a marcha. A fadiga aumentará hoje um pouco, porque o terreno, sem perder sua particular monotonia, começa a se ondular levemente. Antes do entardecer, no entanto — não é que eu mesmo o soubesse, claro, pois foi o comandante Centurión quem nos revelou isso —, avistaremos as muralhas inconfun-díveis da cidade de Santa Bárbara.

Sou eu quem leva o binóculo e é a mim, portanto, que o comandante Centurión diz em um determinado momento:

— Venha, Vidal, e me faça um favor. Focalize para aquele lado e diga aos oficiais o que é que você está vendo.

Tenho a honra, por esta circunstância, de ser aquele que anuncia que a cidade amuralhada de Santa Bárbara, reduto final de nossos inimigos, encontra-se já ao alcance da vista (desde que se complemente: da vista com o binóculo).

Paramos ali mesmo e deixamos passar outra noite, ainda mais escura que a noite anterior, porque além da falta de lua no céu, que é o que ambas as noites têm em comum, acrescenta-se neste caso a atinada decisão do comandante de não acender fogueiras para não delatar ao inimigo nossa presença nem nossa posição.

Nessa noite, em uma conversa insone, o comandante me explica que nós superamos, tanto em número como em poder de fogo, o exército vigoroso porém limitado da cidade de Santa Bárbara, e esta situação sem dúvida é percebida pelo general Montana, chefe desse exército e da própria cidade. Seria um erro gravíssimo, indigno dos dotes estratégicos do general Montana, sair à batalha em terreno aberto: não poderia ter outra sorte neste caso a não ser sucumbir. Montana aposta, isso é evidente, na única possibilidade que lhe permite abrigar alguma esperança, por incerta que seja: trata de sustentar sua posição defensiva dentro da cidade.

Com palavras precisas e imagens diáfanas, o comandante Centurión me descreve (na verdade, sei disso, é um monólogo, mas tenho o imenso privilégio de assisti-lo) as características da cidade de Santa Bárbara e do terreno no qual se encontra. No dia seguinte, no instante em que clareia o céu, avançamos em direção à cidade e, ao chegar, tenho a curiosa impressão de já conhecer todo o lugar, apesar de nunca antes ter estado nele.

A cidade de Santa Bárbara fica na parte alta de uma espécie de meseta: a própria ladeira dessa elevação é uma primeira muralha de proteção. Além desta, acrescenta-se outra muralha, aquela que com pedras e madeira se encarregaram de erguer os homens, e que multiplica as dificuldades que teremos para penetrar na cidade com nossas tropas. Santa Bárbara conta ainda com outro obstáculo, aproveitado também da natureza do lugar, é o leito do rio Negro (o modo pelo qual as águas torcem seu curso neste trecho provoca uma espécie de envoltura na qual se alberga a cidade).

Levando em consideração todas essas circunstâncias, o comandante Centurión nos revelou sua resolução crucial: não tentar de imediato um ataque à cidade de Santa Bárbara. Atacá-la — diz o comandante, com toda eloquência — implicaria abrir fogo sobre um terreno em declive, claramente prejudicial para nós, e também expor-nos ao fato de o rio nos impedir o avanço por esse flanco (ou ainda, em uma segunda instância, no caso de ser necessário bater em retirada, impedir-nos igualmente o retrocesso naquela direção).

Também é certo, e todos sabemos disso, que viemos até aqui em uma longa e tediosa travessia, com um exército mais numeroso e mais bem aprovisionado que o de nossos inimigos, com o propósito de tomar a cidade amuralhada de Santa Bárbara e não para terminar nos resignando a não atacá-la. O que explica o comandante Centurión, com inteligência irrefutável, é que mesmo penetrando no estreito e desconhecido âmbito da cidade estaríamos perdendo todas as nossas vantagens (as de número e as de armamento). O caminho à vitória — estabelece — é outro: sitiar a cidade. Uma cidade localizada em uma elevação termina por cair sob a pressão asfixiante de um cerco sem falhas. O rio Negro, que complica nosso avanço, joga a nosso favor se, ao invés de atacarmos, esperarmos: agora serão os inimigos que, por culpa do rio, não poderão sair.

Assim dispostas as coisas, nossas tropas vão armando um arco sólido e contínuo em torno da cidade. O comandante Centurión vai de um lado a outro, e eu com ele, indicando as conveniências e evitando os erros do cerco que preparamos. Em torno do meio-dia, o arco se torna um círculo, e como círculo se fecha. A cidade de Santa Bárbara já está sitiada. Nós não podemos invadi-la, é verdade, a menos que tentássemos pagando um preço altíssimo. É igualmente verdade, no entanto, que eles agora não podem sair. Não houve batalha até chegarmos às muralhas da cidade, e foi assim que, ao longo de nossa travessia, nada aconteceu; mas também não haverá batalha agora, que estamos nos limites de Santa Bárbara, e também agora nada acontecerá.

Só nos resta esperar. Um cerco é, basicamente, uma questão de paciência. Nós temos alimentos suficientes para nos sustentarmos por vários dias, por menos saborosos que tais alimentos sejam; contamos, além do mais, com a possibilidade do reabastecimento. Nós podemos ir, rio abaixo, em busca de água. Nós estamos quietos, detidos, mas não encurralados. A cidade de Santa Bárbara, por sua vez, consumirá irremediavelmente suas reservas de alimentos, e ninguém poderá se aproximar do rio sem se expor ao alcance de nossa artilharia. Eles têm, por outro lado, velhos, mulheres, crianças, doentes, e nós não, motivo pelo qual nossa resistência não conhece fragilidades.

Começam a passar os dias: todos iguais. Nem sequer chove, o tempo não nubla, para que pudéssemos falar da chuva ou do céu. Nos entediamos enormemente. Não temos nada a fazer, nada em absoluto, que não seja vigiar as muralhas da cidade de Santa Bárbara para que ninguém tente escapar. Imaginamos o progresso da fome e da sede no interior da cidade, mas, na realidade, nada sabemos. Não se ouvem gritos ou gemidos, nem se pode percebê-los jogando cadáveres para fora, para evitar pestes. Olhamos todo o tempo para aquelas muralhas, que nem sequer são imponentes, esperando que alguma coisa aconteça. Não acontece nada: a cidade de Santa Bárbara permanece igual a si mesma.

O comandante Centurión anda particularmente silencioso, e isso piora as coisas, sobretudo para mim, pois sou quem tem do general a honra de escutá-lo falar. Durante os primeiros dois ou três dias disserta sobre os cercos. Ocupa-se, por um lado, das principais referências históricas no que se faz dessa forma de vitória militar. Mas também se ocupa do cerco em seus aspectos, se se quiser, psicológicos; fala da asfixia, da angústia do sitiado, e também da paciente espera, da constância do sitiador. Isto, nos primeiros dois ou três dias. Depois já não há nada a dizer, assim como desde antes já não há nada a fazer. Ficamos todos calados durantes dias inteiros, esperando. Não temos absolutamente nenhum problema, nem de doenças, nem de provisões, nem de nada. Se tivéssemos algum problema, ao menos poderíamos nos ocupar dele, falar dele; mas não: não acontece nada.

Esta tropa, digna como é de ser comandada por quem a comanda, não declina em sua atitude vigilante. Se alguém conseguisse sair da cidade de Santa Bárbara e retornar a ela com suprimentos, sua capacidade de resistência se prolongaria indefinidamente. Poderia ocorrer algo inclusive pior: que alguém saísse e fosse pedir auxílio de alguma força aliada do general Montana. Entretanto, ninguém sai, ninguém poderia atravessar nosso cerco. Mantemos uma vigilância atenta, insisto, mas também admito que com o lento passar dos dias monótonos um certo torpor vai nos invadindo. Isso explica porque, em meio ao décimo dia do nosso cerco, vejamos de imediato aquele garoto miúdo que aparece agitando uma bandeira branca, mas não saibamos ao certo o lugar preciso por onde ele saiu.

O que ele agita não é exatamente uma bandeira, e sim uma espécie de camisa branca. Não é a cidade que está se rendendo: é esse garoto que sai e se aproxima lentamente de nós, e não quer que nenhum de nós se precipite em atirar nele. Ninguém atira, ninguém nem sequer lhe aponta. É quase uma criança e está obviamente desarmado. Não tem jeito de escapar nem de nos fazer mal. Agora se encontra a uns cinquenta metros de nossa posição. Colocando as duas mãos em torno da boca, nos avisa aos gritos que quer falar com o oficial que comanda a tropa. Mal se ouve o que ele diz.

O comandante Centurión sabe que não corre perigo algum e decide recebê-lo. Manda-o entrar em sua tenda de campanha e, estranhamente, oferece a ele café (algo ainda mais estranho ocorre de imediato: o garoto não aceita). Eu sou a única testemunha do interrogatório que se segue. O comandante pergunta ao garoto qual é seu nome e quem é a pessoa que o envia. O garoto responde que seu nome é Julián e que ninguém o enviou, que ele veio por conta própria e, mais ainda: ele acredita que ninguém o viu sair e nem se aproximar de nós. O comandante insiste com a pergunta, aparentemente desconfia, mas o garoto volta a dizer que veio por decisão própria. Então o comandante esclarece a ele que, apesar de seu aspecto frágil e de sua pouca idade, não tem intenção de deixá-lo partir. Não sou um desertor, responde o garoto e, pela primeira vez, ergue a vista para os olhos do comandante. Diz a ele: não vim para isso, e tenho intenção de voltar em seguida para minha cidade.

O comandante está tomando café, e nesse momento leva a vasilha de metal à boca e demora-se num gole longuíssimo. Está ganhando tempo. O garoto, imediatamente, voltou a baixar os olhos. Então o comandante pergunta a ele, de forma rude, que porra ele veio fazer ali. O garoto responde, quase sem voz, que veio para pedir a ele para não atacar ainda a cidade. Não vai ser necessário, ele diz, derramar o sangue de ninguém. O comandante não diz ao garoto o que já pensa, o que já sabe: que não vai atacar; o comandante é uma raposa e pergunta: e isso por quê? O garoto então toma uma decisão e revela finalmente o que tem para nos dizer. O general Montana, diz, está agonizando. Não resta a ele muito tempo de vida. A cidade está decidida a se render, mas quer salvar a honra de seu general e portanto não vai apresentar a rendição enquanto ele estiver com vida.

O comandante Centurión escuta estas palavras e volta a perguntar ao garoto se ele vem da parte de alguém. O garoto mais uma vez diz que não. Depois disso, o comandante esclarece que não assume absolutamente nenhum compromisso firme, mas que de toda forma vai levar em conta as notícias que lhe foram dadas. O garoto agora olha para os próprios pés. O comandante ordena que devolvam ao garoto as suas coisas: o cajado de madeira nodosa e a camisa branca. O garoto retorna à cidade de Santa Bárbara, arrastando a camisa pela poeira.

Nessa noite voltamos a ter um assunto para conversar. O comandante valoriza o gesto de lealdade ao chefe Montana: a rendição é um fato, mas os seus querem poupá-lo dessa humilhação final. Não pretendo ser perspicaz, porque não sou assim e nem poderia ser, mas acredito que o comandante Centurión está pensando também em seu próprio lugar no comando destas tropas. Depois falamos da morte, e o comandante diz algumas coisas de grande profundidade.

Passam-se dois, três dias. Continuamos esperando. O que agora esperamos é o desenlace fatal da agonia do general Montana, quer dizer, sua morte; e neste caso, de toda forma, as horas passam igualmente lentas, igualmente monótonas. Ficamos novamente sem nada a dizer. À noite, aparece uma metade de lua no céu limpo, e falamos algo sobre isso; mas não somos poetas e portanto as frases que nos ocorrem são bem poucas.

Nesse terceiro dia, que é o décimo terceiro do cerco, volta a aparecer o garoto de nome Julián, outra vez com sua bandeira ou sua camisa branca erguida. Um vigia assegura tê-lo visto surgir de dentro de um poço, que tem que ser necessariamente a saída de um túnel que passa por baixo da muralha. Não há motivos — diz o comandante Centurión — para ninguém se preocupar: não poderia haver um túnel extenso o suficiente para atravessar o cerco que fizemos. O cerco é inviolável.

O garoto não traz notícias novas, mas o comandante o escuta com toda a atenção (tanto é assim que um colaborador aparece na tenda interrompendo o diálogo e o comandante não o deixa terminar a frase: ordena que ele saia e volte depois). O general Montana, diz Julián, não morreu ainda, mas o médico do exército disse que não acredita que ele chegue a viver mais que uma semana. Está deitado na cama: se encolhe de dor, mas não se queixa. Transpira tanto que é preciso trocar a roupa dele pelo menos duas vezes ao dia. A esposa a todo momento molha um pano branco e umedece a testa e os lábios do marido.

O comandante Centurión escuta e assente. Depois pergunta se há alguém no exército de Santa Bárbara que se proponha a continuar resistindo, inclusive depois da morte do general Montana. Julián responde imediatamente que não, mas esclarece também, com a mesma ênfase, que ninguém na cidade tampouco pensa em se entregar enquanto o general Montana estiver no comando. O comandante pergunta então quais são as condições de subsistência da cidade. A voz do garoto, se não me engano, treme ao responder que já estão faltando tanto comida quanto água. Acrescenta, em seguida, o mesmo pedido de antes: que por favor não entre na cidade antes da morte do general Montana e da rendição. Seja como for, diz, isso custaria mais vidas que as que podem ser perdidas pela fome ou pela sede. O comandante Centurión bem se guarda de revelar que ele nunca planejou invadir a cidade antes da rendição, para evitar um movimento que o deixaria taticamente em desvantagem. Deixa sem resposta o pedido de Julián e diz para ele ir embora. O garoto obedece e sai.

Nessa noite, chove. Uma grande tempestade que dura quase até o amanhecer. Com raios estremecedores que cortam o céu e iluminam a noite. A água que cai, disso nós sabemos, favorece os sitiados, que sem dúvida a recolhem com o que lhes possa ser útil. Mas ao menos a tempestade faz que algo mude em nossa espera e nos dá um assunto para conversar. O cerco, por outro lado, não vai se modificar por um pouco mais ou um pouco menos de água: a cidade de Santa Bárbara vai se render, sedenta ou não, quando o general morrer.

Julián volta no dia seguinte, quando se completam exatamente duas semanas de cerco. Desta vez já nem vem com a bandeira branca. Quando aparece a distância, deste lado da muralha, e começa sua caminhada em nossa direção, já sabemos quem é e do que se trata. O comandante, ao recebê-lo, volta a oferecer-lhe um pouco de café que, desta vez, o garoto aceita.

O comandante pergunta se há notícias e Julián responde que sim. O estado de saúde do general piorou gravemente. Durante a tempestade da noite, depois de umas quantas frases sem sentido que exclamou no delírio de sua agonia, o general Montana perdeu a consciência. O médico passou a noite inteira com ele, para que a mulher pudesse descansar um pouco. Ele diz que seu estado é irreversível.

O comandante Centurión pronuncia umas poucas palavras, que são na verdade uma pergunta: mas ainda vive — diz. O garoto toma a frase como uma interrogação e responde que sim, que isso que se chama viver, vive, mas que já está como adormecido para sempre, apesar de o coração ainda funcionar e de o médico assegurar que ele não vai mais despertar. E o que se fala na cidade, pergunta, agora sim, o comandante Centurión. Julián explica que há aqueles que pressionam para que a cidade se renda de uma vez por todas: o general Montana, no fim das contas, já não vê nem ouve mais nada, e não vai saber de nada. Outros insistem em aguardar a morte dele: não importa que ele saiba ou não saiba; o que importa é o que é.

A mulher do general Montana, que mesmo sendo tão jovem é já quase uma viúva, não perde, apesar de tudo, as esperanças e, aparentemente, terão pena dela e respeitarão sua ilusão, por mais vã que seja. O comandante pergunta a idade da tal mulher. Dezenove anos, responde Julián e, apesar de ninguém pedir para ele esclarecer nada, acrescenta por conta própria: é uma mulher bonita.

O cerco, portanto, se prolonga. Passam outros dias sem que tenhamos mais notícias de Julián. Durante o primeiro desses dois dias, percebo que o comandante está esperando o garoto aparecer. Quando o sol vai se pondo e se torna evidente que ele não virá, o comandante fica de mau humor e maltrata injustamente, coisa incomum, alguns subordinados (entre eles, eu mesmo). Para o segundo dia, o comandante se mostra claramente ansioso. Passa o dia olhando o relógio e maldizendo. Caminha de um lado para o outro, como se procurasse o que fazer, quando todos já sabemos de sobra, há dias, que aqui não há nada a fazer, a não ser esperar e esperar. À noite, me pergunta se não haverá acontecido algo com o garoto. É a única coisa que diz em toda a noite, apesar de tê-la passado inteira acordado.

No dia seguinte, para alívio do comandante Centurión (mas também, e através dele, para alívio da tropa), volta a aparecer Julián. Vem na primeira hora, quando nem sequer terminou de amanhecer, e é o comandante quem vai ao encontro dele. Conversam em pé, próximo do lugar em que eu estou limpando minhas botas. O comandante diz pouco, quase nada, a única coisa que quer ouvir são as novidades. O garoto começa dizendo que o general Montana não morreu, mas que seu estado é tão grave, tão grave, e que é tão tênue o fio que o une à vida, que apenas o médico, valendo-se de seu instrumental, consegue perceber que o coração ainda funciona. Mas não é isso, acrescenta o garoto, o mais importante. O mais importante é que o médico tirou sangue de uma veia do braço do general Montana, e analisou-o em seus tubinhos de vidro misturando-o com algumas substâncias especiais e agora disse que se o general Montana, robusto como é, saudável como era, está em plena agonia e, de um momento a outro, inelutavelmente, vai morrer, não é por desígnio de Deus nem por obra do destino, e sim porque alguém, aproveitando-se de sua confiança, o envenenou.

O comandante Centurión faz que Julián repita todo seu relato. O garoto tem que dizer tudo outra vez; eu não tenho a impressão de que o comandante esteja tentando ganhar tempo neste caso: está realmente perplexo, sobressaltado. Depois pergunta pelos suspeitos do crime, e o garoto não sabe; pergunta pelos possíveis inimigos do general, dentro do exército ou fora dele, e o garoto não sabe, nem ele nem ninguém sabe, ninguém teria imaginado semelhante horror. Então o comandante se interessa pelo que acontece na cidade: o que se diz nas ruas, nas casas, de quem se suspeita, qual é o estado de ânimo das pessoas. O garoto nunca foi loquaz, mas agora me parece que ficou mais parco de palavras. Nas ruas, diz, não sobraram nem os cachorros. Alguns decidiram sacrificar um cavalo para comer. Do crime, do crime — apressa-o o comandante —, do crime o que é que se diz. Muitas coisas, diz Julián, e não se sabe se alguma é falsa ou verdadeira. Alguns dizem que o general Montana já está morto, e que o médico mente quando assegura que ainda percebe seus leves batimentos. Outros dizem que mente quando assegura que ele foi envenenado por um traidor. Alguns dizem que ninguém poderia ter envenenado o general Montana, porque toda sua comida, antes de ele comer, era experimentada por algum subordinado: um criado, um soldado raso, sua esposa. Nesse caso, dizem alguns, deve tratar-se de um suicídio. Nesse caso, dizem outros, deve ter sido a mulher, que é a única que poderia ter trocado o prato depois que algum ajudante já o tivesse experimentado.

O garoto diz tudo isso, mas o diz sem vontade, com frases soltas, desarticuladamente. O comandante pergunta a ele se a cidade amuralhada de Santa Bárbara mantém sua decisão de se render tão logo o general Montana deixe este mundo. O garoto responde que sim, que ele acha que sim, apesar de não faltar quem, com o orgulho ferido pela notícia do envenenamento do general, diga que prefere, antes que se render, morrer de fome ou de sede, mas resistindo. O comandante pergunta se são muitos os que dizem isso, e o garoto não sabe. E então diz algo que eu não poderia esperar. Diz a Julián para não passar tantos dias sem vir porque aqui é importante estar em dia quanto aos rumos que tomam os acontecimentos no interior da cidade. E promete a ele, com o valor inobjetável que tem sua palavra, que, quando Santa Bárbara se render, ele não só irá poupar a vida dele e de sua família como também irá incorporá-lo a nosso exército com o grau de sargento. O garoto não diz nada: nem sim nem não. O comandante pede encarecidamente a ele que, caso seja possível, volte a nos trazer notícias ainda hoje, até o final do dia, ou se não, caso contrário, amanhã à primeira hora. Mas não mais que isso — diz o comandante.

Passamos outra noite desgraçada, porque o garoto não vem e o comandante Centurión, fastiado pela incerteza e pela espera em vão, aumenta a consabida aspereza de sua personalidade, mas agora sem o reto sentido da moderação e da equidade que ninguém vacilaria em reconhecer nele. Já não é exatamente a rendição da cidade amuralhada de Santa Bárbara o que aguardamos; já não é nem sequer a notícia da morte do general Montana. O que agora esperamos (e o comandante Centurión, em particular, com inusitada impaciência) é o regresso de Julián, o garoto que consegue ir e vir entre a cidade e nós, para ouvir seu relato dos últimos acontecimentos.

A irritação predispõe o comandante a dar ordens o tempo todo, tanto as necessárias quanto as desnecessárias, e a castigar com desmesura não mais o não cumprimento de alguma indicação, e sim a simples demora (maior é a sanção quanto mais fútil for a ordem: dir-se-ia que o comandante Centurión, de reconhecida equanimidade, entrega-se agora, entretanto, ao gozo despótico do poder arbitrário).

O céu ainda não clareou quando, para nossa ventura, chega Julián. O vigia que o avista anuncia sua chegada como se se tratasse, na verdade, da rendição definitiva da cidade sitiada. O comandante Centurión oferece ao garoto o tratamento correspondente a um embaixador (mas ao embaixador de uma força aliada, não inimiga). Ávido por notícias, instiga Julián para que o ponha a par do sucedido ao longo das últimas horas no interior da cidade.

O garoto começa esclarecendo que o general Montana, cuja agonia é desesperadora, mantém-se, no entanto, com vida. A teoria do envenenamento, propagada pelo médico, vai ganhando adeptos na cidade, mas aqueles que aceitam esta hipótese nem por isso estão de acordo quanto aos passos que agora deveriam ser seguidos. Nesse sentido, Santa Bárbara está dividida em bandos que se enfrentam entre si. O médico, enquanto isso, acaba de trazer ao estado de coisas um novo fator de perturbação. Segundo ele, o general Montana, alguns dias atrás, em um desses delírios febris noturnos que prenunciam a morte, teria acusado a mulher, essa garota jovem e bonita que desde algum tempo vivia com ele, de ser uma traidora. Um homem lúcido, em pleno uso de suas faculdades, teria podido explicar melhor o sentido desta traição; o general Montana, na perturbação gemebunda da agonia final, mal pôde murmurar sua denúncia.

Não me cabe, como tampouco a nenhum outro subalterno, fazer qualquer consideração sobre o modo de proceder do comandante Centurión. Qualquer um pode, no entanto, notar que ele está fora de si. Transbordado pela impaciência, pergunta a Julián pela situação na qual se encontra a mulher, aquela de quem se diz que teria envenenado o general Montana: se ela conseguiu se defender da acusação de traidora, se a vida dela corre perigo. O garoto diz que não sabe, que é pouco o que se sabe. A situação vai se resolver de um momento para o outro, mas não consegue ver ainda de que forma. Dizem coisas diferentes. Alguns acham que certamente foi a mulher quem tentou e conseguiu envenenar o general Montana, e que, a depender dela, a cidade de Santa Bárbara cairia imediatamente nas mãos dos inimigos. Há outros que, sem defender abertamente a mulher, permitem-se duvidar da veracidade das palavras do médico. Descartam a teoria do envenenamento e a suposta acusação lançada pelo general agonizante, acusação que, por outro lado, só o médico presenciou e registrou. Existe ainda outra variante, pela qual alguns se inclinam: o médico não mente quando assegura ter ouvido o que diz que ouviu, o general Montana, efetivamente, acusou sua mulher de traição; mas inclusive nesse caso fica por resolver até que ponto é possível julgar como verdadeiro um discurso balbuciante de um moribundo que delira. Para indicar que algo é falso, para dizer que é irreal, emprega-se a palavra "delírio"; o que disse, se é que disse algo, o general Montana, é literalmente um delírio, de modo que não é fácil estabelecer se se pode tomar como certo ou se, pelo contrário, é melhor esquecer, por ser mera fabulação.

O comandante Centurión agradece o relato de Julián como se Julián houvesse entregue o próprio tesouro da cidade sitiada, e não apenas o relatório das últimas novidades que lá se deram. Volta a oferecer a ele a concessão do grau de sargento para quando, em breve, Santa Bárbara sucumbir ao cerco; mas após a promessa volta ainda a pedir a ele, a implorar que retorne ainda nessa tarde para continuar sua narrativa. O garoto não diz que sim nem que não, mas faz um gesto impreciso que pode ser entendido como expressão de boa vontade.

Talvez tenha fingido ao fazer esse gesto, talvez tenha sido outro o gesto que fez e o comandante, vendo o que queria ver, interpretou-o equivocadamente. Talvez o garoto tivesse, e tenha, a melhor das predisposições, mas nem sempre basta a boa vontade. O certo é que passa o dia todo, e o garoto não retorna. Também não retorna no dia seguinte. Nada se ouve da cidade de Santa Bárbara, nada sabemos. O comandante não consegue controlar a ansiedade, e as coisas pioram porque passa outro dia, e depois outro, e depois outro, e o garoto não vem para nos contar o que é que está acontecendo. Terá sido descoberto? Terá morrido o general Montana? Terão executado a mulher dele?

Circulam em nossas filas as mais diversas conjecturas, mas nenhuma delas, nem as inverossímeis nem as verossímeis, conseguem aplacar a feroz curiosidade do comandante Centurión. Podemos fazer todo tipo de suposição, mas concretamente não sabemos nada. A tensão da espera torna-se insustentável: ninguém aguenta mais, e o comandante menos que todos, estar aqui prostrados, ignorando tudo.

Passam-se ainda outros dois dias sem notícias de Julián. Alguns de nós começam a pensar que talvez ele não volte mais. Numa tarde, um vigia obnubilado pela espera, enlouquecido, acredita vê-lo aparecer segurando essa bandeira branca que, para dizer a verdade, faz tempo que ele não usava; grita e indica um lugar no qual na verdade não há ninguém.

Chega uma noite de tempestade de vento. É um silvo permanente, um incômodo constante de coisas arrastadas para outro lugar. O comandante Centurión aparenta ser uma sombra do que foi. No meio da noite, volta a me distinguir com sua confiança e me chama para comunicar que tomou uma decisão. Na escuta, meu comandante, digo a ele. O comandante me diz que amanhã, ao amanhecer, vamos atacar a cidade amuralhada de Santa Bárbara. Valendo-me da desculpa do barulho perturbador que provoca o vento, digo ao comandante que possivelmente não o escutei bem. O comandante repete a mesma frase: que amanhã, ao amanhecer, vamos atacar a cidade amuralhada de Santa Bárbara, e acrescenta que a medida já está tomada e é irrevogável.

Sou, no melhor dos casos, e com muita honra, o confidente predileto do comandante Centurión, mas nunca seu conselheiro. Não sou eu quem poderia dar recomendações ao comandante, nem sequer o comandante teria necessidade delas. Entretanto, dadas as circunstâncias, me permito, com toda humildade, lembrar ao comandante Centurión que em uma tentativa de invasão da cidade poderíamos perder todas as vantagens estratégicas com as que agora contamos, e estaríamos pondo em perigo uma vitória que, através do cerco, temos assegurada.

— Eu não pedi sua opinião, Vidal — diz o comandante.

Eu peço desculpas e esclareço que não me proponho a ser impertinente, mas que gostaria de sugerir a ele que levasse em consideração outro fator de peso: a agonia do general Montana já não deve se prolongar mais. Morrerá, sem dúvida, um dia desses. Não precisamos esperar mais quase nada.

— Vidal, cale a boca.

Com o maior dos respeitos, meu comandante, digo ao comandante, e o comandante sabe que tenho por ele o maior dos respeitos, quero pedir ao senhor para levar em conta que a cidade de Santa Bárbara está suportando já um cerco de um mês, um mês inteiro, e que por mais que o general Montana agonizasse indefinidamente sem chegar finalmente a morrer, tampouco a cidade poderia resistir por mais tempo. Mesmo que comessem todos os cachorros, mesmo que comessem todos os cavalos, mesmo que começassem a se comer entre eles, uns aos outros, mesmo que voltasse a chover e conseguissem acumular mais reservas de água, igualmente não poderiam resistir: devem estar a ponto de se render e não temos necessidade de arriscar a tropa.

— Eu disse para você calar a boca, Vidal.

Permito-me humildemente insistir que, pelo que sabemos, os próprios sitiados estão a ponto de se matar entre eles em uma espécie de guerra civil, e que nós bem podemos deixar que se matem sem precisar mover um só dedo. Lembro ao senhor, apesar de saber que as conhece, as desvantagens do terreno: o ataque em uma ladeira, o rio que ficaria a nossas costas, as muralhas da cidade, que estão intactas. O comandante desconsidera tudo, obstinado, taxativo, definitivo. Nem sequer podemos estar certos, digo a ele, de que o garoto esteja nos contando a verdade.

Sem erguer a voz, com mais calma do que vem demonstrando ao longo de todos estes últimos dias, o comandante Centurión me informa que decidiu me aplicar uma sanção de três dias de detenção. Diz que a causa é ter desobedecido a uma ordem: a de calar a boca. Diz também que a aplicação do castigo fica suspensa até depois de termos tomado a cidade amuralhada de Santa Bárbara. Mas isso, diz, de toda forma, vai ocorrer amanhã, amanhã ao amanhecer. A propósito, Vidal, diz, quero estar a caráter com a entrada triunfal à cidade. Ordeno que você me prepare o uniforme de gala.

A noite se torna curta para mim, ocupado com esta tarefa: eliminar até a menor ruga do paletó azul do comandante, lustrar os botões dourados até deixá-los tão brilhantes como um amanhecer.

Matilde Sánchez

AMOR PELA ARMÊNIA

(Fragmentos de romance)

I

Talvez a humanidade possa ser dividida entre aqueles que preferem a verdade e os que vivem melhor com a mentira. O segredo é uma oscilação entre os dois extremos. Esta história de enganos, mentiras, segredos, é também uma história de amor, na medida em que pode se dizer que todas as histórias o são em algum ponto de sua trama; mas oculta uma paixão maior pelo silêncio e pelos abusos da inocência. Do mesmo modo que a palavra e a pausa se alternam em toda frase para juntas construírem o sentido, também a mentira e o segredo aqui são correspondentes e compartilham o peso das intenções. O que se disser, porém, não está destinado a arranhar nenhuma reputação — não conheço a maioria dos envolvidos —, de modo que os paralelos e as semelhanças correm por conta da identificação espontânea que propicia por qualquer leitura e que é alimento da paranoia. Em todo caso, o relato do que foi dito e dos que disseram exibe a combinatória perversa tão típica dos indiscretos, que distribuem e voltam a conferir atributos e situações entre seus personagens a fim de não ficarem expostos ao jogo. Mas qual é o jogo? Como sempre, o jogo é jogar.

Feita esta ressalva, então sim, é uma história de amor que uma família conta para si mesma para permanecer unida. Comecemos outra vez, esta é a história da maior paixão de Alice Orbelian.

Em sua primeira lembrança, Alice se vê dando explicações sobre sua origem e sobre o nome de sua mãe, Adrine. Desde que fez uso da razão, tem sido consciente de que os cataclismos políticos em terras longínquas podem ter a máxima influência na vida de uma pessoa. Para ela, nunca foi suficiente dizer *nasci em 1960 et cetera*, apesar de ter vindo à luz em um hospital público de uma avenida portenha, e de ter sido registrada nesse dia com o mesmo sobrenome das irmãs, tarefa que ficou a cargo de uma personalidade muito respeitada da comunidade armênia de Buenos Aires, que se colocou à disposição da orgulhosa mamãe. Alice sempre soube que seu caminho começava muito antes e que forçosamente deveria retroceder ao quinquênio anterior a seu nascimento, quando o pai, nascido na República Socialista da Armênia, e ocupando um posto menor na diplomacia soviética, foi transferido para a Turquia, onde haviam nascido as duas irmãs mais velhas, por assim dizer, "em cativeiro". Muito precocemente, percebeu que este prólogo obrigatório com o qual queria se livrar de sua *estranheza* motivaria outra explicação e de imediato outra e outra, e que o grosso das pessoas que a sorte colocaria em seu caminho — excetuando, claro, a numerosa comunidade armênia na qual se desenvolvia grande parte de sua vida — considerava um armênio na Turquia algo suspeito, irregular, potencialmente uma traição à pátria. A imensa maioria parecia ignorar que o que restava da Armênia Oriental tinha sido anexado por Moscou em 1921; ignorava ainda que uma quantidade considerável deixara de ser criptonobre e cristã praticante e se resignara a participar do estado soviético, que era o empregador excludente. Não, depois do genocídio, a Armênia não tinha ficado inundada e debaixo d'água; não se desintegrara em migalhas como tantas outras regiões, tinha resistido à invasão seguinte...: era preciso resumir e mastigar tais informações. Assim, antes de entrar em cheio no assunto propriamente dito, sabia que era indispensável dar as coordenadas gerais, e oferecia um *resumée* de atualidades, como dizia a mãe com uma das dez palavras que sabia em francês. Com dez anos, a reiterada violência de se explicar a levou a decorar um parágrafo, construído segundo uma férrea engenharia, do qual não se atrevia a mudar uma só vogal nem a respirar mais do que o ensaiado.

Muitos deste país podiam ter suas raízes nos grandes capítulos bélicos da Europa; entretanto, eram relatos e contingências compartilhados por muitos, e que não deixavam ninguém curioso. Por sua vez, o fato de elas terem chegado ao país naquele ano de 1960, e na metade de uma gestação, deixou nas irmãs a certeza de pertencer ao último contingente despejado de imigrantes, depois do qual, e por uma interdição que ninguém parecia levar em conta, tinham se fechado todas as fronteiras da Argentina. Pertenciam, portanto — e isso não era nada mais que uma ideia fantasiosa —, a uma família dividida por um sismo histórico: a segunda metade da família partida tinha ficado do outro lado e esperava seu retorno. Com um agravante secundário: dado que os fatos permaneciam velados para a opinião pública — refiro-me à censura imposta pela potência soviética —, tornavam-se quase impossíveis de ser averiguados; não contavam com documentos comprobatórios além dos passaportes. Inclusive para a coletividade, apesar do respaldo irrestrito da mencionada eminência armênia, o capítulo soviético da república não era uma referência sustentada com solidez e informação direta. Eles sabiam sobre a era dos canatos mongóis e o assédio da Horda de Ouro, ou seja, o que a mitologia inculca, com mais detalhe que as periódicas *razzias* de Stálin, o mau vizinho que não compartilhava o respeito geral dos georgianos pelos *haia*, como os *armen* se chamam a si mesmos. Essa relação suspeita dos armênios com o futuro armênio dotou Alice de uma maior tolerância à incredulidade de seu interlocutor, às desconfianças e aos julgamentos intempestivos. Certos aspectos da realidade são por natureza pouco comprováveis e é um tanto penoso perder tempo se perguntando por que não restaram imagens de tal ou qual circunstância ou seguir a pista de certidões que, além de tudo, podem ser facilmente adulteradas. Alice sabia na própria carne que esse efeito de ficção era uma qualidade inerente ao real e que era possível viver com isso.

Quando pensava em sua primeira pátria, precisava transferi-la para outra terra da qual não sabia produzir mais que um conjunto de lugares e topônimos, conhecidos por ter ouvido a mãe falar deles antes de ir dormir. A isso se somavam as generalidades próprias dos programas escolares, coloridos pelo romantismo dos exilados. Erzerum, Trabisonda, Capadócia, Sis, Urartú, a grande Cilícia, nomes de reis e rainhas da antiguidade, uma ronda oriental de fantasia, salpicavam a geografia descoberta da mão de protagonistas notáveis. Esse conhecimento não diferia substancialmente dos contos clássicos, só que Adrine conseguia fazê-los passar por histórias vividas por parentes. Os Orbelian tinham o respaldo de um berço aristocrático centenário, surgido das casas reais da Geórgia, de modo que todas as fábulas de Adrine confirmavam a árvore genealógica, eram a semente da própria estirpe. No final das contas, talvez a pátria não seja mais que isso, uma sopa servida na infância, cujo gosto se está condenado a evocar porque pertence aos primeiros sabores. Os picos daquela *ilha montanhosa* rodeada de mares, as cadeias do Tauro e o Par com lagos agora secos, o Ararat, o Siphán, o Aragatz, o Alagueaz e os vinte e três picos restantes, superiores aos três mil metros, a mãe as fazia repetir como os apostólicos recitam o rosário, um após o outro em ordem decrescente de altura, do cume ao fosso, de Noé em diante, e entre um topo e o seguinte, nessa terra que se encarnava diante das irmãs como uma pura cordilheira, mesetas e gratos oásis de cidade e de alta civilização, um país povoado de arquitetos e urbanistas com alma de alpinistas — porque era sempre necessário ir do chão ao céu, como de uma cidade a outra. Eles fincavam a bandeira e nos altos montes, em ladeiras inacessíveis, erguiam a fortaleza feudal, o mosteiro e o mastro com a consabida caveira em tributo a algum massacre.

À medida que crescia, e sobretudo depois do ano em que foi aluna em uma escola inglesa, convencia-se cada vez mais de que no romance familiar de Adrine havia aspectos alheios ao repertório comum. Remetiam a um campo mais viscoso, justamente por ser mais próximo: eram o domínio de quem exerce sua própria censura, se sujeitando a regras draconianas. Por ocasião de alguma festa cívica, nas quais suas filhas se misturavam aos filhos dos vizinhos, nos desfiles militares na avenida de Mayo, dos quais costumavam participar porque faziam a mãe se lembrar de sua lua de mel, ao fim dos hinos e dos discursos, quando eram abordadas por famílias demasiado hospitaleiras para a discrição de Adrine, ela simplificava a história de sua viuvez alegando que o marido passava a maior parte do ano fora de casa: era da marinha mercante. Soava sensacional, compacto, carimbado como um nome a seu sobrenome. Diante da mentira lisonjeira, mais cômoda no pretexto que na verdade — o pretexto tendia a ser mais breve —, as filhas aquiesciam à versão e viam a cena social se facilitar enormemente. Eis aqui o exemplo de uma fabulação grosseira mas perfeitamente verossímil: desde a tomada da Armênia Ocidental, o território carecia de saída ao mar, um marinheiro armênio era tão descabido quanto um apicultor na Antártida. Tudo isso, entretanto, não tornou Alice uma pessoa mentirosa, e sim dotou-a de um singular sistema de alarmes diante do variado espectro do não verdadeiro, tornou-a alérgica à trapaça. Não obstante, com o passar dos anos, ela haveria de descobrir até que ponto sua vida entrava em simetrias inquietantes com a da mãe. Não por uma determinação psicológica, não há nada freudiano nesse fato. É extraordinário comprovar como as simetrias tendem à outra lógica, que não é a imitação: as de Alice corriam por seu próprio rumo e surgiam em situações diferentes, sempre em outra órbita, sempre mais adiante. A simetria só se nota com a distância do observador.

É bastante provável que Adrine não mentisse quanto à morte do *pater familias*, oficialmente datada em maio de 1960 (infarto e colapso, ou vice-versa) nos confins da capital turca, durante a gravidez da esposa. Também não soava disparatado que, no panorama da Guerra Fria, os trâmites de repatriação dos restos mortais levassem longas semanas que permitiram à viúva estabelecer uma rota eficaz para a saída das três em tempo e forma. Mas é preciso admitir que esse esboço de causalidade, despachado por Adrine de um só fôlego, tergiversava sobre pormenores cardinais, generalizando demais... Seu pai realmente pertenceria ao corpo diplomático ou, na verdade, a seus contornos mais nebulosos? — apesar de isso explicar a demora e o plano de fuga, colocava em dúvida a origem do sobrenome Orbelian. Os nobres armênios foram sistematicamente perseguidos pelo regime soviético e não qualificavam para a chancelaria. As respostas de Adrine eram monolíticas, jamais variavam nem sequer em um sinônimo. Era possível ver suas feições se petrificando quando percebia que uma nova pergunta se insinuava no outro. Havia chegado a desenvolver um sexto sentido para adivinhar as perguntas, podia vê-las, ouvi-las, quase cheirá-las no hálito do interlocutor; cedo ou tarde cada boca lhe soprava um prenúncio. E a fabricação, sabiamente dosada para não falar demais nem de menos, manava de sua boca antes de o sorriso impassível levantar sua ponte elevadiça.

Alice comprovava até que ponto não era preciso mentir na hora de falsificar um trecho-chave na intersecção entre uma biografia e seu afresco de época. O truque poderia ser alcançado mediante a elisão de uma só palavra estratégica, capaz de mudar por completo o signo e a versão dos fatos. Bastava omitir um daqueles termos plenos de ação, *amnésia*, *delito*, *despojos*, por exemplo, e a história derivava na direção oposta. O simples esquecimento de uma delas, na orquestra de detalhes que participam de todas as circunstâncias, e Adrine abandonava o bando das viúvas infelizes para passar à liga dos carrascos; o pai deixava o papel de morto e assumia o de infiel, de espião ou de algo pior, o de traidor de seu povo. Se entre a mentira e a verdade existe uma variedade de estações intermediárias, assim os silêncios e os truques da palavra construíam o mito da família Orbelian. Existiam regras e protocolos que ajudavam a lhes conferir credibilidade.

Com o passar dos anos, e já avançada na velhice, quando as filhas insistiam em pôr à prova as frestas de sua memória — sua memória dos acontecimentos vividos e sua memória da versão oficial —, Adrine iria se mostrar ainda mais obstinada em oferecer uma emenda ou um primeiro plano, alegando estar cansada de contar a mesma história sem parar. Ou de explicar a elas 'o mesmo conto... Dava a impressão de que o dia em que morresse, sua memória falante sobreviveria a ela, como uma gravação *ex nihilo* encarregada de velar porque não se consagrara outra versão sobre a face da terra. Seu rosto envelhecido, mais impenetrável ainda com as rugas, parecia responder com a mãe de todas as perguntas, aquela funcional à sua reticência: o que importava a esta altura a sequência das cartas quando a partida inteira já tinha sido jogada?

Nada mais afim à mentira e ao segredo que os corredores da fofoca, essa pedra ziguezagueante que viaja de um ponto a outro sem que aparentemente ninguém a tenha lançado mas que sempre acaba quebrando algum vidro. Sem dúvida, existia todo tipo de rumores sobre a viagem de Adrine e suas filhas e fofocas sobre sua amizade com o mandatário armênio da rua Acevedo... Durante muitos anos as irmãs tiveram noção de que seus nomes iam de um lado para outro, percorriam os ágapes das celebrações políticas e que a cada vez que se apresentavam impecavelmente asseadas, com certo ar melindroso precoce, surpreendiam a concorrência. Quem sabe como esperavam encontrá-las... Mas sempre acreditaram, porque Adrine se encarregava de ensinar e explicar a elas as três dimensões do mundo, que a volúpia da maledicência ataca certas pessoas mais do que outras e que mais vale fazer ouvidos moucos.

O caráter opaco do passado ressurgia para Alice quando ouvia sua mãe conversando com suas amizades sem se saber escutada, sobretudo ao telefone e especialmente quando recebia ligações do exterior. Com o passar dos anos, teve certeza de que Adrine programava essas ligações para os horários em que as filhas estavam na escola — e ela ficava à mercê por uma doença imprevista de alguma delas —; durante longo tempo as filhas nunca puderam atender a uma dessas chamadas misteriosas nem detectar a nacionalidade da voz, em especial quando Adrine parecia conseguir reunir as poucas palavras que sabia em francês, nem sequer quando ela contava às meninas que eram as tias de Ereván, preocupadas com a situação da família ou com vontade de cumprimentá-las pelo fim do ano. Esse cumprimento simplesmente não acontecia, nunca acontecia.

A mãe não era ela mesma quando recebia cartas. O tempo cotidiano se detinha e ela ingressava em uma cúpula de mutismo, recolhia-se para ler num solilóquio prolongado e sem testemunhas. Para as irmãs sempre foi difícil chegar ao objeto material, as cartas em si, as quais elas tampouco teriam compreendido, já que estavam escritas em alfabeto armênio ou cirílico. Envelopadas com esmero, as cartas eram guardadas em lugares recônditos, talvez porque, entre todas as esporas da imaginação, Adrine tivesse respeito temeroso pela curiosidade das filhas. Alice observou a ansiedade da mãe pela correspondência certa vez em que recebeu uma carta em particular e ela viu a mãe se transfigurar com as notícias — faz um retrospecto de outras ocasiões em que bastou uma carta para que a fisionomia da mãe se alterasse. Ao evocá-la agora, lembra-se dela como nos retratos cubistas, com um Picasso remetente e sua mãe, a destinatária Dora Marr. Dessa vez, ao terminar as três folhas de papel de seda e somente depois de repassar alguns parágrafos (tinha ficado tão transtornada que tinha saído do seu canto e atravessado a sala em busca de água), Adrine parou, a filha pensou que ela fosse lhe confessar... Olhou-a bem séria, consciente do turbilhão que a agitava, mas limitou-se a dizer: *um velho amigo cipriota*. O fato de ter pronunciado aquela palavra irregular sem vacilação, mesmo com sua pouca idade, pareceu-lhe prova contundente da importância do correspondente, mas pensou que isso, cipriota, designava alguma profissão exclusiva dos armênios, um marinheiro de lagos secos, um almirante terrestre. Anos depois observou que, sem dúvida, tinha pronunciado mal o gentílico em outros âmbitos e tinha sido corrigida por uma professora, tanto tardou Alice em conciliar as certezas e suspeitas que emanavam simultaneamente desse acontecimento aparentemente trivial, uma carta. Ela a lera como nenhuma outra, estudara com uma ansiedade eletrizante na qual não era possível discernir tristeza ou alegria, como se anunciasse que alguém a quem se acreditava morto na verdade estava vivo e levava uma existência comum com outro nome, uma carta que fazia Alice se lembrar daquelas que aparecem nos filmes de guerra... A do cipriota estava escrita em alfabeto latino, dava a impressão de que em francês.

Era comum vê-la reler a correspondência em pé, com os óculos caídos quase na ponta do nariz, resmungando longos parágrafos dos quais às vezes comunicava uma frase, uma notícia de parentes distantes ou nomes que antes tinham sido notificados, quem tinha morrido ou se casado, quem tivera gêmeos ou mudara de emprego. Também havia cartas de extenuantes parágrafos sem notícias mas que ela acompanhava sem pausa balançando a cabeça de uma ponta a outra do papel, simples cartas daqueles que não queriam ser esquecidos nem se perder no novo presente remoto de Adrine do outro lado de uma Terra solitária e de tamanho gigante. E a correspondência era dilação, alarme falso, porque eram as cartas do cipriota as únicas que Adrine esperava ansiosamente. Quando as filhas perguntavam a ela pelas notícias, costumava responder generalidades diplomáticas do tipo *confirma a histórica amizade entre os povos de Chipre e Armênia*, mencionando a ilha e só depois o país, uma gentileza obrigada pela magnitude díspar de ambas nações, ou ainda *celebra nossa comum influência helênica*. Nunca apanhava a correspondência no chão quando alguém a colocava por baixo da porta, primeiro perguntava pelo remetente com fingida indiferença e fazia as filhas a trazerem até ela e quase era possível ouvir seu coração correndo como um potro ou dar um salto e depois levar um tombo... As do cipriota ela costumava ler sozinha no quarto, tinha todo um ritual, e depois andava dias inteiros pela casa com as folhas nos bolsos, folhas do mais fino papel de seda, com seu singular crepitar, que mal faziam volume naqueles envelopes com cantoneiras impressas nas quais era possível ler *par avion* logo abaixo de linhas bicolores, vermelho e verde, vermelho e azul, a bandeira e a nacionalidade das cartas expressas. Às vezes encontravam a mãe de pé olhando para fora, apoiada no parapeito da janela e fumando à contraluz com uma mão no bolso, e já sabiam que estaria acariciando estes leves envelopes de via aérea, ou ainda repassando os papéis datilografados, dobrados e desdobrados dezenas de vezes em busca de uma prova de sentido, a palavra autêntica, a promessa que desta vez iria se cumprir, folhas finas como uma membrana, o véu nupcial, nos quais o toque dos pontos e vírgulas tinha perfurado uma pauta de diminutos buraquinhos a celulose até comporem um bordado, um ritmo de opacidade e transparência. Se acontecesse de ela ficar cega, dizia a si mesma Alice, a mãe poderia reler as cartas do cipriota seguindo com as pontas do dedos esses orifícios que lhe falavam em Braille. Mas faltava muito para esse dia chegar.

Enquanto a mãe viveu, elas nunca tiveram acesso a uma foto do cipriota. Apesar de terem chegado a conhecê-lo, não sabiam que aquele era ele. As filhas nunca uniram a identidade e o objeto erótico de Adrine, de cujo mundo os homens haviam se extinguido na tarde em que morreu seu esposo.

II

Na primeira vez em que Alice e Eugenio saíram juntos, tudo estava bastante tingido pela emoção e ele teve que reconhecer que ela o capturara logo de cara; talvez tivesse um saber velado e inacessível sobre ele, que descobrira ao conhecê-lo. Ela tinha um modo diferente de concentração, que não parecia tanto sensual como estritamente afetivo, e se fortalecia em sua timidez e nos movimentos lentos das mãos e dos braços, mas permanecia remota, tão impenetrável que por um momento ele chegou a pensar que talvez a moça ainda fosse virgem aos vinte anos. Havia algo nesse mutismo e na lentidão quase ritual das carícias, que sugeria os namoros de outros tempos, quando as donzelas se guardavam para a noite de núpcias. Sem dúvida, Alice tinha a capacidade de demonstrar seu encanto por estar tão perto dele, que o encontro era tão intenso porque estava predestinado. Eugenio se viu obrigado a penetrá-la de um impulso, quase numa investida, não como quem dá ou busca prazer, mas como se quisesse marcar uma cruz na flecha do seu presente. Desde aquela vez, que não foi à noite, mas à tarde, em um hotel do bairro de Pacífico, não deixaram de passar um só dia sem se ver. Efetivamente, tinham se encontrado.

Uns dias depois, enquanto jantavam em uma pequena churrascaria do centro e relembravam esse mágico primeiro encontro, Alice se desculpou por sua falta de jeito e por sua passividade sexual — que tinham soado a ele extremamente afetuosas e encantadoras —, e com o mesmo pudor, efetivamente como quem confessa a falta de prática, explicou que ele era o primeiro homem não armênio com quem ela ia para a cama. Seu jeito de dizer aquilo, o tom da voz, a ternura incomparável com que, ato seguido, cobriu o punho dele com sua própria mão sobre a mesa, como quem protege um filhote, não justificaria a menor ofensa, pelo contrário, parecia uma oferenda, um presente, e Eugênio se sentiu tão perturbado pela contradição entre o gesto amoroso e a verdade que teria preferido não saber, que foi até o banheiro por alguns instantes. Viu-se obrigado a um exercício inédito de autocontrole. O que significa um número? Qual é a diferença? — perguntou-se. No seu retorno à mesa, quando o garçom já tinha retirado os pratos e preparava os talheres para a sobremesa, preferiu não perguntar sobre a estatística, não saber a dimensão das hostes com as quais ele teria sido comparado, em perfeita ignorância da ficha sexual de Alice, acreditando-a ridiculamente virgem pelo aparente obstáculo ao penetrá-la.

Talvez isso obedecesse à imperícia de seu próprio membro, ao qual agora denegria como se fosse um irmão mais novo e ainda desajeitado. Compôs um sorriso protocolar e o jantar transcorreu graças à súbita loquacidade de uma Alice aliviada após o comentário, mais carinhosa ainda, em ponto de bala, que oferecia a ele sua sinceridade de mão-cheia, o mais valioso que uma jovem pode oferecer, enquanto a falação rancorosa na mente de Eugenio percebia que nem sequer o crédito insignificante da origem, o fato de não ser armênio, ou melhor, o ser não armênio, devia-o a si mesmo. Assim, ela deveria ter tido dois namorados antes dele — pelo menos dois, porque se ele tivesse sido o segundo, ela teria falado de modo aberto —, havia uma dor da qual ela o estava poupando. Em outras palavras, o segundo em matéria de cama é uma posição muito destacada, inclusive mais importante que a estreia, dado que indica a verdadeira escolha; os segundos costumam ser os vencedores morais, a transição libertadora entre o primeiro e o vasto universo masculino. Apesar de não terem a glória do descobridor, estão reservadas a eles as riquezas do adiantado-mor — que armênio teria sido o Colombo de Alice?

Ele não achou prudente perguntar, primeiro porque ficaria evidente até que ponto ele tinha se comportado como um sonhador, um perfeito idiota, faria um papelão retrospectivo, e porque de alguma forma isso o teria forçado a dar declarações, a alguma forma de revanche. Era conveniente de toda maneira se mostrar razoável, quase indiferente. Chamava a atenção o modo como Eugenio dera por certa a vida anterior de Alice, que todos conheciam, exceto ele. Imaginou um circuito povoado de camaradas para quem o corpo de Alice não passava de um instrumento — não queria empregar o adjetivo *fácil*—, um brinquedo útil, mas sem maiores encantos, herdado de um primo mais velho. Mas observou que isso não o esfriava em absoluto, pelo contrário, atiçava seu espírito de competição. À altura da sobremesa já tinha se consolado um pouco com pensamentos positivos. O fato devia ser entendido como de bom agouro. Alice tinha decidido retificar o rumo com um neto de espanhóis e italianos, *um argentino neutro*, e na numerosa massa demográfica tinha escolhido Eugenio. Ele enxergava uma vontade firme na exceção feita por Alice e em seu propósito de ser assimilada. Deixara para trás o trauma do imigrante.

Por sua vez, talvez Alice tenha percebido com clareza que devia submeter Eugenio a algum teste para saber se ele era de boa madeira. E o que acabava de acontecer, o estoicismo com que ele tinha se levantado da mesa para recompor o semblante privativamente, mesmo que fosse naquele banheiro apertado e fedido, sem nenhum deleite à ofensa nem ao amor-próprio, e seu retorno à mesa, sua elegância ao não lhe fazer perguntas, o domínio de si ao eludir qualquer tentação masoquista, demonstraram a ela que Eugenio podia aceitar toneladas de crueldade, quantidades industriais, na verdade. Talvez tivesse que ver com o fato de ele ser arquiteto, concluiu Alice, alguém acostumado a trabalhar com materiais duradouros e projeções que deveriam se mostrar sólidas a longo prazo. Pertencia ao conjunto daqueles que preferem lidar com o certo do que com demônios e fantasmas. Reagira com o sangue-frio de um toureiro; uma verônica às provocações.

Também percebera, antes mesmo de ir para a cama com ele, que Eugenio tinha se apaixonado porque ela lhe parecia diferente, por ser de origem armênia. Todas suas singularidades derivavam dessa fatalidade, para ele exótica, com a qual ela tampouco tinha colaborado. Comovido pelo dramatismo de suas circunstâncias e pela vontade de se fazer a si mesma, ele só falava dela para ela, descrevia-a aos seus próprios olhos, em espelho. E Alice se sentia a agulha descoberta no palheiro; não, melhor, a pérola descoberta, a joia. A origem era seu pecado original, aquilo que a transformava em Eva.

Naquela mesma noite, ao se despedirem pelo telefone — desde o primeiro encontro o cérebro parecia ter se excitado porque sempre estava voltando à cena —, Alice comentou que os armênios tinham o costume de terminar primeiro e deixar o prazer da mulher para depois. Sua prima lhe havia dito que os argentinos eram mais generosos e agora resolvera perguntar a Eugenio. Ele sentiu imediatamente o efeito daquelas palavras que encerravam um pedido, um desafio. Mas se ressentiu com a vulgaridade. Como era possível que aquela pessoinha doce que era Alice reduzisse tudo a uma etiqueta, quando não a uma questão de hormônios, glândulas e poros, e mostrasse a ele o ângulo no qual pulsavam sentimentos próximos ao rancor, uma capacidade de agredir e ao mesmo tempo provocar, a qual não sabia replicar com palavras simétricas e sim com um fato, que também não poderia executar então, dado que cada um estava em sua casa e já sabiam como iam terminar a noite, na solidão. A tensão de algum modo se dissipou, como costumava acontecer naqueles dias otimistas, com risadas e alguma piada.

Antes de se encontrarem, o sexo tinha sido, para os dois, semelhante a uma seleção de pessoal para um emprego, interpretou Eugenio diante de um amigo. Procuravam entre rostos e corpos por aproximação, mas, uma vez que a necessidade se encarnou neles, a busca foi dada por encerrada. Agora lhes correspondia o delicioso caminho de se aperfeiçoarem um ao outro. Para Alice o sexo rapidamente deixou de ser um sobressalto; era uma das formas pelas quais ela expressava alegria. Uma vez harmonizados os ritmos com Eugenio, apesar das tentativas do namorado de renovar o repertório de práticas e posições que seu *partenaire* trazia consigo, ela deixou de pensar na cama — ou melhor, não deixava de pensar um só minuto na necessidade de ter um quarto próprio com móveis próprios, que fosse só deles e que não tivesse sido usado ou alugado por mais ninguém. Eugenio decidiu adiar o derrubamento das reticências de Alice — que ele interpretava como culturais, prova de que os armênios na verdade eram persas, quer dizer, orientais, convertidos aos ideais helênicos — para a etapa da grande consolidação amorosa, para quando deixassem de transar em hoteizinhos e vivessem juntos e pudessem ficar nus durante horas, tardes inteiras, fantasiava, nas quais teriam a liberdade dos animais soltos. Os dois se viam juntos, já instalados em um futuro comum. Alice tinha se apaziguado. Em pouco tempo, Eugenio dissipou todas suas dúvidas.

Certa vez, na saída do cinema, naqueles meses de sereno namoro e entusiasmada exploração erótica que conduziam em linha reta para a convivência, Alice disse a ele:

— Eu teria gostado de ser atriz para ensaiar todos os ofícios e viver em todas as épocas. Acumular uma experiência quase ilimitada, mas livre de sofrimento.

Muitos anos depois, quando ela o deixou de maneira tão ausente e doméstica como quem joga o lixo na árvore da rua, Eugenio não conseguia deixar de se lembrar daquela linha de diálogo de sua mulher que lhe ficara tão gravada, com o refluxo de menosprezo que lhe vinha antes de adormecer sem que pudesse repeli-lo. Em Alice, pensava, a insatisfação sempre tinha sido um programa, uma decisão tomada. Era uma mulher que não se deixava convencer pela comodidade; somente a aceitava em seu nível mais cotidiano. Para ela, o que todo mundo chama felicidade é aquilo que se acumula pela simples ausência de problemas, mas a verdadeira felicidade era euforia, era um estado não sereno. Eugenio imaginava que a atriz frustrada que tinha sido sua mulher lamentava acima de tudo não ter tido acesso a uma experiência pan-americana que a permitisse classificar as nacionalidades segundo seus usos e costumes na cama.

Luis Chitarroni

PERIPÉCIAS DO NÃO

(Fragmentos de romance)

O excluído
O alusivo O aludido

Vivia a certa distância de seu corpo (1), a que lhe era conveniente porque seu corpo se transformara (ou ele mesmo o havia transformado) em uma espécie de <surdo> emissor de ressonâncias, a maior parte <delas> sem resposta. Durante certo tempo, acreditou-se que tais ressonâncias ou vibrações eram dedicadas a alguém em particular, até que as dúvidas deram lugar à crença, e logo ao descrédito (2). O alguém da dedicatória podia ser a filha de um contador <Elvioapeles Momigliano> (3) com quem lidava cotidianamente porque trabalhava na administração de uma das escolas, e que o admirava sem reservas (4, ver depois "la mia figlia"), ou um jovem de olhar furtivo (5, Proust), aluno particular de não se lembra mais qual matéria (6). O primeiro caso é pouco menos que assombroso, podemos adivinhar que ela adivinharia nas mensagens um resquício insignificante ou misterioso; do último, com prudência e *obstinação* <tenacidade>, talvez algo lisonjeiro, propiciatório e inibido (7, Lampedusa). Esqueçamos deles por enquanto. Logo chegará a *ocasião*.

Dos princípios e escrúpulos que regeram a vida de Enzo Nicosi (1913- -1980/79), ao menos dos que enunciou em vida, o que ilumina ou esclarece sua tendência <dominante> de se referir sempre a outra coisa (para afirmar em seguida que essa outra coisa evoca a mesma <sempre>, enfatizada pela distância ou a propriedade do exemplo), é mister citar: "A literatura latina foi a primeira importante só porque é precedida pela grega" e "Não posso falar nem escrever sem me desorientar e desorientá-los" (8).

Que a primeira (9, Galileu, *Diálogo*...) (10, Hume...)

Em 1958, quando a maioria de nós o conheceu (11, Funes, segunda mão, Flaubert, Bovary descrição da pasta com que ia para a escola), era <já> "o homem que ia ajudar a nos desenvolvermos na vida", expressado com uma espécie de clarividência negativa <tão negativa quanto a capacidade> (12, Keats, Shelley, Coleridge) por nossos pais nas circunstâncias em que a maioria de nós, semipupilos no Balmoral de Adrogué, exigíamos implorando explicações por esse regime extraordinário de horas de estudo. Já então ele parecia incrivelmente pomposo e debilitado, sem traços de identidade. O bigode curto estava então na moda, podíamos supor olhando diversas criaturas ao nosso redor (incluída aí a senhorita Aserson), mas com obstinado deleite nossos pais diziam Errol Flynn, Clark Gable, Laurence Olivier, Ángel Magaña (suprimido na versão final, 13)... Muitos anos depois, diante do nada, de uma tela sem imagens invocaríamos a Von Aschenbach de Visconti interpretado por Dirk Bogarde, ignorante uns anos antes da decadência e claudicação simbólica de sua máscara (14, referência a Gathorne-Hardy, crônica no livro sobre a escola pública inglesa).

Nos ensinou primeiro que Balmoral devia ser acentuado na segunda sílaba, corrigindo a tendência local de acentuar qualquer palavra estrangeira de aparência anglo-saxã na primeira (ou na última por prescrição francesa), nunca na segunda. Logo, como o sábio instrutor de Benjamin Constant, deixando-nos a sós com a adivinhação.

O nascimento dessa vocação de se dirigir a todos sem apertar a tecla <no alvo>, ou de se dirigir indiretamente a quase ninguém, parece provir de alguns detalhes de sua educação, ou àquilo que tecnicamente a precede, que ocorreu não muito longe, em Lobos. Órfão prematuro adotado por tias que venderam a um bom preço o cordão umbilical que quase o enforca (15), passou os primeiros anos ouvindo-as: "Doméstica, afaste o aparelho giratório que as luzes de Febo incomodam a diadema do Senhor", costumava recordar que dizia a mais velha para que alguém fechasse a janela do quarto em que ela dormia. Pilar Rosario e Adelaida Barriola... Chamavam os ovos de "abortos caseiros", os passeios de charrete ou tílburi, "funestos cabrioleios", as idas ao centro de "o retorno maléfico". O único pretendente de Adelaida, um inglês da marinha mercante, foi recebido por Pilar com um "Muitas vicissitudes na travessia?". Elas mesmas eram conhecidas no povoado como "corujonas de campanário".

Depois das tias, frequentes em seus escassos relatos não livrescos, talvez por serem as mais livrescas, os acontecimentos e as pessoas pareciam ter se evaporado de sua vida. As histórias, como um murmúrio suspenso, começaram a ser repetidas em lugares apropriados para tal abuso (Kingsmill) uns quinze anos depois da primeira aula no Balmoral, quinze anos antes de Enzo Nicosi morrer. Um mascote, um filhote de setter inglês — Branwell —, lhe foi presenteado pelas agradecidas filhas do senhor Netbro <T. Lebron> e foi o objeto de seus cuidados e talvez a criatura viva da qual falou com mais afeto. Ele o fez pertencer durante um tempo a uma tradição de ingleses à qual, sabendo ou não, teria gostado de pertencer (Ackerley, T.H. White). A simetria, indicada às vezes menos por composições dispostas a observar essa quieta identidade espacial que por responder a ternos sobressaltos em busca de objetos <tesouros> escondidos em lugares equidistantes a pelo menos duas catástrofes, sossegava esse temperamento artístico indemonstrável que outros teimavam em lhe atribuir.

Um *game* de tênis proporciona a oportunidade única de vê-lo na intempérie, isento de comentários. Tinha aprendido a jogar em Lobos, com suas tias, e seu jogo, descrito por aqueles que o viram, se adequava <perfeitamente> a essa aprendizagem. Uma testemunha confessou certa vez, e logo se limitou a repetir <Bioy *père, O matreiro*>, que em um jogo de duplas teve a ideia de deixar quase solto no anular da filha do contador o anel de grau que sua madrinha Barriola tinha lhe presenteado para a confirmação. Ele e seu companheiro, o jovem que fazia aulas particulares, ganharam sofridamente (*score:*) e a circunstância pareceu uma das mais felizes das quais, aludindo depois a duras penas, pareceram exercícios tardios de jactância. A filha do contador teve que se retirar do *court* antes do segundo set, com a convicção absoluta de uma derrota de seus favoritos, motivo pelo qual o professor sofreu, por questões como um fim de semana prolongado, semana santa, uns tantos dias, o divórcio de seu emblema predileto, garantia de sua identidade. Através de anotações encontradas no único jornal conhecido, a separação redundou em uma maré de insônia e pesadelos, de pesadelos interrompidos pela insônia e vice-versa, que estas anotações bilíngues registram atônitas: "*The ring, not the book.* Mas acordo tateando e sei que são a mesma coisa. Que beijei ela, não ele. *The atrocious derrelict.* O que ela me fez beijar. O futuro do resultado é a fortaleza de nossa fraqueza celebratória. Mútua".

Foi velado em uma das salas do colégio.

A última foi a primeira circunstância em que o alusivo foi o aludido, pelo menos publicamente, pois manteve, apesar de sua cultura viciosa e méritos e atributos de sua boa educação e inteligência, uma conduta quase submersa <secreta>, recusando-se a ser homenageado a cada vez que as circunstâncias assim o exigiam, ou a ser o objeto de qualquer discurso ou oração de admiração, <uma> espécie de estratégia de sua timidez, diziam alguns ou, diziam outros, de seu inadmissível, inacessível orgulho. Referiu--se, dirigiu-se e aludiu a ele com penosa imprecisão a senhorita Aserson, que tantas vezes conspirara com ele na Confeitaria Brighton — ele um dry martini, ela um gim com lima —, e que a esta altura havia aprendido já a tirar o bigode sem mostras de <maior> violência, e que tinha o ar irreal e trêmulo de uma boneca que tivesse ganhado vida há apenas umas poucas horas (Kleist)... No final do discurso, teve a má ocorrência <ideia> de se lembrar das conversas em inglês que costumava manter com ele em segredo — pois brincava <<com honestidade>> que o inglês dela, aprendido com uma avó gaulesa, era péssimo — e citar de memória uma maldade repetida de Nicosi sobre Eliot como um verso de Eliot <verdadeiro>.

Os murmúrios que se seguiram não foram de desaprovação, não intimações de imortalidade. Foram, como é de esperar, murmúrios e sussurros de alívio, de apressada despedida. Todos já estavam um pouco cansados e distraídos da lenda que não cansavam de repetir e que *conservava*, a aquela altura, uma relevância menor, a se levar em conta que a criatura que a havia mantido era um senhor esmorecido, dono em vida de uma aparência não muito atraente — e agora, para piorar, morto —, e que com o passar do tempo iria se extinguindo, graças em grande medida a essa lenga-lenga que Nicosi já não dirigia: "Se não a exercitarem <como músculo>, se não a deixarem cair,

O parecido <Um conto russo>

Há pessoas que nos aguardam e nos consternam. Chegam até nós sem reciprocidade, como se o encontro ocorresse para apenas uma, aquela que se colocou em movimento por acaso ou deliberadamente <aleivosamente> para encontrar o encarregado de contar. Ou talvez não, talvez seja o mais justiceiro dos encontros, e nós, apesar de nunca nos resignarmos, somos para eles uma mancha tão apagada quanto eles são para nós. Sem sair da consciência, numa saberemos <<se é adequado falar de reciprocidade, desconfio.>> São pessoas difíceis de manter na cabeça, cuja vida acaba sendo inimaginável nos subúrbios da memória. A lembrança permanece oculta, dividida entre o esquecimento e uma fórmula de evocação que perdemos e que às vezes recuperamos sem método. Uma vez que tal coisa acontece, no entanto, surge a história, mas a figura continua esmaecida. O caso de Velemir Dimitrovich Pachin cumpre todos esses requisitos. Não tinha a menor importância que o tivéssemos conhecido por causa do vagabundeio do exílio. As tropas constantes da escuridão o absorviam até que alguém pronunciava, ou melhor, gritava (porque em geral era um grito), *O atentado*. A obra de Suire era a senha para evocá-lo e o pretexto para contar o que vou contar. Quando a estreia foi censurada, e a escapada, a fuga paralela dos personagens e dos protagonistas confirmou o complô do qual tínhamos ouvido falar, Velemir Dimitrovich começou a fazer parte, finalmente, do elenco fixo da ópera bufa de sombras da memória.

Velemir Dimitrovich Pachin não se atrevia a participar da reunião na casa de Elena Fiodorovna porque seu casaco estava desfiando. Durante anos tinha abusado dele: um gibão de lã antiquado com solapas de pele de castor que seu tio trouxera certa vez de Oslo ou de Helsinque. <<*Certa vez se esqueceu dele...* mas recuperou-o um ano depois. Apenas esta ocasião já merece outro relato.>>

Velemir Dimitrovich não tinha defeitos nem virtudes, a menos que a distração seja considerada uma falha imperdoável de caráter, e sua neutralidade sobre o bem e o mal, complementada por uma cara vazia, algo cômica, com um desses narizes russos que suportavam na infância provocações antes de amadurecer como um instrumento fatigável e inócuo, o haviam transformado em um bom ator, em um excelente ator. Apesar de seu olfato ser motivo de inumeráveis ofensas e incômodos, ele, Velemir Dimitrovich, carecia completamente disso que se convencionou chamar, em termos vagos, intuição. Quando Olga Fiodorovna o convidou, em uma tarde de outubro no caramanchão próximo à estação de trem, Pachin respondeu que sim, que iria. O inverno de Berlim era mais benigno que o de São Petersburgo, mas uma radiante infelicidade de exilado o fez sentir saudades dele.

Dois dias depois, três anos antes da reunião, Pachin estava sentado na velha cama do quarto da pensão de Frau Heise pensando em que diabos ia vestir para ir à festa. Completava essa ruminação declamando as falas mais dramáticas da peça de Suire. (Ele a havia lido apressadamente, como costumava fazer, e podia em seguida, graças à sua memória prodigiosa, repetir as falas e intervenções de seu personagem e dos outros.)

Agora, nenhum dos paletós de seus amigos se adequava a seu corpo, não conseguia nem sequer conceber a ideia de se enfiar neles. A noite começava a cair. Pachin ouvia o gotejar de uma torneira de Frau Heise, fechada com firmeza na noite anterior pelo silencioso Giuseppe, <que chegava depois das dez>. A escuridão se derramava sobre a cidade inimiga, a cidade na qual ninguém tinha um abrigo para ele. Ouviu a trepidação chiante do bonde enquanto seus olhos pousavam nas imagens parciais da caravana sobre um vidro no qual alguém (ele mesmo, ontem) tinha traçado uma palavra quase apagada. "Perebredev", soletrou. "Perebredev", disse, com correta comodidade vocal. Ele o encontrara uma semana atrás no mercado. Providencialmente, percebia.

Perebredev era a pessoa menos confiável do mundo. Sua fama de malandro transcendia as fronteiras de São Petersburgo. Seus golpes, a contagiante desconfiança <má-fé> que transmitia, estava na boca de todos. Para piorar, Pachin havia ensaiado com ele um esboço da peça que Perebredev havia perpetrado com a esperança de que a companhia de Nemerov a representasse. No entanto, Perebredev tinha um sobretudo de gabardina magnífico, e seu sorriso era tão hospitaleiro em Berlim como em São Petersburgo. E não teria nenhum problema em emprestá-lo a ele, porque Perebredev era ufanista, amável e afirmativo e ignorava — como era sabido por todos — o metódico "não". Tinha nascido para dizer sim, para que sua curiosidade <proboscídea> experimentasse e abusasse de todos os meandros da boa vontade e da confiança. Perebredev era <<um homem>> tão grande quanto Pachin, <<inclusive>> um pouco mais alto. Pachin tinha rabiscado com uns garranchos o endereço do <<fantasmal e súbito>> Perebredev e o guardara no único bolso de seu único casaco, o de Oslo ou Helsinque, <<o recuperado>>. O abrigo de Pachin estava pendurado na única cadeira que havia no quarto. Não era difícil, inclusive para Pachin, ir buscá-lo.

Federico Jeanmaire

PAI

Estamos velando meu pai há mais de dois anos. Minha mãe, meu irmão mais velho e eu. E escolho o verbo velar, e não qualquer outro que seja um pouco mais cômodo ou soe um pouco menos antipático, porque me parece ser o único verbo capaz de descrever com alguma exatidão o que estamos fazendo. Mais de dois anos: desde o exato dia em que o cirurgião que o estava operando pela quarta vez, em um espaço bem curto de tempo, saiu da sala de cirurgia vestido de um impecável azul celeste, levou-nos a uma sala separada do resto dos parentes e amigos que nos acompanhavam e permitiu que decidíssemos entre cortar a artéria sobre a qual se apoiava o câncer ou não cortá-la. As probabilidades de ele sobreviver à tentativa de tentar voltar a unir a artéria que atravessava o fígado eram escassas. Bem escassas. Demasiadamente escassas. Vinte ou trinta por cento, acho que ele disse, se me lembro bem. Por isso, nenhum dos três teve dúvidas. Sem nos olharmos, exigimos que ele o fechasse tal como estava, por favor. Apenas minha mãe, com lágrimas nos olhos, teve ânimo para lhe perguntar aquilo que nem meu irmão mais velho nem eu, apesar de também estarmos pensando, tínhamos tido coragem de perguntar: quanto restava de vida a ele. E então o médico não teve outro remédio a não ser nos informar que calculava que ele poderia viver um ano, aproximadamente; e que com muita sorte talvez um ano e meio.

Desde aquela manhã nós o estamos velando.

E não só no fácil sentido de acompanhá-lo, de cobri-lo, de protegê-lo, de mimá-lo. Também no contraditório de flertar, de vez em quando, com a absurda ideia de cancelar a ineludível existência das doenças ou dos almanaques. Esticando os dias como se fossem chicletes. Voltando a acreditar, como quando éramos crianças, em alguma imprecisa forma de eternidade.

Mais de dois anos convivendo com a morte, pensando nela, referindo-nos constantemente a ela. Minha mãe, meu irmão mais velho e eu. Falando dela. Velando um corpo vivo. Ainda vivo. Ou melhor, velando uma cabeça; sobretudo uma cabeça que se empenha cotidianamente em desmentir o próprio corpo e aos aproximados dizeres celestes da ciência.

Corpo e cabeça de pai.

Um corpo que, por outro lado, apenas agora conheço em sua totalidade. Depois daquela operação, a segunda, a da colostomia, quando na madrugada seguinte desviaram o intestino dele, segundo palavras médicas, não minhas. Eu estava sozinho cuidando dele, e ele não se importou de que eu o visse nu. Não se importou. Na verdade, não sei nem se ele percebeu. Apesar de que eu desconfio que sim, porque a partir de então sua nudez deixou de ser um problema em nossa relação. Antes jamais. De modo algum. Impossível. Era preciso bater nas portas dos quartos e dos banheiros antes de entrar. Esperar do lado de fora. Sempre. E, se não, havia gritos e broncas, às vezes até um safanão.

O assunto da cabeça é diferente.

Totalmente diferente.

Acho que fui conhecendo a cabeça dele à medida que ia conhecendo a minha, se é que, desde já, é factível conhecer a cabeça de outro ou, inclusive, a própria cabeça. Uma mente, a do meu pai, tão simples como qualquer outra mente: refiro-me a quatro ou cinco ideias centrais com seus infinitos e previsíveis derivados, com suas óbvias contradições. Igual à minha. E à de quase todo mundo. Mas uma cabeça que, eu acho, soube se esconder, desde sempre, bem menos que o meio das pernas que a transportava. Que nunca se envergonhou das suas formas, quero dizer. Que se aceitou desde o começo dos tempos com certa facilidade. Talvez até com alguma incompreensível felicidade ou jactância.

Não sei.

De toda forma, penso que velar a morte próxima de outro não é algo simples. Exatamente o contrário. É uma nova tarefa bem árdua. Extenuante. E não porque é um ser querido, o meu pai neste caso. Não é por isso. Ou ao menos não é só por isso. É árdua porque nos remete à nossa própria morte ou à efemeridade de qualquer futuro. É extenuante porque irremediavelmente termina misturando as coordenadas do tempo com as do espaço e nos submerge na humildade mais completa: na mera animalidade que se esconde por de trás do humano. De trás do que pomposamente costumamos definir como humano.

Por isso estou escrevendo.

Porque os tempos se aceleram, e a quimioterapia foi interrompida faz uns meses em razão de sua manifesta incapacidade de deter qualquer coisa, e o corpo do meu pai emagrece rapidamente enquanto a cabeça continua intacta e sua pele atingiu o tom mais antipático do amarelo e apareceram os vômitos e os mal-estares foram se multiplicando geometricamente. Escrevo porque o homem é o único animal que escreve e porque, além de tudo, nunca consegui compreender como é que os homens que não escrevem fazem para velar sua própria consciência da morte. Apesar de que, talvez, eu apenas esteja escrevendo por nunca ter conseguido entender direito porque é que eu fazia isso e esta é uma nova oportunidade para averiguar. Uma grande oportunidade.

De todo jeito, não acredito também que desta vez eu consiga averiguar coisa alguma.

Não acredito.

E não acredito porque me parece que a escritura, assim como a vida, é perfeitamente incapaz de responder a qualquer outra questão que não seja sua própria possibilidade de existir. A escritura, essa coisa tão perfeitamente incapaz, como a vida, de responder a qualquer outra questão que não seja sua precária e angustiante necessidade de ser.

O garoto que uma vez foi meu pai era o mais velho de quatro irmãos, duas mulheres e dois homens, que nasceram e se criaram no campo. A grande casa familiar fora construída em cima de uma colina, em cima de uma dessas dobras ou acúmulos bestiais de terra que interrompem a monotonia linear da pampa próximo de seus rios estreitos e marrons, quase sempre inundados.

Eram ricos.

Tinham um campo extenso repleto de banhados mas também com suas áreas férteis. Um campo cheio de vacas nas baixadas e milharais nas partes férteis que dava gosto passar por eles a cavalo. Um campo lindo para se perder perseguindo quero-queros ou perdizes. Espantando garças. Lindo para chegar até a margem do rio e tomar banho no verão ou pescar a qualquer tempo. Sempre com a arma na mão, é claro.

Havia uma queijaria também. Um galpão enorme com um cheiro rançoso a poucos metros da casa. E muitos peões e gado leiteiro e cães e gatos e galinhas e perus andando por aí. A toda hora. Animais e gente que tornavam mais simples a tarefa cotidiana de escapar da solidão da sela de um cavalo. Porque, na verdade, imagino o meu velho como um moleque sozinho. Muito sozinho. E como argumento para tal imaginação tenho em primeiro lugar a herança: sou filho dele, depois de tudo, e conheço muito bem minhas próprias inclinações. O segundo argumento tem a ver com a experiência: convivi com ele durante vários anos e ele é o tipo de pessoa, talvez também como eu, que está sempre sozinha apesar de haver multidões circulando a seu redor. Eu me apresso em afirmar que não acredito que seja nenhum defeito ou nenhuma virtude em particular, suspeito que seja, simplesmente, a mera condição humana levada unilateralmente a algum extremo; que a sociabilidade, o que constituiria o extremo oposto da mesma questão, não é mais que uma mostra quase patética daquilo que é tão essencial ao homem: a impossível e ao mesmo tempo imperiosa necessidade de estar junto dos demais homens.

Uma solidão a cavalo, ao ar livre, a do meu pai; assim como a minha, trinta anos depois, foi uma solidão de encerro, dos cantos mais ou menos escuros. Diferentes maneiras, apesar de no fundo serem parecidas, de se preparar inconscientemente para a ação adulta: para a escritura, no meu caso; para as armas, no dele.

A cavalo indo para a escola, também. Uma légua de ida e outra de volta, todo santo dia. Dez quilômetros cotidianos de terra ou de barro para refletir sobre o porvir. Para decidir, numa tarde qualquer de inverno, que a liberdade das pegadas poderia se multiplicar, incrivelmente, em um liceu militar da cidade gigante.

Coisa estranha, a determinação do garoto que naquela época era meu pai: do lombo de um cavalo, num belo dia, trocar a arma e o rio pela disciplina militar. Tornar-se militar em uma família que contava já com várias gerações de camponeses.

Coisa estranha.

Mas suspeito que explicável.

A década de trinta do século vinte foi uma década contaminada pela pátria: de palavras sobre a pátria ou da própria palavra pátria. Uma década de decisões drásticas, de guinadas violentas, de saltos no escuro, e tais humores patrióticos costumam ser contagiosos. Costumam se meter no nosso intestino ou se grudar nas artérias sem que percebamos, da mesma forma que o câncer nos pega. E também há o assunto da família, dos limites, do mundo visto como uma possibilidade quase infinita de aventura, do profundo tédio que muitas vezes causa a liberdade horizontal da pampa.

De toda forma, e mesmo que as questões anteriores possam ter tido algo a somar em sua determinação, eu me inclino mais por outra mais íntima, mais fácil. Eu me inclino pela ambiguidade que quase sempre a solidão implica: o exército lhe oferecia a ilusão da camaradagem, essa espécie de nova família, de família para sempre, com hierarquias verticais bastante rígidas mas repleta, ao mesmo tempo, de uma absoluta informalidade entre pares, informalidade que sua condição de filho mais velho do patrão não lhe permitia. A ilusão de uma solidão compartilhada e anônima, em algum sentido. E eu acho que, além disso, ele tomou a decisão muito jovem, talvez sonhando com a cavalaria como uma artimanha: como um modo de ser menino para sempre, de poder brincar de guerra eternamente, de ter amigos solitários e anônimos que também soubessem aproveitar os cavalos ou as guerras ou as intermináveis conversas sobre a pátria. Com vontade, seguramente, de se esquecer por um longo tempo do cheiro rançoso da queijaria e dos peões e do gado leiteiro e também dos cachorros e gatos e das galinhas e perus.

Minha avó, a dona daquele bando de animais mais ou menos domésticos, repetia até o cansaço que tinha sido sua verdadeira e única vocação, que meu velho havia nascido com alma de milico, que ela não teria gostado de jeito nenhum se ele tivesse ido ao liceu, que era muito menino quando partiu, mas que com o tempo tinha conseguido aceitar, e que por isso se irritara tanto com ele quando lhe deram baixa no exército, que não dirigira a palavra a ele durante vários meses, que a pessoa não pode fazer nada contra sua vocação ou contra o seu destino, que ela achava que o filho nunca ia poder ser totalmente feliz se não fosse militar e que, definitivamente, tinha sido uma pena enorme ele ter largado o exército por uma questão de honra, por uma besteira semelhante.

Coisas da vida.

Meu cavalo foi uma bicicleta. E meu campo uma cidadezinha com centenas de homens que saíam para trabalhar bem cedo, vestidos de azul desbotado, um pouquinho antes de soar a sirene de uma fábrica de longuíssimas chaminés que lançavam nas ruas um cheiro insuportável de milho queimando quando chegava o vento norte. Minha escola ficava a apenas quatro quadras dessa fábrica. E ainda guardo a fotografia do meu primeiro dia escolar, na frente de uma porta dupla com o conhecido escudo na parte de cima, carregando na exata medida das minhas possibilidades uma enorme e magra pasta de couro marrom, penteado com o cabelo repartido e com muita gomalina, demais para o meu gosto, as pernas magras e com certa tendência a se juntarem sem motivo na altura dos joelhos e meu irmão mais velho rindo incompreensivelmente da situação ali por perto. Ignoro se meu pai era quem estava tirando a foto. Adoraria que sim. Mas não sei e ele não se lembra.

O certo é que bem pouco tempo depois dessa cena foi que descobri que a escritura me permitia certas liberdades que nem mesmo a bicicleta ou as redes, de que eu tanto gostava, me permitiam. A escritura, uma máquina colossal de ferro preta com base de madeira que pertencera ao pai de minha mãe. Um monte de teclas duras que era preciso bater com força para elas descerem. Uma pesada ferramenta que me deixava, alegremente, inventar o mundo à minha verdadeira imagem e semelhança.

A escritura.

Essa possibilidade infinita de ser menino e sozinho para sempre.

Mesmo que olhando o assunto com algum cuidado, acho bastante estranho pretender ser escritor em uma família de várias gerações de camponeses e com um pai frustradamente militar.

Coisa estranha.

Mas acho que explicável também.

Anna Kazumi Stahl

EXÓTICA

A passagem estava se desmanchando em suas mãos, voltando à sua condição primeira de polpa. Uma substância úmida filtrava-se das bordas para o centro, carcomendo-o. As letras impressas tinham se esmaecido e enfraquecido. Tirou os dedos da superfície da passagem e deixou-a cair dentro da bolsa. Eles também estavam manchados, e roçar o polegar nos outros dedos causava-lhe uma sensação viscosa.

Sentia calor, estava incomodamente acalorada, e se sentiu inchada apesar de os recentes dias de tontura e náuseas quase a terem reduzido a ossos. Com o calor, a pele tinha desenvolvido uma espécie de película, mas não de uma transpiração limpa, e sim de algum outro líquido, um fluido estranho e escuro.

Nunca tinha transpirado algo assim. Nunca seu corpo tinha expelido substâncias tais que fizessem desmanchar o papel, deixando suspeitas manchas marrons nas xícaras, nos guardanapos e na roupa, nas axilas e na palma das mãos.

Levantou-se para ir ao banheiro. O ritmo do trem a desequilibrou. Com dificuldade, agarrou-se ao bagageiro para se manter em pé. No barco, depois de muito esforço, tinha conseguido caminhar aceitavelmente bem; depois de uns vinte dias conseguiu atravessar o convés sem perder o equilíbrio. E isso foi no dia em que chegaram.

A doca principal do porto de Los Angeles a deixou enjoada, demasiado plana e quieta. E agora o movimento do trem, os saltos ritmados arruinaram qualquer tipo de equilíbrio que pudesse ter improvisado. Foi até o banheiro com passos cautelosos, como os de um inválido, com um braço esticado como se estivesse cega e o outro apertando com força a bolsa.

Quando voltou à cabine, o marido ainda dormia. A cabeça dele se inclinou para a frente e depois para trás desse modo grotesco que faz lembrar os enforcados. Ela se maravilhava por ele conseguir dormir assim

213

e depois acordar disposto, ágil e contente. Ela dava seus passos com precaução, agindo contra os sacolejos e o movimento do chão, e se sentou em seu lugar sem tocar nele, sem nem sequer roçar em suas longas pernas estendidas ou em sua cabeça inclinada para a frente.

Contrária a um julgamento mais prudente, pegou outra vez a passagem. Era um prazer secreto contemplar aquele tíquete, apesar de o logotipo da empresa Amtrak estar borrado por esse fluido novo que seu corpo expelia. A impressão tinha desaparecido quase totalmente, mas os olhos dela desenharam habilmente as letras onde antes elas estavam firmes e claras. Ela conseguia ler porque tinha memorizado: "Amtrak! Bem-vindo a bordo! Nome do passageiro: sra. Robert Rutherford". Sua boca trabalhava silenciosamente, pronunciando aquele nome digno e estrangeiro, seu próprio nome.

Seu novo nome que era tão maravilhosamente, tão poderosamente novo que conseguira eclipsar esse "Yoshiko Furusato" que ela mesma tinha abandonado, da mesma forma que simplesmente tinha abandonado a virgindade e a nacionalidade japonesa. Ela treinava a pronúncia em silêncio porque queria que saísse perfeita na primeira vez que atravessasse seus lábios. "Robert Rutherford", ai, essas consoantes tão difíceis, tantos erres e junto com outras consoantes. A outra dúvida era se se dizia "Senhora" com todas as letras ou se existia alguma abreviatura como por escrito.

Continuou lendo: "Válido para o trajeto de: Los Angeles, Califórnia para: Arcadia, Louisiana". "Arcadia, Louisiana", repetia para si mesma: "Arcadia, Ahcaia, Arucaia, Acadia, Arcada". Olhando fixamente para a passagem, pronunciava e pronunciava e pronunciava, sem emitir qualquer som. Depois leu toda a passagem outra vez, desde o "Bem-vindo a bordo!" até "Hora de chegada: 12:37 PM". Deteve-se na hora; seu relógio estava marcando 11h58. Suspirou suavemente sobre a polpa do papel: vinte e quatro horas e meia ainda pela frente.

Lá fora, o Arizona se debruçava sobre o horizonte: o vazio do deserto e a terra tão plana a deixavam enjoada. O céu altíssimo e o ar rarefeito. Uma frase de seu antigo livro de escola veio à mente: "Os Estados Unidos da América são um país trinta vezes maior que o Japão". Tirou o estojo de pó da carteira e esquadrinhou seu rosto no espelhinho ovalado. Com a unha do dedo mínimo tirou os pedacinhos de secreção que tinham se depositado e endurecido no canto dos olhos. Depois checou as pálpebras. Perguntou-se: De que outro lugar me sairia esta coisa marrom?

Desde que tinham partido do porto de Nagoya estava expelindo essa substância. No começo, tentou se acalmar dizendo que tinha a ver com o mar e que ia desaparecer junto com os vômitos quando terminasse a viagem de barco. Mas agora percebia que devia descartar essa hipótese otimista: primeiro porque os vômitos sim tinham parado ao sair do barco, e segundo porque ela mesma suspeitava que aquele líquido estranho estivesse relacionado com seu nome eclipsado, com essa mudança tão profunda, e talvez também causasse efeitos colaterais nos gânglios linfáticos e em outras glândulas. Ela tomou a decisão de que, se esse fosse o preço a pagar por tal mudança, que assim fosse! E outra vez verificou suas feições no espelhinho, olhou a comissura dos lábios, os cantos do nariz, os dentes, a pele e depois fechou o estojo de pó.

Às cinco, aproximadamente, o marido acordou, endireitou a cabeça, tossiu e grunhiu.

— Deus — disse com a voz rouca. — Dormi demais.

Voltou-se para ela e, sorrindo timidamente, repetiu: "Dormi demais", agora com um tom infantil. Depois, piscando com seus olhos celestes enquanto olhava para ela, enfiou os dedos debaixo do tecido da saia dela e acariciou a pele de sua coxa; a expressão passou da timidez à malandragem. Ela retribuiu o sorriso, calmo e um pouco frio, um sorriso correto. Era um modo japonês de fazer um comentário sem falar, mas tal sutileza era desperdiçada com ele, que não a entendia.

— Deus! — exclamou enquanto deixava a mão cair da coxa dela para bater na barriga vigorosamente. "Estou morto de fome! Você está com fome, Yosh'ko?".

A garganta de Yoshiko fechou-se como num espasmo ao escutar a palavra "fome" e a náusea elevou-se do seu ventre. Pensar em comida ou em fome ou em comer ou em mastigar fazia-a empalidecer. Mas olhou para ele com um sorriso, mostrando-se animada e disposta, e então disse a ele, com uma voz um pouco estridente: "Por que não vamos ao vagão--restaurante?"

As palavras "vagão-restaurante" saíram com uma pronúncia impecável e levemente enfatizada. Yoshiko se entusiasmava com todo tipo de expressão nova, incorporando-a rapidamente ao seu discurso, ainda que de forma talvez exagerada; usava essas "palavras-chave" a toda hora. Então, quando chegaram ao vagão, havia mesas reservadas e um balcão no qual os pratos eram exibidos, ela anunciou: "Nossa, que vagão-restaurante lindo!", apesar de terem estado ali para o café da manhã, oportunidade na qual ela tinha dito exatamente a mesma coisa.

Bobby, o sr. Robert Rutherford, pediu dois cachorros-quentes completos, sem molho verde para ele ("Deus, essa coisa verde me dá nojo. Talvez por ser verde. Não sei porquê, mas me dá nojo."), e duas coca-colas para acompanhar. Sentou-se no lugar reservado e empurrou para ela a outra bandeja de papelão com o almoço. A bandeja tinha vários compartimentos na medida exata dos copos de papelão plastificados e dos recipientes de comida, neste caso um cachorro-quente que não podia ser reconhecido como tal porque estava sufocado debaixo de uma camada multicolorida de maionese, mostarda, catchup e molho verde. Ao lado estavam um guardanapo e um canudinho.

Yoshiko retirou metodicamente o canudinho do invólucro de papel reprimindo o enjoo. Inseriu-o na tampa, também plastificada, do copo. "Na América", pensou, "tudo é de papel", e esse pensamento a fez lembrar-se instantaneamente de que seu corpo produzia essa secreção que dissolvia o papel.

Bobby não perdeu tempo e começou a comer. Sua mandíbula trabalhava poderosamente. E o pomo de sua garganta fazia a comida descer com vigor. Ela ficava maravilhada com a capacidade dele de comer de maneira tão... procurava a palavra... robusta. Sorveu pequenas doses de sua coca-cola tentando não olhar para a janela na qual a paisagem monótona do Texas se estendia infinitamente.

Ele mordeu outro bom pedaço e sorriu para ela com seus lábios manchados de mostarda e farelo de pão. "Você ainda está com fome, hein?" Segurando com uma mão o cachorro-quente, esticou a outra na direção dela; seu dedo gordo brincou com o modesto diamante do anel que ela trazia junto à aliança. O cheiro de mostarda intensificou o mal-estar e Yoshiko ficou quieta como uma pedra para evitar uma golfada. Bobby sorriu com um sorriso "você é minha garota", e repetiu "Você ainda não está com fome, Yosh'ko? Tem certeza?". Ela negou com a cabeça rapidamente e ficou quieta outra vez. "Bom, se é assim", disse ele, grandiloquente, e agarrou o cachorro-quente dela, tirou o molho verde com um guardanapo, e comeu-o também.

— Você precisa comer alguma coisa — disse quando por fim terminou de almoçar. — Não tem nada aí que você queira?

Deu a ela uma nota de cinco dólares e um leve empurrão em direção ao balcão.

— Já que você vai, por que não me traz um brownie?

Yoshiko pegou a nota, se levantou e, antes de sair, firmou as pernas sobre o chão para atravessar o corredor.

O atendente era um jovem com o rosto um tanto castigado pela acne, com um chapeuzinho de papel que dizia "Amtrak" e uma etiqueta de plástico rígido que dizia "Russell". Olhava-a vindo, e sua expressão impressionou Yoshiko por sua cândida indolência. Quando chegou, ela esperou que ele dissesse algo, a cumprimentasse ou desse as boas-vindas ao vagão-restaurante, algo que a fizesse se sentir em casa, algo que a incitasse a comprar algo. Mas o homem não disse nada, nem mesmo se mexeu, e continuou olhando-a com uma expressão apagada, vazia. Simplesmente ficou lá, como se estivesse aparafusado atrás do balcão.

Yoshiko começou a olhar as guloseimas de cores brilhantes em cima do balcão. Lia os nomes dos produtos e tentava adivinhar os conteúdos. O brownie era fácil de reconhecer. Depois, olhando os demais artigos, tentou ver se tinha algo ali que pudesse ser para ela. "Three Musketeers" e "Butterfinger" e "Chunky". Yoshiko queria bolinhos de arroz, como sempre tinha comido durante as excursões da escola, em Nagoya. Ou, se não, arroz com umeboshi, isso sim lhe acalmaria o estômago. Ou missô ou udon quente. Pensava nessas coisas e, de repente, aí no trem, Yoshiko Rutherford sentiu uma tensão no corpo, precisa e inegável, uma repugnância por aquelas coisas que eram típicas dos "USA". A tensão foi tão poderosa que a absorveu totalmente por um instante; mas, com um esforço, ela conseguiu reprimi-la.

— O que é que tem dentro desse pacote, por favor? — perguntou ela, apontando para um saquinho azul elétrico ao lado dos brownies. O funcionário ("Russell") olhou com apatia para ela e disse: "Chips Ahoy".

— Ahã, perfeito — recitou ela precipitadamente com o estilo de um livro escolar, apesar de não ter a mínima ideia do que poderia significar "Chips Ahoy", ou o que poderia revelar esse nome sobre o conteúdo do pacote. Apontou outro, uma caixa de três cores, vermelho, azul e branco, com um marinheiro pequenininho impresso. "E este?", perguntou, "O que é?". Já tinha percebido que ia enfrentar um caso difícil. "Russell" não iria facilitar as coisas para ela. Então se dirigiu a ele com orações simples mas completas, e ensaiou sua melhor pronúncia.

Recebeu como única resposta: "Cracker-Jacks, senhora."

Mas também não tinha a intenção de suportar durante o dia todo uma brincadeira de nomes de marcas de guloseimas ininteligíveis. De pronto, olhou fixamente para ele, direto nos olhos, e disse: "O que quer dizer exatamente Cracker-Jacks?".

— Milho e amendoins, senhora — respondeu.

Ela reconheceu a palavra "amendoins". "Quero um", disse, tal qual tinha escutado Bobby dizer aos vendedores, e estendeu a ele uma nota de cinco dólares.

— Vai querer o Brownie também?

Ela fez que sim com a cabeça, e ele somou as compras, entregando a ela o troco errado em um amontoado de notas e moedas. E simplesmente, diretamente na frente de "Russell", Yoshiko alisou as notas e contou o troco, um dólar e cinquenta centavos a menos do que era devido.

Quando levantou a vista, viu que o funcionário tinha se voltado para trás e estava limpando uma prateleira como se o significado da vida dele se reduzisse a mantê-la brilhando. Ela olhava para as costas dele, os ombros trabalhando com um movimento circular mas obviamente desajeitado ou carente de vontade. Seu uniforme era nada mais que uma velha camisa branca, com a etiqueta do nome pregada na frente. A costura da axila permitia ver um remendo miserável e desalinhado. Ela sentiu que ele dava uma má impressão deste novo país, e não queria permitir isso. Gostava dele ainda menos que antes, quando parecia simplesmente um preguiçoso. Bateu no balcão cromado com uma moeda. Fez um barulho estridente, mais chocante do que se tivesse dado um grito. "Russell" se voltou para olhar para ela, com uma sobrancelha erguida. "Sim?", disse lentamente, exibindo sua passividade como uma arma.

— Você tem que me devolver mais dinheiro! — reclamou ela, dirigindo--se a ele como um pequeno tanque, determinada, decidida, e abrindo as mãos para mostrar os dois dólares e trinta onde devia haver três e oitenta.

Nesse momento, com o olhar de Yoshiko concentrado no olhar igualmente decidido do rapaz, uma mulher alta e corpulenta, com aparência entediada, se aproximou do balcão. Começou a mexer nas bolachinhas e doces envolvidos em celofane. Não prestou atenção em Yoshiko nem no atendente, mas tanto Yoshiko quanto ele sabiam que a presença da mulher tinha aumentado a gravidade do enfrentamento e, definitivamente, tinha virado o jogo a favor de Yoshiko. Perder ou ganhar não significava nada, nem mesmo era o valor do dinheiro que faltava, de modo que "Russell" se rendeu e entregou a Yoshiko o troco, voltando-se imediatamente para a nova cliente e cumprimentando-a: "O que a senhora deseja? Talvez um doce?".

A mente de Yoshiko não conseguia compreender como seu corpo suportara aquela viagem de trinta e duas horas, mas havia conseguido, e lentamente estavam entrando na estação de trem de Arcadia, Louisiana. Antes, quando passaram por uma cidade chamada Shreveport, há mais ou menos uma hora, Bobby ficou de repente elétrico e alerta. Estava sentado perto dela, e assoviava, batia as mãos nos joelhos ritmadamente, e olhava pela janela, contentíssimo. Sua felicidade era tão íntegra que, apesar de Yoshiko entendê-la como algo positivo, fazia-a se sentir excluída, e mesmo abandonada, e profunda e irrevogavelmente estrangeira. O que ele via lá fora naquela paisagem de arbustos secos e prédios medíocres? O que é que havia lá que o fazia se sentir tão feliz? E aquilo poderia fazer que ela também sentisse aquela felicidade?

No início, a nova nação impressionou Yoshiko por seu enorme tamanho, sua vasta extensão que lhe comunicava um potencial sem limites. Mas as longas horas de trem haviam perfurado seu cérebro, fazendo-a pensar que era uma vastidão completamente vazia, agressivamente entediante e paralisante. Cada hora havia se passado como que se arrastando ou sendo arrastada, e nada mudava na paisagem. Nada acontecia do outro lado da janela, e dentro do vagão, como que por contágio, tudo parecia se paralisar. Yoshiko continuou pensando nos olhos semicerrados e sem brilho de "Russell" e se perguntava o que teria sido dele se tivesse tido outro tipo de trabalho, algo menos exposto a toda aquela geografia desolada.

Enquanto entravam em Arcadia, Bobby começou a reconhecer lugares e a mostrá-los para Yoshiko. "Aí está o arroio 'Wicker', onde eu sempre ia pescar." Yoshiko esquadrinhou o lugar que ele estava mostrando: viu uma extensão de folhas cinzas e marrons. "Lindo lugar, hein — disse ele. — Lindo para um piquenique." Yoshiko voltou a olhar enquanto passavam diante dos arbustos magros, amontoados em um ponto fixo no meio da paisagem seca, vazia. Não havia sinal de arroio, de riacho, nem ao menos de água.

— Olha! — exclamou Bobby, lançado para fora de seu banco por seu próprio gesto! — A casa do Wyler! Todo mundo acha que ele está louco, mas eu não. Ele casou com uma mulher que tinha vinte anos a mais que ele. Teve um menino também. Ela devia ter uns quarenta e dois, naquela época. Mas morreu. O menino. Ela também, depois... O que terá acontecido com o velho Wyler?

Yoshiko escutava com atenção, quase fervorosamente; não sabia do que ele estava falando, não entendia, mas queria arquivar cada dado porque, em algum momento, algum dia, os dados poderiam ser úteis.

A paisagem foi se modificando, passavam diante de cartazes enormes e lojas, cruzamentos de ruas com trânsito. Yoshiko sentiu um alívio inesperado ao entrar em algo que prometia ser uma cidade, um foco de atividade depois de tanta imensidão plana.

— Olha! É a rua Harper! — gritou Bobby, esticando o pescoço para ver melhor. Yoshiko memorizou "a rua Harper" sem se preocupar em olhar pela janela.

Ele se inclinou, virando-se para ver outra coisa que tinha ficado para trás. "Uh... — grunhiu — O que é isso que colocaram aí agora?". Ela percebeu que o colarinho da camisa dele não tinha aquele anel barroso que havia no seu. Ela tinha se trocado depois de Shreveport, não podia ter passado mais de uma hora desde então, e olhou os punhos, afastando o tecido delicadamente de sua pele para inspecioná-los. Ainda estavam impecáveis, nenhuma secreção marrom até agora. Ela estava vestida com cores pálidas: uma blusa cor de creme com uma gola redonda e mangas compridas, uma saia bege combinando, e sapatos Yves Saint Laurent marrons. Esse conjunto ela encontrara exposto na vitrine de "Haute Couture" da elegante loja Takashiyama, na capital. Alisou a saia sobre as pernas, tirou uma echarpe da bolsa, com uma estampa abstrata, mesclada de cores creme, marrom e acaju, da Dior. Lançou a echarpe sobre a cabeça, e com ela cobriu os cabelos, e a amarrou sob a mandíbula. Haviam dito a ela no Japão que as mulheres do Sul dos Estados Unidos sempre cobriam a cabeça em público.

Bobby estava completamente distraído. Não alisou a camisa amarrotada, nem sequer se penteou. Levantou-se num salto, dizendo: "Chegamos! Chegamos!", depois se inclinou sobre ela, dando-lhe um beijo na boca. Disse também: "Gosto de você!", mas foi tão fugaz que a única coisa que viu foram as costas dele enquanto lutava para tentar descer a bagagem.

Para além daquelas costas, a janela mostrou a ela uma parte da estação de trem: trilhos oxidados, vagões abandonados e sucata empilhada debaixo do sol. Ela se levantou cuidadosamente, experimentando a estabilidade das pernas, já que o movimento do trem, ao qual tinha finalmente se acostumado, tinha cessado. Em seu próprio ritmo, foi ajeitando a saia, a gola, examinando novamente os punhos, e só então se voltou para as janelas que davam para a plataforma. Aquelas janelas pareciam na verdade telas de projeção: os rostos apertados, dúzias de rostos, reluzentemente avermelhados pelo entusiasmo e pelo amontoamento. Yoshiko achou que eles sorriam de modo quase grotesco; uma dúzia de mãos saudava uma dúzia de olhos que piscava enquanto as pessoas se empurravam, tentando se aproximar para bater no vidro e chamar a atenção de algum dos passageiros de dentro do vagão. A multidão a observava e Yoshiko se sentiu incomodada diante daqueles olhares cegos, diante daqueles gestos mudos.

— Deus — disse Bobby. — Parece que veio a turma toda.

Yoshiko não podia decifrar pelo seu tom de voz se eram boas ou más notícias. Bobby se apressou a sair para o corredor com seus pacotes, para sair e ficar mais próximo ainda das vidraças, próximo o bastante para poder bater no vidro em resposta e rir. Yoshiko seguiu-o, calada, dócil, esperando se orientar.

“Se apressar assim para ficar esperando, se apressar assim para ficar esperando, feito um tonto”, grunhiu às costas do passageiro que estava na frente, um homem idoso todo vestido de cinza. “Se apressar assim para ficar esperando”, escutou Yoshiko outra vez, a voz de seu marido repetindo agora a frase como um mantra ou como uma fórmula mágica. Mas as repetições de Bobby não deram resultado e, no corredor, o calor começou a pressionar levemente seus corpos. Yoshiko sentiu que começava a transpirar. A umidade que se juntava em suas axilas deixou-a nervosa por causa da blusa creme que tinha escolhido.

Lá fora as pessoas continuavam batendo no vidro, mostrando sorrisos expansivos e agitando os braços acima das cabeças dos demais. Seus gritos e uivos, que eram ouvidos agora bastante apagados, e as expressões dos seus rostos, exageradas pelo esforço de superar a barreira do vidro, faziam que tudo do outro lado parecesse irreal. Yoshiko olhava para eles como objetos ou como participantes de um documentário, mas, em um determinado momento, compreendeu: eles podiam vê-la tão claramente quanto ela os via, e eles estavam pensando também, como ela, no que viam. De repente, sem querer, levantou seu braço e, sorrindo, fez um tímido cumprimento. Seu esforço minúsculo multiplicou a exuberância do outro lado; provocou quase uma explosão de braços cumprimentando, cabeças assentindo, bocas abertas.

Bobby se voltou e viu que ela estava cumprimentando, viu que ela sorria para a sua família. E isso o deixou contente. Procurou os olhos de Yoshiko. Durante um instante se encontraram em um olhar eterno, um olhar de amantes, que provocou de novo uma reação de força multiplicada nos Rutherfords lá de fora. Depois daquele instante, o silêncio entre os dois teve um calor e uma intimidade próprias. Yoshiko se sentiu amparada. Bobby piscou-lhe e disse: "Bom, é se apressar para ficar esperando, meu amor". E deu as costas outra vez.

Yoshiko teria preferido que ele não tivesse dito isso. Voltou até o instante da piscadela, e manteve aquela imagem. O momento de se olharem como amantes a deixara um pouco excitada, e se surpreendeu pensando no corpo dele, nas cadeiras e nos glúteos e em como se contraíam quando ele estava em cima dela. Olhava para a nuca dele, e pensava na piscadela, e pensava no cheiro, e no cheiro que o corpo dele deixava dentro dela no dia seguinte.

A senhora Rutherford tinha dezoito anos, e tinha decidido se casar com o "americano" porque se irritava com a ideia de ter que ficar sozinha, como única filha, com "pai", um viúvo enfermo e insuportavelmente queixoso. Além disso, já sentia intolerância por Nagoya, as montanhas, a neve, o tédio, a terrível ameaça de um casamento arranjado e a permanência até a morte naquele grande nada. Em vez disso tudo, Yoshiko se agarrara à oportunidade de mais e melhor e à promessa de se aventurar no país do-dinheiro-dá-em-árvore e das avenidas-de-ouro. No instante em que oscilou entre a oferta de Robert Rutherford e sua própria aceitação, sem pensar nem na honra nem no correto, naquele instante Yoshiko cortou todos os laços e criou ao seu redor um muro invisível. Atrás dela, é claro, deixou correr um rio de vozes, contando uma história que — no momento em que o trem chegava à estação de Arcadia, Louisiana — ainda passava pelos lábios de cada homem, mulher e criança de sua cidade natal. Passou a ser "aquela que corrompeu o bom nome do pai, da família, dos ancestrais, dos descendentes, para se misturar com um gaijin". Yoshiko se transformou em uma figura superdimensionada, horrorosa; o fato de ela ter existido ficou gravado na consciência da cidade como uma ameaça para cada pai com uma filha que passasse da infância. Ainda antes de ir embora, Yoshiko soube que era assim, e se sentiu poderosa.

Aquele poder ainda corria por suas veias. A senhora Rutherford virou--se para a vidraça e cumprimentou como uma rainha a "família", sua nova família, aqueles rostos rosados e grandes, de cabelos cacheados castanhos, braços longos e olhos redondos. Sua família. E eles responderam a seu gesto, magnificando-o, multiplicando-o por dez, por vinte, e suas vozes apagadas ulularam suavemente atrás dos vidros.

Bobby adiantou-se. "Ei, vamos", disse, e Yoshiko o seguiu, repetindo em solilóquio com a mesma pronúncia que ele: "Ei, vamos. Ei, vamos". Ênfase no "vamos". O truque do inglês era o ritmo; um sotaque diferente sempre podia ser disfarçado desde que se adquirisse o ritmo que eles usavam. Yoshiko não gostava da ideia de ter uma pronúncia estrangeira. Escutando sua própria voz gravada nas aulas do Inglês Hoje em Nagoya, tinha constatado que seus erres e eles e efes eram melhores que os de um japonês comum. Ela tinha um talento especial para imitar sons estrangeiros; disso podia estar certa. Porém, mais tarde, percebera que chegar a imitar esses sons era apenas a metade da batalha. Quando conheceu Bobby, soube que o verdadeiro inglês americano era um assunto de ritmos, uma musiquinha ligeira. Aí estava a chave para a conquista do inglês: no ritmo, da-dum-da. "Ei, vamos".

Bobby desceu do trem para a plataforma e submergiu no mar de seus parentes. Depois, com gentileza, se afastou deles e estendeu a mão, o braço estirado ligeiramente para ajudar Yoshiko a descer. E ela desempenhou seu papel com graça, com elegância, tomando-o pela mão, apoiando delicadamente cada pé, calçado com Yves Saint Laurent, sobre cada um dos degraus.

Ao levantar ligeiramente a saia, Yoshiko exibiu suas pernas magras (apesar de curtas); sentiu-se majestosa e por um instante pôde imaginar-se verdadeiramente mais alta do que era. Voltou-se a seu público, a multidão de rostos avermelhados, os Rutherfords. O tempo adquiriu velocidade repentina enquanto um bando de mulheres se lançou em sua direção. Ela sentiu que o mundo dava voltas; as mulheres a rodearam, e os homens, dando tapas nas costas de Bobby, lançaram para ela olhares furtivos, apreciativos. Mas Yoshiko estava absorta tentando se defender da invasão feminina. Cada uma das mulheres Rutherford tinha ao menos meio metro e vinte quilos a mais que ela; estavam vestidas com poliéster bordado, um tecido moderno, cômodo, em tons pastel. A roupa delas ficava justa de um modo estranho, apertando particularmente o abdome, o busto e as coxas corpulentas, e fazendo que seus corpos se exibissem desproporcionais e inverossímeis. Entre esses corpos gigantes, Yoshiko se afogava, ficava à beira do desmaio pelo toque das vozes, mãos, cheiros e perfumes. Yoshiko instintivamente abandonou toda ambição de distinguir sílabas, palavras e frases que a nauseavam e tentou se manter parada e sorrindo.

Uma das mulheres usava um chapéu; era rosado. A mulher estava toda vestida de rosa, com um vestido de chiffon rosa franzido ao redor do pescoço e com babados na saia. Era um rosa estranho, terrivelmente cálido e cremoso. Apesar de ser velha, era linda. Seus olhos brilhavam pelas lágrimas, sim, estava chorando de verdade. As outras se afastaram um pouco deixando que essa mulher comovida se aproximasse mais de Yoshiko. Quando estava na frente dela, vacilou, como que para tomar ar, e então se atirou sobre a *petite* figura de Yoshiko, uivando de regozijo. E depois, de repente, esticou-se para trás e dirigiu a ela um olhar penetrante. Com uma voz bastante similar à de Bobby, disse: "Deus meu, filha, você é tão bonita que poderia ser uma bonequinha!".

Deu meia-volta e disse a Bobby com uma voz estridente: "Você a escolheu porque ela é linda, não é, Bobby? Sempre escolhendo o livro pela capa, hein?". Yoshiko viu uma sombra de ira e de desaprovação passar pelo rosto de Bobby, mas que durou apenas um instante. A mãe dele continuou, rapidamente, anunciando para a multidão de familiares de amigos: "Ai, meu garoto tem bom gosto, vocês não acham?". Houve um murmúrio coletivo e assentimento e uma vontade geral de manter a alegria. Mas ela continuou com o discurso, já que tinha a atenção de todos, e disse: "E agora o meu garoto, além do mais, é famoso. Olhe, Bobby! Olhe o que eu publiquei no jornal para você. Olhe! Uma coluna inteira!". Um grupo de garotos jovens estava desarrumando o cabelo de Bobby como reação masculina à demonstração excessiva de Amor Materno em um local público. "Bobby! Bobby!", gritava de modo estridente a mãe, sem conseguir chamar a atenção dele.

Yoshiko, no entanto, esticou uma mão tímida porém determinada na direção do pequeno recorte de jornal. "Ela quer ver, Mabel", sussurrou uma voz de mulher, e a mãe de Bobby voltou-se para olhar com olhos exasperados para Yoshiko. "Oh...", disse em um tom obviamente desiludido. "Você quer ver?" E de má vontade entregou o recorte. "Mas" — continuou de repente, voltando a tomar o artigo — "você consegue ler? Você consegue entender, querida?" Voltou-se novamente, desta vez em direção a Bobby, o chiffon volumoso em sua gola formou uma enorme nuvem rosa, e perguntou em voz bem alta: "Bobby! Filho! Ela já consegue ler em inglês?... Ei! Bobby!... Bobby!".

Yoshiko alcançou o recorte e o retirou, suavemente, da mão distraída da sogra. Manteve-o entre o polegar e o indicador direito, e olhou-o bem. Era uma coluna inteira do jornal. Tinha saído na edição daquela manhã. Yoshiko olhou a foto desfocada de Bobby que tinham colocado. Era uma foto do ano da formatura do ensino médio, e ela quase não o reconheceu. Estava com o colete de um smoking, colocado um pouco alto demais no colarinho. O rosto estava gordo e na foto do jornal dava inclusive para ver que ele tinha acne. Parecia comum e pouco inteligente e, de repente, Yoshiko se sentiu insegura quanto à qualidade do homem com quem tinha se casado. Não achava que tivesse se casado com um estúpido, mas olhando essa foto, com aquele olhar tão indolente e aquela expressão tão apática, já não conseguia ter certeza. Era inteligente? Ela vacilava. O que havia de interessante nele? Havia algo de poderoso, de forte? Queimava os neurônios pensando respostas.

Olhou de novo o recorte de jornal, e enquanto o lia o barulho das mulheres e os grunhidos dos homens se dissolveram e se tornaram em sua cabeça cada vez mais apagados e distantes. A manchete era um desfile de letras grossas, mal alinhadas, que anunciavam: "GAROTO DA CIDADE REGRESSA COM EXÓTICA NOIVA ESTRANGEIRA". Depois vinha uma biografia complicada e sentimental de Robert Edmund Rutherford, incluindo a menção dos papéis que representou nas peças de teatro do primário, suas posições nas equipes de futebol e de beisebol, sua longa viagem para a Universidade Cristã do Texas (a uns 150 quilômetros), e depois mais longe ainda para conquistar seus despojos e sua fortuna na Marinha Mercante. Foi até o Japão, "onde conheceu sua belíssima esposa Yosoki, acompanhado da qual hoje mesmo regressa para casa. Desejamos a eles muitas felicidades e uma longa vida juntos. Logo será anunciada a data da recepção".

Quando terminou de ler o artigo, Yoshiko pôde outra vez ouvir a mãe de Bobby reclamando a atenção do filho, que, por sua vez, a ignorava e evitava com uma destreza notável. Ela, no entanto, perseguia-o dizendo: "Bobby! Você! Me escute agora mesmo. É uma coluna inteira. Bobby, olha aqui, Bobby! É para você! Olha o artigo que a mamãe mandou colocar para você no jornal, Bobby! Bobby!". Entretanto, era Yoshiko quem tinha o artigo entre seus dedos, mantendo-o como se fosse a evidência para um julgamento. Yoshiko olhava as letras diminutas, negras, impressa em uma folha branca, ou semibranca, ordenadas da esquerda para a direita, o oposto do japonês. Pensava que as letras romanas vinham em vinte e seis forminhas, isso e nada mais. "É tudo o que eles usam", pensou, "um alfabeto simples, fonográfico: GAROTO DA CIDADE REGRESSA COM EXÓTICA NOIVA ESTRANGEIRA". E de repente Yoshiko percebeu que ali nas extremidades do papel, apenas nas bordas das extremidades, apareciam pequenas manchas. Manchas marrons, redondas e crescentes, nos lugares que seus dedos haviam tocado.

Marcelo Cohen

ASPECTOS DA VIDA DE ENZATTI

42 anos

Sob um espesso céu sem lua há um edifício, no edifício várias janelas abertas, apesar de nenhuma estar iluminada, e próximo a uma dessas janelas um homem pensando que ocupa o centro da noite. Está de olhos abertos, mas tem a mente letárgica, e ao seu redor a escuridão incompleta agita-se às vezes emitindo nele reflexos rosados ou esbranquiçados, lampejos de objetos que o homem não tenta reconhecer. Ele se chama David Enzatti. Está deitado. Não se mexe porque, se de alguma forma estiver pensando, pensa que o sistema da noite, suas equívocas harmonias, dependem de ele se manter no centro. Enzatti se considera tranquilo; pensa ou sente que ele articula a noite. Transpirando um pouco, afetado esquivamente pela respiração de sua mulher, deixa seus olhos se fecharem. Uma escuridão mais absorvente exige dele que não se abandone, e ao mesmo tempo o cerca e o acalanta.

De repente ouve um grito.

É violento, é longo, tem algo de fastio e isolamento, não é um grito vertical mas oblíquo ou parabólico. Esquadrinhando a escuridão, Enzatti se esforça para discernir se o grito veio de seus sonhos ou de algum lugar do mundo, e enquanto tenta se livrar da letargia o grito volta a ser ouvido e outra vez escapa dele: a única coisa que lhe resta é a angústia do eco na cabeça. E o eco diz que o grito, por mais que tenha se repetido, não é de desespero; nem de pena, não é um grito de dor, nem de cólera, nem de raiva. Não é um insulto, não é um gemido. Não se perde claramente no silêncio como o guincho de um camundongo, não dá peso ou forma ao silêncio: ele o fratura.

É um grito, e quando volta a se fazer ouvir Enzatti também não o escuta (apenas consegue somá-lo à lembrança porque está pensando), deliberado e urgente. O grito de alguém que quer que o ouçam gritar.

E agora Enzatti, ainda imóvel no centro da noite, tem o grito na cabeça e não pode ignorá-lo.

Por mais cuidado que tenha em não acordar Celina, que continua dormindo, ao se sentar na cama Enzatti altera o sistema da noite. A escuridão seccionada começou a girar em estranhos sentidos, e da confusão nascem forças ardilosas, arbitrárias, que o capturam. Enzatti e o marco do grito estão unidos através da noite como duas pontas de uma fenda que corre entre escombros. Mas a união não é inerte, e sim magnética ou viva, ou o que acontece é que Enzatti não suporta que aquilo que gritou continue gritando.

A placidez se despedaça. Enzatti se levanta, vai à janela: um terraço com vasos, linhas de piche em um telhado, um gato que escapole, antenas e caixas-d'água em uma atmosfera de nitrato de prata.

Afasta-se da janela, domina o coração, apanha na cadeira as calças e a camisa, calça os sapatos e esquivando móveis apinhados, pisando em caixas e brinquedos, encontra no corredor um reduto onde pode se vestir. Depois fecha a porta do quarto: Celina continua dormindo. Enquanto se apoia no portal da outra porta para espiar o quarto dos meninos, os roncos esporádicos, miúdos, chegam até ele flutuando na penumbra como partes dessa ordem que o sonífero que tomou não conseguiu terminar de construir. Há agora para Enzatti um devaneio de cheiros infantis, talvez um desvanecimento e, antes ou depois do novo grito, a impressão de que um desequilíbrio está por desintegrá-lo; depois, certamente, porque desta vez o grito vem não só como um chamado, mas também como uma consequência.

Consequência de quê? Com a lembrança do grito, que continua abalando o ar, Enzatti se enche de rachaduras: como o esmalte rachado de uma cerâmica inteira. Mas não, não é isso.

Cambaleando vai até a cozinha, se desvia de outros objetos, tateia na bagunça à procura de um guardanapo e seca seu suor. Está se perguntando por que não entrou no banheiro quando volta a ouvir o grito, mais enérgico ou mais impaciente, também mais abafado porque não há ali nenhuma janela aberta, e então, na luz que vem do pátio interno, entre o traço branco que é o brilho da cafeteira e o cintilar dos mosaicos, ele parece ver a corda arqueada do eco do grito, e em seu próprio crânio, como em um teatro fugaz, a caterva de harmônicos que o acompanham.

Todo som tem seus harmônicos, sons secundários que o rodeiam e o conformam; uma congregação discreta, opções ocultas e talvez postergadas. Um som é ele mesmo e o feixe de sons simultâneos que arrasta ou desencadeia. Isso é o que diz a física. E além dos harmônicos, se se percute uma corda (pensa Enzatti), a nota que se escuta será certamente impura, porque a corda vibra, ou vibra o ar, e a vibração se propaga e afeta outros pontos do ar antes de se extinguir; e o ar está cheio de impurezas.

No teatro do crânio de Enzatti o grito que o arrancou da cama, o grito que na rua ou no próprio crânio volta a soar e convoca, está levantando uma revoada de sons antigos. O grito sulca o crânio e os harmônicos se expandem, se revolvem, chocando-se com coisas adormecidas que, obnubiladas, se erguem à vigília, tilintando. Depois, os sons se derramam, aos saltos se filtram na noite da cozinha para arrebentar o que resta de ordem, povoam as camadas giratórias da escuridão e Enzatti, com a camisa ensebada e o guardanapo nas mãos, se entrega à tarefa ou se deixa arrastar. Outra vez, a tudo isso, parece ter ouvido esse grito descarnado. Apanha as chaves e sai.

31 anos

Ao sair do hospital, sentiu que a primavera sacudia-lhe o corpo com uma tropa de aromas para obrigá-lo a erguer a cabeça e olhar seu desdobramento. Era deslumbrante, sim, e arbitrário: jacarandás cheios de azul-claro balançavam os galhos em uma leveza geral, brilhavam os para-brisas dos carros, o pólen e os vestidos e a brisa que desmanchava penteados uniam seus vigores, uma morna sinergia fazia levitar a realidade, não, a girar em torno de um eixo variável, de modo que cada volta era um pouco diferente da anterior e nada, nada podia ser previsto, nem a hora do próximo café nem o rumo do pensamento. Como isso era justamente o que Enzatti queria, perder o fio, se deixou ser cercado pelo ar. Assim envolto, mais frio por dentro que indiferente, se afastou do hospital bem lentamente convencido de que, como o rastro prateado de uma lesma, deixava um traço de visões desunidas: a bolsa invertida do plasma, os apósitos na mesa auxiliar, o pedal da cama, o enchimento surgindo por um corte do colchão, as veias inchadas do nariz do pai, a testa furiosamente franzida, alguém com uma agulha hipodérmica. Era improvável que o pai de Enzatti recobrasse a consciência; tinha sido operado depois da queda e, apesar de parte do cérebro estar danificada, os médicos tinham se empenhado em salvá-lo, e agora ele respirava, com os olhos virados, nem sempre constantes, para além da espera e da dor. Então Enzatti deixava para trás o hospital carregado de uma rancorosa leveza. Não pela primavera, não por algo cíclico. Mãe morta vários anos atrás, agora o pai no limbo, no nada: Enzatti caminhava solto, como supurado pelo mundo, sem origem nem explicação. Nada de ter perdido um vínculo real: não tivera presságios, despedidas, não tivera recapitulações. Apenas uma queda de velho, uma batida. E Enzatti no mundo como uma presença imotivada. Não filho de pai e mãe, e sim uma emanação da vida, uma exalação, algo que, mais do que morrer, no final terminaria evaporando. Pensava nisso sem espanto. Por enquanto. Eram dez para as onze, e ao meio-dia tinha que ver o fabricante de brinquedos Malamud. Atravessou a rua. Parou na outra calçada. "Esse bar", disse entre dentes. E entrou. No espaço alongado, as pessoas não tinham outra opção além de se amontoar entre o balcão e uma divisória com espelhos: esgotados parentes de prostáticos, pais orgulhosos, enfermeiras e proctologistas irmanados, entre o cheiro de mostarda e a fumaça da máquina de café, pela eternidade de um intervalo. No final do balcão, diante do secador de louça de alumínio, havia um banco vazio. Acomodando-se, Enzatti pediu vinho. Vinho branco gelado, que não lhe foi servido em um copo, mas em uma taça. Um homem que parecia misantropo, ou arrogante, desmentiu essa impressão dirigindo-lhe um sorriso. Tinha abaixado o jornal e dera um passo em sua direção, e o olhava como se soubesse que Enzatti tinha perdido os laços com sua origem. Naquele momento de intimidade enervante Enzatti baixou os olhos, mesmo que em seguida tenha voltado a erguê-los. Subitamente o homem pediu desculpas, mas que o estava observando porque, apesar de não ser tão mais velho que ele, ao vê-lo, parecera ter visto a si mesmo em outro tempo. Os dois riram. Enzatti convidou-o para uma taça de vinho. Então o homem disse que não bebia álcool e, depois do silêncio, fez a pergunta: "Sabe por que eu não bebo?". "Não", disse Enzatti. "Então, olhe", disse o homem, "vou contar para você. Vou contar: uma vez, faz anos, eu tinha que ir ao hospital para ver o meu irmão, que tinha tido um acidente de moto. Minha cabeça fervia por dentro, de raiva, porque eu já tinha-lhe avisado que numa hora dessas ele ia acabar virando purê, mas não queria desperdiçar a vida com sermões. Sabia que o estado do meu irmão era grave, de modo que o que mais me importava era conversar, por mais que ele fosse melhorar, aproveitar aquele momento decisivo para explicar-lhe que eu tinha muito carinho por ele e, dentro do possível, esclarecer questões importantes de nosso relacionamento, e também fazer a ele certas perguntas. Para que você entenda o fundamental que era para mim aquela conversa, e no fundo para nós dois, explico a você que o meu irmão e eu éramos muito unidos, mas que nunca, nunca tínhamos dialogado. Por isso, eu não queria desperdiçar a vida com sermões, ainda mais com um homem cujo corpo tinha virado bosta. De modo que, como eu era muito temperamental, para me acalmar entrei num bar para tomar um copo de vinho. Tomei dois copos de vinho, bem tranquilamente, digamos, devo ter levado quase uma hora meditando e tomando o vinho. E quando cheguei ao hospital, me disseram que fazia sete minutos que meu irmão tinha morrido. Exatamente sete minutos", insistiu o homem. Enzatti percebeu que não ia conseguir olhar para ele com franqueza. *Este cara é um babaca*, pensou. *Para que é que vai me contar um negócio desses?*, e nem por piedade ou educação conseguiu sorrir. O que fez, então, foi tomar um pouquinho de vinho, deixar um pouco debaixo da língua antes de engolir e, enquanto engolia, erguer a taça. Era uma taça abaulada, a temperatura do vinho a havia embaçado, e entre as gotas que escorriam até a base Enzatti percebeu que, em cima do vidro convexo, se acumulavam sem disputa as partes daquele mundo suspenso, o bar e as regiões da rua. Na taça havia enormes dedos de enfermeiras culminando em braços minguantes e finalmente diminutos, uma pequena caixa registradora, uma remota janela, diferentes cabeças que em sua diversidade minúscula pareciam imóveis, e as cúpulas de vidro com sanduíches e o ventilador de teto em cima em fuga, e o chão abaixo em fuga, e o rosto de Enzatti em fuga, deixando no primeiro plano a monstruosa chatura do nariz, tão afastado dos olhos, todo definido e disposto em um fresco halo verde-amarelo: a realidade acabada. Do outro lado da taça, não excluído mas aceito com dificuldade, aleatório, o homem do irmão morto parecia exigir um comentário a sua história. "Eu", disse Enzatti, "não tenho ninguém me esperando. Eu já fui ao hospital, estou vindo de lá. Eu posso tomar todo o vinho que eu quiser." Mas não baixou a taça como se tivesse dito uma coisa conclusiva. Na taça se organizavam partes do mundo que a primavera tinha colocado para girar.

42 anos

Na luz chapada do elevador, Enzatti evita se olhar no espelho. É quando ergue a mão para ajeitar o cabelo que o grito soa novamente como uma badalada (apesar de que com um timbre de voz), investindo, reclamando, mas fraco enfim, abafado pelo zum-zum do elevador. Na cabeça de Enzatti, de todo modo, fragmentários sons reagiam caoticamente. O coração se contrai como se quisesse se defender, e com esse mal-estar Enzatti se apressa em ganhar a rua. Quem sabe desta vez foi a lembrança do grito o que ele ouviu. Quem sabe, na verdade, nunca o tenha escutado.

Lá fora, como todas as noites, a iluminação pública não é suficiente para ver direito. A desorganizada geometria do bairro reverbera apenas no sonho, rechaçando o peso da umidade com a monotonia de suas sacadas em série, seus postes solitários, com a fingida solidez de uma classe média decadente. Na esquina, junto ao jato de luz de um poste, um buraco bem fundo parece uma boca pasmada no asfalto. Enzatti ruma para a esquina do supermercado. Quando chega, senta-se no degrau da entrada, olha a noite, o distante semáforo da avenida, fecha os olhos e crê adormecer, mas num instante passa um carro, já passou, e ele se levanta.

Na chanfradura da frente leves aglomerados de névoa se aderem à base de uma guarita de vigilância. É um tubo alto de base hexagonal e provavelmente estaria vazia, porque faz tempo que os vizinhos não contratam guardas, não fossem os pombos que alguém deixa trancados e ninguém ajuda a escapar. Os vidros blindados reluzem de sujeira. Enzatti pensa distinguir asas batendo, mas nada ouve.

Como não tem lenço, seca o pescoço com a mão. Atravessa a rua. Trinta metros adiante pela mesma rua começam os descampados onde ninguém mais quer construir ou as obras, por deserção da clientela, ficam sempre inacabadas. Vigas, guarda-fogos e pontaletes nus afloram no capim como vestígios de um porvir atrofiado, e entre os alicerces musgosos, às vezes, restos de construção. Ao lado da tinturaria fica um terreno baldio que os garotos do bairro mantêm limpo de tanto jogar bola. Cheira a terra molhada de vinho, aí, e estranhamente, a madressilva, e Enzatti se senta no tronco de um jacarandá derrubado.

Faz um bom tempo que o grito não se faz escutar. Parece que não ia mais ser ouvido.

E no entanto todo o silêncio está colonizado pelo eco do grito, como se as ressonâncias partissem do crânio de Enzatti, e nada do que Enzatti percebesse, a fuga de um rato, um fósforo sendo aceso atrás de uma persiana, pudesse libertá-lo da revolução que os harmônicos do grito detonam. De modo que Enzatti espera. Conheceu momentos como este, tanto quanto ao menos alguns dos sons que perturbam seu pensamento: são, todos juntos, o barulho das perguntas que não podem ser respondidas, uma confusão que surge quando algo subitamente cai em cima das explicações e as anula. Também é, agora percebe, a obstinada música do vazio.

O que Enzatti não sabe é onde está o grito que a desencadeou, e começa a perceber que essa ignorância o assusta. Mantendo-o sem apoio, o grito o subjuga, e na incrível persistência dos harmônicos vão se achegando não apenas perguntas mas também lembranças. O grito dói. O grito veio para expulsá-lo do centro da noite. De propósito, claro. Com alguma intenção. Basta ver que aqui está Enzatti, esmagando mosquitos com a mandíbula, sozinho com a lentidão do suor em um terreno baldio tenebroso. O grito era e continua sendo um chamado, talvez um sinal. É possível que seja uma vingança do próprio crânio. É um grito que, além de fazer barulho, *exuma*, quer cobrar algo, subleva.

Então de repente Enzatti fica indignado. Se se sentisse mais ágil ou acordado, se de alguma forma este mal-estar não lhe doesse nos músculos, ele se levantaria de um salto e fumando um cigarro voltaria em seguida para casa, para a metade da cama que lhe correspondia. Mas não só as vibrações do grito o deixam pregado no tronco de jacarandá como também a necessidade de o grito se repetir, e ele poder lhe conferir um sentido, ou ao menos interrogá-lo. Perguntaria a ele, se o grito se deixasse individualizar, porque o expulsara do lugar onde estava há menos de um quarto de hora. E, quando pensa nisso, a raiva aumenta, porque Enzatti, sentado no terreno escuro, no silêncio carregado de cheiro de lixo, óxido e bálsamo, percebe que o grito o mantém de mãos atadas.

Uma luz se acende e em seguida se apaga no segundo ou terceiro andar do edifício que fica em frente ao terreno baldio. É um edifício alto, o único da quadra, em grande parte vazio, cercado por oficinas e depósitos. Está rodeado por um céu opaco, amplas nuvens felpudas. Enzatti espera. Diz de si para si, atreve-se a dizer, que isto que está acontecendo com ele é demencial, de certo modo vergonhoso: atribuir a um grito alma e intenções, transformá-lo em sinal, essa história dos harmônicos, é a flor do ridículo.

Brilha um vaga-lume. Enzatti fuma, e a quietude da noite recebe as exalações. Não tarda em esmagar o cigarro num cascalho.

Mas nada garante que o ridículo seja falso, nem sequer inverossímil. Justamente porque não consegue ser explicado, o ridículo é inobjetável. Aí está ele esperando que alguém volte a gritar. O ridículo está sempre à espreita nas impecáveis interpretações que cada um faz de sua atividade, seus planos, sua *trajetória*, e também nas versões que dá sobre o funcionamento do mundo. O ridículo é amoral, mas não obstinado como as explicações. E a verdade é que Enzatti tem a cabeça tão repleta de sons, que tem dificuldade de engolir a saliva, que está sentado entre os escombros, em uma madrugada sem lua, nervoso e triste como se tivesse visto uma navalha abrindo a carne da noite e descoberto, quando esperava ver gotas, que a suposta carne era só um tecido e depois do tecido não se via nada, quando muito uma parede vazia, como se a noite fosse um quadro. A verdade é que, nesse quadro, Enzatti ouviu um grito, pouco importa se em sonho ou não, e que o grito não deixou de fazer um trabalho, despertar sons que são momentos, exumar lembranças, e por isso está obrigado, coagido a esperar sonhar de novo. Se o grito voltasse a se fazer ouvir, pensa Enzatti, arrancaria de seu crânio um som definitivo: uma *reminiscência*. Esse grito de merda, esse alarido que o expulsou do centro da noite. E o que importava que a noite fosse um quadro, se também era plácida.

Exumar, a palavra *exumar*, tem uma brutal força alegórica. De repente, Enzatti imagina o grito com uma pá nas mãos, a pá de remover terra pedregosa. Ele o vê entre as sombras do terreno, ou o imagina, entre tijolos e cactos. E então, enquanto a cabeça intensifica o clamor, enquanto o eco do grito, lento, subitamente renovado, faz tremer a corroída consistência do bairro, Enzatti acaba de acordar e reconhece, sem gestos nem calafrios, finalmente reconhece que o grito é um chamado do esquecimento, o sinal de que tudo o que é negado lança com partes de sua matéria antes de emudecer e apodrecer. Um dia, compreende Enzatti, em vez de sons haverá pestilência. Por isso o grito maltrata, por isso chama e quer persistir.

Enzatti coça os joelhos. Se coça muito, até as unhas ficarem sujas do tecido das calças. Não está certo de merecer esses maus-tratos mas, como também não pode impedir, como sabe que os maus-tratos simplesmente ocorrem, que o que foi esquecido quis voltar e o grito não pôde ser contido, procura decidir que o grito não é só uma advertência. E pode ser que não esteja enganado: junto com os rastros do que qualquer um chamaria infame, com o repulsivo e o simplesmente inquietante, com o amorfo e o disforme e o fraco, o grito exuma outras marcas, os harmônicos do grito levantam do graal do crânio certos momentos, inclassificáveis, imorais, não maus, melhor dizendo, amorais: momentos soltos do tempo, apontamentos de uma dissolução saudável. Mesmo que nenhuma palavra contenha esse sentimento, ou que ele esteja nervoso demais para encontrá--la, Enzatti sabe do que está falando para si mesmo, e o grito continua vibrando-lhe nas têmporas.

Entretanto agora percebe que não está tão nervoso.

29 anos

Era inverno, uma noite do período mais recôndito do inverno, e provavelmente um feriado religioso ou cívico prolongado, porque a cidade onde Enzatti ia visitar Anabel estava meio vazia, ou melhor, livre das urgências: e como naquela tarde tinha chovido muito, sob o ar renovado os edifícios e as fontes tinham densidades próximas, uma imediatez quase ofensiva, como se esperassem que os assustados transeuntes pedissem a eles permissão para passar.

E foi justamente isso o que Enzatti disse a Anabel, não tanto sua namorada quanto amante contínua: "Teríamos que pedir permissão", ele disse. "Para quem?", perguntou ela (e não Para quê?). "Para o ar ou para os edifícios, para passar. É como se estivéssemos sobrando." Anabel, que caminhava aspirando enfaticamente o ar gelado, respondeu que não, pelo contrário: ela achava que aquela noite toda a *hospedava* facilmente, quase como se não estivesse nem na rua nem em lugar algum, como se não tivesse densidade nem consistência. De imediato, então, ao ouvi-la, Enzatti virou--se para ela: e apesar de fazer vários minutos que estava com as mãos nos ombros dela, apesar de ter sentido o ombro relaxado de Anabel através de roupa de frio e com o ombro a contundência de todo seu corpo, ao menos o tronco, neste momento não a viu. A única coisa que viu, curvado sob a luz de mercúrio, horizontal na transparência da noite, foi seu próprio braço sozinho: e se não o deixou cair foi porque, apesar de não vê-la com os olhos, na mão continuava a sentir o ombro de Anabel. Cada vez menos, não obstante, ou com mais dúvidas. E não era só por causa do frio, que o deixava insensível ao tato. Tampouco por se lembrar que há um ano e meio, na noite em que conhecera Anabel, jantando com o chefe de seção da empresa em que ambos trabalhavam, ele a havia considerado um pouco lenta nas reações, um pouco vulgar e um pouco repetitiva, três objeções das quais se esqueceria antes ainda de começar a gostar dela, e portanto muito antes de começar a ter medo de perdê-la a cada vez que, terminados os fins de semana, um dos dois tinha que voltar para sua cidade. E tampouco por uma armadilha do assombro, como se Enzatti apenas pudesse esperar que Anabel concordasse com ele ou discordasse ferozmente, e não que de vez em quando inventasse uma alternativa, como quem olha para os lados e alça voo. Não. Era — e nesse momento Anabel voltou a se materializar ao lado de Enzatti, que a vigiava de esguelha — pela certeza de que quando caminhava com a mão no ombro de Anabel, distraidamente, sabia menos do que nunca de que era feita aquela mulher, em que consistia ser Anabel, que tipo de trabalhos físicos e mentais demandava, quantas operações de atenção, composição, coordenação, domínio, abandono e relevo. O frio lhe mordiscava os dedos, que se esconderam na flanela do casaco de Anabel e reconheceram penosamente o ombro. Enzatti quis sentir, mas não conseguia por culpa da roupa, o roçar do cabelo dela atrás de seu cotovelo. O que aconteceria se, absurdamente, alguém que tivesse tido uma ideia de outra pessoa a perdesse de repente? O que aconteceria se a gordura ou o cobertor do pensamento, que se multiplicava com uma autonomia vertiginosa, o afastasse do conhecimento do outro, da outra? Muito plausivelmente a outra desapareceria — para esse alguém. Havia, é claro, a possibilidade de conversar, algo que Enzatti e Anabel faziam quase sempre que não estavam se tocando; variar as perguntas até que alguma desse a ela a chance de se mostrar de verdade, e a ele, por assim dizer, de assimilá-la; ou vice-versa. Mas também então algo de substância, algo de substância ia ficar relegado, porque Enzatti já sabia do modo precário como as pessoas se acoplavam a suas histórias, e o quão interminável era o processo de remendos e adições, tanto que todo mundo se dava por vencido, aceitava finalmente a inexatidão, e era bem possível que naquela pitada de substância faltante estivesse a quintessência de Anabel. O ser, incluído no conceito de ser uma mecha de cabelo cor de cerveja, o nariz curvo e elegante como a asa de uma xícara, a clavícula, os humores, os tremores do coração e os sentimentos que a arte atribui ao coração, tudo isso, na verdade, onde se estabelecia? Em certos neurônios, em regiões do cérebro? Sem dúvida, não na matéria, apesar de existir através dela, e sim talvez na mente, algo tão impalpável.

Os sentimentos: vida psíquica, espírito. Onde estava Anabel, aquela que sem dúvida cheirava a mulher, machucava com unhas ou com insultos, aquela que apertava ou se ausentava?

Enzatti espirrou. "Um barulho de nariz", disse então alguém que não era a Anabel de dez minutos atrás, e disse como se estivesse ouvindo o pensamento de Enzatti, "um barulho de nariz não é suficiente para um corpo estar presente. Um espirro é apenas um sintoma, não é? Uma coisa bem pouco expressiva". Enzatti se sobressaltou; de ter esperado algo, teria esperado que Anabel dissesse: *Que distante eu estou sentindo você*, ou talvez simplesmente *Saravá!*, como diziam em sua cidade quando alguém espirrava. Quase em seguida teve vontade de chorar. Percebeu que em sua vida ia ser muito difícil ter a mão sobre o ombro de outra mulher como Anabel. Por isso, por saudade antecipada, disse: "Concordo, mas eu juro que, à medida que o tempo passar, você vai me conhecer melhor". Restava a eles uma quadra, porque iam ao cinema; e faltavam dez minutos para a sessão. Na rua deserta, no ar lácteo e rangedor, Anabel suspirou sorrindo e, enquanto ele a perdia de vista outra vez, acariciou com uma força rigorosa a mão apoiada em seu ombro: a mão de Enzatti. Era uma boa oportunidade para beijá-la, sobretudo na boca — certamente fria na superfície, irreconhecível lá dentro —, e obliquamente espiar como reaparecia ou se certificar de que em momento algum tinha deixado de estar. Mas Enzatti não a beijou, não na rua, porque o cachecol o incomodava e desde a manhã estivera se queixando de torcicolo. Beijou-a mais tarde, no cinema, com os olhos fechados, cheios do brilho ofuscante da tela.

42 anos

Sentado no tronco do jacarandá, sentindo a casca da árvore nas nádegas, as calças viscosas e amarrotadas com a umidade noturna, Enzatti especula. Suponhamos que estivesse ao lado de uma lagoa, que sem ter dormido estivesse no entanto com os olhos fechados; que, persuadido pela leveza do ar, porque seria verão na hora da sesta, deixasse a mão cair, mergulhar na água; e que a balançasse, aberta, indiferente, nada além de sentir a resistência, o frescor; e que sem motivo importante, pela pura vontade de mover os músculos, de repente decidisse fechá-la, ou que a mão se fechasse por decisão própria, devagar; e que quando o movimento fosse se completar não conseguisse, que a palma não pudesse se encontrar com as unhas; porque na mão, fechada mas não totalmente, algo havia surgido; que de repente, sem ter se proposto a isso, a mão apertasse, escorregadia e palpitante, uma truta. Então, em um momento assim, pensa Enzatti e pensa sentir a truta subindo na mão, ele seria a mão e a truta e o tanque, o ar e a hora da sesta, e o verão e o tronco de árvore onde estivera apoiado, e a folha mais alta dessa árvore e o sol refletido nas costas da folha, e as cores de tudo.

Nos harmônicos do grito que expulsou Enzatti do centro da noite também cabe a visão de um momento assim. Um momento assim também seria inexplicável, ridículo, e nem por isso lúgubre como esta noite.

Essa ideia parece refrear por um instante a avalanche de lembranças que ameaça desabar sobre ele. Não mitiga a angústia de Enzatti, mas a torna mais tolerável.

O que zune no crânio de Enzatti e o comove, e o debilita, não é somente o que foi esquecido e que regressa. É o desconhecido.

Enzatti se sente frágil e mais frágil ainda lhe parece a noite, de modo que responsavelmente evita se mover. A imobilidade se expande; engloba a intempérie, recobre o capim, os prédios, as calçadas quebradas, os carros como dinossauros adormecidos na nem tão distante penumbra de uma garagem, em uma espécie de fixidez cristalina; e quando tudo parece alcançar o clímax da quietude, quando tudo na noite parece inverossimilmente real, do seu modo eterno, isso que divide a quietude retrocede, o nó da persistência se desata e aos olhos de Enzatti as coisas começam a se desfazer. Não é, claro, que elas estejam desabando; mas elas se estremecem, como voltam a vibrar agora os harmônicos do grito no crânio de Enzatti, e a umidade confere a eles solidez. Lãs de um malva escuro esmaeciam o contorno do prédio em frente. Onde até há pouco havia um semáforo agora se vê uma inchada nuvem verde, e em seguida um brilho dourado, depois nada. Será possível que o bairro esteja se cobrindo de neblina, pergunta-se Enzatti, ou é o esquecido que retorna em mortalha de fumaça?

Do farol que na esquina pende sobre o pavimento, em uma encruzilhada de fios invisíveis, derrama-se uma agônica claridade de magnésio. Agita-se apenas o farol, porque não há vento suficiente para mover uns flocos de neblina negroide. Qualquer coisa que possa ser ouvida, grilo ou ambulância, Enzatti está impedido de ouvir, não só porque o eco do grito continua ocupando sua cabeça, e sim, sobretudo, porque está absorto na espera. Vê coisas determinadas, no entanto, e o que está vendo agora é, a uns trinta metros, onde o muro incrustado de vidros que divide o terreno baldio é interrompido na calçada, uma dobra nas ondas malvas de neblina. A dobra se encurta e se estreita, arredonda-se, fica intumescida e irritada como uma ferida mal suturada e, expelindo uma baba esbranquiçada, arrebenta-se para criar uma silhueta vermelha.

É uma mulher. Vestida com uma espécie de bata, ou um arruinado vestido de noite de um vermelhão sujo, algo pesado para o calor que está fazendo, e no rosto uma dureza atônita, como se acabasse de ter sido atacada por alguém que à primeira resistência tivesse se desvanecido. No ombro esquerdo, uma bolsa de lona lhe encurva o corpo; na mão direita traz um bastão.

Não se vê muito mais da mulher na escuridão do terreno, agora que ela margeia o muro, corta a neblina, enfronhando-se no joio. Ela não vê Enzatti ou finge ignorá-lo, apesar de que o mais provável é que não o veja, o que é compreensível, porque entre esse muro e o jacarandá caído está toda a extensão do terreno, que não é pequena. A mulher tropeça em algo, se desequilibra, o vestido se engancha em um cardo, ela afasta os galhos com o bastão. Quase apagada agora pela mata e pela névoa, ela se abaixa junto aos restos de um pilar de alvenaria. Depois de um instante trabalhando, colocando coisas na bolsa, arfa ou se queixa, até que com dificuldade volta a se levantar. Quando o rosto surge em meio ao mato, parafina molhada, os lábios se esticam um pouco, e ao mesmo tempo as maçãs do rosto se incham como se a mulher fosse uma medalha que quer ganhar espessura.

Enzatti pensa que a mulher necessita soltar um som e não consegue; nota isso pela careta, pelo fastio com que brande o bastão, como se estivesse furiosa ou decepcionada. E, ao mesmo tempo, percebe que em momento algum ele se perguntou se a voz que o tirou da cama era de homem ou mulher. Não sabe, mas não se perguntou; e agora quer recuperar a memória do grito e não consegue.

Encostada no muro, bufando com o peso novo da bolsa, a mulher avança em direção à calçada. Subitamente convencido de que foi ela quem gritou, Enzatti decide abandonar o jacarandá. Enquanto se levanta, desesperado para alcançar a mulher, tem uma consciência abundante do movimento, de seu próprio progresso lento, como se estivesse dentro de uma gelatina. Não dura muito esse torpor, mas suficiente para a mulher ganhar uma boa vantagem; e com a distância aumenta a ansiedade de Enzatti.

36 anos

Meio da tarde. Na rua de calçadas largas, de concreto partido pelas raízes de velhas árvores, apoiado em um poste solitário, Enzatti esperava um ônibus debaixo de uma garoa pesada, ruidosa, opaca como limalha de ferro. Acabara de vender um lote dos vestidos femininos que fabricava, e em outro bairro outro cliente o aguardava, e apesar de que talvez não fosse verdade, se sentia com o tempo bastante apertado. Estava incomodado de não ter nada de interessante diante de seus olhos e, além do mais, Enzatti não era dos que viam com facilidade. Mas então viu algo. Na mesma calçada onde estava parado, ao voltar a cabeça, viu, sob a luz verde-cinza, uma escada de alumínio apoiada na parede de uma sacada fechada por risco de desabamento. A informação era dada por uma placa pendurada num balaustre da sacada: *Risco de desabamento*, dizia; mas aquela eloquência taxativa não era o bastante para atenuar o ridículo da escada, a solidão, a aflição que de imediato deixou Enzatti quase sem ar. O ônibus não passava. A garoa ia se acumulando, aparentemente, nos degraus da escada e, acumulada, precipitava-se em gotas grossas cujo destino Enzatti não conseguia ver, porque o parapeito da sacada o impedia. O *eme* de desabamento estava descascado, e Enzatti, que não conseguia se conter, se perguntou que sentido teria aquilo, a sacada em risco, a escada abandonada, e se perguntou porque não teria podido tolerar que a aflição que sentia fosse gratuita. Apesar de tudo havia, como um campo magnético, uma calma aniquiladora ao redor do ponto, e ao redor dele; apesar de que talvez fossem a escada e o ruído metálico da garoa o que exigisse um sentido para o momento. Na calçada em frente, em cima da marquise da farmácia, um relógio digital marcava dezesseis e vinte e três. Enzatti se concentrou, inclusive muscularmente, nos números formados de pontinhos púrpura. Quando o último dígito mudou de três para quatro, em um paroxismo de discrição, os músculos do pescoço disseram a Enzatti que, se se virasse para olhar para a escada de alumínio da sacada abandonada, teria uma revelação. De modo que Enzatti se virou, e a teve. A revelação era de que tudo continuava desaforadamente igual, como se na passagem do três ao quatro no relógio digital houvesse se concentrado a indiferença inteira da eternidade. As vetustas árvores da rua se agitaram um pouco, talvez pelo vento, e Enzatti sentiu misturados cheiros de caldeira e quinina. O corpo se expandiu, disposto a enfrentar o ônibus que já se aproximava.

Na jactanciosa imobilidade da tarde, o ônibus representava finalmente o consolo de uma direção, o ônibus era o sentido, algo que *transportava*, apesar de que talvez para outro ponto de repouso ou tristeza. Mas Enzatti não recebeu aquilo com alívio, não entrou com toda a decisão necessária na lógica das trocas e dos intercâmbios, pagar ao motorista, receber o tíquete ou empurrar um pouco. Enzatti pensou que a escada de alumínio tinha oferecido a ele certa intimidade com o inalterável, o pertinaz, o que não significava nada. Dois dias depois, ainda meditando, atreveu-se a escrever um poema humorístico:

> *Adeus, momento,*
> *Agradaste-me porque eras lento e, quando já te afastavas,*
> *bastou-me mover a cabeça para ver-te um pouco mais.*
> *Agora que cavilo,*
> *Recordo que eras louro, escarpado,*
> *com uma leve penugem exterior*
> *e um poderoso ar de lamelibrânquio*
> *O que não sei bem*
> *é o que tinhas dentro.*

"Acho difícil acreditar que seja seu", disse-lhe seu amigo Bránegas quando Enzatti mostrou a ele o poema. Sabia que Bránegas não era indiferente à lírica, por mais que preferisse os romances, e que se era evasivo era sobretudo por inveja. Enzatti sentiu uma tentação maiúscula: dizer a ele que de fato o poema não era dele e sim de um dom trazido por aquele momento: que de certa forma o poema tinha se escrito sozinho. Além do mais, era o que pensava. Mas, ao invés disso, agradeceu a Bránegas pelo comentário, porque o considerava um elogio, e guardou o poema em uma pasta, esperando voltar a encontrá-lo no futuro, de tarde em tarde, como uma anomalia persistente, irremediável.

42 anos

Também tropeçando em tijolos, garrafas, Enzatti vai pela calçada atrás da mulher. A uns trinta metros o vestido vermelho se perde na bruma como uma papoula nos vapores de um vulcão, leve, final, envolta no borbulhar, decidido a levar o grito que Enzatti necessita interrogar porque guarda lembranças suas, revelações. E Enzatti, pesado de sonolência, tenta apertar o passo como se travar contato com aquela mulher, ajudá-la, se preciso fosse, mas, acima de tudo, perguntar a ela por que gritou, pedir a ela para gritar novamente, fosse o único dever decisivo que tinha tido em muitos anos. O fato de que a mulher tivesse começado a usar o bastão como bengala não a tornava mais lenta; pelo contrário. Enzatti chega até a garagem da outra calçada quando ela já o deixou bem para trás.

E nisso volta a ouvir o grito. O grito que quase uma hora atrás o arrancou do centro da noite.

Enzatti para seco diante da entrada da garagem.

Como a garrafa de champagne no casco do barco, o grito se estilhaça para que a massa da noite deslize preguiçosamente rumo à realidade. E apesar de não deixar de haver muitos ecos no crânio de Enzatti, afoga-os na imediatez quase cínica que ganham os ladrilhos, as manchas de óleo diesel no degrau de cimento da entrada da garagem, o cheiro de diesel, a bruma que começa a se dissipar entre as bananeiras, e claro, o grito que agora insiste. Um grito de homem, imperioso e ansioso. Vem do fundo da garagem.

Agora é preciso se haver com a reação. O grito é de homem: está ao alcance da mão, por assim dizer, em um ponto da escuridão com forma e acidentes; é um chamado concreto; se repete como se houvesse detectado a presença de Enzatti. O vestido vermelho da mulher da bolsa não se perdeu de vista, porque a névoa continua se dissipando, mas ela está bem longe e já não importa muito mais que um lenço encontrado na sarjeta. A noite se estanca; menos que um sistema, parece uma clara papinha. E enquanto no crânio de Enzatti os harmônicos revoam, frenéticos, resfolegantes, cada um ligado a uma lembrança que quer se reivindicar, a frágeis contas de tempo, sobre o conjunto cai um estupor embaraçoso alheio a ele, certo, que os sons combatem, mas que de toda forma os infecta de frustração.

Aquele grito que agora vem até Enzatti e somente a ele tem um sentido bastante preciso. Tão impossível é duvidar como afastar o grito das hierarquias do mundo, aqui um pedido, lá uma advertência, ou continuar pensando que era uma mensagem das profundezas, do pantanoso e caótico, do descomunal.

E, no entanto, é estranho o grito não se repetir periodicamente e a agitação dos harmônicos na cabeça de Enzatti, sua agitação subversiva, ir do arrebato à indolência, funcionar por arrebatos. O grito, e o que o grito desperta, é imprevisível. É um grito humano real, não imaginado, ao fim e ao cabo, e Enzatti compreende que por isso não pode introduzir uma clareza completa. Se ele o chamou, se o expulsou do centro da noite, não é para instalá-lo na clareza, e sim para apresentar a ele várias formas do enigma. De modo que Enzatti presta atenção; e o grito ressoa dentro e fora de seu crânio, ao mesmo tempo como um disparo de partida e como um gongo de culminação, e diz: Sou a noite, sou o indiferenciado, posso me servir de todas as vozes e para mim qualquer voz é o mesmo. A noite é a mãe dos gritos.

Um gato. Um gato marrom se esfrega na suada perna direita das calças de Enzatti, todo eriçado, como quem diz: "Vamos ver se calamos esse grito". O evidente miado não se escuta. E Enzatti entra na garagem. O gato prefere ficar na rua.

Dentro, a desordem o confunde um pouco. Esbarra numa moto sem rodas que balança no cavalete, roça com as cadeiras nos para-lamas de algo que, ignora o porquê, mentalmente chama de *sedã*. No geral há caminhões, é uma garagem grande e apinhada, tem ônibus, rampas oblíquas — enquanto as pupilas de Enzatti se acostumam ao que não é escuridão e sim penumbra — que se cruzam com outras rampas, a sugestão de níveis intermináveis, sucata e Piranesi. Fugazmente, Enzatti se pergunta sobre o valor das cores na escuridão, mas ainda que tente reconhecer os verdes metalizados, as grandes manchas de ferrugem nas carrocerias velhas, o grito o impede de parar. Talvez Enzatti, na verdade, queira voltar para a crise febril de seu crânio, inclusive à doçura de sua angústia.

Não consegue. O grito o dirige. E se define, além do mais: voz robusta de barítono, algo rouca não pelo tabaco mas pelo uso excessivo, repentes de nervosismo crônico controlado pela corda dos anos.

No fundo, finalmente no fundo da garagem, há um compartimento que deve servir de escritório, com três divisórias de vidro e compensado junto a uma parede de tijolos. À esquerda, um caminhão desmantelado parece que vai cair sobre um fosso para lubrificação. Enzatti tem diante de si um corredor que, pela luminosidade que se divisa ao fundo, deve levar a um pátio. Mas o chão está aberto, como que por um desabamento. E para seguir adiante é preciso passar por uma ponte de aproximadamente quatro metros feita de tábuas. As tábuas estão muito desalinhadas, uma delas caiu no buraco. Cético, Enzatti apoia um pé na mais confiável, que se desloca; e está tentando firmar o pé quando uma voz, a mesma de toda a noite porém já mais serena, próxima e fatigada, diz a ele que não é preciso atravessar. É aqui, diz. Estou aqui embaixo.

A tarefa de ajudar o homem a sair é tão árdua como pouco nobre. Tentam com uma tábua apoiada à borda do buraco, com uma cadeira, com um caixote e a mão de Enzatti, mas o homem é gordo, provavelmente está enrijecido, e além de tudo apreensivo. Finalmente, Enzatti encontra uma corda, sempre há uma corda, amarra-a aos para-choques do furgão, dá partida e o homem, agarrado na outra ponta, emerge, inexpressivo como um javali morto em uma armadilha.

23 anos

Era uma manhã de outono, porque havia folhas molhadas nas calçadas da cidade, e havia parado de chover quando Enzatti entrou no banco com o guarda-chuva em punho. Enquanto entrava na fila para receber o cheque, fechou o guarda-chuva e ficou apertando-o como se fosse um porrete, assombrado consigo mesmo, antes de colocá-lo na maleta, entre o jornal e os folhetos do laboratório e as amostras grátis de visitante médico, assombrado por sua mão necessitar apertar algo arremessável ou contundente, algo que consumasse uma descarga. E foi por estar metido em seu assombro que não viu como aquele sujeito entrava, bufando, fora de si, e empurrando uma mulher com sacolas de supermercado, um ruivo com capa de chuva se metia na fila acotovelando. Além do balcão e do vidro, entre o caixa e o sujeito estava uma enfermeira que acabava de receber seu dinheiro, contando-o, e mais dois clientes entre o sujeito e Enzatti, que agora finalmente despertava. O gerente da agência falava ao telefone em uma mesa. O sujeito esquisito empurrou a enfermeira, sem interesse pelas notas que a garota guardara na bolsa, e de um cinto sacou um Strom 47, aquele revólver extravagante e não a escopeta que trazia metida no cinto, debaixo do sobretudo azul molhado, e que Enzatti acabou por ver claramente quando o sujeito, com um giro de especialista, abarcou todos os clientes com o cano brilhante antes de dar várias ordens ao caixa. Com a escopeta, cada vez mais intimidador, quebrou o vidro do caixa. Mandou abrirem a portinhola, amontoou os clientes do outro lado do balcão, cortou os fios, colocou o caixa e o gerente contra a parede para explicar a eles como queria receber o dinheiro, mas só depois de disparar nos pés do ruivo gritou aos demais que se atirassem ao chão; era admirável a desenvoltura dele e pavoroso o jeito como tremia a mão que estava empunhando a Strom. A escopeta era usada para bater, apesar de que se havia algo convincente era a voz: neutra e temerária, não rancorosa, mas sólida e natural e múltipla como uma chuva de granizos, e ao mesmo tempo um pouco triste. Enzatti iria se lembrar dessa voz, o meio-tom nunca truculento, como um poder, antes de tudo, organizador. Menos de três minutos tinham se passado e aquele sujeito estrábico e felino, com os cantos da boca brancos de saliva seca, tinha imposto seu cálculo a sete pessoas, otimizando a violência e sem ocultamentos nem exibições estava por receber todo o dinheiro que houvesse na agência. Mas como então chegou um dos policiais da cidade, e o policial que ia entrar no banco viu o vidro da porta de repente rachado por um tiro, num instante havia uma fila de cinco guardas na calçada, sirenes ululando e um jipe do exército. Enquanto isso, haviam se cruzado gritos. O sujeito avisara que os dois funcionários e os cinco clientes eram seus reféns. O gerente, transformado em mensageiro, transportava as incríveis condições da negociação. O ruivo da capa de chuva, por ser neurastênico, já tinha ganho uns dois tabefes. Passaram-se três horas. Nem uma mulher que nesse espaço de tempo tivesse se apaixonado loucamente por ele, o suficiente para perder a noção da realidade, poderia acreditar que o sujeito ia conseguir escapar. Se existisse alguém que o esperava em um carro, certamente já teria desaparecido. E que ele mesmo farejava a derrota dava para perceber pelas confissões que ele decidiu fazer, enquanto todos comiam uns tomates repartidos pela mulher das sacolas de supermercado. Enzatti só se lembraria do essencial daquelas confissões: a experiência do sujeito em um dos adversos exércitos de libertação que tinham controlado várias regiões do país durante vários anos, e a exasperante procura de um emprego depois que os exércitos entregaram as armas ao governo democrático. Uma procura inútil para alguém que, de tanto fazer a guerra para instaurar a democracia, não tinha conseguido aprender trabalho algum. Foi quando estava contando uma parte escabrosa dessa história, um trecho do qual Enzatti se esqueceria talvez por ser o menos chamativo, que o sujeito pisou num pedaço de tomate que ele mesmo tinha jogado no chão. Enquanto caía, soltou o Strom 47. O disparo que escapou do revólver arrancou de seu sobretudo azul um pedaço da ombreira. O sujeito tentava se levantar para empunhar bem a escopeta, e o revólver girava pelo chão. Dos sete reféns, Enzatti não era o que estava mais próximo, mas de toda forma estava a menos de três metros e ainda estava com a maleta na mão. Levantou-a, ergueu-a no ar e a acertou no ombro dele com uma força que, curiosamente, sempre pensaria ter sido dada pelo desassossego. Outro refém chutou o revólver, e ainda outro a escopeta que o sujeito tinha soltado. Mas a pergunta que Enzatti ia voltar a se fazer não seria nunca como tinha se atrevido a dar este golpe, e sim por quê, imediatamente, quando o sujeito já tinha caído e alguém apontava para ele o revólver, ele, Enzatti, tinha voltado a bater nele com a maleta, agora na cabeça, com a mesma força. Na verdade, a parte da maleta que desta vez tinha acertado o sujeito era o canto, e acima de tudo uma quina metálica. Quando estavam levando o sujeito, menos de dois minutos depois, tinha tido tempo de ver o tufo de sangue e cabelo sujo no topo da cabeça, ou talvez um pouco mais abaixo. Para Enzatti foi tão fácil descobrir porque tinha dado o segundo golpe que, por muito tempo, teve medo e repugnância de si mesmo; menos fácil, no entanto, era explicar o motivo para os demais. Não só porque Enzatti não era eloquente, como também porque todos queriam a história, não a interpretação. E até da história acabaram se cansando com o tempo, por mais que custasse a Enzatti superá-la e quisesse discuti-la a cada vez que fosse possível: porque a realidade estava cheia de acontecimentos macabros. A realidade era uma notícia macabra em si mesma, havia milhares de crianças vivendo em favelas, novas doenças, qualquer pessoa já tinha sentido alguma vez uma navalha nas costelas, e até o próprio Enzatti teve de aceitar que uma grande diversidade de horrores virtuais era mais suportável que a pergunta por um só horror repetida até o tédio.

42 anos

O homem que Enzatti ouviu gritando e ajudou a sair do buraco é musculoso, cinquentão, com o pescoço um pouco inchado pelo bócio e uma calvície discreta. Arqueja não porque esteja cansado, mas porque não encontra razão ou destino para a amargura.

Um tempo depois, enquanto fumam na penumbra, sentados em uns caixotes, Enzatti tem de reconhecer que o homem é chato, tendendo a dogmático, mas afável. Fala, o homem, de que quando se está na situação em que ele esteve até há pouco sempre se sabe que na manhã seguinte, no mais tardar, a situação se soluciona; mas que de todo jeito custa muito esperar. Comenta, e comenta como se tivesse caído muitas vezes no buraco, como se praticasse a queda para se acostumar, que lá embaixo a pessoa pensa no quanto a família se preocuparia se soubesse o que estava acontecendo.

Primeiro a pessoa grita, diz o homem. Mas em seguida começa a não saber se há ou não o que gritar. Porque é de noite, e as pessoas estão dormindo e, de todo jeito, na manhã seguinte vão resgatá-lo, são favas contadas. Mas, depois de ficar nervoso, volta a gritar. O que o impediu de gritar muitas vezes foi ter se dado conta de que não tinha quebrado nada físico.

E esclarece que se não quebrou nada, nenhuma costela, é porque em outra época tinha sido lutador. Era especialista em luta greco-romana. É evidente que um lutador tem que ser perito em quedas. E além do mais ele não só praticou luta greco-romana; durante alguns anos viajou com uma trupe de luta livre, maquilando-se como japonês e fazendo-se passar por campeão de sumô.

Enzatti pensa que ele não foi o único que nesta noite sentiu o retorno do esquecido. Apesar de que provavelmente o homem nunca tenha se esquecido do que está contando.

Segundo aquele homem, o mais incômodo da situação em que esteve era que, em alguns momentos, não sabia se ficava calado para não acordar os que estavam dormindo, porque sabia que ninguém ia escutá-lo, ou porque temia que ninguém fosse socorrê-lo, mesmo que o escutasse. De tempos em tempos, além do mais, preferia ficar calado porque o grito ecoava entre os carros e voltava para ele, como se quisesse esmagá-lo.

De toda forma, ele diz a Enzatti, está muito agradecido.

Fumam.

Não resta muito a fazer. Além do mais, Enzatti quer ir embora porque a voz do homem, cada vez mais vigorosa e protocolar, se torna espessa na escuridão da garagem, se alia com o cheiro de óleo diesel, além do cheiro do suor do homem, e aplaca os sons que, mesmo que castigados, mantêm a insurreição em seu crânio.

Eles se despedem. O homem, que é o vigia da garagem, dá mais alguma explicação enquanto, em vez de acompanhá-lo até a entrada, se mete no escritório. Escapando da solidez daquela voz, Enzatti procura rapidamente a rua. Alguns momentos tocados pelo grito afloram ainda no charco do que é negado. Sons indômitos se chocam entre si, confusos.

O importante, pensa Enzatti enquanto aperta o passo pela calçada, é que a clareza não o mate. Mas esse raciocínio é ardiloso: Enzatti sabe muito bem, agora que o cansaço lhe atinge os joelhos, os cotovelos, que o que lhe aconteceu não é passível de esclarecimento. De toda forma, alivia-o que o silêncio tenha voltado a inundar a névoa, tanta que, começa a se prevenir, vai dar bastante trabalho acertar a chave na fechadura.

Um instante depois está no quarto, nu, ocupando sua metade da cama. Celina continua dormindo. Enzatti ouve o ruído nada esquivo da respiração dela, olha-a na escuridão violácea e deixa de escutar. Tudo menos a lembrança do grito, multiplicado e vibrante, como uma síntese artificiosa de todas as noites.

Alan Pauls

INTERMINÁVEL

UM DIÁRIO ÍNTIMO

Terça-feira

A cada frase que escrevo, a margem da frente se afasta um pouco mais. Não termina nunca. Na laje, enquanto eu a ajudo a procurar o registro geral da água — o apartamento do terceiro C está ficando todo inundado, tem água pingando até pelas lâmpadas e o inquilino ameaça explodir o prédio acendendo uma luz —, a porteira pergunta se não é um problema sexual. Não pergunta para mim; pensa em voz alta, como se adivinhasse que o assunto é complexo e que confundi-lo com uma tara pessoal, dar a ele nome e apelido, seria empobrecê-lo irreparavelmente. Quando diz "sexual", o filho — o mais novo, o do bracinho — lança-me um olhar furtivo. Procura algum sinal: está na idade de achar que tudo no mundo é visível. Gostaria de desenganá-lo desde já. Mas a conjectura da porteira me deixou pensativo, pensativo ou cheio de reminiscências — se é que existe alguma diferença, se é que existe para o pensamento algum tempo próprio que não seja o passado. Eu me lembro de uma vez que fiz sexo com cocaína. (Aconteceu mais de uma vez, mas para dar o exemplo basta uma, sempre.) Que jeito de *não* terminar! Não era prazer — era outra coisa: como o ponto verde que brilha no monitor e que quando o infarto acaba de liquidar com o coração dispara para a frente e traça uma reta horizontal que só se detém quando alguém entra no quarto, o parente que matava o tempo no corredor, a nora jovem e amedrontada, uma enfermeira que arrasta os pés — entra, digo, e desliga o aparelho.

Quinta-feira

Não dá certo. Agora já nem me aproximo da máquina. Dar umas voltas, tudo bem; se distrair, se deixar tentar por bobagens, ligar a tevê — bom, sim, quem não fez isso. Mas você está aí dentro. Eu já nem entro. Considero isso uma fobia. Tanto me atormenta não terminar que já nem começo. E suponho que é só o começo, não? O começo da corrente. Como ocorre com os organismos, que chegam a certa idade e sofrem um probleminha, coisa pequena, que é sempre pouco para chamar o médico e muito menos para ir vê-lo no consultório, e está certo que seja assim, porque a função do probleminha não é denunciar o órgão que está mancando, é simplesmente *começar*, começar uma sequência que sabe-se lá onde vai terminar. Todos sabemos onde termina. Deixe estar, deixe estar e uma manhã você acorda — é só modo de dizer — e você está pelado, deitado na cama de aço inoxidável e, para piorar, estão cortando você. Em mim, aconteça o que acontecer, ninguém põe a mão. Meus órgãos são meus, como já deixei claro com toda educação para a garota do Instituto Nacional de Transplante, que me entregou o formulário na mão, na fila da renovação do passaporte.

"Não me surpreende", me diz meu irmão, "o final das coisas nunca te importou." Olha só quem fala. Meu irmão, o colecionador de cursos inacabados. Que curso: não chegava a terminar o cursado. Passou um ano enganando toda a família: dizia para a gente que estava estudando Biologia em La Plata e todos os dias pegava o trem bem cedo e, em vez de ir para a faculdade, passava o dia inteiro no Museu de Ciências Naturais, sentado em um banco, se aborrecendo com os esqueletos. Um impostor — como de certo modo toda a família, inclusive eu. Mas no meu caso é um pouco diferente: eu fui um impostor quando pequeno, *bem* pequeno — a isso se reduz toda a minha procacidade, digo, minha precocidade, da qual tanto se fala na imprensa —, e provavelmente voltarei a sê-lo dentro de alguns anos, quando velho, quando já não me restarem forças para ser original. Eu estou vendo, já estou vendo tudo: no meio, entre uma fraude e outra, o grande deserto inexplicável e, no meio do deserto, brilhante, minha Obra, que basta a si mesma e não deve nada a ninguém.

Como me interessa a impostura! Às vezes chego a pensar que não há nenhuma outra questão. Nenhuma. Isso quem diz sou eu, que comecei cedo, na escola, plagiando uns versinhos de Prévert que o professor elogiou em profusão e desmascarou imediatamente depois, diante de toda classe. (Prévert! Havendo *tantos*!). Uma besta de um metro e noventa e barba, bem parecido — não só no porte, também no modo de insultar — com o capitão Haddock do *Tintin*. E como termina um impostor? Como? Se fosse por ele, não terminaria. É preciso que algo venha de fora — um meteorito, um acidente, algo de impacto que mexa com as coisas como uma luva. É a tese defendida por Sara Browne em *Impostores*. Mas leio na orelha que Sarah Browne é de 63. É quatro anos mais nova que eu. O que é que pode saber alguém que é de 1963?

Sexta-feira

Talvez seja um problema de método. Não posso me dedicar tanto às transições. É uma doença e, para piorar, um outro já sofreu deste mal — duplo escárnio. Mas não é a única pergunta que vale a pena ser feita? O *legato*, como dizem os músicos. Como se passa de uma coisa à outra. Há algo mais para perguntar? Aí sim: como eu queria ser como os impostores, que entre uma vida falsa e outra viram poeira. *Desaparecem*. E quando voltam a aparecer já têm outro nome, outra profissão, outra cor de cabelo, outro passado. Se para esse mal existisse médico, eu diria a esse médico: Olha, o assunto tem esta cara: tenho duas coisas e me falta o que vai no meio; eu penso nisso e basta pensar para a coisa aumentar, como se pensar nela, em vez de resolver, alimentasse a danada, aumentasse — lógico — e o que ela faz? Pede mais e mais pensamento. E assim, em vez de passar de uma coisa à outra, o que eu faço é *afastá-las* uma da outra, afastá-las até se perderem de vista — um pouco como esses casais recém-casados em cinema-catástrofe que vão em lua de mel para a Sierra de la Ventana e ficam separados pela rachadura que um terremoto abre na terra... E assim uma e outra vez, todo santo dia. Tem sua lógica, mas é tão imbecil que me dá vergonha. Por isso, eu tomo o cuidado de não comentar com ninguém. Meu irmão, bom: sei tantas coisas dele — poderia destruí-lo, se quisesse: reduzi-lo a pó, literalmente. E a porteira — não sei, não saberia dizer o porquê, mas me inspira confiança. Ela não tem ideia de nada: se eu não tivesse subido com ela no outro dia para a laje, hoje estaríamos boiando à deriva ou no IML, todos eletrocutados. Porque eu encontrei o registro geral, que fique claro. Acredito inclusive que ela não seja porteira; percebo, pela cara, que ela tem horror cada vez que alguém a chama por algo do prédio: a cara de quem sabe que *qualquer coisa* que pedirem a ela estará fora do seu alcance. Poderia me apaixonar por ela. Não faz meu tipo, mas estou com Proust, proustiano cem por cento: as mulheres que não fazem o nosso tipo são as mais irresistíveis, porque não há nada em nosso sistema imunológico que nos previna contra elas.

Segunda-feira

Nem sei o que falar da "vida social". É uma expressão que só posso escrever assim, entre aspas. E não apenas escrever: a cada vez que estou lendo um jornal ou livro e topo com ela, também tenho que colocar aspas. (Gosto particularmente das aspas que são como chapeuzinhos chineses ou andorinhas que sempre andam em dupla: aí ao menos se vê um pouco de trabalho.) Um coquetel, suponhamos. Uma reunião mundana. Falo com G., suponhamos, um advogado jovem, empreendedor, em processo de enriquecimento, solteiro, com pretensões de sedutor. Já me custa muito manter a conversa com ele, como é que uns dez segundos depois vou começar a falar com A., uma velha jornalista gastronômica engordada pela boa vida, viúva, que passa o dia urdindo ardis para percorrer as adegas de Mendoza ou comer baiacu grátis em Santa Margherita dei Ligure? Não importa o quão perto eles estejam, não importa que se conheçam e me economizem o trâmite da apresentação: mudar de interlocutor, que tormento indizível. Isso que 90% das pessoas fazem com toda naturalidade e muitos, inclusive, com prazer, a tal ponto que chegam a dedicar vidas inteiras a passar de um interlocutor a outro, isso para mim é tão titânico e desmesurado como o transatlântico que o louco do Herzog meteu em uma montanha do Amazonas peruano. Meu Fitzcarraldo é a "vida social". Assim como não seriam intermináveis as noites. Demoro *tanto* a trocar de conversa. É *tanto* o que tenho que saber do outro para poder dirigir a ele a palavra e tanto, também, o que tenho que *esquecer*, o que tenho que desalojar da cabeça para dar lugar ao novo... Toda minha fama de mundano vem daí, desse mal-entendido escandaloso. Demoro tanto que sempre sou o último a sair. E antes de eu sair, dizem, ninguém tem o direito de dizer que a festa está terminada.

Terça-feira

No hospital, enquanto experimentam uma prótese nova para o bracinho do filho da porteira. Não sei por que continuo fazendo esse papel de pai postiço. Minha dívida é com a mãe, não com ele — e ela já recebe bastante se pendurando em mim para eu ser uma espécie de assistente terapêutico. Ranhento dos infernos. Para piorar, não quer que eu lhe conte o final dos filmes. Muito bem. Esperamos em silêncio até ele ser chamado. Ele se levanta, e enquanto vai ao consultório me olha como se pedisse para acompanhá-lo, mas eu já estou em outra. Já estou pensando. Não sou tão idiota a ponto de não perceber que ninguém gosta de escutar o fim de um filme. Mas por que é que isso não me afeta em nada? Quando eu comprava livros, a primeira coisa que fazia com um livro desconhecido era ler a última página. Sempre. Se um autor famoso me presenteasse com seu último romance — com dedicatória, é óbvio —, eu deixava a dedicatória para depois, ia direto para o último parágrafo e o lia ali mesmo, na frente do autor. Se eu já não tenho relações com o chamado "mundo literário" — outra expressão que não posso usar sem as aspas — é por isso, exclusivamente. Não sei o que acontece com eles. Devem pensar que se alguém vai direto para o final é porque não valoriza o trabalho que investiram em tudo o que vem antes. Vá saber. Mas o que eu procuro é saber como faz cada um para dizer: bom, basta, até aqui, ponto final. E passar para outra coisa.

Mais tarde

Ele está aí, no living, vendo televisão e se empanturrando com essas bolachas novas que causam furor. Está reclamando; diz que a qualidade da imagem na minha casa é horrível. Digo a ele que tudo vai melhorar no dia em que ele deixar de fazer gato na minha tevê a cabo. Tive que dar asilo a ele: não havia ninguém na casa dele. O que é que eu ia fazer? No hospital, para piorar, não teve jeito: vão ter que cortar o coto dele outra vez. Não sei, não quis entender. Substituir: que arte mais delicada, não? E, ao mesmo tempo, que coisa simples: algo não está, algo está faltando, e há algo que deve ocupar esse lugar e cumprir esta função. Um trabalho de ourives, sim, mas de ourives idiota, sem cérebro. Exatamente o contrário de terminar, que não requer destreza alguma, e sim ideias. *Todas* as ideias. Quisera eu ter alguma. Minha vida sentimental, por exemplo, seria tão mais agradável. Quando jovem, eu era relativamente famoso, e agradável, devo dizer, por minha tendência a — como é que eles diziam... — às longas durações. Seis anos aqui, oito lá... E a grande marca, o recorde total: treze! Creio que as mulheres já não me viam como um homem e sim como um lugar para viver: uma espécie de princípio de hospitalidade. E tudo pelo horror de terminar, por não saber como terminar, por não perceber que tudo já tinha terminado. Depois a fama mudou. Era só questão de tempo. Me abandonavam, sempre, como ocorre com os lugares que só oferecem uma aventura: a aventura de persistir. Entre o final e a decomposição, escolho a decomposição. Entre o final e a doença, escolho a doença. Entre o final e a ficção, escolho a ficção. Uma vez, meu irmão — provavelmente só para me provocar — me acusou de ser aristocratizante. "Claro", disse ele, "você não se incomoda de te contarem o final dos filmes porque isso é para gente vulgar, não é? O começo, o meio, o final, o argumento, quem é o assassino, com quem a garota fica: é muito *fast food* para um paladar requintado como o seu, não? O que lhe interessa é a forma, não? O estilo, não? (O que mais me tirava do sério, acho, é que eu tinha acabado de dizer a ele que todos esses "não?" que ele intercalava nas frases não eram dele: ele os havia roubado — típico caso de mimetismo por admiração — de um diretor de teatro de vanguarda que havia pouco ficara inválido em decorrência de um derrame cerebral.) Mas sim, tinha certa razão. O que me interessa é a forma. Quanto mais me custa chegar ao outro lado, mais *acredito* na forma. O problema é justamente esse: terminar tem que forma? Um gesto tem forma? Fico impressionado como o menino opera o controle remoto com o bracinho dele. Penso no contato da carne com as diminutas teclas de borracha e tenho calafrios.

Mais tarde

A mãe não apareceu: o prédio está acéfalo e eu estou com um órfão dormindo na frente da minha televisão. Tenho tempo; tenho tempo outra vez. Estou a ponto de começar a trabalhar quando toca o interfone. Não, não é a porteira; é o escritor jovem que ligou há uns dias, depois de fazer me mandarem pela editora a humilhante quantidade de livros que ele publicou. Está fazendo uma tese sobre o conto argentino e quer me entrevistar. Por que se lembrou de mim, mistério. Acredito que tenha me visto nos anúncios da revista dominical do *Clarín*, nas fotos de propaganda de sandálias com os finalistas do *Popstars*. Estou furioso, mas assim mesmo o atendo, para me descarregar. Eu o vejo e penso em seguida que a barba dele é falsa, falsa como o bigode, seu cabelo liso e seu sotaque. Não o convido a entrar. "Tenho visita", digo a ele, indicando vagamente a sombra do garoto dormindo na poltrona. Falamos em pé junto à porta. "Odeio a 'tradição' do conto argentino", digo a ele. "Essa perícia mecânica, esse acabamento, essa perfeição de joalheria, essa pureza, esses arremates engenhosos... Detesto Quiroga, detesto os decálogos do bom contista, detesto todas as publicações, ricas ou pobres, contemporâneas ou do passado, que promovem a ideia de que a literatura argentina está especial e naturalmente dotada para o gênero, e me oponho a todas as manifestações que militam a favor do conto e advertem contra sua possibilidade de extinção, e estou disposto a prestar a colaboração necessária para conseguir que essa extinção deixe de ser uma mera possibilidade e se torne efetiva de uma vez por todas." Eu o deixo sem fala, como quem diz. Antes de ir embora, no entanto, ele desliza de dentro de um bolso de sua *robe de chambre* uma *plaquette* com uns poemas que acabam de ser publicados em Nova York.

Bracinho continua dormindo. Gostaria que, quando acordasse, ele me dissesse que teve um sonho e que, ao contá-lo para mim, eu pudesse reconhecer em seu relato alguns restos deformados de minha diatribe contra o conto. Mas pode não acontecer. Assombro-me, de repente, de que seu dormir seja uma perda de tempo, que amanhã, quando abrir os olhos, da noite não tenha lhe *sobrado* nada. Gostaria de inseminá-lo. Me ajoelho e leio para ele, bem de perto, no ouvido. Leio isto que tento terminar:

"Traduzia sem parar, praticamente sem se mexer; só tomava ar para alimentar suas fossas nasais: toques rápidos, curtos, que dava pausadamente, sem sequer parar de teclar. Acha que poderia passar assim anos, séculos. Em certo sentido, quando pensava nisso, a cocaína, esse contexto, lhe parecia uma escandalosa redundância. *A droga, a verdadeira droga, era traduzir*: a verdadeira sujeição, o vício, a promessa. Talvez tudo o que Rímini soubesse sobre a droga, sendo o perfeito aficionado que era, o teria aprendido, sem perceber, traduzindo. Talvez traduzir tivesse sido sua escola de drogas. Porque mesmo antes, muito antes de usar cocaína pela primeira vez, na

adolescência, quando Rímini, nos domingos ensolarados de primavera, enquanto seus amigos invadiam as praças, uniformizados com as cores de seus times de futebol favoritos, ele fechava as persianas do quarto, sintonizava o rádio na estação que ia transmitir o jogo mais importante da rodada e, no escuro, iluminado apenas por uma luminária de mesa, de pijama e chinelo, como um tuberculoso, arrasava literalmente livros com sua voracidade de tradutor, liquidava-os mas, ao mesmo tempo, submetia-se a eles, como se algo encerrado nas dobras dessas linhas o chamasse, o obrigasse a comparecer, a arrancá-las de uma língua e levá-las a outra, já então Rímini tinha descoberto até que ponto traduzir não era uma tarefa livre, escolhida sem pressões, em estado de discernimento, e sim uma compulsão, a resposta fatal a um mandato ou súplica alojadas no coração de um livro escrito em outra língua. (O simples fato de que algo estivesse escrito em outra língua, uma língua que conhecia mas que não era sua língua materna, bastava para despertar nele a ideia, completamente automática, por outro lado, de que esse escrito estava *em dívida*, devia algo imenso, impossível de calcular e, portanto, naturalmente, de pagar, e que ele, Rímini, o tradutor, era quem tinha que se encarregar da dívida *traduzindo*. Assim, traduzia para pagar, para libertar o devedor das amarras de sua dívida, para emancipá-lo, e por isso a tarefa de traduzir implicava para o tradutor o esforço físico, o sacrifício, a subordinação e a impossibilidade de renúncia a um trabalho forçado.) Perguntavam a ele, sobretudo os amigos de seus pais: É difícil traduzir? Rímini, desconsolado, respondia que não, mas pensava: Que importância tem se é difícil ou não? Perguntavam a ele: Como se faz para traduzir? E Rímini: Não, não, não, traduzir não é algo que se faça: é algo que *não se pode deixar de fazer*. Já então, aos treze, catorze anos, com sua experiência de aprendiz, curta, porém de uma intensidade indescritível, Rímini havia enfrentado a evidência que — cedo ou tarde, a maioria das vezes cedo, em ocasiões, inclusive, ao sentar para traduzir pela primeira vez — enfrenta todo tradutor: *está traduzindo o tempo todo*, as vinte e quatro horas do dia, sem parar, e tudo o mais, o que em geral se chama vida, não é mais que uma série de distrações, lacunas, tréguas arrancadas a essa submissão contínua que é a tradução. Em um fim de semana, desde as dez ou onze da noite da sexta, quando começava, até a madrugada da segunda-
-feira, duas ou três horas antes de se vestir, completamente atordoado pelo sono, para ir para a escola, quando organizava livros, dicionários e cadernos e apagava todo rastro da febre que o havia consumido, Rímini era capaz de

traduzir um livro completo, *A náusea*, por exemplo, ou *A idade viril*, e de chegar não a uma versão provisória, feita ao correr da pena, postergando as questões de detalhes para uma revisão posterior, e sim definitiva, com todas as notas, correções e ajustes necessários, pronta, era modo de dizer, para publicação. Praticamente não levantava a cabeça do livro. Já então, quando a cocaína não era nada para ele, nem sequer uma droga vista no cinema, qualquer interrupção, uma ligação telefônica, o interfone, a necessidade, inclusive, de comer ou mijar, a presença da mãe ou do marido da mãe, raras já que, instigados por Rímini, que queria distância deles, passavam a maioria dos fins de semana em uma casa de campo alugada, a menor interferência do mundo exterior bastava para tirá-lo do sério. Ouvia o telefone e uivava, sozinho, no quarto; chutava móveis e atirava objetos no chão quando na cozinha tocava o interfone. Vinte anos depois, a cocaína não tinha acrescentado nada: apenas formalizado, posto, como se diz, por escrito, o caráter abissal da tarefa de traduzir, e sobretudo seu principal fator de vício: seu custoso *cálculo regressivo*. O livro tinha começo e fim, como aqueles fins de semana de isolamento e, também, como a série do 10 ao 1, e cada frase traduzida, cada hora gasta traduzindo frases que iam abreviando inexoravelmente a distância que o separava do ponto final. Dez, nove, oito, sete, seis... *Tinha* que terminar."

Ricardo Zelarrayán

A PELE DE CAVALO

Não é a mão cavalar mão espanta-moscas. É a pele movediça, a pele de cavalo encomendada para espantar as moscas. Uma pele naturalmente sísmica. E, às vezes, o cangote ajuda quando as moscas vão para a cabeça e zunem nas orelhas. E existe um passarinho navegante dessa pele, acostumado desde sempre a esse movimento de vaivém. Conheci essa pele oscilante ao mesmo tempo que o marulho. Esse fluxo e refluxo da pele de cavalo assediado pelas moscas, acompanhado de movimentos do pescoço e rítmicos movimentos do rabo. Nada mais natural, parece dizer o boiadeiro que, pousado no lombo, acompanha durante longas horas seu companheiro de sempre.

— Como vai, moleque?

Eu estava passeando pela rua com Lita, a maravilhosa filha única daquele homem totalmente desconhecido para mim até aquele momento. Não tinha o menor interesse em conhecê-lo, mas ali estava: "Que coincidência, disse, Lita fala tanto de você!". Não era verdade, Lita nunca tinha contado nenhuma palavra a meu respeito a seus pais. Mas estávamos passeando pelo bairro dela, por aquele bairro que, para mim, é o mais bonito de Buenos Aires... "E por que é que você não vem agorinha mesmo para jantar em casa? Bom, se você não quiser vir agora, venha mais tarde para tomar um cafezinho... Ou uns mates, ou *grappa* ou vinho, se preferir..." Lita não achou a menor graça naquele encontro casual com o pai dela, poucos dias depois de ter me conhecido. Eu menos ainda. Mas logo veremos.

Eu me sentia livre, então, mais livre do que nunca, talvez...! Claro! Acabava de sair da delegacia. E mais uma vez penetrava, ainda que de outro modo, na — para mim — sempre impenetrável Buenos Aires.

De repente, distraído como eu estava pelas ruas já escuras, encontro-me em uma avenida já com semáforo. Estava em Caseros na altura do Parque Patricios, depois de perder a conta de quantos quarteirões tinha percorrido a esmo durante quase duas horas, talvez. A noite quente ia chegando. Para me afastar da agitação urbana entrei na primeira esquina. E a poucas quadras, sem querer nem pensar, tinha ido parar num bairro até então desconhecido, para mim o mais bonito de Buenos Aires. Ou melhor, essa franja de bairro entre Rivadavia e Garay, e Rioja e Loria, mais ou menos. Prédios baixos, muitas árvores, ladeiras, subidas e descidas, quadras irregulares... Uma espécie de quebra-cabeça sem montar do Paraná. A alta ladeira arborizada da rua General Urquiza, vindo de Garay, me comoveu profundamente. Por um instante, pensei que estava perto da praça Sáenz Peña do Paraná. Caminhei como se flutuasse debaixo da sombra das árvores balançando entre a rua e a calçada. E o cheiro verde fresco, intenso, daquelas árvores: cinamomos, bananeiras, ligustros e até jacarandás. Era um delírio paranaense depois de mais de uma semana na delegacia. E o céu limpo e reluzente, brilhando entre as copas das árvores. Uns poucos carros, bem pouca gente. Algum cachorro latindo subitamente, de algum quintal ou de trás de um portão. O interior suavemente iluminado de velhos quartos entrevistos da rua. Uma parede rosada com a foto retocada de algum finado em uma moldura ovalada. Era preciso sair de uma delegacia para descobrir o que não tinha visto antes: aquele bairro de quadras irregulares, de lentas figuras, de sombras moventes de árvores, sombras tão propícias para os meus amores daqueles tempos?

Uma mosca violácea plana em cima da movente pele do cavalo. Uma mosca delirante sobre as migalhas espalhadas na toalha em um quintal de terra próximo das ruas México e 24 de Novembro. Cavalo em um campo de alfafa em Paracao, uma mosca verde e ladina, já sem vertigem de pele de cavalo. Liberdade jovial e minha depois de uma semana e pouco na delegacia daquele bairro de sombras hoje desabitadas, as sombras do amor a céu aberto; do amor campestre e perfumado de anos atrás... naqueles tempos em que Irene e Lita eram para mim tão importantes quanto aquela franja do Paraná, metida no bairro de San Cristóbal, que então eu acabara de descobrir.

Lita juntando as migalhas e depois levantando a toalha daquele jantar para sacudi-la no chão de terra. Imagino, estou vendo os olhos dela tristes através das pálpebras transparentes. O encontro casual com o pai dela na 24 de Setembro com a Venezuela, quando andávamos a procura de uma escuridão de jacarandás, de parede de hospital, de falta de iluminação ou do que quer que fosse... para nos sentirmos mais juntos, para nos conhecermos melhor...

Seu Vicente, o pai de Lita, era porteiro de uma escola e também técnico de rádio. Tinha uma pequena oficina na rua Chiclana, próximo de Juan de Garay. Disso eu soube na noite do convite forçado para jantar que não estava de jeito nenhum em nossos planos. Fora isso, seu Vicente — que tipo! —, um porteiro dos antigos... Gozador, simples, encantador. Sabia de tudo, como porteiro que era, mas isso sim, com simpatia. Realmente um amigo. Já durante o jantar me puxou para um canto. "Você sabe como são as mulheres", me diria ele poucos dias depois. Mas já naquela noite do primeiro jantar, apesar de eu achar que não houve outra, ajeitou as coisas para deixar a mulheres primeiro lá fora e depois dentro, como se verá. Eu sentia de um lado do rosto o olhar permanente de Lita sentada à minha esquerda, e isso me partia o coração. Para ela, eu tinha caído nas redes do seu pai sedutor! Certamente! "Escuta aqui, magrelo! — falou baixinho seu Vicente —, precisamos ter uma conversa séria, de homem para homem." E depois da sobremesa e do café, me agarrou o braço com força. "Olha só, dizem que eu sou louco, mas eu não ligo. Venha ver isso. Tenho certeza de que você entrou sem olhar". E me levou até o quarto dele para me mostrar a pintura que tinha feito. "Olha, o teto eu pintei de vermelho. Também por isso dizem que eu estou louco. O que você acha?" Dona Rosita, a patroa, devia ter uns quarenta e cinco anos, um pouco sofrida, dava para ver, e também um pouco abandonada. Mas aceitava seu papel sorridente. Eu olhava para o teto pintado de vermelho berrante, com umas estranhas estrelas prateadas, quando seu Vicente me disse: "Vamos embora, meu velho, para fora! Vamos tomar uma cerveja ou um cafezinho no bar da esquina! Precisamos ter uma conversa séria".

Fazia só uns dez dias que eu conhecia a Lita e a coisa andava bem. Era uma loirinha alta, bem direta, pelo menos comigo, que, se fazendo de séria, ajeitou tudo para a gente ir junto a uma reunião de amigos em um bar do Once. Lita sabia o que queria. Com apenas alguns olhares nos entendemos. Mas nosso casamento de rua e primavera ainda não estava consumado. Estávamos esperando aquele fim de semana da sexta-feira em que aconteceu o encontro "casual" com o pai dela no bairro.

— Não, esse não — me disse o seu Vicente quando saímos, já quase na esquina. — Vamos falar tranquilos no café da outra esquina. — Fomos então para lá e, ao entrar, ele cumprimentou alguns conhecidos e nos sentamos no fundo em uma mesa isolada. "Escuta, moleque, o que você está pensando em fazer?", me disse ele diretamente, sem preâmbulos. Eu me fiz de desentendido, mas logo reagi: "Olha só — abandonei o 'senhor' — você sabe como são estas coisas. Tenho certeza de que com você já aconteceu alguma coisa parecida, me entende?" E sorri maliciosamente. "Ah, sim! Mas eu te peguei, malandrinho. Você não vai botar a mão na minha filha assim, sem mais nem menos! Gosto tanto dela como da minha velha!" "E isso o que tem a ver?", disse já sem conseguir me controlar. "Como o que tem a ver?" "E, bom, o que você quer que eu lhe diga? Para você colocar ela num convento? Cedo ou tarde vai acabar acontecendo..." "Eu não digo que não", disse seu Vicente, "mas tão rápido assim, não! Para tudo é preciso ter merecimento! Agora, se você anda a perigo, eu posso lhe dar uma mão...! Vamos no café em frente e eu te apresento umas putinhas divinas! Eu conheço cada uma! De noite, a patroa me toca de casa! Claro, são tantos anos de casado, sabe? E quando eu quero me insinuar, ela chia: Me deixa dormir em paz! Não me venha com essas coisas! Menos mal que tem cada diabinha aqui no bairro! Pode contar comigo, eu apresento elas para você. Mas na minha filha você não vai pôr a mão, seu magrelo de merda! Devagar... É melhor para você. Você é um bicho simpático, já é meu amigo, o que mais você quer? Mas cuidado com a minha filha! Se com o tempo você firmar a cabeça, então pode até ser. Entende? Assim, na afobação, não, meu velho! Ou você acha que eu não vi você hoje na rua, com os olhos acesos, a gravata solta e o focinho cheio de baba? Ah, não, meu velho! Se você está na secura, vem comigo para o outro café. Se não, nada! É minha única filha. Você cuidaria dela do mesmo jeito se tivesse uma filha como a Lita!" Eu já estava ficando impaciente. "Mas eu gosto da sua filha, e você quer me arranjar com as vagabundas do café da frente!" "Olha, magrelo, cala a boca de uma vez e não estraga a foda! Com a minha filha, não! Agora, mais para a frente, se você respeitá-la, se você vier sempre em casa... Então veremos."

No final acabamos indo para o café da frente. Lá, seu Vicente me arrumou logo uma loura tingida, bem caipira, de dentes tortos mas jeitosinha. "Já que você anda querendo uma lourinha, o que você acha desta?", me disse baixinho. Ele ficou com uma menina peituda bem mais feia que a mulher dele, a sorridente dona Rosita, que continuaria em casa com a filha bem guardada. Sobre o que estariam falando? — pensei por um instante. Depois daquela primeira noite de jantar de namorado à força, terminada assim, em um quarto de hotel, com uma loura dentuça e tingida, habilidosa e alegre, não vou negar, voltei para casa bastante confuso. Na tarde seguinte, Lita me telefona e me diz entre triste e inocente: "Meus pais te incomodaram, não é? Não foi culpa minha, você sabe. Eu estou com você, fique tranquilo. Onde nos vemos hoje?". Poderia ter dito a ela que em outro bairro ou no centro, mas não... Aquele bairro dela me atraía como um ímã, e me atraiu sempre.

"O que foi que o meu pai te disse?", perguntou Lita ao cair da tarde, quando nos encontramos. "Hum...", respondi. "Sei, imagino o que ele deve ter dito. Não importa", disse segurando com ternura minha mão, mas você não falou nada do meu penteado novo..." Acariciei longamente as belas ondas que ela tinha feito na franja sem dizer uma palavra. Naquela mesma noite de sábado aconteceu o que era de esperar: o primeiro arrocho — era preciso ganhar do velho — numa parede escura da rua Carlos Calvo. Foi preciso resolver as coisas assim mesmo, a céu aberto. Os "móveis" próximos estavam ocupados. A coisa continuou depois num solitário banco de pedra na parte alta da praça Martín Fierro, com todas as luzes queimadas. Esplendidamente!, no meio de outros casais... No dia seguinte, um domingo, lá pelas onze, o velho me liga em casa. "O que é que você andou fazendo com a Lita ontem que ela chegou em casa perto das quatro da manhã!", gritou logo de cara. "Enfim, o senhor sabe que a noite estava linda para passear, tomar um ar fresco..." "Olha aqui, magrelo, não se faça de esperto comigo! Eu abri as portas da minha casa para você! Se você quiser vê-la, venha na minha casa! Aqui eu não vou te vigiar! Já falei para você que com minha filha não se brinca! Bom, agora escuta aqui, você quer ir comigo ao Cine Independência? Está passando um filme policial ótimo...! Depois jantamos em casa e você pode ver a Lita...!" "Está bem, Vicente, combinado." Fazer o quê! Tive que aguentar um filme estúpido sem dar um pio! Na saída, eu sabia, já me convidou para passar no café das putas antes de ir para a casa dele. É claro que desta vez já não achei graça nenhuma na loura dentuça e tingida da outra noite, que evidentemente estava me esperando. E quem achou ainda menos graça nessa minha indiferença foi o seu Vicente. E mais preocupado ele ficou quando eu quis ir embora, alegando cansaço e ter que acordar cedo. "Mas o que é isso? Ainda são dez horas! Que tipo de amigo é você? Se está cansado, tome uma aspirina e um gim com umas pedrinhas de gelo! Garçom! Eh, eh, eh! Aonde você vai, moleque? Eh, eh, eh, moleque! Desse jeito nós vamos mal!!"

Lentos corcoveios das ruas do bairro. Lentíssimos corcoveios das fortes raízes das árvores que estouram as calçadas. Lentas caminhadas de corpos que mal podem ser vistos na penumbra. A procura da sombra passional, o teto e as paredes do amor a céu aberto. Irene se apagou lentamente, como brasa, na minha lembrança. Agora eu associo mais ela do que a Lita com a praça Martín Fierro, com as escadinhas que subíamos para chegar aos bancos de cima, bem difíceis de conseguir quando chegávamos tarde. Era preciso chegar ao cair da tarde e esperar impacientemente o anoitecer.

A pele cálida, movente, do negro cavalo da noite. A pele de preamar de sangue, o mágico tapete espanta-moscas. A mosca mormosa, saciada. A grande mosca azeviche da noite, com suas enormes patas apoiadas nas copas das árvores encobridoras, jaspeadoras de casais. Onde estarão os amantes de então, onde o amor a céu aberto, onde o amor campeiro afugentado do bairro?

E meus jovens e animados amigos de então... O pessoal do rebocador... Onde anda o Fuça de Bagre? Onde anda a chiruzinha Alcira? E o Reynaldo e o Carmelo?

Seu Vicente teve que me aguentar. Nunca mais apareci na casa dele, sem deixar por isso de andar no bairro. Lita e eu combinamos para que não acontecesse outro encontro casual. "Esse magrelo traidor anda se escondendo. Não deve ter boas intenções, se não tem coragem de vir na minha casa. Eu o tratei como a um amigo, e olhe no que deu..." Menos mal, e talvez isso não tenha sido casual, que neste momento mudei de trabalho e de casa. Seu Vicente ficou sem telefone para me ligar. Aguentou. Não conseguia mais pressionar a Lita. Não conseguia impedi-la de sair sozinha ou sem dar explicações. Foi para o tudo ou nada com a filha! E eu já não me lembro porque deixei de vê-la. Talvez tenha sido porque Irene apareceu. Pode ser...

Agora, cinco anos depois, caminho pelo bairro outra vez. A três quadras da Rivadavia não consigo seguir em frente. Entro para comer alguma coisa na esquina da México com a General Urquiza. Depois vou ficando por ali. Não me dá vontade de sair. Me decido, finalmente, desejando inclusive encontrar com o seu Vicente. O que seria dele? Continuariam ali os dois cafés, o honesto e o puteiro? Coitado deste pai ciumento com a filha única! Seu Vicente era, e tomara que continue sendo, um grande sujeito. Uma pena foi tê-lo conhecido como pai da Lita.

E outra vez voltava a sentir o balanço de pele de cavalo das sombras das árvores sobre os casais agora ausentes. O céu noturno, palpitante olho de cavalo onde por momentos via nítida, transparentemente, as árvores quase de cabeça para baixo dos cerros de Tucumán. A enorme mosca de sombra de olhos fluorescentes e verdes como os do vaga-lume debaixo de uma taça de cristal rosado. E o calçamento da rua amarelando como um enorme milho maduro. Escura marulhada cavalar.

"O que você está fazendo! Onde você vai, vagabundo?", me diz ele que nunca trabalhou na vida, nem acho que ainda pense trabalhar. "Trabalhar, eu? Fazer o jogo do capitalismo?", era uma de suas frases prediletas. E eu que me aproximava ensimesmado daquele café das putas e do outro... Me encontrar com ninguém menos que o Tito, o louco mais fascinante de Buenos Aires, logo naquela hora! E em seguida começou a dissertar sobre o mundo do futuro, a libertação total do homem, sua incrível teoria do condicionamento objetivo e outros disparates da mesma natureza. Senti que eu desmoronava junto com o bairro. "Olha", disse a ele em uma tentativa frustrada de me livrar dele, "vou para a casa de um amigo buscar umas coisas". "O que é que ele tem que te entregar?", perguntou. E grudou de novo em mim, sem mais nem menos... O que fazer? Como me livrar desse louco esplêndido em outro lugar e em outra hora? — pensava. Ah! Agora sim! E rapidamente localizei um amigo imaginário na esquina da

Rioja com a México... E dei o lance! Toquei na porta da primeira casa da México, assim, ao acaso... Não saiu ninguém. Insisti. Ninguém, ninguém... "Tem certeza de que ele mora aqui?", perguntou o inefável Tito. "Claro. É estranho. Ele não deve ter chegado ainda." "Ele não tem telefone?", perguntou Tito. "Não, vou ter que esperar. Vai lá. Qualquer hora a gente se vê." "O quê? Em vez de somar, você subtrai! Você é um inimigo do condicionamento objetivo! Um inimigo da humanidade! Se você tem que esperar, vamos a um café! Depois voltamos!", guinchou o maravilhoso louco. Eu estava perdido. E logo no primeiro café, não naqueles onde eu queria ir, Tito, sempre sorridente, me diz: "Magrelo, você me dá dez de liberdade para eu te dizer uma coisa?". "Não, Tito, eu te dou nove, nenhum ponto a mais..." "Velho, não é suficiente! Não é suficiente!" "Bom, insisto, resolva-se com o nove." "O fato é que você é um pequeno-burguês reacionário", se excitou. E com aqueles delírios continuou me aporrinhando naquela noite única. Menos mal que finalmente se irritou ao me ver bocejando no meio de uma de suas exortações e escolheu se retirar ofendido depois de duas horas. "Você é um pequeno, pequeno, pequeno-burguês, que trabalha para continuarem existindo os patrões", trinou. "Você não tem ideia do que está chegando! Você não vai ser nem o último ciclista a se agarrar no último caminhão!"

Florencia Abbate

UMA PEQUENA LUZ

O temporal destes dias voltou a me afundar em longuíssimas noites de insônia. Fico escutando a tempestade de olhos abertos... Me levanto da cama e caminho pelo apartamento. Paro para olhar os cinzéis, o ponteiro, as goivas... Como posso trabalhar com minhas ferramentas queridas se me falta energia? A esperança de voltar a esculpir fica cada vez mais remota.

Sonhei que estava voando com as pernas soltas, como se estivesse sentada... Ainda me vejo: Faço movimentos estranhos com as mãos, como se desejasse me agarrar em algo. Mas logo descubro que no ar não tem nada para eu me agarrar.

Continuo sem notícias de Silvina e gostaria de tê-las. Hoje me faria bem se ela me ligasse ou mesmo viesse me visitar. É estranho, porque desde que adoeci conversar com ela já não é mais tão prazeroso como antes. Constantemente eu a escuto dizendo coisas que não tem nenhum significado para mim. Às vezes me aniquila o vendaval de "novidades", as últimas tendências, as fofocas do "meio"... Tem vezes que acho que até o perfume dela me incomoda. Eu me pergunto para que é que ela precisa colocar meio vidro. Uma vez imaginei que ela deve fazer isso para ocupar mais ar e mais espaço. Interpretei isso como um hábito que talvez seria equivalente à sua paixão por assinar: quadros, recibos, formulários, contratos, adesões, assinar o que quer que seja... Para Silvina, "chegar a ser alguém no mundo da arte" foi, desde sempre, a meta final. Deve ser por isso que ela se irrita a cada vez que escuta o meu eterno: "Para quê? Que sentido tem?".

No dia em que eu disse a Silvina que estou com leucemia, ela chamou um táxi e me levou para almoçar em um restaurante caríssimo, localizado no último andar de uma torre. Ficou quase duas horas falando de todos os trâmites que ia fazer para me ajudar a vender minhas esculturas. Provavelmente achou que aquela iniciativa e o lugar glamoroso onde estávamos, a bela vista panorâmica e os garçons excessivamente servis, contribuiriam para me devolver a saúde... Lembro que ela quis me entregar uma lista com os dados de marchands e galeristas. Quando voltei a entrar em casa, percebi que não tinha tido tempo de contar a Silvina que tipo de leucemia era.

Hoje acordei tão cansada que não consegui me levantar da cama. Para tentar esquecer o pesadelo, me agarrei à leitura do livro que havia deixado no criado-mudo. Fiquei pior, Novalis... Não entendo os poetas que falam da doença como se ela fosse fascinante. Estar doente é algo vulgar e bastante repulsivo. O que mais me horroriza é que a vida se torne tão minimalista, que vá se reduzindo a minúcias como não esquecer de tomar os remédios na hora certa, ou estar contente só por ter conseguido caminhar da minha casa até o hospital sem sentir dor ou fadiga.

Ontem fiquei mais de meia hora procurando debaixo de chuva um táxi para ir ao hospital. Entrei no Plantão e fiquei sequestrada. Um médico, foi só me ver, opinou que eu não estava em condições de voltar para casa. Em seguida, chegou uma enfermeira que me depositou dentro de um quarto minúsculo com uma adolescente que passou a noite toda delirando... De madrugada, acordou com o rosto submerso em uma calma insondável. Tinha um sorriso doce e desfocado, totalmente impessoal. Nesse momento, percebi que ela esticava o braço como se quisesse estabelecer um contato. Roçava a beira metálica da cama com a ponta dos dedos. A pele dela estava cheia de hematomas e picadas. Olhei para ela e ela me olhou como se tivesse os olhos cansados de tanto olhar... Pareceu-me reduzida a seus nervos já quase insensíveis, a seus órgãos já quase inativos, sua energia fluindo através da torrente caprichosa e neutra da matéria, apesar de aqueles reflexos mudos se obstinarem ainda em persistir. A duras penas consegui sustentar o olhar por alguns segundos. Sentia algo horrível no peito, como se um pássaro estivesse preso em minha caixa torácica e batesse com a cabeça.

Volto a ver uma cena de anteontem: A garota estendida na cama, o corpo frio e casto, de boneca, olhando para o vazio. A mãe, parada perto de mim, observava a garota ligada pelo estômago a um tubo que ministra líquidos, enquanto me contava com um fio de voz: "Os encanamentos da escola dela ficaram entupidos pela quantidade de meninas que vomitavam tudo o que comiam". Eu não prestava muita atenção nela porque estava esperando a enfermeira vir para me trocar o cateter e espetá-lo em outra veia. Depois tenho lembranças bastante difusas. Acho que dormi por algumas horas e acordei com a voz da enfermeira. Conservo a última frase dela: "O convênio não cobre o custo disso". Agora que já estou em casa, posso rememorar aqueles momentos em que eu só queria que me dessem alta para que finalmente essa cota de dor caótica e monstruosa me parecesse um sonho.

Hoje comecei um novo livro e sublinhei uma frase: "Temos vergonha de terem existido homens capazes de ser nazistas, de não termos sabido ou não termos podido impedir isso. Mas também sentimos vergonha da nossa espécie em situações absurdas: diante de uma ideia muito banal, um programa de televisão ou o discurso de um ministro..." A pálida luz da manhã confere uma espantosa quietude a meu quarto. Estou cansada de me sentir inquieta, como se uma desgraça fosse iminente.

Horacio telefonou para me avisar que não pode vir porque a região da casa dele está completamente inundada. Perguntou-me se tinha alguém mais comigo. Respondi a ele que por aqui estamos só a doença e eu, com todas as rotinas dela... As palavras de Horacio agora são como cinzas levadas pelo ar. Coisas difíceis de olhar... Nunca o imaginei repetindo essas frases que se dizem quando já não resta mais certeza de nada... Confessei a ele que às vezes suas carícias terminavam me empurrando mais fundo na angústia; que me parece que eu não posso tolerar o fato de ter adoecido. Mas ele não soube me responder isso e, nesse meio-tempo, continuamos compartilhando o mistério de um caminho que vai se estreitando, cada vez mais escuro... É triste que as palavras não sejam suficientemente diáfanas. Essa é a crueldade das palavras. Tudo o que dizemos está intoxicado pela presença da dor.

Acho que, até agora, todas as pessoas que tiveram a possibilidade de me fazer mal, já fizeram, seja consciente ou inconscientemente. Acredito que agiram assim não por nada pessoal, e sim por alguma coisa semelhante a esse instinto que leva as galinhas — quando percebem que uma delas está ferida — a se atirarem em cima da outra a bicadas. O mais estranho é existirem pessoas realmente alheias a esse tipo de cota de maldade elementar. Hoje conheci um vizinho que podia ser incluído entre essas exceções. É meio que um ser de outro mundo e se chama Agustín.

Eu acabara de abrir a janela e de repente descobri que havia uma pessoa saltando no ar. De cabeça para baixo, pendurado em uma grossa corda elástica, seu corpo pendulava preso pelos calcanhares. "Você me deixaria entrar na sua casa?!", perguntava e pendia no vazio. Sem pensar, estiquei meus braços e o vi tomar impulso, de repente; uma planta que estava na janela caiu e quebrou o vaso, mas senti que ele me contornara e que se agarra a mim...

Minutos depois, Agustín estava sentado na minha cama, me contando que era estudante de cinema, e que quisera filmar uma tomada da perspectiva de alguém que se joga de *bungy jumping*. Eu aproveitei para me sentar e me recuperar do susto e do esforço físico. Agustín se desculpou e esclareceu que fez aquilo porque precisava registrar "uma rápida visão do abismo da liberdade", aparentemente para um curta experimental que está rodando para se formar. Depois, passou a me enumerar uma série de inconvenientes técnicos que apareceram (lembro-me vagamente de ele ter falado do precário sistema de freios do equipamento que tinha alugado, e dos diferentes tipos de arnês e materiais com os quais a corda é feita).

Chamou minha atenção que ele não estivesse nada perturbado pelo acidente. "Você podia ter se matado", interrompi enquanto ele sorria ao me contar como sentiu o ar enchendo seu corpo, e como a queda foi para ele quase experiência cósmica, um salto no vazio que havia transformado sua percepção do mundo: "Vi o mundo em diagonal, por um instante. E fiquei suspenso em uma luz". Depois de tudo isso, parou e acrescentou com tremendo entusiasmo: "Você salvou minha vida!". E eu não pude menos do que gargalhar... As coisas, quando são verdadeiras, são de uma simplicidade perfeita: perfeitamente inexplicáveis.

"Você não está muito bom da cabeça", disse enquanto ele se aproximava das minhas esculturas e ligava uma pequena câmera digital. Fiquei inquieta por ele filmar as esculturas que fiz pouco antes de adoecer. Agustín opinou que são "algo ao mesmo tempo belo e triste", "algo nu". Respondi que essa mania atual de filmar qualquer coisa às vezes me faz sentir que tudo está a ponto de desaparecer... Agustín foi caminhando até a janela e depois perguntou se eu tinha visto um filme que passou ontem à meia-noite na televisão. "Você tem que ver este filme... Tem uma cena excelente onde a protagonista, apoiada na parede, sussurra para o amante: 'Sabe o que eu queria? Ter aqui todos aqueles que me amaram, ao meu redor, como se fossem um muro'". Perguntei a ele como é que se podia entender isso, e Agustín interpretou que a protagonista queria que a ajudassem a viver porque não tinha certeza de conseguir sozinha. Respondi que talvez a leitura dele fosse um pouco apressada, e que talvez ela quisesse simplesmente se despedir daqueles que amava para depois, em um ato de apreciável sensatez, se atirar no rio.

Aproximei-me também da janela e, nesse momento, me lembrei de uma cena muito feia no hospital. Quando estava saindo, no meio do corredor, escutei o médico dizendo para a mãe da garota que a filha dela acabara de morrer. Fiquei impressionada com a clareza com que ele falava. Repetiu duas ou três vezes: "Sua filha morreu". Supus que é porque deve bastar o mais leve traço de sutileza para uma pessoa, quem quer que seja, se agarrar desesperadamente a outro sentido possível e dizer: "Ela ainda tem uma chance de viver". Eu me lembro de não aguentar a dureza da cama, nem o frio, nem a mistura do cheiro dos doentes com desinfetante. Para aquela garota tudo parecida dar exatamente no mesmo. E ao ver aqueles olhos que olhavam com tanta indiferença, imaginei que ela morreria de cansaço e falta de interesse.

"Em que você está pensando?", me perguntou Agustín. "Em uma anoréxica que foi minha companheira de quarto... numa noite em que eu fiquei internada". Depois de dizer aquilo, passei a dar a ele um breve panorama da leucemia; improvisei teorias sobre o desastre de meus glóbulos, e de minhas células que já não são células maduras normais. "Talvez seja um problema de imaturidade", concluí, e Agustín esboçou um sorriso e até teve o bom-senso de evitar perguntas razoáveis, como a minha idade. Depois me pediu para repetir essa última frase com a câmera ligada, mas eu recusei.

O ambiente escureceu de repente e as gotas começaram a ficar cada vez mais fortes. Fechei a janela. Agustín olhava para o chão com as mãos nos bolsos da bermuda, e de repente me disse que ele não acha que a morte seja um limite ao qual chegaremos, e sim uma presença que está o tempo todo na vida, mas que é preciso se atrever a olhar para ela: "E então comprovamos que o tempo é como uma abundância de vida que a cada instante nos é dada, e que aumenta sua potência e sua graça na companhia da morte como possibilidade". Eu respondi que para mim a morte é, acima de tudo, odiosa.

Agustín caminhou até um canto e no chão encontrou uma velha vitrola que eu tinha separado para jogar fora. Disse a ele que já não estava funcionando, mas ele me ignorou e assim mesmo a ligou. Apoiou a agulha no disco e, para minha surpresa, o som da chuva foi eclipsado pela música. Segurou a minha mão e lentamente começamos a dançar, e dançamos, dançamos, dançamos. Durante todo esse tempo, eu me senti reconciliada com meu corpo. E me esqueci de meu sangue repleto de linfócitos disformes... Quando a música parou, permanecemos abraçados e tive o estranho impulso de dizer obrigado a ele: obrigado por me trazer a agradável companhia de um desconhecido que me trata como se nos conhecêssemos a vida toda. Mas Agustín me olhou fixamente e esboçou um sorriso. E então pensei com certeza: Que importância tem o que eu possa dizer a ele? Olhou-me fixamente e descobri, entre o calor de suas pupilas, talvez uma pequena luz na grande escuridão.

Roberto Raschella

SE TIVÉSSEMOS VIVIDO AQUI

(*Fragmento de romance*)

XX

    Podia escrever algumas coisas, mas outras não. Feliz de ser o filho do meu pai, feliz de ter emigrado antes de nascer, feliz de contínuo desamor. Era certo que procurava uma pátria, uma verdadeira pátria, uma língua, uma verdadeira língua. Era certo que procurava a língua e a pátria no antigo tronco familiar, e o tronco aparecia despedaçado, o melancólico ramo materno de um lado, de outro a fúria da ordem paterna. Mas não eram pátrias semelhantes o país pequeno e a grande cidade? Havia em algum lugar um fim maior que a palavra e a classe, a velhice e o tormento, o clamor e a juventude? Não éramos todos, os nascidos aqui e lá, simples figurações do extravio e do engano humanos?

    Estendi minhas mãos para a frente. Um pouco de luz entrava pela janela. Levantei-me. Já não respirava o ar dos primeiros dias. Ele estava mudado, ou eram meus pulmões que pediam mais. Escutei as vozes das mulheres que guinchavam: não pareciam vozes voluntárias, e sim obrigadas por alguma circunstância. Uma repentina curiosidade me empurrava para o vazio, como acontecia com o tio Antonio. Pus a cabeça na janela. Para cima, escasso era o muro e escondia o céu. Para baixo, meus olhos não alcançavam o buraco das bolinhas de gude, e encontravam o reflexo do primeiro sol. Vesti-me sem me barbear. De novo, soavam os sinos.

    A música surgia de mim mesmo. Não tinha palavras, mas queria dizer, e era a substância do grito que a turba lançava na Paixão. Queria dizer o mundo transcorrido, de delírios levados na cabeça e no coração, de aguerridas crenças condenadas à fogueira. Queria dizer uma catástrofe, um terremoto, um aluvião, uma morte geral, um fenômeno psíquico ou físico nunca visto que me revelaria a aporia de minha transfiguração. Mas que novo horror esperava por meu vício de saber?

Tão cedo, Antonio já estava de pé. Acossado pelo enjoo, certamente por causa da noite passada. Agora sim era tempo para mim, e de repente disse a ele:

— Quero beber. Vou aceitar seu vinho.

— Você vai bebê-lo impuro.

— Não. Vou beber como se fosse água.

— Você está procurando a tempestade.

— Se você me acompanhar, chegaremos.

— Você aprendeu o estilo. Aonde quer chegar agora, nepote? Venha, beberemos atrás das portas, como dois bons camaradas.

E não foi o batismo, mas eu me senti lavado por dentro, com a inspiração de iniciar e de ser iniciado, naquela alegria tão irrecuperável como a dor. Não queria mais resistir. Não queria provocar o destino. Que outra coisa esmagava os povos e as pessoas ao longo de anos e séculos e iluminava suas manhãs com o rito da esperança. Porque era sempre impossível voltar atrás na vida. E também era certo que o deus tinha se esquecido muito de nós, e um sentimento de cólera nos despertava a aflição, o velho *cordolio* dos patrícios.

Tio Antonio estava abraçado a mim a contragosto, um só braço sobre minha nuca. O coração dele batia como uma força doentia, e me pareceu ser responsável, objeto de desesperado afeto: ele recolhia de mim o calor ditado pela minha mente ou pelo meu próprio afeto, e a ilusão de abandonar meu corpo me deixava estar. Então, o tio me falou ao ouvido:

— Você vai beber outro copo?

— Beberei dois copos. Um por mim e outro por você.

— E o primeiro, você bebeu por quem?

— Pela família.
— Por ela você bebeu? Você não irá embora, não deixarei você ir. Se eu deixar você ir, vou me odiar. Mas se eu não deixar você ir, quem me odiará será você.

— Eu gosto de você, gosto... Eu gosto porque você chegou com as mãos quase vazias... café, conhaque, apenas isso... Foi sua mãe quem te aconselhou? Você não veio com peliças nem camisas de seda... Veio despojado... E se manteve em silêncio, desde o primeiro dia... Eu gosto de você porque você guarda o talento na cabeça e não permite que o coração faça suas mãos tremerem ... Eu vi você... Eu vi você de noite jogado sobre a cama como se tivesse uma mulher debaixo de você, e só tem papéis, e você pensa um pouco e depois inscreve, inscreve e esconde no meio dos seus livros... e o *taccuino* parece mais um livro... E tanta força, tanto calor você bota nisso... que uma barba de muitos dias parece crescer em algum minuto.................. Mas você vai me dizer, vai me dizer o que é que você escreve, vai me dizer de uma vez por todas o que é que você veio fazer nesta catacumba. Não foram as terras que te trouxeram. Você passou a noite com mulher... Você agiu como o valentino? Ou foi uma caricatura o que você fez? Nenhuma mulher sozinha do país se atreve a passar a noite com homem algum, do próprio país ou vindo de longe. Nesta manhã mesmo você devia ter ido com ela para buscar outro canto do mundo... E se você não foi capaz de fazer isso, então você devia escapar mais sozinho que a mulher e dizer para você mesmo que não é mais homem coisa nenhuma... Em outro tempo... em outro tempo, te *fermávamos* e te trancávamos na câmara de pública segurança... e depois anulávamos teu passaporte e te expulsávamos... E a mulher era lapidada com a fúria do povo... É, com os fascistas você já estaria na caserna... com os fascistas havia moral, havia dogma... Mas nem te comunicaram... e então não podem te excomungar... Tuas *cuginas*, tuas *cuginas*... vão te levar ao batistério... e sei que andam pensando em te casar com a *cugina* de tua parte que vive em Pedemonte de Liguria, entre outras montanhas... Você tem que casar, casar... e vão te dar um dote de *capicueros* .... Você não quer terra, não quer ter uma mulher para sempre, não quer que limpem sua alma... Você veio para quê? O que você quer de nós? Você é um espião, confessa... Mas você está a serviço de quem?... Você quer conhecer tudo... Pois bem, vou te falar de cara limpa. Você sabe o que é a *omertà*? Eu falo e você não escutou nada... Você faz, e eu nem ao menos vi você... E você e eu lembramos, mas emudecemos... Então, escuta aqui o que eu vou dizer agora, como você escutou Testuzza e a vó............................ Ninguém falou para você que você parece o meu Nicodemo? Você é a cara dele, tem o jeito dele... No começo, eu me neguei a aceitar, como você fez com o vinho... E não sei quem é a cópia boa ou a cópia ruim... como uma sombra...

— Testuzza me contava que ele era um menino...

— Não, não... Nicodemo é meu, meu...

— Você quer conhecer como morreu Nicodemo? Quer saber onde está a mãe? Meu peito sabe, somente meu peito... Ninguém pode dizer a você... Foi no Belgio, no período da guerra, quando a vida não era boa para coisa nenhuma, e a morte acostumava a morte... Alguns ainda acham que eles andam errantes pelo mundo. Mas que pai não teria colpido de porta em porta perguntando pelo filho? Com esses braços, com esses braços... matei a mãe e matei o filho. *Risparmiei* o sofrimento do mundo deles... e o meu sofrimento... Foi o que fiz, e não foi por maldade... Por quê? Por quê? .... Não me salve, não me salve, mas não me denuncie... também não me odeie... Você é meu filho, você é Nicodemo... e tem a mim dentro de você.

Uma névoa de primavera se estendia pela estância, e não se sabia ao certo se ela era janela ou praça, leito ou túmulo: a luz, a luz dos quintais vermelhos, como um tempo anterior. E foi pelo peito que comecei a me separar de Antonio. Talvez fosse verdade, talvez tivesse matado. Porque toda morte estava nele, e então me dizia: você bebeu comigo, você já conhece algo de mais profundo, você morrerá também. Em *illacrimata* sepultura.

Assim, deixaremos de nos olhar.

Tinha sentido indagar a consistência do crime? Não. Toda confissão por sua vez pensada é superior a qualquer investigação, a qualquer evidência. Desde o primeiro dia, era justamente isso o que queria saber da família, algo de que suspeitava: orgasmo, infâmia, princípio de aniquilamento. O tio aparecia como o vitimador e também como a vítima, sujeito a um estilo de viver que só podia imaginar o estado e a família no horror do ecídio oculto ou manifesto. E por um ato de vileza disfarçado de piedade extrema, decidi: ficaria mais um dia no país, uma noite, apenas um dia com sua noite, e depois partiria.

É doloroso começar, é doloroso findar. Minha última jornada no país foi rápida, correndo da casa paterna à casa das primas, onde me beijaram a face várias vezes, enquanto Yole me prometia que guardariam o óleo para a próxima viagem e Terê me desejava uma velhice curta e bela. Depois, na bodega, Testuzza me entregou em silêncio um rol de conselhos sobre o bem escrever. Linucha brincava sozinha na entrada da casa, mas não quis cumprimentá-la: não teria me respondido, e evitei outro estranho desprazer. Da mãe, sabia que nunca tremeríamos um diante do corpo alheio, ou o alheio em si mesmo.
Era chegado o momento de fazer a soma. Eu partia, eu partia como o novo delinquente. Eu partia colhido verde, como me havia dito a sombra de meu pai. E assim como muitas coisas havia deixado sem fazer com a mãe ou com Clemar na cidade, pensei que aqui não havia me demorado nos braseiros e também não passara além da ponte. Escassa finura tinha mostrado às primas. Ninguém havia me levado finalmente à Morsiddara. Não havia buscado as fontes primeiras do Claro e do Tórbido. Não havia lido com meus próprios olhos a placa de meu pai no município. Não havia estudado o ritmo vário dos sinos. Havia tão somente falado com Testuzza, e me esquecido de Siciliano e de León, que talvez esperassem me ver alguma outra vez na pracinha.
Eu não viveria a Páscoa original, não viveria a primeira festa do santo no ano. Também restava inapagado o desejo de procissão. Havia ido encher os cântaros, e a água entornara no caminho. Pensava ter todo o feixe nas mãos, a vida presente e a vida passada, o movimento e a serenidade, e só havia juntado algumas fibras. Abandonada a vida velha que no país faziam, a vida velha destinada a desaparecer sem um grito.

E no trajeto final entre as casas, com a luz do ocaso que conferia nitidez ao vale, as cruzes no alto era a humana transformação. Então pensei que a viagem tinha sido um trânsito em mim mesmo e que dia a dia passara de lugar em lugar como quem toca as diversas partes do corpo, no anseio de ser amado. Umas coisas haviam acontecido, outras podiam ser. Minha mãe e a vó Rosa se encontravam e choravam juntas pelo meu pai morto. Terê, ou Yole adoeciam gravemente. Filipo escrevia de Lyon, e dizia que neste ano também não visitaria o país (ah, caro Filipo: de você mesmo eu gostaria de ter entendido porque você partiu, e caminharíamos *afiancados* pelos *vicos*, e nos falaríamos como os irmãos que não somos e que não temos, falaríamos sobre o socialismo e do giro de nossas almas, das pequenas e grandes desventuras nossas — e você não é o desconhecido que aparecia sem carnes a cada vez que alguém se voltava e me cumprimentava, ou quando as pessoas paravam de falar comigo e eu esperava sem esperança minha própria resposta?). E o fantasma de Vassatu passeia de país em país com o fardo às costas, e um homem está amargamente sentado na bodega de Testuzza. Tudo é um *pentimento*, uma presunção. Ninguém chegou ainda à terra alguma, lugar algum é definitiva vida. Alguma vez me perguntarei se estive realmente aqui, ou se foi ilusão de uma viagem nunca acontecida. Os da terra se esquecerão, ou serei sempre para eles a informe solidão de um mundo ignorado que aqui esteve, suspeitados, suspeitantes, uns e outros. Mas agora sei que meu pai está irremediavelmente morto. Agora sei que o tronco antigo me socorrerá sempre que eu chamar, quase seco ou digno de novo broto, com a má e a boa raiz.

    Não há uma só palavra terrível. Não há uma palavra só que constitua todo o fundamento. Assim como toda volta, traição ou violência de homem não tem explicação em um único acontecimento, são muitas as palavras que levo do país. Tantas palavras, tantas obsessões, ecos de mim mesmo e dos outros, uma febre do corpo e do espírito. Não morte somente. Piedade e destruição, quietude e demônio, horror e paixão, miséria e silêncio. Atirar-se, litigiar-se, retirar-se. Aceitar, desprezar, oferecer. Ou talvez a palavra seja aqui, minha voz, meu corpo, vivendo de igual forma no país, *zopicando* pelos *vicos* como Nico, ou na cidade, como uma blasfêmia do tio Antonio. Mas não é certo, não é certo que um homem pereça de um lado, e outro homem se estremeça do outro lado. Não é certo que a um grito de alegria corresponda uma exclamação de agonias. Tudo é igual, é sempre o mesmo creme, as moscas mudam, como diz Testuzza, de um lado, do outro, de obscura vida em obscura vida. E as palavras não têm senhor, e agora descansarão em mim como descansava a agulha na mesa de trabalho de meu pai.

Então, continuei escrevendo:

"As guerras ainda não foram poucas e as matanças suficientemente piedosas para que guerreiros e impiedosos tenham aproveitado bem e se ocultem na história. Muitas vezes irão nos procurar ainda, e nos pedirão os corpos de pais e irmãos, para nós, filhos, irmãos... Nenhum crime cumprido terá sido vingado, o estúpido terror se tornará forte outra vez, a liberdade correrá pelas ruas como um fuoruscido. *Cada parte continuará corrompendo o povo. Muitos amanheceres novos haverá sobre o Carmem, os últimos camponeses serão outra memória de sonho. Estaremos medianamente vivos, com a alma mais fechada e a mente de ironia. Para nosso bem, para nosso mal, amaremos e não saberemos se nos amam. Permaneceremos, partiremos..."*

A vó se aproximou e me disse: Bendito sejas para sempre.

Procurei na escuridão. Tio Antonio me escondera o relógio, mas a luz já estava sobre mim. A luz, os galos, *in compania di morte.*

E foi só se erguer o dia, alcei-me discretamente. A névoa descera sobre o vale, como um *redestar* do inverno. Depositei a mala próximo à porta. Antonio dormia em uma cadeira, e assim ficou. Eu disse adeus em voz baixa.

A *corriera* chegou na hora. Subi, e foi meu último olhar sobre o país. A montanha começou a se abrir, como outra *belva.* Logo você estará outra vez no azul do Jônio, me disse, e milhares de anos serão.

SOBRE OS AUTORES

ALAN PAULS

Nasceu em 1959, em Buenos Aires. Além de seu trabalho como escritor, é professor de Teoria Literária na Universidad de Buenos Aires, e colabora com o suplemento cultural *Página/12,* além de ter assinado vários roteiros cinematográficos. Publicou *El pudor del pornógrafo* (Sudamericana, 1984), *Manuel Puig. La traición de Rita Hayworth* (Hachette, 1986), *El Coloquio* (Emecé, 1990), *Wasabi* (Alfaguara, 1994) [*Wasabi.* Iluminuras, 1996], *Lino Palacio: la infancia de la risa* (Espasa Calpe, 1995), *Cómo se escribe. El diario íntimo* (El Ateneo, 1996), *El factor Borges. Nueve ensayos ilustrados con imágenes de Nicolás Helft* (Fondo de Cultura Económica, 1996), *El pasado* (Anagrama, 2003) [*O passado.* Cosac Naify, 2007], *La vida descalzo* (Sudamericana, 2006), *La historia del llanto* (Anagrama, 2007) [*História do pranto.* Cosac Naify, 2008]. Seu romance *El pasado,* ganhador do Prêmio Herralde de 2003, foi levado ao cinema por Héctor Babenco.

ANA ARZOUMANIAN

Nasceu em Buenos Aires em 1962. Advogada de formação, atuou como professora de Filosofia do Direito na Universidad del Salvador, Facultad de Ciencias Jurídicas de Buenos Aires (1988-2001). Publicou os livros de poesia: *Labios* (GEL, 1993), *Debajo de la piedra* (GEL, 1998), *El ahogadero* (Tsé-Tsé, 2002); o romance *La mujer de ellos* (GEL, 2001); e os livros de contos *La granada* (Tsé-Tsé, 2003) e *Mía* (Alción Editora, 2004). Participou do II Encontro sobre Genocídio em Buenos Aires, tendo publicado o ensaio "Más acá de los derechos humanos" (*Los derechos humanos y la vida histórica,* Atas, 2000). Publicou na Irlanda uma antologia de poesia argentina, em coautoria com Liliana Heer, na revista *Poetry Ireland Review,* 2002. Publicou pela Editora Alción o livro *Juana I* (2006), sobre Juana, a Louca, rainha da Espanha — poema cuja voz percorre o interior de uma fala que se insurge contra o Império; obra que inspirou o drama *La que necesita una boca,* de Román Caracciolo. Colabora como crítica em diversas revistas de teatro e literatura.

ANNA KAZUMI STAHL

É filha de uma japonesa e um norte-americano descendente de alemães. Foi criada em Nova Orleans, entre a cultura do jazz e uma pequena comunidade nipo-americana. Estudou Ciências Políticas e Letras, e em 1995 doutorou-se em Literatura Comparada pela Universidade da Califórnia, Berkley. Veio pela primeira vez à Argentina em 1988 para aprender o idioma, e logo escolheu esse país para viver. Escreve no idioma de seu país adotivo. Desse modo, sua vida foi marcada sempre pela fusão de identidades divergentes. Publicou dois livros de ficção, ambos em espanhol: *Catástrofes naturales* (contos, Sudamericana, 1997) e *Flores de un solo día* (romance, Seix Barral, 2002). O romance foi publicado na Espanha (Seix Barral, 2003), Itália (Sellerio, 2004) e França (Éditions du Seuil, 2005). A autora trabalha atualmente em um romance novo ambientado na Argentina. Publicou ainda contos, artigos, monografias e prólogos em vários veículos, e em antologias, principalmente na Argentina, mas também no Japão, Estados Unidos, Espanha e Alemanha. Sua tradução de *Gestualidad japonesa,* do antropólogo cultural japonês Michitaro Tada, foi publicada na Argentina e na Espanha (Adriana Hidalgo Editora, 2006).

ANTONIO OVIEDO

Nasceu em 1944 e publicou: *Último visitante/El señor del cielo* (contos, 1975); *Autor de representaciones* (relato, 1986); *Manera negra* (novela, 1986); *Sobre una palabra ausente* (poesia, 1987); *El sueño del pantano* (novela, 1992); *La sombra de los peces* (contos, 1996); *Realidades exiguas* (crítica, 2001); *Los días venideros* (novela, 2001); *Intervalos* (relato, 2002); *Restos* (novela, 2003); *Cuando llega el invierno con sus largas noches* (poesia, 2004); *Trayectos* (novela, 2005); *Un escritor en la penumbra* (2006, crítica). *Vísperas* (2008) é a novela que completa uma tetralogia junto com *Intervalos, Restos* e *Trayectos. Os dias que virão* foi escrito durante um *séjour* na Maison des Écrivains et Traducteurs, no porto de Saint-Nazaire (França) entre maio e julho de 1999. Entre 1982 e 1988 dirigiu a revista literária *Escrita.* Integra o conselho de redação da revista *La tempestad* (México). Colabora semanalmente em *La Voz del Interior* (Córdoba, Argentina).

C. E. FEILING

Nasceu em Rosario, em 1961, e morreu em Buenos Aires, em 1997. Formado em Letras pela Universidad de Buenos Aires e bolsista do Conicet (1986-1988) e da Linguistic Society of America, Feiling teve um importante trabalho acadêmico, que incluiu o ensino de Latim, Linguística, Semântica e Pragmática e Comunicação na UBA. Em 1990 abandonou a docência para dedicar-se à literatura e ao jornalismo cultural. Colaborou em diversas publicações da Argentina e de fora dela, entre as quais *Clarín, Página/12* e *Plural.* Publicou três romances — *El agua electrizada* (1992), *Un poeta nacional* (1993) e *El mal menor* (1996, finalista do Prêmio Planeta) — e o volume de poemas *Amor a Roma* (1995). Traduziu o *Finnegans Wake,* de James Joyce, em parceria com Luis Chitarroni (Conjetural, 1992).

DANIEL GUEBEL

Nasceu em Buenos Aires em 1956. Narrador, autor de teatro, roteirista de cinema e jornalista. Publicou, entre outros romances, *La Perla del Emperador, Matilde, El terrorista, Nina, La vida por Perón,* este foi levado ao cinema por Sergio Bellotti, e *Carrera y Fracassi.*

FEDERICO JEANMAIRE

Nasceu em Baradero, Argentina, em 1957. É formado em Letras e foi professor universitário. Em 1990, *Miguel,* uma biografia fictícia de Cervantes, foi finalista do Prêmio Herralde e publicada pela Editora Anagrama. Com *Mitre,* ganhou o Prêmio Especial Ricardo Rojas, de melhor romance argentino escrito entre 1997 e 1999, prêmio concedido pela Prefeitura da Cidade de Buenos Aires. Além dos romances já citados, publicou outros nove: *Un profundo vacío en el pie izquierdo, Desatando casi los nudos, Prólogo anotado, Montevideo, Los zumitas, Una virgen peronista, Países bajos, Papá* e *La patria*. Publicou ainda o ensaio *Una lectura del Quijote*. Atualmente, a Editora Seix Barral está reeditando toda sua obra.

FLAVIA COSTA

Nasceu em Morón, província de Buenos Aires, em 1971. É pesquisadora e docente de Filosofia e Sociologia da Técnica na Universidad de Buenos Aires e na Universidad Nacional del Centro de la Provincia de Buenos Aires. Integra o comitê da revista *Artefacto*. É também tradutora e jornalista cultural. Seu primeiro romance, *Las anfíbias*, foi publicado em 2008.

FLORENCIA ABBATE

Nasceu em Buenos Aires em 1976. É autora das novelas *El grito* (Emecé-Grupo Planeta, 2004) e *Magic Resort* (Emecé-Grupo Planeta, 2007); do livro de poemas *Los transparentes* (Libros del Rojas, 2000); da obra de teatro *Shhh... lamentables documentos* (2001); e do diário de viagem *Puntos de fuga* (Tantalia, 1996). Publicou, também, a pesquisa jornalística *El, ella, ¿Ella? Apuntes sobre transexualidad* (Perfil, 1998); os livros ilustrados *Literatura latinoamericana para principiantes* (Era Naciente, 2003) e *Deleuze para principiantes* (Era Naciente, 2001), e o volume de contos para crianças *Las siete maravillas del mundo* (Estrada, 2006). Selecionou e escreveu o prólogo da antologia *Una terraza propia. Nuevas narradoras argentinas* (Grupo Norma, 2006) e compilou *Homenaje a Cortázar* (Eudeba, 2005). Participou do projeto *Entre-sures* e do livro *No es una antología. Paisaje real de una ficción vivida* (Estruendo Mudo, 2006; prólogo de Julio Ortega). É formada em Letras pela Universidad de Buenos Aires. Escreve para jornais e revistas da Argentina, México e Alemanha. Site: www.magicresort.com.ar.

GUILLERMO PIRO

Nasceu em Avellaneda, província de Buenos Aires, no dia 16 de agosto de 1960. Publicou os seguintes livros: *La Golosina Caníbal, Las Nubes, Estudio de Manos, Correspondencia, Sain-Jean David* (poesia) e *Versiones del Niágara* (romance ganhador do 2º Prêmio Nacional de Literatura). Integra a antologia *Monstruos*, organizada pelo poeta Arturo Carrera. Há anos vem se dedicando à reedição das obras do escritor argentino Héctor A. Murena, de quem o Fondo de Cultura Econômica publicou uma antologia sob seus cuidados, *Visiones de Babel*. Vem atuando como jornalista *free lancer* para diversos veículos nacionais e estrangeiros. Seus artigos, críticas, entrevistas e crônicas de viagem já foram publicados em *Clarín, La Nación, Perfil, Página/12, First, 3 Puntos, La Stampa, Los Inrockuptibles*. Foi diretor da revista de livros *Gargantúa*. É também tradutor e jornalista. Integra o conselho de redação da revista *Confines*. Traduziu, entre outros, J. R. Wilcock, Roberto Benigni, Emilio Salgari, Giuseppe Tomasi di Lampedusa, Andrea Zanzotto, C. M. Cipolla, Enrico Brizzi, Federico Fellini, Paolo Rossi, Melissa P. e Ermanno Cavazzoni.

GUSTAVO FERREYRA

Nasceu em Buenos Aires no dia 4 de janeiro de 1963. Publicou os romances *El Amparo* (1994), *El Desamparo* (1999), *Gineceo* (2001), *Vértice* (2004) e *El Director* (2005), e o livro de contos *El Perdón* (1997). Vários de seus contos foram publicados em revistas da Argentina e do México. Colaborou em jornais da Argentina e da Espanha. Depois de *El Director*, escreveu dois romances que, até o momento, permanecem inéditos. É bacharel e professor de Sociologia. Exerce a docência há vinte anos na Universidad de Buenos Aires e em uma escola secundária para adultos.

JORGE CONSIGLIO

Nasceu em 1962. É formado em Letras pela Universidad de Buenos Aires. Publicou quatro livros de poesia — *Indicio de lo otro* (1986), *Las frutas y los días* (1992), *La velocidad de la tierra* (2004) e *Intemperie* (2006), um livro de contos — *Marrakech* (1998), e dois romances — *El Bien* (2003), que recebeu o Prêmio Ópera Prima Nuevos Narradores, e *Gramática de la sombra* (2007).

JUAN BECERRA

Nasceu em Junín, Buenos Aires, em 1965. Foi professor de roteiro na Universidad Nacional de La Plata. Publicou a biografia de um comediante argentino, os romances *Santo* (1994), *Atlántida* (2001) e *Miles de años* (2004) e os ensaios *Grasa, retratos de la vulgaridad argentina* e *Viaje a la Pampa Carnívora* (2007). Escreveu para diversas publicações especializadas de Buenos Aires e do exterior. Há vários anos é responsável pela edição latino-americana de *Los inrockuptibles*.

LUIS CHITARRONI

Nasceu em Buenos Aires em 1968. É escritor, crítico e editor. Publicou *Siluetas*, uma coletânea de biografias breves de escritores reais e imaginários, publicadas originalmente na revista *Babel*, e o romance *El carapálida*, e compilou diversas antologias, entre elas *Los escritores de los escritores*. Colabora regularmente em jornais e revistas culturais.

LUIS O. TEDESCO

Nasceu em Buenos Aires em 1941. Editor de longa trajetória, é sobretudo uma das vozes poéticas mais peculiares da Argentina. Publicou os seguintes livros de poesia: *Los objetos del miedo* (1970), *Cuerpo* (1975), *Paisajes* (1980), *Reino sentimental* (1985), *Vida privada* (1995), *La dama de mi mente* (1998), *En la maleza* (2000) e *Aquel corazón descamisado* (2002). Em 2005, o Fondo Nacional de las Artes publicou sua *Antología Poética*.

MARCELO COHEN

Publicou doze livros de ficção, entre eles *El fin de lo mismo, Los acuáticos* (ambos de contos), *El testamento de O'Jaral* e *Donde yo no estaba* (romances) e o livro de ensaios *¡Realmente fantástico!*. Traduziu Christopher Marlowe, Henry James, Martin Amis, William Burroughs, Harold Brodkey e Raymond Roussel, entre mais de cinquenta outros autores. Dirigiu a coleção Shakespeare por escritores, as obras completas do autor traduzidas por escritores de onze países de língua espanhola. Codirige com Graciela Speranza a revista de artes e letras *Otra Parte*.

MARÍA MARTOCCIA

Nasceu em Buenos Aires em 1957. Estudou Letras na Universidad de Buenos Aires. Trabalha como tradutora e colabora com diversos veículos da Argentina e de fora dela. Viveu na Espanha, Inglaterra, Marrocos, Tailândia e Iêmen. Já na Argentina, em 1996, publicou *Caravana*, um livro de contos; em 2002, em parceria com Javiera Gutiérrez, o livro de perfis biográficos de mulheres geniais, *Cuerpos frágiles, mujeres prodigiosas* [*Corpos frágeis, mulheres poderosas*. Ediouro, 2003]. *Los Oficios*, seu primeiro romance, foi publicado em 2003. Atualmente vive em um povoado serrano na província de Córdoba, com marido e filho. Os fragmentos dos textos publicados nesta antologia pertencem a seu romance *Sierra Padre* (Emecé, 2006).

MARÍA MORENO

María Cristina Forero é escritora e crítica cultural. Iniciou-se como jornalista no jornal *La Opinión* e, em 1983, fundou a revista *Alfonsina*. Foi secretária de redação do jornal *Tiempo Argentino* na área de vida cotidiana, e colaborou com o jornal *Sur* e com as revistas *Babel* e *Fin de Siglo*. É autora do romance *El affaire Skeffington* (1992) e dos ensaios *El petiso orejudo* (1994), *A tontas y a locas* (2001), *El fin del sexo y otras mentiras* (2002) e *Vida de vivos* (2005), os três últimos pela Editora Sudamericana. Em 2002, ganhou a bolsa Guggenheim. Atualmente coordena a área de Comunicação do Centro Cultural Ricardo Rojas, está a frente do programa *Portarretratos* na Ciudad Abierta e colabora com os suplementos "Las 12" e "Radar" do jornal *Página/12*.

MARIANO FISZMAN

Nasceu em Buenos Aires em 1965. Publicou três livros de contos: *Trama* (1987), com Eduardo Rubinschik, *El antílope* (Beatriz Viterbo, 1999) e *Nuevas cenizas* (2002).

MARTÍN KOHAN

Nasceu em Buenos Aires em janeiro de 1967. É professor de Teoria Literária na Universidad de Buenos Aires e na Universidad de la Patagonia. Publicou três livros de ensaios: *Imágenes de vida, relatos de muerte. Eva Perón, cuerpo y política* (1998; em parceria com Paola Cortés Rocca), *Zona Urbana. Ensayo de lectura sobre Walter Benjamin* (2004) e *Narrar a San Martín* (2005); dois livros de contos: *Muero contento* (1994) e *Una pena extraordinaria* (1998); e sete romances: *La pérdida de Laura* (1993), *El informe* (1997), *Los cautivos* (2000), *Dos veces junio* (2002), *Dos segundos afuera* (2005), *Museo de la Revolución* (2006) e *Ciencias morales* (Anagrama, 2007), vencedor do Prêmio Herralde de Romance 2007. Seus livros foram editados na Espanha, França e Alemanha. No Brasil, a Editora Amauta publicou *Duas vezes junho,* em 2005, e a Companhia das Letras publicou *Ciências morais,* em 2008.

MATÍAS SERRA BRADFORD

Nasceu em Buenos Aires em 1969. Colaborou em diversos veículos: *La Nación, Los inrockuptibles, Buenos Aires Herald, Clarín, Página/12, Perfil.* Traduziu, entre outros Iain Sinclair, Malcolm Lowry, John Berger, Kenneth Patchen. Preparou seleções de ensaios de Frank Kermode, Clive James e Aldous Huxley. Seus últimos livros são *Diarios y miniaturas* e *Manos verdes* (romance).

MATILDE SÁNCHEZ

Nasceu em Buenos Aires em 1958. Desde 1982 vem desenvolvendo intensa atividade no jornalismo. Dirigiu o suplemento *Cultura y Nación* do jornal *Clarín,* de Buenos Aires. É autora de *Historias de vida, una biografia de Hebe de Bonafini,* da antologia comentada com a obra narrativa de Silvina Ocampo, *Las reglas del secreto;* participou de dois livros iconográficos: *Evita, imágenes de una pasión* e *Sueño rebelde* — sobre Che Guevara —, que foram traduzidos para dezenas de idiomas. Publicou ainda os romances *La ingratitud, El Dock* e *La canción de las ciudades,* uma coletânea de relatos de viagens realizados ao longo de vinte anos. Recebeu distinções como a Bolsa Guggenheim e a Knight-Wallace Fellowship da Universidade de Michigan.

PABLO KATCHADJIAN

Nasceu em Buenos Aires em 1977. Publicou *dp canta el alma, el cam del alch, El Martín Fierro ordenado alfabéticamente* e, em colaboração com Marcelo Galindo e Santiago Pintabona, *Los albañiles.* É professor da Universidade de Buenos Aires, na qual também faz doutorado sobre literatura e tecnologia.

RICARDO ZELARRAYÁN

Nasceu no Paraná, província de Entre Ríos, "em meados da década de 1920", segundo suas próprias palavras. Desde bastante jovem instalou-se em Buenos Aires, onde estudou Medicina, curso que abandonou para se dedicar a trabalhar como revisor em uma editora e em agências de publicidade. É um desses escritores considerados cultos, que despertam admiração ou rechaço. Sua atitude diante da escritura é de crítica permanente: publicou pouco tendo escrito muito. No início da década de 1970, colaborou ativamente com a revista *Literal.* Entre suas obras publicadas, figura o livro de poemas *La obsesión del espacio* (1973, reeditado em 1997), os contos de *Traveseando* (1984), o romance *La piel de caballo* (1986, reeditado em 1999) e o livro de poesia *Roña criolla* (1991). Sua obra destaca-se pelo uso da linguagem coloquial e pelo lúcido rechaço a qualquer dogma sobre o que devem ser boas ou más palavras no âmbito da poesia, em particular, e da literatura, em geral. Apesar de sua fonte ser a experiência e a vida da rua, reconhece a influência de

Macedonio Fernández e manifesta interesse por autores como Paul Groussac, Domingo Faustino Sarmiento ("apesar de me causar aversão"), Lucio Victorio Mansilla, Haroldo Conti e, em certa medida, Osvaldo Lamborghini e Jorge Luis Borges.

ROBERTO RASCHELLA

Nasceu no bairro portenho de Boedo em 1930. Foi professor primário durante trinta anos. Ao longo dos anos cinquenta e início dos sessenta dedicou-se ao cinema, como ensaísta e roteirista, tendo participado do movimento de curta-metragem argentino e escrito para diversos veículos, como *Cinema Nuevo, Tiempo de Cine* e *Cinecrítica*. Depois de uma estada na Itália, publicou poemas e ensaios no *Diario de Poesía, Sitio* e *Innombrable*. Editou dois livros de poesia, *Malditos los gallos* (1978) e *Poemas del exterminio* (1988), e o romance *Diálogos en los patios rojos* (1994). Dirige a revista *La ballena blanca*. Traduziu, entre outros, Galvano Della Volpe, Pier Paolo Pasolini, Gabriela D'Annunzio, Italo Svevo, Luigi Pirandello, Nicolás Maquiavelo e Giovanni Verga.

SERGIO BIZZIO

É romancista, dramaturgo, roteirista e diretor de cinema. Publicou vários romances, entre eles *En esa época* (Prêmio Emecé, 2001), *Planet* (2002), *Rabia* (2005) e *Era el cielo* (2007), e o livro de contos *Chicos* (em cujo conto "Cinismo" foi baseado o filme de Lucia Puenzo, entitulado *XXY*, que ganhou quatro prêmios no Festival de Cannes de 2007). É autor das peças de teatro *Gravedad* e *La china*, esta em colaboração com Daniel Guebel. Escreveu e dirigiu os longas-metragens *Animalada* (Prêmio de melhor filme estrangeiro no Latin American Festival of New York, 2001) e *No fumar es un vicio como cualquier otro* (2007). Seu romance *Rabia* (Prêmio Internacional da Diversidade, Espanha, 2005) foi levado ao cinema em 2008 com produção de Guillermo del Toro.

SERGIO CHEJFEC

Nasceu em Buenos Aires em 1956. É autor dos romances *Lenta biografía* (1990; Alfaguara, 2007), *Moral* (1990), *El aire* (Alfaguara, 1992), *Cinco* (1996), *El llamado de la especie, Los planetas* (Alfaguara, 1999), *Boca de lobo* (Alfaguara, 2000) e *Los incompletos* (Alfaguara, 2004). Publicou também dois livros de poemas, *Tres poemas y una merced* e *Gallos y huesos*, e um livro de ensaios, *El punto vacilante*. Entre 1990 e 2005, viveu em Caracas; desde então, reside em Nova York.

CADASTRO
ILUMINURAS

Para receber informações sobre nossos lançamentos e promoções envie e-mail para:

cadastro@iluminuras.com.br

Este livro foi composto em Garamond pela *Iluminuras* e terminou de ser impresso no dia 17 de novembro de 2010 nas oficinas da *Orgrafic Gráfica*, em São Paulo, SP, em papel 70g.